KB183212

한백림 新무협 판타지 소설

천잠비룡포

Fantastic Oriental Heroes

天蠶飛龍袍

천잠비룡포 22

한백림 新무협 판타지 소설

초판 1쇄 찍은 날 § 2022년 1월 27일
초판 2쇄 펴낸 날 § 2025년 1월 27일

지은이 § 한백림
펴낸이 § 서경석

총괄팀장 § 황창선
편집 § 박현성

펴낸곳 § 도서출판 청어람
등록번호 § 제387-1999-000006호
등록일자 § 1999. 5. 31
어람번호 § 제2-2926호

본사 § 경기도 부천시 부일로 483번길 40 서경B/D 3F (우) 14640
전화 § 02-6956-0531   팩스 § 02-6956-0532
E-mail § chungeorambook@daum.net

ⓒ 한백림, 2006

ISBN 979-11-04-92527-6 04810
ISBN 978-89-251-0108-8 (세트)

한백림 新무협 판타지 소설
천잠비룡포
Fantastic Oriental Heroes
天蠶飛龍袍
22 협제(俠帝)
[완결]
도서출판 청어람

목차

天蠶飛龍袍

제60장 단운룡(段澐龍)二

그는 고금제일의 대협객이었다.

한백무림서 전설편
사패. 소연신

아미의 소년승은 급변하는 상황에 평정심을 유지하지 못했다. 그에겐 처음인 경천동지였다. 제천대성의 요괴 짓도, 갑작스레 나타난 세 고수의 존재도 그에겐 충격이었다.

창을 세운 보광은 달랐다. 심마(心魔)에 휩쓸리지 않았다. 그는 불법정심으로 제천대성과 오기룡을 보았다.

그가 소년승, 의정(意淨)에게 말했다.

"정아. 놀라지 말고 창을 들어라. 저들은 생명을 나눈 우리의 법우(法友)들이다. 우리는 우리의 싸움을 하자."

법우란, 불법으로 맺어진 벗을 의미한다.

의협비룡회는 아미의 벗이다.

아미 불토 그들 땅에서 대적을 맞이했으나, 사람의 목숨이 걸린 이상 자존심이 중하지 않았다. 창법만큼, 불법도 일가를 이룬 보광이다.

그는 그가 해야 할 일을 했다.

"의협비룡회가 적 괴수를 멈춰 세웠다! 아미 복호승은 항마와 명명의 공부로 마졸(魔卒)들을 물리친다! 발도! 기창! 맞서 싸워 물리쳐라!!"

"아미타!!"

아미파가 다시 웅혼한 불호를 내질렀다.

사자후와 함께, 그들이 몸을 날렸다.

격전이 재개되었다. 아미가 기세를 올렸다. 절치부심이란 말이 그와 같았다. 그들은 망설이지 않고 살계를 열었다.

제천대성에게 속수무책으로 당했지만 정신은 꺾이지 않았다. 그것부터 예전과 달랐다. 복호승들을 중심으로 곧바로 대오를 수습하고, 거침없이 상대를 향해 뛰어나갔다.

경험의 소산이었다. 좌절과 충격을 겪어본 무승들은 역전의 무인이 되어 있었다.

제천대성과 같은 절대의 무(武)를 앞에 두고도, 급변하는 전황을 용감하게 헤쳐 나갔다.

"함께 간다! 뒤처지지 마라!"

비룡각이 용맹하게 아미파 옆을 달렸다.

비룡의 창날들이 아미의 명명창과 어우러졌다. 그들이 두 줄기로 돌파하면, 항마도가 측면을 방어했다.

신마맹과 사파 무리가 거세게 저항했다. 그들 역시 투지가 만만치 않았다. 제천대성은 그들에게 신(神)과 같았다.

푸른색 수려한 아미 기슭에서 더운 피가 내처럼 흘렀다.

혈전(血戰)이 점입가경으로 치닫고 있을 때, 신마맹 후방의 숲에서 두 남자가 나타났다.

"이야, 이건 너무 심한 것 아니냐."

"지옥도가 따로 없도다."

일소 일노였다.

젊은이는 젊은이처럼 말했고, 늙은이는 늙은이처럼 말했다.

"괜히 왔는데?"

"이미 왔으니 어쩔 수 없는 일 아니겠는가."

대화가 괴이했다.

젊은 남자는 두 눈이 짐승처럼 사나웠고 얼굴이 매끈했다. 늙은 남자에게 평대하여 물었다. 늙은 남자는 만면에 주름이 가득했다. 젊은 남자가 그를 향해 편히 말해도 눈살을 찌푸리지 않았다.

"참 무섭다. 영감이 나 좀 죽지 않게 지켜주라."

"책임질 수 없는 말은 하지 않을 것이다."

"과연 대왕은 빈말 한 번 할 줄을 모르는구나."

젊은 남자는 무섭다 말하면서도 먼저 전진했다.

이 더운 날에 얼룩덜룩한 짐승 가죽을 걸치고 있었다. 팔뚝은 근육이 두드러졌고 신체가 강건했다. 그가 품속에서 가면을 꺼냈다. 노란색에 원 무늬가 있었다. 가면은 표범처럼 주둥이가 둥글었고, 이마엔 왕관 형태의 금장 장식이 붙어 있었다.

가면을 쓰자 몸놀림이 날렵해졌다. 가죽옷을 펄럭이며 수풀을 향해 뛰어들었다.

늙은 남자는 붉은 옷을 입었다. 비단옷엔 비늘 모양이 수놓아져 있었다. 화려했다.

늙은이가 느릿느릿 가면을 들어 올렸다.

가면은 하구를 습격하는 어괴(魚怪)처럼 생겼다. 이마엔 앞서 나간 젊은이의 가면처럼 금장 장식이 붙어 있었다. 괴물 같은 생김새와 어울리지 않았다.

가면을 쓰고 휘적휘적 발을 옮겼다. 빨리 뛰지 않는 모양새지만 속도는 그렇지 않았다. 늙은이가 순식간에 젊은이와 어깨를 나란히 했다.

"남산, 제천대성이 묶여 있다. 흉(凶)이 더 많은 전장이다."

"나도 알아. 그러니까 무섭다고 했잖아."

남산이라 불린 요괴가면이 움직임을 빨리했다. 순식간에 신마맹 후미에 닿았다. 요괴가 소리쳤다.

"이 남산대왕 어르신이 왔다! 전방 산개! 중앙은 치고 들어오는 놈들을 감싸서 가두어라! 후미는 나를 따라 적 측면을 친다! 영감대왕! 치고 나가 중대가리 창술사를 잡아!"

남산대왕은 탁하고 강렬한 철성(鐵聲)을 지녔다.

단호한 명령이 숲을 누볐다.

신마맹 진형이 꿈틀, 변화했다. 돌파해 오는 비룡각과 아미파와 거세게 부딪치지 않고 흩어졌다. 신마와 사파의 방진이 오목한 함정 형태가 되었다. 비룡각 무인들과 아미파 무승들이 적진 한가운데로 몰렸다.

"지금이다!! 둘러싸서 죽여라!"

남산대왕이 소리치며 신마맹 가면들을 이끌었다.

포위당한 형국으로 사방에서 공격이 쏟아졌다. 비룡각과 아미파는 진형이 불리해졌음에도 용맹하게 맞섰다. 단숨에 전세가 비등해졌다. 선혈이 적아를 막론하고 뿌려졌다. 사상자의 숫자가 순간에 백 단위로 치달았다.

영감대왕이라 불린 적색금의의 늙은이가 물살을 가르는 잉어처럼 전장 중심부를 파고들었다. 빠르게 헤치고 나아간 그곳에, 아미 공세의 핵이 있었다.

다름 아닌 보광이었다.

"네 상대는 이 영감대왕이다."

영감대왕이 진중한 목소리로 말했다.

어느새 그의 손에는 짤막한 금동철퇴가 잡혀 있었다. 동색 철봉과 둥근 철퇴의 이음새에는 녹색의 팔첨 칼날이 붙어 있었다. 하나하나가 독이라도 발라져 있는 것처럼 광택이 심상치 않았다.

"멸마(滅魔)! 멈추지 말고 적을 물리쳐라!"

보광은 대화하지 않았다. 기합성처럼 소리치며 곧바로 명명창을 내쳤다. 그가 내지른 항마후는 스스로를 향한 것이며, 또한 복호승을 독려하기 위함이었다.

쩌엉!

영감대왕의 금동철퇴가 아미명명창의 일격을 튕겨냈다.

공력이 대단히 심후했다.

영감대왕이 꽝, 하고 진각을 밟으며 연환격을 몰아쳤다. 보광은 내상을 입은 몸으로도 사나운 철퇴를 능히 받아내며 신창의 공부를 유감없이 드러냈다.

합과 합이 이어졌다.

두 중병의 충돌에 범접 불가의 역장이 생겨났다.

신마맹 무리 한가운데 일대일 격전장이 열렸다. 좋지 않았다. 보광은 공격의 선봉이었다. 선봉이 막히면 진형이 정체된다. 적의 수가 더 많은 난전이란 언제나 큰 출혈을 담보했다.

"신면(神面)들은 어린 중을 합공하라! 둘을 잡으면 우리 승리다!"

남산대왕이 신마맹에 절묘한 병법을 주입했다.

그의 목소리엔 전술행동을 촉발하는 힘이 있는 것 같았다.

신마맹 가면들이 즉각 반응했다.

집단전 훈련을 오랫동안 받은 것처럼, 대오가 살아 움직였다. 이색의 가면 셋이 난전장을 뛰어넘어 젊은 고수 의정에게로 짓쳐들었다.

셋에 이어 하나 더, 그리고 또 하나 더, 시시각각 의정에게
로 달려가는 가면들이 늘어갔다. 의정의 재능은 눈부셨으나,
어디까지나 연배를 감안했을 때였다. 괴이한 색깔의 가면 셋
이 붙는 것만으로 열세에 몰렸다. 네 번째와 다섯 번째가 붙
자 곧바로 초식 전개에 파탄이 생겨났다.

쉽지 않았다.

무력의 영감대왕과 전술의 남산대왕이 가세하자, 전황이 금
세 험해졌다. 쓰러지는 무승들이 늘어갔다. 비룡각 무인들 중
에서도 죽는 이들이 나왔다.

꽈아앙! 콰과과광!

번쩍!

가장 험악한 것은 역시나 기슭 위의 대격돌이었다.

숲 하나가 파괴되었다.

나무들이 땅에 누웠고, 땅과 바위가 깨졌다. 여의 금고봉
황금빛 진기 위로 세 고수의 절기가 화려하게 작렬했다.

꽝!

금빛 파동이 강렬하게 사위를 훑었다. 바람이 몰아쳐 풀과
잎을 날렸다.

네 개의 인영이 흩어져 땅에 내려섰다.

모두가 건재했다.

오기룡이 말했다.

"승, 호저."

형님이 그들을 불렀다.

관승과 왕호저가 대답 없이 그를 보았다.

"나 혼자 싸운다. 너희는 전장을 제압해라."

관승과 왕호저는 놀라지 않았다.

싸우면서도 아래쪽 전장의 변고를 감지했다.

오기륭은 그들보다 한참 더 앞에 서 있었다. 그 등에서 측량 못 할 투기(鬪氣)가 불처럼 일렁였다.

그런 그를 언제 보았나 싶었다.

관승이 먼저 언월도를 거두었다. 오기륭의 말이 옳았다. 그는 머리 쓰는 자가 아니었지만 싸우는 자의 감각을 타고났다. 언제나 전략적으로 옳은 판단을 했다.

"알았소이다, 대형."

대형이라 불렀다. 처음 목숨을 맡기기로 결심했던 날이 생각났다. 싸움을 형님께 넘기는데도 직접 싸울 때보다 더 피가 끓었다. 왕호저도 같은 마음이었다.

"이기십쇼."

그가 관승에 이어 용린호창을 내렸다.

지지 말라 하지 않았다. 오기륭은 원래 불패였다. 왕호저는 그가 그 이상을 할 수 있음을 믿었다.

관승과 왕호저가 몸을 돌렸다.

제천대성이 가면 속 두 눈을 희번덕거리며 그들의 대화를 들었다. 관승과 왕호저가 뒤로 몸을 날리자, 기어코 폭발하여 두 발로 땅을 굴렀다.

꽈아앙!

"이것들이!!"

제천대성이 버럭 소리를 질렀다. 여의봉으로 땅을 꽝꽝 찍으며 온몸에 번쩍거리는 금광을 둘러쳤다.

"천하제일 제천대성이 나다! 얕보지 마라!!"

꽈과광!

제천대성이 오른발로 땅을 꽝 찍고, 여의봉을 치켜올렸다.

"시끄럽다, 원숭이."

오기룡이 말했다.

그가 땅을 박찼다. 구룡각, 아니, 비룡각이 좋겠다. 이름이야 뭐든 상관없다.

금정 금파의 진기가 휘몰아쳤다. 금색의 빛줄기는 풍술의 칼날처럼 날카로웠다. 철신갑으로 뚫으며, 왼발을 내찼다. 신퇴(神腿), 용각(龍脚)의 발도가 금광을 갈랐다.

파아아아아아아! 콰광!

금기(金氣)를 찢고, 금봉(金棒)에 박힌다.

제천대성의 몸이 덜컥 뒤로 밀렸다.

"이이이익!"

제천대성이 악을 쓰며 마주 발끝을 차올렸다. 철신각 오른발이 제천대성의 오른발과 격돌했다.

쩌어어엉!

어우러진다.

삼 대 일로 싸울 때는 할 만했고, 일대일로 싸우자 버거워졌다.

제천대성은 신처럼 싸웠다. 짜증을 부리고 화를 냈다. 그러면서도 투로와 초식은 정교하기가 예인의 조각과 같았다.

"나를!"

꽈아앙!

정밀하기만 한 것이 아니었다. 발경과 용력은 막강하기가 천생신력 용사가 따로 없었다. 제천대성이 몸을 휘돌리며 여의봉을 찍어 내렸다.

"뭘로 보고!"

왕호저 없이 막았다.

한 번 더 내차고 한 번 더 피할 뿐이다.

꽈가가가각! 쩌엉!

철신각 정강이에서 불꽃이 튀었다.

여의봉을 튕겨냈다. 허리를 돌리고, 몸을 숙인다. 두 발끝이 원을 그렸다. 오기룡의 각법은 우아하고 화려했다.

쩡! 쩡!

관승이 공격하듯 심장을 노리고, 용이 물어뜯듯 머리를 찍는다. 제천대성은 더 이상 소리치지 못했다. 이를 악물고 연환각을 막았다.

오기룡은 싸울수록 강해졌다.

쩌정!

오기룡과 제천대성이 양쪽으로 튕겨 나왔다.

"가짜 원숭이. 너는 내가 이기겠다."

도발이 아니었다.

오기룡은 제천대성을 제대로 보았다.

무엇도 아니다. 진짜가 아님을 알았다.

"이야아아아아아압!"

원숭이는 제대로 화가 났다.

두 손으로 여의봉을 치켜들고 덤벼들었다. 사방으로 흩뿌려지던 금색 진기가 점점 몸으로 집중되었다.

꽝! 꽈아아앙!

용각과 여의봉이, 철신각과 제천대성 각법이 부딪쳤다.

금정(金精)이 강했다. 조금씩 오기룡이 밀렸다. 하지만 질 것 같지 않다. 오기룡의 눈동자엔 생명력이 넘쳐흘렀고, 제천대성의 금안(金眼)은 선명하지 못했다.

우웅!

제천대성의 여의봉이 직선으로 밀려들었다.

오기룡이 승부를 걸었다.

치이잉!

비껴찼다. 여의봉을 완전히 걷어내지 못했다. 아니, 걷어내지 않았다. 오른쪽 가슴에 여의봉이 박혀 들었다. 헌원력이 그를 지켜줄 것이다. 철신갑을 믿었다.

뻐억! 우직!

숨이 턱 막혔다.

괜찮다. 늑골 따위 좀 쉬어 주면 붙는다.

내주고, 취한다.

오기륭의 발끝이 찰나를 관통했다. 융통무애 제천대성의
방어를 뚫었다.

빠아악!

발등이 제천대성의 머리에 작렬했다.

좌작!

가면에 금이 갔다.

오기륭과 제천대성의 몸이 양쪽으로 튕겨 나왔다.

제천대성의 가면에서 피처럼 금빛 진기가 흘러내렸다.

"너어어어어. 죽… 인… 다……."

목소리가 달라졌다. 음침했다.

명백히도 제천대성이 아니었다.

가면 밑 육신의 음성이다. 아까 느꼈던 마기(魔氣)가 몸에 서
린 금광 사이로 새어 나왔다. 살기 어린 눈으로 오기륭을 보
았다. 당장이라도 땅을 박찰 것 같던 제천대성이 움찔 멈춰
섰다. 급작스레 고개를 들었다. 금빛 진기가 방울져 쏟아졌다.
제천대성이 당황스런 눈을 올려 산중턱을 보았다.

"설마!"

이 경호성은 목소리가 섞여 있었다. 다시 제천대성이 된 것

같았다.

"노파! 멀쩡히 살아 있었냐!!"

오기룡의 시선도 같은 곳을 향했다. 중턱 어딘가에서 무서운 속도로 하강하는 기파가 있었다. 강하다기보다는 유연했다. 몹시 부드러우면서, 놀랍도록 깊었다.

강자(强者)였다. 초고수였다.

이곳은 구파 본산 아미산이었다. 산중 고수, 누군가의 출현이었다.

"너! 내가 반드시 죽인다! 두고 보자!!"

제천대성이 극적으로 소리쳤다.

밝은 목소리 사이로 음산한 목소리가 겹쳐 들렸다.

꽝!

제천대성이 몸을 날렸다. 기슭 아래를 향해서였다. 엄청나게 빨랐다. 쫓을 수가 없었다.

오기룡도 고수였지만, 한 발 앞서 몸을 날린 제천대성을 따라잡기엔 역부족이었다.

"비켜! 비켜! 비켜!!"

제천대성은 여의봉을 휘두르지 않았다.

관승과 왕호저가 돌아와 다시 전세가 요동치는 전장 한가운데로 거침없이 파고들었다.

오기룡은 제천대성이 움직이는 경로를 가늠했다.

일직선으로 잔영이 남는 금빛 끝에, 하나의 재능이 있었다.

구파의 저력, 소년승 의정이었다.

"호저!!"

오기륭이 소리쳤다.

의정 바로 뒤편에 왕호저가 있었다. 의정에게 가해진 이색 가면들의 집중 공격을 저지하기 위함이었다.

오기륭의 부름보다 강대한 기(氣)를 먼저 느꼈다.

불끈 창대를 쥐고 몸을 돌렸다.

"막지 마랏!"

쩌어엉!

제천대성이 기어코 여의봉을 휘둘렀다. 왕호저는 삼 보 물러나는 것으로 충격을 해소하고, 머리 위로 튕겨 넘어가는 제천대성의 발밑을 노렸다.

"이익!"

제천대성은 뒤를 보지도 않고 이를 갈며 몸을 틀었다.

용린호창이 빗나갔다. 왕호저는 제천대성을 쫓지 않고 번쩍 전방으로 몸을 날렸다.

본능적으로 알았다.

제천대성의 목표는 의정이었다.

왕호저의 거구가 의정의 옆에 떨어졌다. 이색 가면들의 창과 칼을 튕겨내고, 의정의 등 뒤를 지켰다.

화아악! 쩌정!

아니나 다를까, 제천대성의 급습이 이어졌다. 포효호심창이 철벽을 이루었다. 제천대성의 움직임이 유연해졌다.

따다당! 후욱!

제천대성은 강유를 완벽하게 배합할 줄 알았다. 경지 자체가 높았다. 왕호저의 몸이 일순간 측면으로 기울어졌다. 힘이 아니라 기술에서 밀렸다.

제천대성이 몸을 쑤셔 넣는 것은, 작은 틈새로 족했다.

금광을 흩뿌리며 빛살처럼 파고들었다.

왕호저가 제천대성의 움직임을 놓쳤다. 급히 몸을 뒤집으며 용린호창을 내려쳤다. 제천대성은 그것도 피했다.

"나와!"

제천대성이 손을 뻗어 이색 가면의 어깨를 잡아챘다.

소년승을 공격하던 가면이었다. 땅을 차고 허리를 돌리며 손을 떨쳐냈다.

이색 가면의 몸이 왕호저에게로 날아갔다. 왕호저는 가면의 몸을 밀쳐내고 전진하는 데 또 한 합을 더 써야 했다.

"얌전히!"

소년승은 크게 당황했다. 같은 편까지 집어 던지고 불쑥 눈앞에 나타난 손오공 가면이 버럭 소리를 질렀다.

"잡혀라!"

혹 다가오는 손아귀에 무작정 창을 뻗어보았다.

가능할 리 없었다.

금강 같은 명명창 창격이 단숨에 비틀려 허공을 긁었다. 투로가 어떻게 파훼되었는지도 감지하지 못했다.

콰악!

투로가 문제가 아니었다.

목덜미 옷깃이 잡혔다. 숨이 턱 막혔다.

퍼벅!

제천대성의 손속은 눈부셨다.

점혈까지 당했다. 몸에 힘이 쭉 빠졌다.

제아무리 훌륭한 기재라 하여도, 소년와 신마의 괴수 사이에는 천지의 격차가 존재했다.

실전 자체를 몇 번 겪어보지 못했다. 살육전도 이번이 겨우 네 번째다. 천 단위 숫자의 전장도 처음이요, 이 경지의 괴물들을 만난 것도 처음이다.

소년승 의정의 몸이 하늘로 빨려 올라갔다. 그렇게 느꼈다. 제천대성이 소년의 몸을 어깨에 들쳐 멘 채, 땅을 박차고 있었다.

"의정!!"

멀리서 그 광경을 본 보광이 대경하여 소리쳤다.

그러나 그는 몸을 뺄 수가 없었다.

전장의 한가운데에서 영감대왕을 상대하고 있었다. 지금 이렇게 정신이 분산된 것만으로도 위험천만이다. 철퇴가 눈앞을 스쳤다. 팔첨 칼날에 얼굴을 베일 뻔했다. 평정심을 되돌리려 했지만 쉽지 않았다.

그때였다.

꽈광!

눈을 부릅뜬 보광의 바로 옆에서 강력한 폭음이 터졌다.

용맹한 군기를 느꼈다.

묵직한 목소리가 보광에게 건네졌다.

"이 놈은 내가 맡겠다."

관승이었다.

그가 휘두르는 언월도는 무지막지한 위력을 품고 있었다.

쩌어어엉!

영감대왕의 철퇴가 격하게 튕겨 나갔다. 미염을 휘날리며 언월도를 내려쳤다. 영감대왕이 마주쳐 철퇴를 휘둘렀다.

꽈아앙!

폭음이 일어났다.

관승의 가세로 보광의 운신에 여유가 생겼다.

고개를 들어 제천대성 쪽을 보았다. 이미 멀다. 지금 쫓는다고 잡을 수 있을지 모르겠다.

"가라!"

관승이 다시 말했다.

영감대왕의 금동철퇴를 가볍게 비껴 치더니, 진각을 밟고 몸을 돌리며 보광의 앞쪽에 굉화창 일격을 휘둘렀다.

피보라가 일었다. 난전장에 보광이 땅을 박찰 길까지 열어주었다. 그야말로 전쟁의 창이었다. 불문무공 명명창보다 파괴력이 훨씬 더 높아 보였다.

망설일 시간에 움직여야 했다.

"아미타불! 잊지 않겠습니다!"

보광이 몸을 날렸다.

관승의 뒷모습을 보았다. 미염을 휘날리며 영감대왕 요괴마
왕을 몰아치고 있었다. 위엄 넘치는 대장군이 따로 없었다. 감
사했다.

보광이 열린 전장을 가로질렀다.

달리는 순간에도 머릿속에서 번뇌가 휘몰아쳤다.

제천대성의 속도는 축지법처럼 빨랐다. 잠깐 사이에 까마득
했다. 제천대성과 싸우며 내상까지 입었다. 저 정도 경공은 따
라잡을 자신이 없었다. 뒤를 쫓는 것이 무슨 의미가 있겠나
싶었다.

하지만, 시도조차 안 할 수는 없었다. 의정은 의현과 함께,
아미파의 희망이었다.

우담화(優曇花)처럼 극적으로 꽃피워진 재능들에 여래의 복
락을 찬양했다. 제자들의 목숨을 놓고 어찌 경중을 논하겠느
냐만은, 의정은 이렇게 포기할 수 있는 인재가 아니었다.

쩌광!

저 앞에서 폭음이 이어졌다. 든든한 목소리도 들려왔다.

"내가 쫓겠다! 호저! 싸움부터 이겨라!"

"알겠소이다! 대형!"

먼저 달리는 자가 저 앞에 있었다.

오기룡이 제천대성의 뒤를 따라 전장을 이탈했다.

보광은 늦었지만, 있는 힘껏 몸을 날렸다. 비룡각 무인들을 지나치고 신마맹 가면들을 뛰어넘었다.

뒤편에서 남산대왕의 목소리가 들렸다.

"저 원숭이! 또 그냥 간다!! 전군 뒤로 물러!!"

요괴의 고함 소리엔 분노가 실려 있었다.

"흑도사(黑道師)를 빼 와서 금정(金精)을 씌웠으면, 미후원령 대법이라도 제대로 펼치고 사라질 것을!!"

이어 남산대왕이 쩌렁! 하고 마후(魔吼)를 내질렀다.

음공과 같은 파장이 산야를 타고 퍼져나갔다. 들으라고 내지른 소리일 것이다. 아마도 그 대상은 제천대성일 터였다.

"영감대왕! 상대가 너무 강하다! 무리하지 말고 적당히 튀어! 거기 중놈 앞길은 열어 줘라! 죽으러 간다는데 잡지 마!"

남산대왕은 계속 소리쳤다.

이를테면 군령(軍令)인데, 모두 들리게 말하는 것으로 도리어 마음을 흔들었다.

괴이한 방식이면서 묘하게 효과적이었다.

신마맹 가면들이 즉각 그 지시에 따랐다. 보광을 막지 않았다. 전술 면에서 옳은 선택이었다. 보광이 제천대성을 쫓지 않고, 이 전장에 머물면 그만큼 신마맹은 불리해질 것이다. 고수가 제 발로 이탈하는 것을 붙잡을 이유가 없었다.

"전열 방어하고, 후열은 퇴각한다! 북동측 산사면 본대로

복귀해! 병력을 보존하라!"

남산대왕은 전황을 정확하게 읽고 있었다.

관승과 왕호저가 비룡각을 이끌자, 전투력이 두 배 세 배로 치솟았다. 아미파는 제천대성이 소년승을 납치한 것에 놀랐으나 사기는 여전히 높았다.

이러면 진다. 지는 싸움을 계속 할 이유가 없었다.

남산대왕이 후퇴를 명했다. 영감대왕도 재빠르게 물러났다. 관승이 놓치지 않으려 치고 들어갔으나, 남산대왕이 이색 가면들을 집중시켜 관승의 발목을 잡았다. 전술 대응이 기민했다. 관승은 코앞에서 영감대왕을 놓쳤다. 남산대왕은 한 발 먼저 안전하게 뒤로 빠졌다.

적들이 빠르게 퇴각했다.

아미파는 도망치는 적들을 놓아주고 싶어 하지 않았다.

산기슭 숲을 따라 쫓고 쫓는 싸움이 이어졌다. 비룡각은 깊이 들어가지 않았다. 멈춰 서서 피해를 점검하고 부상자를 챙겼다. 죽은 자가 스무 명에 달했다.

근래 들어 항상 그러하듯, 이겼는데도 이긴 것 같지 않았다.

관승이 화룡언월도를 땅에 찍고 먼 쪽 능선을 바라보았다. 오기룡이 제천대성을 쫓아간 쪽이었다. 불길함이 지워지지 않았다. 그는 문주처럼 예지하고, 군사처럼 계산하는 이가 아니었다. 그러므로 예감이 틀리길 바란다. 그저 바람뿐이었다.

오기룡은 전력을 다했다. 제천대성과의 거리는 점점 더 벌어졌다. 지금이라면 싸워서 이길 수 있다. 오기룡은 그렇게 생각했다.

문제는 제천대성도 그걸 안다는 사실이었다.

무인(武人)에게는 누구나 기세라는 것이 있다. 오기룡은 최고조였다. 제천대성은 영특하게 방향을 틀고, 가볍게 바위를 타넘으며 자신이 지닌 능력을 최대한 살렸다.

오기룡은 포기하지 않았다.

기세를 최대한 개방하고, 제천대성의 등 뒤에 압력을 가했다. 오기룡의 추격은 가히 본능적이라 할 만했다. 그것이 제천대성을 몰아붙였다. 방향 선택에서 작은 실수가 생겨났다. 그게 한 번 두 번 겹쳤다.

화아아아아악!

"아악! 이쪽이 아니다!!"

제천대성이 비명을 질렀다. 느닷없이 밀려들었다.

무지막지한 기파가 전방을 휩쓸었다.

"잘했어요, 시주."

칭찬은 오기룡을 향한 거였다.

숲에서 파르라니 머리 깎은 여승(女僧)이 걸어 나왔다.

제천대성이 번쩍 뛰어 도망치려 했다.

여승이 읊었다.

"만다라(蔓多羅)."

불법 음화(淫畵)에, 태장계가 열린다.

여승이 제천대성의 뒤에 나타났다.

"허억!"

제천대성이 과장되게 대경하며 펄쩍 뛰었다.

"금강부동?"

"태장윤원이란다. 금강과는 같으면서 다르지."

여승의 목소리는 온화했다.

"노파! 노괴! 아니, 선니(禪尼)! 사바세상에 왜 기어 나온 거냐!"

"너는 그때 그면서 또 아니구나."

"아이 취급 하지 마라! 내 눈엔 너 또한 어리다!"

"앞으로도 천 년 동안 나이 먹지 않을 자야. 의미 없는 것에 의미를 두지 말라."

여승의 외모는 신비로웠다. 소녀처럼 맑은 얼굴에 백년의 세월이 머물렀다. 아주 젊으면서, 또한 아주 늙은 것처럼 보였다.

"설교는 그만하고 놔줘라! 나는 이 아이가 몹시 탐난다!"

"누구든 탐나지 않을까. 그래도 돌려주렴. 요계(妖界)가 아니라 가람(伽藍)에서 가르쳐야 할 아이란다."

"다 버리고 절에 들어간 주제에 사람을 욕심낼 셈이냐?"

"너도 다 배운 것을 안다. 욕심을 인정해야 진아(眞我)와 마주할 수 있는 법."

"시끄럽다!"

제천대성이 발끈하여 여의봉을 휘둘렀다. 여승이 뒤로 물러났다. 한 걸음에 세계가 밀려난다. 마치 세상이 여승을 두고 앞으로 움직인 것 같았다. 여의봉이 허공을 쳤다.

"왜 모든 것을 다툼으로 해결하려 하느냐?"

여승, 혜선신니가 물었다.

혜선이라는 이름은 아미산의 살아 있는 전설이었다.

그때였다.

질문받은 금안(金眼)에 휘황한 빛이 서렸다.

"내 존재의 근원이 그러하다."

제천대성의 입에서 위엄 있는 목소리가 튀어나왔다.

"본신(本神)이 나왔구나. 그 아이의 몸에 머물기엔 과하지 않은가?"

혜선신니의 목소리엔 걱정이 담겨 있었다. 만상을 자애롭게 바라보는 불심이 그러하다. 따뜻하여 진심이었다.

"한낱 인간 주제에 여래를 흉내 내지 말라!"

쫘앙!

제천대성이 버럭 고함을 내지르며 여의봉을 휘둘렀다.

휘황한 금광이 하늘에서 내리꽂혔다.

폭음과 흙먼지가 치솟았다. 세상이 반 바퀴 돌아갔다. 땅이 갈라진 곳에 혜선은 이미 없었다. 신니는 움직인 것 같지도 않았다. 평온한 얼굴로 제천대성의 뒤에 서 있었다.

제천대성이 확 몸을 돌렸다.

어깨 위에서 금빛 진기가 아지랑이처럼 솟아올랐다. 금빛 진기만이 아니라 무언가 타는 듯한 연기도 함께였다. 갈라진 가면 틈에서도 허연 증기가 새어 나왔다. 액체 같은 금빛진기와 섞여 기괴했다.

"그 아이가 죽겠다. 그만하고 너의 만다라로 돌아가거라."

아미산은 보살의 성지이며, 금강실타 삼만다발타라는 보살의 으뜸이다.

혜선이 수인(手印)을 맺었다.

삼엽묘선(三葉妙善)의 인(印)이었다.

육아백상(六牙白象), 만개연화(滿開蓮花)의 환상이 피어났다.

제천대성이 분노했다.

"네가 자비로워 이 몸뚱이를 걱정하느냐? 이미 알고 있지 않은가! 이 몸 안에 마(魔)가 있다. 내가 그것을 깨우리라!"

전설 속 제천은, 때때로 정의로우나, 대체로 겁난과 혼돈의 화신이라 하였다. 하늘을 어지럽히고, 바다를 휘저었으며, 땅을 소란스럽게 했다. 금광 안에서, 솟구치는 연기가 새까매졌다. 편안하여 흔들림 없던 혜선신니의 얼굴이 처음으로 굳어졌다.

파스스스스스스!

제천대성의 몸에서 나는 연기가 검붉은 색으로 변했다. 피가 섞인 것 같았다. 그 요악한 색깔이 금색을 물들였다. 빛을 삼킨 검붉은 기운은 피 묻은 쇠마냥 위협적이었다.

혜선신니가 움직였다.

세상의 중심이 신니의 발밑으로 이동한 것 같았다.

"정토(淨土), 만다라. 개(開)."

불호처럼, 주문처럼 말했다.

보살이 선 땅을 중심으로 동심원이 생겨났다. 형형색색, 우주정토의 진실이 그림처럼 피어올랐다. 그 아름다운 진리가 검은색 마기(魔氣)를 감싸 안았다.

"그걸로 안 돼!!"

제천대성이 소리치며 여의봉을 휘둘렀다.

여의봉마저 까맣게 변했다.

두꺼워진 여의봉 진기가 땅을 박살 냈다. 만다라에 틈이 생겼다. 금정을 심은 흑림 기재의 몸에서 뭉클거리는 마기가 솟구쳤다. 빠져나가는 길을 찾는 것처럼, 흑기(黑氣)가 하늘 위로 솟구쳐 올랐다.

혜선신니가 수인을 올려 기운을 끌어당기려 하였다. 제천대성이 잡힐세라 여의봉을 휘둘렀다. 무공초식을 겨루는 것과 같았다. 혼탁한 금빛이 하늘을 가려 정토불법의 개화를 차단했다.

화아아아아아아악!

만다라는 그저 땅 위의 원이 아니었다.

삼장 높이 반구(半球)처럼 형성된 불법의 틈새로, 요악한 흑기(黑氣)가 자유를 얻었다.

당승전설 제천대성은 석가여래의 손바닥조차 벗어나지 못했다.

지금 이 땅 위의 제천대성은 그 제천대성이 아니요, 혜선신니 또한 여래본존이 아니었다.

이것은 다른 이야기였다.

흑색의 마기가 구름처럼 변했다. 흑운(黑雲)이 바람을 타고 산 쪽으로 이동했다.

혜선신니의 표정은 이제 온화함을 잃었다. 어두워 근심 깊어 보였다.

"기어코 악업을 행하다니!"

"의미 없다! 이런 세계에서 선악(善惡)을 말하는가!!"

쩌렁!

마지막으로 울려 퍼진다.

파삭!

제천대성의 가면이 부서졌다. 금색과 흑색의 기운이 떠올라 흩어지고, 기운 아닌 선혈이 방울져 뿌려졌다.

제천대성이 아니었던 얼굴이 드러났다. 젊은 얼굴은 화상을 입은 것처럼 피부가 일그러져 있었다. 피투성이였다.

털썩. 쿠웅.

버려진 인형처럼, 그가 쓰러졌다.

옆구리에 끼고 있던 의정의 몸도 함께 땅을 굴렀다.

대지 위를 동심원으로 움직이던 만다라의 빛이, 넘어진 흑림의 젊은이를 어루만졌다. 참혹한 몰골이었다. 감당할 수 없는 힘을 한 몸에 담은 대가였다.

태어나서 처음 느낀 온기마냥, 색색의 빛이 죽어가는 그를 안아주었다. 그의 표정이 점차 안온해졌다. 감은 두 눈에서 눈물이 흘러내렸다.

　"참으로 가혹하구나."

　혜선신니가 발을 옮겼다.

　이번에는 그녀가 걷는 것 같았다. 세상은 그대로였다.

　그녀가 손을 한 번 휘저었다.

　"허억!"

　의정이 꿈틀, 눈을 뜨고 일어났다. 어리둥절해하던 그가 정신을 퍼뜩 차리고 혜선신니를 보았다. 무릎 꿇고 합장하며 고개를 조아렸다.

　"제자 의정이 신니를 뵙습니다!"

　혜선신니는 미소로 화답하지 못했다.

　신니가 죽어가는 젊은이를 내려다보았다.

　갈등이 일어나 불제자를 괴롭혔다.

　구할 것인가, 말 것인가. 영원처럼 찰나 같은 시간이 흘렀다. 혜선신니가 손을 한 번 더 휘저었다.

　가쁘게 몰아쉬던 젊은이의 호흡이 가지런해졌다.

　활(活)과 살(殺) 중에 선택이 필요하다면, 불자로서는 당연히 전자를 따라야 한다. 순간의 망설임도 번뇌다. 혜선신니는 아직 해탈한 보살이 될 수 없었다.

　"괜찮으냐?"

"네, 제자는 크게 다친 곳이 없습니다."

의정은 혜선신니를 감히 올려다보지조차 못했다.

대답 없는 신니의 시선이 하늘 위에 닿았다.

"헌데, 저것을 어찌할까."

혜선신니의 시선이 산바람을 타고 높이 높이 흘러가는 흑운(黑雲)에 머물렀다.

하늘 나는 능력이 없는 이상 쫓을 수도 없다.

더구나 그것은 구름으로 오래 존재하지도 않았다. 불온한 마(魔)가 먹구름처럼 움직이더니, 한 방울 한 방울 검은 비를 흩뿌리기 시작했다. 산에 마(魔)가 내렸다. 만다라의 법광이 사라지고, 보살 같던 혜선신니의 얼굴이 사람처럼 변했다. 심려가 가득했다.

"제자 보광, 신니께 인사 올립니다."

뒤늦게 보광이 당도하여 합장했다. 혜선신니가 그에게로 고개를 돌렸다. 보광은 쓰러진 젊은이에게서 눈을 떼지 못했다. 혜선신니가 그것을 알고 나직이 말했다.

"무너진 자에게 살심을 품지 마렴. 무릇 살계란, 항상 열기보다 닫으려 노력해야 한단다."

"제자가 불민하여, 배움이 부족하나이다."

"부족한 만큼, 더 비우거라."

혜선신니가 말했다. 냉랭하진 않았으나, 온화함도 찾지 못했다.

잠자코 보고 있던 오기룡이 마침내 입을 열었다.

"강호말학 오기룡이 아미파 혜선신니를 뵙겠소. 헌데, 정말 그래도 되는 거요?"

"그게 무슨 말씀이지요?"

혜선신니가 오기룡을 돌아보며 되물었다.

보살의 지혜가 충만한 신니는, 사람 오기룡의 질문을 순간 이해하지 못했다.

"왜 살리셨소?"

오기룡이 제천대성이었던 젊은이를 가리키며 물었다.

그는 솔직하여 꾸밈이 없었다.

순수한 의문이 그 얼굴에 가득했다.

"불자(佛子)이기 때문이겠지요."

"안 싸우는 것도 그 때문이오?"

"부쟁(不爭)은 당연한 법오(法悟)입니다."

"나는 불제자가 아니어서 모르겠소. 제천대성을 단 몇 수에 제압할 힘이 있으면서, 산야에 죽어가는 제자들을 방치하는 이유가 무엇인지 알고 싶소."

선문답은 오기룡의 몫이 아니었다.

그는 있는 그대로 질문했다.

그러나 그 질문의 의미는 실로 간단치 않았다. 이 시대 환란의 근원과 맞닿은 질문이기도 했다.

"나는 그와 힘으로 겨룬 것이 아닙니다. 또한 제자들을 방치하는 것도 아니지요. 불제자가 살심(殺心)에 굴복하면, 피아 모두에 살의(殺意)가 닥쳐옴을 가르칩니다. 살업을 행한 자가 살액(殺厄)을 맞닥뜨림은 윤원(輪圓)의 당연한 이치라지요. 아미파의 제자라기에 사람을 헤치면서 제 한 몸의 무사함을 바라는 것은 올바른 배움이 아니랍니다."

"그 때문에 면벽하며 속세에 나서지 않고, 귀한 사람을 골라서 구하는 거요?"

오기륭의 자못 공격적으로 물었으나, 실제로 적의가 실려 있지는 않았다.

정말로 궁금해서 묻는 것이다.

혜선스니에겐 오랜 수련으로 다져진 올곧은 심상(心想)이 있었다. 스니는 사람의 질문을 불쾌해하지 않았다.

"나는 오래 수련했으나 완벽하지 못하여, 업(業)을 알아보는 데 편협함이 있습니다. 다른 모두처럼 똑같이 재능 있는 제자를 어여삐 여기고, 아껴야 할 사람이 위험할 때 한 발 더 움직입니다. 삶은 공평하지 않습니다. 나만큼은 그러려 하나 그러지 못했습니다. 시주가 내 깨달음의 빈곤을 지적하였으니 그 가르침이 참으로 옳습니다."

"나는 스니의 말이 어렵소. 내가 하고 싶은 말은 이거요."

오기륭의 목소리에 힘이 실렸다.

눈에는 대협이, 전신에는 영웅이 실렸다.

"산에서 내려와 싸우시오! 죽이는 것이 싫으면 한 명이라도 더 살리시오! 신니는! 신니와 같은 자들은 할 수 있지 않소?"

오기룡의 말에는 끓어오르는 진심이 담겨 있었다.

순간, 그의 기(氣)가 만다라마저 압도했다.

혜선신니가 합장했다. 아미타불, 속삭이는 불호가 슬프게 들렸다.

"시주는 대협이시군요. 하지만 나는, 싸우지 않습니다. 그동안 많은 아이들을 잃었습니다. 그래서 항상 번뇌에 시달려 살아갑니다. 아직은, 지금은, 아니, 어쩌면 앞으로도 영원히, 내가 복호승들 옆에서 살계(殺戒)를 열 때는 오지 않을 겁니다."

오기룡은 가슴이 턱 막히는 기분을 느꼈다.

설득이 통하지 않아서가 아니었다. 그가 진심으로 말한 것처럼, 혜선신니 또한 진심으로 답해 주었다.

그가 조금 더 젊었으면, 이해하지 못했을 것이다. 아니, 지금도 완전하게 이해하진 못했다. 다만, 나름의 이유가 있음은 알겠다. 사람은 누구나 각자의 방식으로 살아가기 마련이었다.

오기룡 자신도, 오원 구석 어딘가에서 노닥거리며 금분세수의 삶을 택할 수 있었다. 그가 그렇게 사는 동안 의협비룡회 무인들이 강호 어딘가에서 죽어가고 있다 해도, 오기룡을 탓할 사람은 아무도 없을 것이었다. 그 안락하여 원망 없는 노후 대신, 싸우는 삶을 택했다. 엄청난 대의(大義)가 있어서가 아니었다. 인생의 한 장을 끝낸 뒤, 거기에 머무르지 않고 다음 장으로 나서는 데는 나름의 가치가 있다고 생각했다.

혜선신니는 불법을 행하며, 수련을 말했다. 세월을 통해 얻은 결론이다. 그녀의 눈은 보살처럼 맑지만, 오기룡은 그 안에서 삭히고 삭힌 비애(悲哀)를 읽을 수 있었다. 믿어 행해야 하는 것과 스스로 행하고 싶은 것의 간극에서 괴로운 방관자로 살아가야 한다. 더할 나위 없는 고행(苦行)일 것이다. 오기룡의 기준에선 신니의 방관이 옳은 일은 아니겠지만, 부처의 기준에서는 어떤지 알 수 없었다.

억지 부리지 않았다. 당장은 굽혀주기로 했다.

오기룡이 굳은 목소리로 대답했다.

"알겠소. 산에서 지켜보시오. 우리는 싸우고 죽여서, 한 명이라도 더 살리겠소."

"아미타불, 부디 대협과 함께하는 협객들께서 중생들을 많이 지켜주시길 일심으로 바라고 또 바랍니다."

그토록 모순된 기원이 있을까.

오기룡은 혜선신니와 대화하며, 구파 산중의 고수들에겐 신니와 비슷한 자기들만의 선(善)이, 선(仙)이, 선(線)이 있을 것임을 깨달았다.

"신니."

오기룡이 덧붙여 말했다.

"자주 봅시다."

그 말에는 혜선신니마저도 놀란 것 같았다. 이런 때만 아니었다면, 신니도 염화시중의 미소를 지었을 것이다.

그는 그런 남자였다.

그는 혜선신니 같은 고수가 산속에 처박혀 있게 놔두고 싶지 않았다.

정녕 보살이 아닌 이상, 사람은 변할 수 있다.

특히나 저 산중턱에 흩뿌려지는 마우(魔雨)는, 실로 괴이해 보였다. 아까부터 느꼈던 불길함이 저것이었구나, 새삼스레 자각했다. 저 괴사의 결과가 무엇으로 나타나든, 가벼이 해결될 일은 아닐 것 같았다. 그러니, 혜선신니의 힘을 빌려야 한다. 사람과 싸워 죽이진 않는다 해도, 설마하니 요마(妖魔)의 귀사(鬼事)까지는 외면하지 않을 것이다.

오기룡이 몸을 돌렸다.

아래 기슭의 군기(軍氣)가 가라앉고 있었다. 싸움이 끝나가고 있음을 알았다. 하지만 동시에 새 싸움이 시작될 것을 예감했다.

아무래도 아미산에 오래 있어야 할 것 같았다. 아미뿐이 아니라, 사천 땅이 그를 묶어두고 싶어 하는 느낌이었다.

*   *   *

"산사면에 암운(暗雲)이 드리웠소. 재액이 닥칠 모양이오."

"막아낼 수 있을 겁니다."

"왜 먼저 막지 않으셨소?"

"않은 것이 아니라, 못 한 것입니다."

"그것이 정말이오?"

"그렇습니다."

혜인은 혜선에게 의문을 품었고, 혜선은 혜인의 의문에 의문을 제기하지 않았다.

"저들 난세의 무리가 하늘의 재능들을 탐내고 있음이 분명해졌소. 내 의정을 살펴보니, 벌써 심마(心魔)가 깃들었더이다."

"번뇌가 있을 시대고, 나이이지요."

"그러니 더더욱, 이대로 둬서는 안 되겠소."

"좋은 생각이라도 있으십니까?"

"내가 그 아이를 안전한 곳에서 돌보겠소."

"정녕 그 방법밖에 없을까요?"

"둘 다 성취가 일천하고 마음이 여려 미혹에 취약하오. 산야의 살육과 귀액(鬼厄)이 한동안 계속될 거요. 악기(惡氣)에서 벗어나 심산 청정한 곳에서 금강의 심력을 닦는 수련이 필요할 것 같소."

혜인은 금강 만다라를 연, 드높은 수행자였다.

혜선은 일말의 고뇌가 있었으나, 대체적으로 혜인의 뜻이 옳음에 동의했다.

"아미산을 떠나 있겠다는 말씀이시지요?"

"의정, 그 아이는 기로에 섰소. 이곳에서 전장을 겪고 무인으로 성장하면 증장과 같은 천왕(天王)이 될 것이오. 허나, 그토록 어린 나이부터 살업(殺業)을 쌓는다는 이야기니, 결국 업륜(業輪) 위에서 아이가 차지하게 될 생위(生位)는 살천(殺天)이나 지옥(地獄)일 뿐이오. 나는 그 아이가 살(殺)보다 활(活)을, 징벌보다 자비를 먼저 배웠으면 하오."

이 말엔 대체로가 아니라 온전히 동감했다.

혜선이 흑도사 젊은이를 죽도록 놔두지 않은 것도 그런 면이 컸다. 바로 그 옆에 의정이 있었다. 젊은 흑도사는 의식에, 대법에, 금정에, 괴련난신에 휘둘리기만 했다. 징치함 대신 구제함이다. 뜻대로 될지는 모를 일이나, 일단 살리기로 결심한 이상 여래의 지혜가 올바른 길을 밝혀 주리라 믿었다.

"허면, 의현도 함께 데려가시렵니까?"

"의정에겐 살(殺)이 있고, 의현에겐 색(色)이 있소. 장차 커질 번뇌에 칠정을 더할 수야 없지. 두 아이가 유별하니 의현은 자네가 숨겨서 보호함이 좋겠소."

"그래요. 곁에 두고 지키겠습니다."

"자연히 흐르는 윤회의 법을 지나치게 신뢰하지 마오. 육도의 이치엔 사람과 같은 정(精)이 없소. 의정이라 하여, 의현이라 하여 불법이 더 아끼는 것이 아니라오. 우리가 아껴줘야 하오. 내 이제야 말하지만 짐승으로 수신(守身)하여 강호를 횡행하게 함은 지나치게 불감(不感)한 처사였소. 어디서 의현 같은 아이를 다시 찾겠소?"

"그리하여 많이 깨달아 돌아오지 않았습니까?"

"우리 삶이 이치의 어디쯤에 있는지는 아무도 모른다오. 선업(善業)을 많이 쌓은 자도 지각하지 못한 업보에 의해 급사(急死)할 수 있는 것이 인간이오. 방지할 수 있는 위험까지 방치하진 맙시다."

"명심하겠습니다."

혜선이 사형 혜인의 말에 공손하게, 겸손히 답했다.

삼 일 후.

혜인은 의정과 함께 떠났다. 서쪽을 향해서였다.

*   *   *

아미산 산야에는 수도 없이 많은 금수(禽獸)들이 서식하고 있었다.

원숭이가 특히 많았다.

흑림의 오래된 의식에서 비롯된 마(魔)의 비가, 미후원령대법이라는 괴이한 이름으로 나무 타는 짐승들의 머리 위에 뿌려졌다.

붉은 얼굴 원숭이들이 흉포하게 미쳐갔다. 아무 짐승이나 잡아먹고 사람을 습격하기에 이르렀다.

아미 요원(妖猿)의 대란이 시작되었다. 산기슭엔 신마맹과 사파 무리가 끊임없이 몰려들었고, 산속에선 귀신 들린 원숭이요괴가 아미산사들을 위협했다.

숲에서, 계곡에서, 절벽에서, 안개와 구름을 헤치고 인간과 요괴들을 물리쳤다.

오기룡이, 의협비룡회가 그곳에 있었다. 함께, 힘겹게, 오랫동안 싸웠다.

세월이 흘렀다.

＊　　　　　＊　　　　　＊

심산의 비동(秘洞)에서 의정은 면벽을 했다.

작은 암자가 그의 처소였다.

혜인은 암자에도 잘 오지 않았다.

계절들이 바람처럼 흘러갔다.

아무도 찾아오지 않는 선경 같은 산속에서, 혜인은 당장 해탈이라도 할 것처럼 의정보다 더 깊이 수련했다.

그래서 종종 의정은 외로웠다. 혜인은 점점 더 만다라 중심의 불상처럼 변해갔다. 가르침은 어려웠고, 풀리지 않는 화두(話頭)로 가득했다. 혜인이 깨달음에 다가가는 동안, 의정과의 거리는 점점 더 멀어졌다. 의정은 소년에서 청년이 되어가고 있었고, 혜인은 사람에서 부처가 되어갔다.

그때, 의정 앞에 젊은 승려가 나타났다.

승려는 몹시 헌앙하여 얼굴이 아름다웠다. 육체는 완전했고, 기운도 완벽했다. 불제자 사형이라며 금강(金剛)의 가르침을 이야기했다.

젊은 승려는 삼 일을 머물렀다.

그는 혜인을 먼저 찾지 않았다. 혜인이 수련하는 비동이 어
딘지는 이미 안다고 했다. 각고(刻苦)를 방해하고 싶지 않다며,
가까이 하지 않았다.

젊은 승려는 삼 일 동안 의정에게 많은 것을 가르쳐 주었
다. 승려는 모르는 공부가 없었다. 명명창의 기예를 넘어, 천
하의 모든 무공을 다 아는 것 같았다. 그리고 그 박대정심한
이치를 너무나도 쉽게 설명했다.

의정은 그에게 인간으로 매료되었다. 그래서 그가 이만 산
으로 돌아가야겠다고 했을 때, 몹시 아쉬워했다.

의정은 그를 따라나서고 싶었지만, 그러면 안 되는 것을 알
았다.

그렇게 십이주야를 번뇌했다.

번뇌하고 결심했다.

혜인이 면벽고련을 끝내고 비동에서 의정이 없는 암자를 보
았을 때, 그는 주제넘었던 혜선에게의 충고와, 자신의 어리석
음을 한탄했다.

혜인이 우려했듯, 의정은 미혹에 취약했다.

아미파는 그렇게, 의정을 잃어버렸다. 아미산의 미후대란(獼
猴大亂)이 진압되고, 신마맹이 일으킨 전란이 극을 향해 치닫
고 있는 어느 날이었다.

　　　　*　　　　　*　　　　　*

　찬란한 빛이 어둠을 갈랐다.

　칙칙한 회색과 불길한 흑색의 요괴들이 산산조각으로 부서
졌다.

　"이대로 돌파한다!"

　단운룡이 소리쳤다.

　요괴들의 군집은 가히 대군(大軍)이라 할 만했다. 짐승처럼
생기고 인간처럼 걷는 괴물들이 황폐한 들판 위를 뒤덮고 있
었다.

　꽈과과광!

　단운룡이 선두에서 귀물들을 부쉈다. 그 뒤로 칠대기수가
깃발을 휘두른다. 기수들의 깃발이 태양의 공력으로 빛났다.

　깃발에 수놓아져 있는 것은 황금의 비룡이었다.

　적들이 으깨졌다.

　단운룡과 칠대기수를 막을 수 있는 요괴는 이 땅에 없었다.

　"길이 열렸다! 가자!"

　단단하고 힘 있는 여인의 목소리가 후방을 가로질렀다.

　강설영이었다. 규중에 있어야 할 일파의 주모(主母)가 협제
의 진기를 일으키며 최전선에서 싸웠다.

　둥! 둥! 둥! 꽈아아앙!

강설영의 목소리에 화답하여 황제전고 북소리가 전장을 때렸다. 폭음이 터졌다. 도요화의 타고공진파에 요괴들이 휩쓸려 쓰러졌다.

둥둥둥둥둥!

이어지는 울림은 도요화만의 북소리가 아니었다. 전고(戰鼓)를 든 무인 삼십여 명이 그녀 뒤에 있었다. 그들은 기상천외하게 생긴 요괴들의 한가운데에서도 용맹하게 달리며 북을 쳤다. 드높게 퍼지는 전고(戰鼓)의 공명이 들끓는 마기(魔氣)를 꺾었다.

"좌측! 비룡이 산개하여 막아라!"

"각주! 옹화가 옵니다! 발도, 청천은 전면을 사수하라!"

발도각, 청천각, 비룡각, 그리고 여의각에서 정예들이 차출되었다.

이전과 이복이 그들 중에 있었다.

육십 명 무인들이 도고각 전고 무인들을 보호했다. 강설영과 도요화가 튀어나가 큰 요괴를 죽이면, 무인들이 빠르게 치고 나가 공백을 채웠다.

이른바 대요괴부대 용린각(龍鱗閣)이었다.

그들은 단운룡과 칠대기수를 필두로, 전국각지에서 벌어지는 대규모 요란(妖亂)들을 제압했다.

실질적으로 의협비룡회 최강전력이라 할 수 있음에도, 싸움은 쉽지 않았다. 요괴들의 대란(大亂)은 많은 경우가 흑림이 일으키는 인재(人災)처럼 여겨졌지만, 그렇지 않은 경우가 더 많았다.

그것들은 천재(天災)였고, 지변(地變)이었다. 장강의 교룡 승천이 인위(人爲)가 아니었듯, 애초에 대요란(大妖亂)이란 인간이 마음대로 불러낼 수 없는 천변의 재액이었다.

인간의 능력으로 일으키기도, 막기도 어려운 재해(災害)에 흑림을 비롯한 사이한 주술사들이 끼어들었다. 그러므로 천변(天變)에 인악(人惡)이 담긴다. 사태는 항상 더 심각해졌다.

단운룡은 어떠한 대괴수(大怪獸)라도 죽일 수 있는 신위(神威)를 지니게 되었으나, 이와 같은 대란은 한 사람의 압도적인 무력만으로 누를 수 있는 성질의 것이 아니었다.

작은 요괴 한 마리도 수많은 사람들을 해할 수 있었다.

요란(妖亂)은 때와 장소를 가리지 않았다.

규모는 예측 불허였고 확산 양상도 제각각이었다.

백성을 보호하고 소란을 통제하며 괴물을 방어하는 전장은 하늘을 꿰뚫는 광극의 무공으로도 지난(至難)하기 짝이 없었다.

도시 근역에서 발생하는 경우가 최악이었다.

홍룡이 적벽을 침공했을 때와 다를 바 없었다.

용린각은 적벽 수성전과 같은 극악의 전투를 중원 각지의 도시에서 지난 이 년 동안 일곱 번이나 겪어야 했다.

시가전만 그만큼이다.

인적 없는 산야에서 벌어진 전투까지 따지면 셀 수가 없다.

대자연의 심처(深處)에 발생하는 귀란(鬼亂)은 강력한 마(魔)

를 동반하는 경우가 많았다. 험산(險山), 대하(大河)를 지키는 지신(地神)과 영수(靈獸)가 얽혀 있는 싸움도 있었다.

요괴군집의 이상발생에 신마맹 가면들, 흑림의 술사들이 끼어들면 인적 없는 숲속의 전투도 대전장이 되어버렸다.

쫘과광!

"뒤편에 가면무인 출현입니다!"

"적 후방에 흑도사! 귀문(鬼門)은 마정형(魔精形)입니다!"

오늘도 그렇다.

눈 밝은 여의각 무인들이 소리쳐 본 것을 알렸다.

둥둥둥둥!

도고각의 북소리가 특별한 파장을 품고 뻗어나갔다.

옛 도고악당의 악공들을 불러 모았다. 강호의 악사들은 본래부터 무예를 익힌 이들이 많았다. 난세를 버텨 나가는 여러 예인들이 의협비룡회에 의탁했다. 어떤 예지나 간파로도 흉내낼 수 없는 독특한 전고음(戰鼓音)이 무인들의 진격을 이끌었다.

"일점!"

단운룡이 마신을 발동했다.

한 마디 외침에 따라 칠대기수가 진용을 집중했다. 단운룡의 광파(光波)가 일곱 폭 비룡번과 공명했다. 일렬로 달리는 그들이 거대한 한 자루 광검(光劍)으로 화했다. 빽빽하여 셀 수 없는 요괴들의 대군(大軍)이 빛으로 쪼개졌다.

쫘광!

순식간에 요괴 중심지에 다다랐다.

저 앞 가운데에, 이번 요란(妖亂)의 핵이 있다.

검은색이다. 마기(魔氣)가 들끓는다. 사자와 개를 합친 형상의 집채만 한 대형 요괴였다.

"원진(圓陣)!"

단운룡이 명했다.

파라라라라락!

광휘를 머금은 일곱 개 비룡번이 펼쳐지며 대원(大圓)을 만들었다. 단숨에 포위 진형이다. 중심의 대요괴가 위협을 느낀 듯 주춤 물러났다. 단운룡은 틈을 주지 않았다. 그대로 뻗어 나가 괴물의 몸체를 들이받았다.

터엉! 쫘아아아아아앙!

날아들며 진각에 마신광혼고를 때려 박았다.

대요괴의 앞발이 검은색 피보라와 함께 터져나갔다.

"쿠어어어어어!"

요괴가 포효했다.

입에서 푸른 불꽃이 일었다.

귀선(鬼仙)급에 해당하여 술가의 두려움으로 불리는 식인요괴 흑후(黑狘)였다. 사람이 만든 병장기로는 해할 수 없고 독화(毒火)를 뿜는다는 전설 속 마수였지만, 상대가 너무나도 나빴다.

단운룡은 전투를 길게 끌 생각이 조금도 없었다.

우우우우웅!

광검(光劍)을 꺼내 사선으로 그어 올렸다. 사람보다 큰 머리통이 통째로 잘려 나갔다. 푸른 갈기털이 검은 피와 함께 흩날려 쏟아졌다.

쿠웅! 콰앙!

후(犼)라 함은, 사람 또는 짐승의 시체요괴가 긴 세월의 마(魔)를 삼켜 대요(大妖)에 도달한 것이라 하였다.

이미 죽은 생명이기에 불사(不死)의 능을 지닌다 하였으니, 머리를 잃고도 쓰러지지 않고 난동을 부렸다. 단운룡의 광검이 다시 빛을 뿜었다.

광파와 함께 요괴의 상체 일부가 날아갔다.

소멸의 위협을 느낀 요괴가 두 다리로 몸을 일으켜 뒤로 뛰었다. 원진을 완성한 칠대기수가 괴물의 도주를 막았다.

콰드드드득! 퍼어억!

광검이 이미 반쪽 남은 괴물의 죽은 육신을 양단했다. 육체의 중심선에서 악기(惡氣)를 뿜어내던 마정(魔精)이 함께 박살났다. 요괴의 몸이 쪼그라들며 매캐한 시독(屍毒)을 흩뿌렸다. 칠대기수는 단운룡의 명령 없이도 즉각 산개하며 독기(毒氣)를 피했다. 단운룡 또한 광검을 흩어내고 몸을 날렸다.

다음 목표는 흑도사들이었다.

금령철장을 들고 있는 흑색 도복의 술사들이 아연실색하며 몸을 돌렸다. 단운룡과 칠대기수들이 요괴들을 짓밟고, 흑림도사들 한가운데로 뛰어들었다.

전멸은 순간이었다.

들판을 채우고 하늘까지 넘보던 요기(妖氣)가 급격히 기세를 잃었다. 단운룡은 마신(魔神)까지 풀고, 몸을 돌렸다.

용린각 후방에 나타난 신마맹 가면들은 잠시도 버티지 못했다. 강설영은 협제와 광극을 넘나들며 적을 섬멸했고, 도요화는 공진파 일격으로 다수의 가면을 부쉈다. 적들은 나날이 강해지는 두 여인의 상대가 될 수 없었다.

마정(魔精)을 분쇄하고 신마와 흑림의 악의를 제거했지만, 싸움은 그것으로 끝이 아니었다.

감숙 천수 인근이라, 강 건너고 들판 하나 지나면 사람 많은 마을과 도시들이 있었다. 흩어진 요괴들을 찾아 소탕해야 했다. 시일이 걸릴 뿐 아니라, 위험을 동반하는 일이었다. 항상 뒤처리가 문제였다. 큰 무리와 싸울 때가 오히려 쉽다고 느낄 정도였다. 흩어져 요괴를 수색하다 보면, 고립된 무인들이 예상 못 한 피해를 입을 때가 있었다. 그들은 무슨 일이 벌어지고 있는지도 모르는 백성들을 위해 목숨을 걸었다.

"벽색호(碧色虎)가 죽어 있었습니다."

"마정(魔精)도 시핵(屍核)이었다. 어차피 정화할 수 없었어."

양무의가 왔다. 백가화와 함께였다.

"맥산(麥山)의 산기(山氣)가 많이 쇠했습니다."

"살아날 거야."

그리 말했지만, 단운룡의 표정은 편치 않았다.

천지간의 조화가 무너지고 있음을 느꼈다.

긴 시간 싸우고 싸우다 보니, 어느새 이곳이다. 그들은 세계의 균형을 바로잡는 전장의 한복판에 와 있었다. 주시자들처럼, 허공노사처럼, 보이지 않는 곳에서 겁난을 막고 사람들을 구하며 천하를 누볐다.

"전황은?"

"각지에서 전선이 고착화되고 있습니다."

"꽤 올라온 건가?"

"초기보다 적 병력이 세 배 정도 늘었습니다."

"완승 전장은?"

"의협비룡회가 포진한 곳엔 없습니다. 옥황이 허용하지 않아요. 확실히 우리를 의식하고 있습니다."

"가릉에서 이겼지?"

"천진에서도 승전보입니다. 오호도가 예상을 뒤집었습니다. 환신은 논외로 치고 그것으로 일곱입니다."

"일곱?"

"문주까지요."

단운룡은 요괴들로 이루어진 들판의 혈해(血海)를 보며, 생각에 잠겼다.

의협비룡회는 힘겹게 싸워왔다.

단운룡이 누비는 전장 외엔, 대승(大勝)이 없었다. 이기리라 확신한 전장에서조차도, 완전한 우위는 없었다. 승기를 잡았다 싶으면 의외의 적들이 몰려들어 역습을 당했고, 철통같은 보안은 깨지기 일쑤였다.

발도각이 아무리 칼을 갈아도, 청천이 하늘에 검을 세워도, 신마맹의 일방적인 패배는 없었다. 오기륭과 비룡각이 점점 더 강해지면, 항상 그들 이상의 전력을 투입하여 승패를 뒤집었다.

정보전은 모든 역량을 쏟아부어도 언제나 열세여서 요지를 탈환하면 사람을, 병력을 보존하면 장소를 잃었다.

옥황은 그렇듯 완벽하게 전장을 통제했다.

대신, 그들은 강해졌다.

양무의가 말했듯 고착화된 전장의 적 병력은 이제 세 배에 이르고 있었다. 의협비룡회와 싸우려면 신마맹에서도 그만큼 많은 병력을 붙여야 한다는 이야기였다.

이것은 단순한 무력의 연마(鍊磨)를 의미하지 않았다.

의협비룡회는 패배가 예견되는 싸움에서, 어떻게 싸워야 할지를 터득해 갔다. 똘똘 뭉쳐 서로를 지키고, 지는 와중에도 사람을 구했다.

그들 국지전(局地戰)의 점진적 변화가, 대국(大局)에 기이한 기류를 일으켰다.

의협이란 이름이 중원으로 퍼져나갔다.

조짐이 현실이 된 것은 포공사가 있는 안휘무림부터였다.

안휘를 뒤덮었던 신마맹의 기세가 나날이 약화되었다. 신마맹과 사파 무리의 공세에 시달리던 포공사와 강후문의 무인들이 여유를 찾았다. 황산파가 천천히 다시 일어나며, 삼파가 한데 뭉쳤다. 자연스레 사기가 올라갔다.

이유도 모른 채 기뻐할 수는 없는 일, 그들은 신마맹의 세가 약해진 원인을 분석했다. 안휘의 신마맹 병력이 대거 팽가 수성전에 투입되고 있음을 알았다. 더불어 일부는 산서무림까지 올라갔음을 알게 되었다.

신마맹의 전력이 의협비룡회와 그들 전선의 집중되며, 전국적인 전란의 그물이 헐거워진 것이다. 신마맹의 병력은 가면의 보급과 증식을 통해 무한한 성장세를 보이는 것 같았지만, 실제로는 결코 그렇지 않았다. 어떤 맹회와 문파라도 무인(武人) 수급에는 한계가 있을 수밖에 없었다. 신마맹도 마찬가지였다.

포공사 수뇌부에서 전례 없는 결단을 내렸다.

정예 검사들을 청천각이 싸우는 산서로 파견한 것이다. 그들은 선후배를 막론하고, 엽단평의 밑으로 들어와, 청천의 이름 아래 함께 싸웠다. 더불어, 강후문에서 장료도 창술사들이 중원을 가로질러 사천 땅에 발을 디뎠다. 그들은 관승을 찾아 비룡각 창술무인들의 옆을 지켰다.

항산에서, 하남에서, 절강에서, 사천에서.

몇몇 무인들이, 은을 입은 문파가, 의협비룡회를 도왔다.

가슴 끓는 우정과 의리로 목숨을 걸었다. 함께 헤쳐 온 전장의 인연들이 곧 의협비룡회의 힘이 되었다.

의협비룡회를 제압하기 위해서 필요한 병력이 늘어나는 만큼, 신마맹은 다른 지역 전선의 가면들을 가져와야 했다. 몇몇 지역에서부터 신마맹 무력의 공백이 생겨나기 시작했다. 가면을 통해 늘어나는 병력의 숫자가, 싸우며 잃는 숫자를 감당하지 못하게 된 것이다.

힘의 연쇄가 일어났다. 신마맹 영역 사파의 지배력 또한 약해져 갔다.

그 가운데, 단운룡이 용린각과 함께 중원을 휘저었다. 적들의 총공세를 몇 번이나 견뎌냈다. 위험할 때가 있었지만, 무력으로 분쇄했다. 활약을 드러내고 내세우지 않았다. 그래도 세상은 알아주었다.

가면과 요괴들의 암운(暗雲)이 드리우면 비룡이 나타나 광화(光華)를 밝혔다.

단운룡의 무공은 화려하고 폭발적이었지만, 명성은 은은하게 퍼졌다.

옥황도, 단운룡은 막지 못했다.

단운룡의 광력이 옥황의 상제력을 넘어서고 있었다.

"승부를 걸 때인가."

단운룡의 상념이 목소리가 되어 땅 위에 내려앉았다.

신마맹과 일교오황이 기승을 부릴 때는 실현되지 못했던 명문정파들의 연합이, 점차 가시화되고 있었다.

보이는 승리를 내주고, 보이지 않게 이겨 나갔다.

일 단위, 개월 단위가 아니다.

년 단위의 전략이었다. 의협비룡회에 신마맹을 집중시켜 전 중원의 전황에 균열을 만든 것이다.

"파천(跛天)과 접촉에 성공했습니다. 오호도가 숭무련을 맡고, 금마륜이 성혈교 개입을 일부라도 억제할 수 있으면, 건곤일척이 가능합니다."

양무의가 말했다.

비로소, 때가 되었다.

단운룡과 양무의가 계산하여 여기까지 이룬 것을, 시험대에 올린다.

전 중원을 두고 벌이는 한판 승부였다.

*   *   *

계절과 해가 바뀌는 동안 많은 사건들이 있었다.

신마맹이 일으킨 대란이 몇몇 지역에서 소강상태에 접어들었다 해서, 그들에 대한 두려움이 희석된 것은 결코 아니었다.

여전히 그들은 막강했다.

신마맹이 무서운 것은 주력 없이도 한 지역을 침식하여 기존 질서를 뒤흔들 수 있다는 사실이었고, 더욱더 무서운 것은 최종 전력의 강력함이 상상을 초월한다는 점이었다.

의협비룡회가 신마맹의 대적자로 성장할 수 있었던 것은, 하늘이 보우하기라도 한 것처럼 최대의 재액(災厄)들을 버텨내고 비껴갔기 때문이었다.

그 재액은 다름 아닌, 염라, 옥황, 위타, 제천이었다.

그들이 있는 이상 신마맹은 여전한 무림의 공포였다.

남궁세가 대재앙 이후, 염라마신은 무림에 세 번 더 출현했다.

먼저 모산파가 불탔다.

은거했던 심산의 술사들까지 모습을 드러냈지만, 염라마신을 막을 수 있는 이는 아무도 없었다. 본당이 잿더미가 된 것은 물론이오, 가면의 구동 원리에 대해 연구하던 모든 기밀 자료가 날아갔으며, 관련된 술사들이 참혹하게 목숨을 잃었다.

계절 지나 모습을 드러낸 것은 서주(西州)의 소패성이었다.

소패 패현의 성채가 박살 나고, 천 단위의 민간 피해가 발생했다.

학살이었다.

아무도 이유를 몰랐다.

강호가 전혀 주목하지 않았던 의협문을 공격했던 것처럼, 난데없이 나타나 많은 것을 파괴하고 사라졌다.

그다음은, 종남파였다.

염라마신을 필두로 한, 여러 이름 있는 가면들이 종남산을 총공격했다.

모산파 때처럼, 종남산 은거 도사들이 비동(秘洞)에서 뛰쳐나오고, 장문인 벽뢰신수 곽전각이 분투했지만, 본산 중앙전이 대파(大破)되고, 노소 수백 도인들뿐 아니라 민간 향화객들도 수십 명 목숨을 잃었다.

후일 도모을 위한 대피와 이탈 과정에서 수많은 사람들이 실종되었고, 그중엔 생사가 불투명한 곽전각도 포함되어 있었다.

화산파가 다급히 질풍검과 매화검수들을 하산시켰지만, 적측에 포위당한 생존자들을 구하는 데 그쳤다. 염라마신은 이미 철수했고 종남산엔 검은 연기만 자욱했다.

그토록 두려웠다.

행보는 악(惡)의 화신이었으나, 지옥신을 직접 본 자들은 선악(善惡)의 구분이 무의미하다 입을 모았다. 염라는 난세가 내린 이변이었다. 요괴대란과 마찬가지로, 인간이 어쩌지 못할 천재지변처럼 여겼다.

무림은 염라마신의 위력에 전율했다.

그뿐이 아니었다.

신마맹엔 위타천도 있었다.

위타천은 단신으로 공동파에 강림하여 공동파 일곱 고수들을 차례로 쓰러뜨리고, 광성대력검 백중재의 검까지 분질렀다.

염라마신 때처럼의 학살은 없었으나, 패배의 충격은 못지않았다. 게다가, 그 사이에 국경이 뚫렸다. 공동파는 북방의 관군과 협조하며 유사시에 강력한 무력을 동원할 수 있는 군벌처럼 기능했다. 위타천의 강습 직후 이어진 신마맹 무력부대의 도발에 대응하는 사이, 이민족이 장성을 넘었고 항산대란

때와 같은 귀군(鬼軍)이 산 사람들의 땅을 침범했다.

군란(軍亂)이 일어나 서북방 일대가 어지러워졌다.

위타천 일인의 기량이 일으킨 대혼란이었다.

무신(武神)은 하늘을 날아 벼락처럼 떨어졌다. 전국 각지의 고수들이 무릎을 꿇었다. 알려진 패퇴와, 알려지지 않은 죽음이 있었다. 그는 염라와는 다른 방식으로 무적(無敵)의 명성을 얻었다.

강호인들은 도리어 생각했다.

천만다행이라고.

염라와 위타는 강호 출현이 잦지 않았다.

그들은, 무림사에 남을 대사건들을 일으켰지만, 강호에 넘실거리는 다른 가면들처럼 곁에 있지 않았다.

지옥에서 솟아나고 하늘에서 내려왔다.

신(神)과 같았다.

그리고 인간은, 신에게 대적할 수 없었다.

어차피 만나면 죽는 자들이었다.

그렇기에 신마의 최강 전력은 절대의 두려움으로 존재하며, 실재함에도 비현실적인 전설이 되어갔다.

포공사가 본파를 떠나 싸움에 여정에 오를 수 있는 것도 그 때문이었다.

강호의 군웅들이 의협비룡회와 함께 할 수 있었던 밑바탕에는, 격차의 좌절에서 비롯된 암묵적인 포기와, 그래도 몸부

림쳐 투쟁하려는 무인 본능이 혼재하고 있었다.

그 끝에 감당할 수 없는 죽음이 있더라도 싸워본다.

공포가 넘쳐 투지가 되었다.

도탄에 빠진 천하에 꿋꿋이 살아가는 생명들이 있었다. 생과 사가 하나 되어 흘렀다. 누구도 어디로 흘러갈지 몰랐다.

무림강호는 그렇게 새로운 국면으로 접어들고 있었다.

*   *   *

양무의가 가면을 썼다.

어둠이 밀려들었다.

새까매진 세상을 걸었다. 어둠은 더 깊어져 농밀하고 진득했다. 잠시라도 정신을 놓치면 산산조각으로 부서져 어둠에 흡수될 것 같았다.

땅과 하늘을 구분할 수 없는 곳에서도, 발밑은 단단했다.

그렇게 한참을 걷자, 멀리에 그가 보였다.

그는 여전히 아름다운 모습이었다.

그만 아름다운 것이 아니라, 그가 앉아 있는 곳도 그랬다.

암석 위에 앉아 연못을 보았다. 물속에 금어(金魚)가 헤엄치고, 연꽃이 빛을 냈다. 그 주위만 선경이었다.

눈빛이 슬퍼 보였다.

그가 고개를 들었다.

슬퍼 보인 것이 착각인 것처럼, 그의 얼굴은 환했다.

맑은 두 눈은 수려했고, 머리 위 옥관(玉冠)은 화려했다. 금사(金絲) 백의의 곤포는 단운룡의 천잠비룡포처럼 휘황하여 보기 좋았다.

"오래 기다렸다."

옥황이 말했다. 그가 몸을 일으켰다. 바람이 불었다. 연꽃이 산들산들 움직이고, 하늘에서 꽃비가 내렸다.

신비한 조화였다.

"너의 지혜가 나에게 닿았다. 알았으면서도 의심했다. 기우였다."

옥황이 미소 짓자 그의 몸이 더 밝아졌다. 그만큼 주위의 그림자는 더욱더 짙어졌다.

그가 발을 옮겼다.

물 위를 걸었다. 연못에 동심원의 파랑이 생겼다.

물을 다 건너 어둠을 밟는데도, 어둠 위에 동심원 같은 물결이 쳤다. 그림자가 일렁였다.

"어떻게 내 능력에 대해 알았을까. 나에게도 볼 수 없는 것이 있었다."

옥황은 홀로 말했다.

양무의는 그렇게 느끼지 않았다.

옥황은 말을 건넴으로 양무의의 생각을 이끌어 냈다.

그리고 양무의의 생각이 어둠 위에 비쳤다.

그들이 딛고 선 땅 밑으로 사람의 형상이 나타났다.

거꾸로 뒤집혀 똑바로 선 사람이었다. 거울에 비친 듯, 양무의의 마음이 투영되었다.

"그가 너희에게 간 것을 뒤늦게 알았지."

그 형상은 스칸다였다.

신(神)과 같은 후광이 그의 등 뒤에 머물렀다.

까만 어둠 속에서, 그만 옥황처럼 밝았다.

"중화(中華)의 빛은 은은하여 천하에 비할 데가 없지만, 실제로 그 빛을 내는 것은 녹아서 소용돌이치는 쇳물이다. 이 땅의 많은 신들은 다른 세계로부터 비롯되었다."

스칸다의 옆에 다른 남자의 그림자가 나타났다.

그가 뒤집힌 하늘로 솟구쳐 올랐다.

위타천이었다.

직접 본 적 없었으나, 그 모습이 선명하여 뚜렷했다.

위타천이 날아올라 멀어졌다. 양무의의 시선으로는 땅 밑 깊은 곳을 향해서였다.

그의 기억만으로 만들어진 실체가 아니라는 것을 알았다.

상제력이 그러하다.

양무의는 옥황의 의식을 공유하고 있다.

또한 역으로, 옥황은 양무의의 심상을 읽고 있었다.

"너는 내게 이길 수 없음을 안다."

어둠 저편으로 패배의 세월이 흘러갔다.

안타깝게 잃은 의협비룡회 젊은이들의 목숨이, 그 얼굴들이 깊은 심연으로 빨려 들어갔다. 옥황의 말대로였다.

의협비룡회는 옥황의 지략을 이길 수 없었다.

무엇을 준비해도, 옥황은 그 이상의 힘을 풀어놓았다. 죽지 않고 버티는 것만이 그들이 할 수 있는 일이었다.

빛과 함께 스칸다가 사라졌다. 그리고 그 자리에 뒤바뀌듯 생겨난 것은 단운룡의 형상이었다.

유일하게 그만 이겼다.

단운룡만 옥황을 이길 수 있다.

나머지는 졌다. 단운룡과 의협비룡회는 따로 생각할 수 없으니, 결국 단운룡도 진 것이다.

단운룡의 천잠비룡포는 옥황의 옷보다 밝지 않았다.

"너의 군주(君主)는 광력을 행사하며 그 기량은 예지를 넘어선다. 너희 무리의 성장과 신마와의 균형이란 작은 성취에 대해서는 상제의 예를 담아 칭찬하마. 그래도 만족하지 말라. 너는 결코 하늘을 넘어서지 못한다."

옥황이 다가오다 멈춰 섰다.

전처럼 가까이 와서 양무의를 위협하지 않았다.

맑은 눈으로 양무의를 보며, 거울 같은 심연에 비치는 단운룡을 의식했다.

"너는 이기지 못함을 이미 알고 있다. 그럼에도 네 마음엔 무력감이 보이지 않는다. 너는 이곳에 나를 엿보아 해답을 구하러 온 것이 아니로구나."

양무의는 대답하지 않았다.

그는 이제 옥황을 알았다.

옥황이 양무의를 알듯, 양무의도 상제를 알아갔다.

"네 뜻이 무엇이냐."

옥황이 물었다.

옥황은 어느 순간 상제력으로도 양무의의 생각을 읽을 수 없게 되었다.

양무의가 보여주고 싶은 것만 볼 수 있다.

심연 저편, 어둠을 향해 선 단운룡의 옆에 하나둘, 다른 형상들이 나타났다. 뻗어 올라 피어난다. 옥황은 그 환상을 먼저 보았다.

"날개?"

날개의 형상이 사람이 된다.

청안의 악마가, 흑색의 마검을 들었다.

이어, 화산의 질풍검이 어둠을 뚫고 나타났다. 사색의 신검이 그의 주위를 누볐다.

그들은 실체가 아니었다.

양무의의 사상이 투영된 결과이며, 그가 깨달아 던진 궁극의 수(數)였다.

두 만검지련자의 뒤쪽으로 어둠이 흘러 강물이 되었다.

물 위에 신권이 두 주먹을 쥐었다.

양옆으로 팽가의 오호도가 피 흐르는 혈도를 비껴들고, 성혈교의 금마광륜이 태초의 빛을 가져왔다.

쿵.

그것은 소리가 아니라 울림으로 다가왔다.

마지막으로 파천이 심연의 땅 위에 대검을 박는 진동이었다.

"어떤 이들인지 알 것이오."

양무의가 입을 열었다.

말 못 했던 이 어둠 속에, 낭랑한 그의 목소리가 퍼져 나갔다.

옥황이 두 눈을 크게 떴다. 이 공간에서 말을 할 수 있는 것은, 본디 옥황뿐이었다.

양무의가 말을 이었다.

"나의 문주를 비롯, 이들의 운명은 당신이 예지할 수 없소. 이들을 모아 신마맹을 공격하면, 당신은 당적할 수 없을 것이오."

옥황이 양무의를 보았다.

그의 시선이 옥색으로 빛났다.

분노의 색이었다.

"협박인가?"

"그렇소."

양무의는 침착하게, 당당히 대답했다.

"나는 지략으로 당신을 이길 수 없소. 어떤 국지전에서도, 나는 상제의 신산(神算)을 간파하지 못할 것이며, 결코 온전히 승리하지 못함에 승복해야 할 것이오."

먼저 패배를 인정했다.

옥황은 전략의 신(神)이었다.

인간의 계산으로는 신의 책략을 부수지 못한다는 사실을 지난 시간 동안 충분히 입증했다.

강호는 신마에 함락되었다.

그러나 양무의의 이야기는, 그들의 이야기는 끝나지 않았다.

"그래서, 우리는 지략이 아니라 무력으로 당신과 싸울 생각이오."

그 또한 지략이라 할 수 있겠지만, 그것은 작전이라 하기보다는 의지에 가까웠다.

그래서 협박이다.

아무것도 실현되지 않은, 약속과도 같은 말이었다.

"네 능력으로는 그들을 통제하지 못할 것이다."

옥황이 예언하듯 말했다.

"해내면, 당신은 죽소."

양무의가 마찬가지 예언으로 옥황의 말을 받았다.

미소가 사라진 옥황의 얼굴에, 상제의 위엄이 깃들었다.

신산(神算)이 발동했다.

일곱, 아니, 열.

열 개의 날개와, 저 섭리의 제압자가 나선다.

이르다.

아직 때가 되지 않았다.

앞당겨지면, 신산과 천기가 뒤틀린다. 그리하여, 공과격이 무너진다. 섭리의 붕괴는 곧, 상제력의 상실을 의미했다.

"위험하군. 너는."

옥황상제가 말했다.

환한 빛이 위험스럽게 일렁였다.

하늘을 다스리는 신이 어둠 속 인간에 대한 살의를 품었다.

업(業)을 거스르는 일이라도 어쩔 수 없다.

악(惡)은 선(善)으로 채울 수 있다.

옥황상제가 결심했다.

"지금 너를 죽여야겠다. 범상치 않은 너의 지혜를 건립(建立)의 초석으로 삼으려 했건만, 파격의 발상이 천도(天道)를 침범하였다."

옥황상제가 손을 들었다.

언젠가 양무의의 목을 감싸 쥐었던 손이었다. 숨통을 끊을 수 있는 그 하얀 손을, 양무의는 두려워하지 않았다.

"당신은 나를 죽일 수 없소."

양무의가 말했다.

그리고, 새까만 어둠이 변화했다. 천지 위아래가 분간되지 않는 그 심연(深淵)에, 점점이 별이 떠올랐다.

옥황이 뿜어내던 상제의 살의가 놀란 듯 크게 출렁였다.

땅과 하늘이 역전된다.

형상으로 존재하던 단운룡이, 거울의 상에서 뒤집히듯 양무의의 앞에 솟아올랐다.

가면을 쓰고, 단운룡이 우주(宇宙)를 열었다.

"그래, 그 힘을 거둬라. 옥황."

단운룡이 말했다.

＊　　　　＊　　　　＊

마침내 만났다.

비룡제와 상제가 마주했다.

비룡은 이제 하늘에 이르려 하는 젊은 용이었으되, 옥황상제는 중천(中天)의 주신(主神)이었다. 상제, 옥황은 단운룡의 한마디로 물러서지 않았다.

"감히 여기가 어디라고."

옥황의 분노가 그대로 목소리에 담겼다.

심연이 한순간에 짙어졌다.

검은 하늘과 깊은 땅 밑에서, 별빛들이 깜깜하게 어두워졌다.

어둠이, 세상 만물이 그의 지배하에 있다. 그렇게 말하는 것 같았다. 징벌로 일으킨 암흑이 단운룡과 양무의를 집어삼켰다.

이어.

빛이 있었다.

별빛마저 없어진 심연에서, 하나둘, 광원(光源)이 생겨났다.

불현듯 일어난 빛이 열 개가 되었다.

빛들이 옥황의 주위를 둘러싸 원을 그렸다.

십검의 광휘였다.

은은하게 밝아오는 열 개의 빛 무리에, 단운룡과 양무의를 지우려 했던 어둠이 살아 있는 것처럼 움츠러들었다.

웅웅웅웅.

광극과 협제의 빛이 공명을 일으켰다.

이윽고, 천잠비룡포로부터 광파가 일어나 단운룡의 주위를 밝혔다. 단운룡이 양손 열 손가락을 마주했다. 십검 구결로 광력을 키웠다.

그에 맞서 옥황이 두 손을 들었다.

옥색의 기운이 상서롭게 일어나 빛의 확산을 차단했다.

십검은 열 개의 빛기둥이 되어 옥황을 봉쇄하지 못했다. 옥황은 과연 옥황이었다.

빛이 억눌려 열 개의 광구(光球)가 되었다.

광구는 줄어든 상태에서도 여전히 빛을 뿜었다. 옥황조차도 광극으로 발하는 협제의 신기(神技)는 완전히 제압할 수가 없었던 것이다.

조용한 충돌이었다. 간섭하여 들어온 단운룡의 우주와 가면으로 구축된 상제의 심연이 부딪쳤다.

싸움의 승자는 없었다.

두 세계가 아슬아슬한 균형을 이루었다.

옥황이 단운룡을 보고, 단운룡이 옥황을 보았다.

단운룡이 말했다.

"대화를 하자."

옥황의 깊은 어둠이 흔들렸다.

예상하지 못했다. 신산(神算)이 깨지고 있었다.

섭리가 허락한 힘에는 명백한 한계가 존재했다.

단운룡은 자신의 우주 안에서, 광극과 협제가 모두 가능한 사부의 경지를 넘보았으나, 옥황을 무너뜨리지 못했다. 옥황 역시 상제력을 모두 동원했지만, 단운룡도 양무의도 해할 수 없었다.

그러므로 옥황은, 단운룡의 대화에 응할 것을 힘으로 강요 받았다. 단운룡의 사고는 양무의와 달리 심연의 거울에 비치지 않았다. 광력이 상제력을 방어하고 있었다.

이윽고, 옥황이 상제력이 아닌 인간의 목소리로 물었다.

"하고 싶은 말이 무엇이냐?"

단운룡이 대답했다.

새 깨달음이 옥황에게 건네는 대화가 되었다.

"스칸다가 말했다. 그는 옥황을 일컬어 가짜 신이라고 말했으나, 나는 그렇게만 생각하지 않았다. 빛은 어둠에 의해 빛으로 존재한다. 이 세계에 이르니 확실히 알겠다. 상제력은 섭리 안에 있기에, 이 심연(深淵)은 신력(神力)의 근원이 된다."

단운룡이 까마득한 어둠을 둘러보았다.

별빛마저 없어진 새까만 어둠은, 그가 처음으로 엿보았던 우주와 어딘지 모르게 닮아 있었다.

단운룡은 아름다운 빛이 휘도는 우주를 기억했다.

그래서, 물었다.

"너는, 이 깊은 어둠에서 빠져나오고 싶지 않은가?"

옥황은 인간으로 놀랐다.

공과격의 사슬에 오랫동안 묶여 있었던 그는, 가혹한 섭리를 이해하는 누군가가 있을 것이라고 기대한 적이 없었다.

옥황은 잠시 동안 말을 잇지 못했다.

아무나 가능한 일이 아니었다.

특별한 재능이 올바른 스승을 만났다.

깨달아 궁극에 닿은 자가, 상제에 당적할 영웅을 키웠다.

이내, 그가 말했다.

"협제는…… 실로 대단한 자였구나."

"당연하지."

단운룡이 지우(知友)와 담소를 나누듯 편안히 답했다.

지략의 대화가 아니었다.

싸우고 있음을 잊었다. 옥황의 얼굴도 아름다워졌다.

옥황이 마침내 단운룡을 알고자 했다.

"원하는 것을 말하라."

어둠이 안정되었다.

단운룡이 손을 풀었다.

십겁의 빛이 사라졌다. 이제 옥황은 심연으로 그들을 위협하지 않았다.

단운룡이 답했다.

"내가 원하는 것은 네가 원하는 것과 크게 다르지 않다."

"내가 원하는 것이 무엇이기에."

"전란의 종식."

옥황이 움찔했다.

옥황이 밟고 선 어둠에서 빛나는 풀과 꽃이 피어났다.

그것이 그대로 그의 답이 되었다.

"너희는 나 하나의 전략도 이기지 못한다. 네가 이 환란을 무슨 수로 끝내겠다는 것이냐?"

단운룡의 대답은 간단했다.

"염라를 넘겨라."

언어(言語)가 광검처럼 빛났다.

그 두 마디가 옥황을 찔렀다.

"불가능한 일! 염라마신은 사멸(死滅)의 화신이며 파괴의 실재(實在)다. 이 세계에서 그는 절대무적이다."

"내가 그를 죽일 것이다."

"너는 그를 이길 수 없다."

"그것은, 상제력에 의한 예지인가?"

옥황은 예언은 단호했고, 단운룡은 반문은 태연했다.

옥황은 즉각 대답하지 못했다.

상제가 아니라 인간으로 확신했다.

"예지가 아니라 확정된 사실이다."

"두고 보면 알겠지."

옥황이 단운룡을 보았다.

넘치는 패기(覇氣)도, 넘치는 만용(蠻勇)도 없었다.

그저 그는 그이기에 자연스러웠다.

짧은 시간, 옥황이 사고(思考)했다.

옥황의 신산(神算)이 상제의 예지(叡智)와 화합했다.

이루리라 미리 보아 왔던 대업의 미래가 천변만화하는 빛과 어둠으로 뒤덮였다.

공멸(攻滅).

두 글자가 비쳤다.

그가 그렸던 역사가 아니었다. 하지만 그 안에도 길이 있었다.

옥황은 항상 새 시대를 꿈꿨다.

어떻게든 세계는 새롭게 열릴 것이다.

"설령 너의 뜻이 이루어진다 하여도, 나는 염라를 너에게 보내지 못한다."

"수락이군."

"그렇지 않다. 애초에 가능하지 않다. 나는 그를 더 이상 통제할 수 없다."

"알고 있다."

단운룡이 덧붙였다.

"네가 행하는 모든 일이 결국 그 사실 때문인 것을."

옥황은 생각했다.

위험하다.

단운룡은 너무 많이 깨달아 있었다.

절대로 살려둘 수 없는 자였다. 시대를 끝내기 위해, 단운룡의 이야기 또한 끝내야 했다.

옥황이 눈이 다시금 밝게 빛났다.

상제의 의지가 그 눈동자에 실렸다.

"너는 지금의 그와 홀로 싸울 것이다. 날개들의 개입은 내가 허락하지 않는다. 내가 그들을 온전히 보지 못한다 해도, 반드시 저지할 것이다."

그것은 단순한 예언이 아니었다.

섭리를 어기더라도, 이룰 것이다.

"기필코 나까지 죽이겠다는 말이군."

"너뿐만이 아니다. 너와 네 뒤에 있는 군사, 네가 이끄는 너의 문도들 모두가 북망(北邙)에서 지옥에 이를 것이다."

언령(言令)의 힘이 심연과 함께 일어났다.

천잠보의 비룡침선에 담긴 인혼력이 단운룡을 보호했다.

이제 돌아갈 때다.

심연에서 광검이 떠올랐다.

"누가 살아남는지 보자."

일검(一劍) 대신 마지막으로 말했다.

빛이 어둠을 갈랐다.

심연이 물러갔다.

양무의가 먼저 가면을 벗었다.

이어, 단운룡이 썼던 하얀 가면이 쪼개져 땅바닥에 떨어졌다.

대화는 끝났다.

남은 것은, 결전이었다.

*   *   *

큰 마차가 관도를 달렸다.

깃발 세 개, 삼색기가 바람을 품었다.

의협비룡회 녹색 깃발에 황금 비룡이 꿈틀거렸고, 천룡(天龍)의 백색기에, 금상(錦商)의 적색기가 화려했다.

관도 저편엔 대명부가 있었다. 팽가 수성전, 대명부(大名府)의 전장은 성벽 바깥까지 확대되어 있었다.

작년에 한 차례 함락되었던 대명 성채를 격전 끝에 탈환했다.

성벽 넘어 진격한 하북 무림맹 무인들이 동문과 남문에 대규모 진지를 구축했고, 밤낮 없는 공방이 이어졌다. 이곳은 이미 끝없는 전쟁터였다.

대명부에 당도하려면, 당연히도 적진을 돌파해야 했다.

의협비룡회 깃발을 발견한 적들이 삽시간에 밀려들었다. 천룡상회도, 강씨금상도, 그들에겐 똑같은 적이었다.

둥둥둥둥!

대명부 진지에서 북소리가 울려 퍼졌다.

남문 진영에서 마차를 맞이하기 위한 돌격부대가 튀어나왔다. 발도각 무인들이 선두에 있었다.

"준비해!"

울려 퍼진 음성은 여인의 그것이었다.

파라락!

파공성과 함께, 마차 지붕 위로 보라색 안광의 여인이 섰다. 무인들이 고삐를 잡았다. 기마들이 속도를 줄였다.

대형 마차 기마 여섯 기는 머리에 두터운 마주(馬冑)가 장비되어 있었다. 그녀 뒤에서 뛰어오른 무인들이 곡예처럼 기마 위에 올라탔다. 그들이 기마들의 강철투구에 손을 올리고 내력을 일으켰다.

"타고(打鼓)!"

먼저 경고하고 내려쳤다.

무인들이 몸을 숙이며 기마들의 머리와 귀를 보호했다.

꽝! 콰아아아아아아아아!

도요화의 손에서 황제전고가 울었다.

터져나가는 북소리에, 백색 가면의 무리와 백전 사파의 무리들이 한꺼번에 휩쓸려 땅바닥을 굴렀다.

푸르르륵! 히히히히힝!

공진파의 위력이 엄청났다.

선두의 기마 두 마리가 몸부림을 쳤지만, 무인들이 즉각 진정시켰다. 기마들은 이런 상황이 익숙하기라도 하듯, 이내 다시 땅을 구르며 속도를 올렸다.

"전방에 일월! 둘입니다!"

"우회해! 내가 간다!"

텅!

명령하는 말투가 익숙했다. 만부부당의 여장수였다. 그녀가 달리는 마차 위에서 뛰어내렸다. 땅을 박찬 탄력으로 일월의 괴력무인들에게 쏘아져 나갔다.

꽝! 꽈앙!

북소리와 폭음이 난무했다.

마차는 계속 달렸다. 흙먼지 일으키는 마차 옆으로, 무섭게 돌파해 온 발도각 무인들이 교차되어 지나갔다.

"먼저 갑니다!"

마차 위, 여의각 무인들이 발도각 무인들을 알아보고 소리쳤다.

"우리도 얼른 좀 가자, 씨발."

욕지거리가 먼지를 뚫었다.

격한 용음성(龍吟聲), 마천의 도격이 적들의 피를 뿌렸다.

막야혼이 거침없이 달려가, 적진 한가운데를 가로질렀다. 꽝꽝거리는 폭음에 이어 뼛속까지 울리는 음파가 그를 반겼다.

"어이!"

멋도 없이 소리쳤다.

도요화는 고개도 돌리지 않았다.

강철 같은 일월의 권각에 정면으로 대응하며 주먹을 뻗는다. 일월의 일권과 그녀의 일권이 부딪쳤다. 꽝! 하고, 공간이 생겼다. 한 발 물러나고, 북채를 빼 들어 내려치는 움직임이 눈부시다. 타고공진격이 일월의 가슴팍에 작렬했다.

펑!

일월의 몸이 튕겨 나왔다.

막야혼의 일도가 어김없이 일월의 어깨를 갈라냈다.

퍼어억! 푸화악!

피가 튀었다.

이어 용도(龍刀)가 매섭게 반원을 그렸다.

목이 날아갔다.

남은 일월이 도요화에게 무서운 속도로 쇄도했다. 도요화의 보법은 정교하고 조화로웠다. 일월의 권각을 침착하게 비껴내고 북채를 들었다. 일월은 타고를 허용하지 않으려 했다. 저돌적으로 덤벼들며 도요화의 움직임을 견제했다.

도요화는 조금도 당황하지 않았다.

그녀는 지금 혼자가 아니었다.

뒤도 보지 않고 측면으로 돌아서며 가볍게 일장을 내뻗었다. 일월은 장력을 팔뚝으로 받아내며 다시 거리를 좁혔다. 틈을 주지 않겠다는 뜻이다.

둥!

일월이 잘못 알았다.

도요화는 북채 없이도 북을 칠 수 있었다. 유연하게 몸을 틀며 발끝으로 북을 찼다. 가벼운 공진파였지만, 순간 일월의 몸을 굳게 만들기엔 충분했다.

그때, 마천용음도가 용음 없이 공간을 쪼갰다.

쇄액!

일월의 신체능력은 실로 대단했다.

찰나의 순간에도 회피를 시도했다. 그러나 막야혼의 용도가 지나치게 빨랐다.

푸슈슈숫!

절반 잘려나간 목에서 피가 솟았다. 일월이 손을 들어 목덜미를 움켜쥐었지만, 너무 깊이 베였다. 혈도를 짚어 지혈할 수 있는 출혈이 아니었다. 이내, 일월이 쓰러졌다.

"좀 늘었네."

도요화가 대뜸 말했다.

"그럼 늘어야지."

막야혼은 욕 없이 답했다.

순식간에 일월 둘을 죽이는 그들 앞에서 적들이 주춤주춤 물러났다.

"일단 가자."

도요화가 앞장섰다.

막야혼이 씁쓸하게 웃었다.

그가 소리쳤다.

"야! 다시 길 열어! 돌아간다!"

발도각이 제각각 욕을 하며, 칼끝을 돌렸다.

도요화와 막야혼이 함께 뛰었다. 팽가수성전 대명부에서, 발도각과 도고각이 합류했다.

＊　　　　＊　　　　＊

사천의 대지는 항상 색깔이 뚜렷했다.

촉도(蜀道)의 전장은 죽음이 이어질 때조차 기운이 넘쳤다. 들과 산에 약동하는 생명처럼, 형형색색 수백의 무인들이 장렬하게 싸웠다.

"온다!!"

"성혈교! 환혼귀가 있다!"

경호성이 울려퍼졌다.

이번 싸움은 컸다. 청성, 아미 연합이 주축이 되었다. 적측은 신마맹과 성혈교에 서쪽 새외(塞外)의 무파들이 합세했다. 국경까지 침범해 들어온 대공세였다.

"측면에 녹풍대 확인!"

"됐다! 당문이다!"

사천당문이 적 측면을 휩쓸고 들어왔다.

사병기에 이어 독연(毒煙)이 치솟았다. 성혈교 호교무인들의 진용이 삽시간에 허물어졌다.

그것으로 사천 삼대 세력이 모두 참전했다.

사천무림맹이다.

그 한가운데 의협비룡회가 있었다.

"우리가 한가운데를 뚫는다."

항상 그랬다.

불패신룡 오기룡이 선두에 섰다.

사천에서 그의 명성은 하늘을 찔렀다. 흑림의 술사가 불과 바람을 부리고, 성혈의 광신도가 자폭 공격을 가해도, 오기룡은 언제나 이겨내며 불패의 상징이 되었다.

구파육가가 잃어버렸던 불굴의 정신이 그 안에 있었다.

참룡방에 의리 있는 남자들이 함께했던 것처럼 오기룡의 비룡각 깃발 아래로 피 끓는 사내들이 모여들었다.

다 받아줄 수는 없었다.

그들이 누벼야 할 곳은 정파 무림의 안온한 비무장이 아니었다. 즉각 피 튀는 전쟁터에 투입되어야만 했다. 훈련 시간은 터무니없이 부족했다.

가려 받은 남자들을 아낌없이 가르쳤다.

무공 있는 무인들도, 무공 약한 남아들도 발 차는 법과 창 드는 법을 새로 배웠다.

난세를 사는 소년들은 금방 컸다.

죽음이 난무하는 전장을 세 네 번만 버텨내면, 어엿한 무인이 되었다. 그들이 다시 옆에 있는 이들을 지켰다.

오기룡의 뒤를 따라, 열혈의 무인들이 달렸다.

이제 성장하는 젊은이가 어제 죽은 백전 무인을 대체할 수는 없었지만, 그래도 기세만큼은 뒤를 이어 못지않았다.

대전란에 가족을 잃은 청년들이었다. 사문이 박살 난 무인들이었다. 청운의 꿈에 목숨 건 바보들이었다. 그들 모두에 싸워야 할 이유가 있었다.

"왼쪽 눌러! 아미가 밀린다!"

"내가 가오. 앞이나 잘 보시오!"

미염을 휘날리며 관승이 뛰쳐나갔다.

그 앞에서 적들이 마구 쓰러졌다. 관승이 순식간에 적진을 돌파하여 복호승들 진용에 힘을 보냈다. 복호승들이 반색하며 사기를 올렸다. 아미산 산자락에서 보냈던 시간만 일 년이었다. 그들과 아미파 무승들은 한 식구와 같았다.

"오른쪽은 내가 갑니다."

시키지 않아도 알아서 싸운다.

이번엔 왕호저가 달려 나갔다.

그 쪽엔 청성파가 있었다. 청성산에서는 아미산에서처럼 오랜 시간 머무르지 않았지만, 드넓은 사천 곳곳에서 그들 도사들과 수없이 많은 전장을 같이 싸웠다.

비룡각 무인들은 이제 숫자가 많지 않았다.

처음 사천에 함께 온 문도들이 백 명도 남지 않았다. 줄어든 숫자가 전부 다 사망자는 아니었다. 부상이 심각한 이들은 후방으로 뺀 뒤, 운남까지 이동시켰다.

새 문도를 새로 받고, 싸우면서 또 잃었다.

즉시 전력감이 아니거나, 싸울 상태가 아니라 판단되는 이들 역시도 운남으로 보냈다.

사천이라는 위치는 그래서도 중요했다.

사천 밑이 운남이다.

사천이 무너지면 최후방인 운남도 위험해진다. 점창이라는 강자가 북부 대리 지역에 버티고 있지만, 청성 아미를 짓밟은 적들이 결집하면 점창이라고 무사할 리 만무했다. 게다가 점창은 점창대로 국경 서부 탄족(撣族)의 갑작스런 준동에 발이 묶여 있었다. 오기룡을 비롯한 비룡각이 사천에서 목숨 걸고 싸우는 데에는 그와 같은 대국적 이유가 존재했다.

그렇게 고전을 거듭한 결과, 산 자들은 정예화가 되어 갔다.

지금 이 전장의 비룡각 무인들은 도합 백 이십 남짓이었으나, 초출부터 버텨온 비룡각 개개인의 전투력은 구파 주력 무인과 비교해도 전혀 손색이 없을 정도였다. 구파 정예 이상의 기량을 지닌 자도 여럿 있었다.

"단단해졌다. 놈들이 왔군!"

좌충우돌 앞으로 나아가던 오기룡은 전장의 변화를 민감하게 감지했다.

그들이다.

수없이 싸우고도 기어코 잡지 못했던 남산대왕과 영감대왕이었다.

꼭두각시와 같았던 백면뢰들에게 전술적 기동력을 부여하여 전투 난이도를 급격히 상승시키는 원흉들이었다.

지금도 그러하다.

적들이 조여 오는 기세가 심상치 않았다. 이런 움직임의 뒤에는 항상 남산대왕이 있었다. 남산대왕이 배후에서 조종하고, 영감대왕이 상당한 무력으로 공수를 보조했다.

지난번 전투에서 죽였어야 했다. 관승이 남산대왕에게 제대로 일격을 가했으나, 결국은 놓치고 말았다. 숨어서 위치 확인이 안 되는 이유는 바로 그 부상 때문일 것이다.

적들 공세에 특유의 진퇴가 생겨나기 시작했다.

남산대왕이 저 어딘가에 있다. 틀림없었다.

"대형! 저 앞에 벽서대왕이 있소이다!"

"모조리 다 온 건가!"

더불어 벽한대왕, 벽서대왕, 벽진대왕이라는 세 서우(犀牛:코뿔소) 가면들도 까다로운 적들이었다.

셋 모두 괴력을 자랑하는 무투파 가면들이다. 무공도 강력했지만, 무엇보다 주의할 것은 남산과 영감처럼 끈질기다는 점이었다. 물리치고 물리쳐도 다시 나타나기를 수차례다. 거기다가 놈들은 비룡각 무인들처럼 전투를 거듭할수록 강해지기까지 했다.

특히나, 그들 중 벽서대왕은 일 년 전 청성산 기슭에서 오기륭이 직접 때려죽였지만, 두 달 전 익주 전투에서 다시 같은 가면으로 버젓이 나타나 전과 같은 무공을 선보인 바 있었다. 다른 놈에게 가면을 씌워 대체한 것이었겠지만, 죽었다 살아난 것이라 해도 믿을 수 있을 만큼 극적인 부활이었다.

바로 그 벽서대왕이 또 저기에 있다. 그보다 더 뒤에는 벽한대왕이 아미파 급습부대와 싸우는 중이었고, 벽진대왕은 당장 보이지 않았으나 어딘가에서 공격을 준비하고 있을 것이다. 이 놈들은 항상 셋이 함께였다.

"방어를 굳혀! 더 깊이 들어가면 당한다!"

오기륭이 자신의 감을 믿었다. 혼자라면 어떻게든 돌파하겠지만, 지금 비룡각 전력으로는 안 된다.

오기륭이 무섭게 족도 참격을 내리찍으며 전방을 허물었다.

공간이 생겼으나 전진하지 않았다.

쐐기형으로 뚫고 들어온 비룡각 무인들이 반원으로 대형을 이루고 방어전열을 만들었다. 적들이 거세게 밀고 들어왔다. 난전이 이어졌다.

'조금 늦었어.'

오기륭이 빠르게 연환각을 쳐내며 생각했다.

아직도 대규모 난전은 쉽지 않았다.

더 빨리 판단했어야 했다.

순간순간의 대응은 자신 있었지만, 앞을 내다보지 못함이 아쉽다. 남산대왕의 존재를 미리 알지 못했다. 그 또한 놈의 교활한 책략이었을 것이 분명하다. 기척을 숨기고, 오기룡과 비룡각이 여느 때처럼 돌파하여 들어오기를 기다린 것이다.

"물러나지 마라! 여기서 밀리면 안 된다!"

오기룡이 웅혼한 목소리로 비룡각을 독려했다.

소리치며 몸을 날렸다.

뒤돌아 후퇴하면 더 많이 죽을 것이다. 한발 늦은 결정을 뒤집기 위해 분투했다. 선풍퇴 용각(龍脚) 비기에, 적들이 펑펑 튕겨나갔다.

"대형! 뒤쪽!"

왕호저가 멀리서 소리쳤다. 뒤를 보라는 소리다.

적측 공세가 파도처럼 거세다. 출렁출렁 타는 흐름이 이쪽이 말려들었다. 적들이 후방까지 치고 왔다. 이대로면 포위 당한다. 상황이 좋지 않다. 아주 좋지 않았다.

"남쪽! 마차와 일군 접근!"

정보요원으로 동행했지만, 이젠 아예 전투무인처럼 강해져 버린 여의각 문도 하나가 빠르게 새로운 사실을 알려왔다.

오기룡이 땅을 박차고, 백면뢰 가면 하나를 부쉈다. 하늘로 몸을 날리려는데, 흑점 박힌 이색의 가면 하나가 날카롭게 검을 휘둘러왔다.

몸을 낮추고 철신각을 차올려 검날을 분질렀다.

올라가 보지 못한 광경을 여의각 문도가 보고했다.

"식별기 의협비룡회! 천잠사 양광반사 확인! 숫자 삼십! 아군입니다!"

다행이란 생각보다, 위험하다는 경종이 먼저 울렸다.

삼십이면 수가 너무 적다.

함께 목숨 걸러 오는 숫자다.

돌아가라 할 수도 없고, 마중 나가 길을 열어줄 수도 없다. 저들 스스로 치고 들어와 합류하기엔 역부족이다. 접근을 멈추고 후방에 잔류하는 것만이 답이다. 오기룡이 뱃속 깊이 내공을 일으켰다. 작전중지를 소리쳐 명령하여, 참전을 막아야 했다.

파라락! 퍼억! 꽈앙!

앞으로 짓쳐나가 눈에 보이는 백면뢰를 차 눕히고, 달려드는 적의 어깨를 박차 뛰었다.

오기룡이 공중에서 몸을 돌렸다.

남쪽 진입로 저편으로 흙먼지를 일으키는 마차부대가 보였다.

육두마차, 삼색기가 휘날린다.

막 내공담은 목소리를 터뜨리려는데, 마차로부터 한 남자가 튀어나오는 것이 보였다. 엄청나게 날쌘 그는, 한 손에 검은색 방편산을 들고 있었다.

"적진에 빈틈! 결 따라서 돌입한다!"

기민하게 앞장서며 단호하게 소리친다.

오기룡은 순간, 먼저 떠나보낸 형제를 떠올렸다.

방편산 든 우목의 쇄도에 흑산군사 선찬의 모습이 겹쳐 보였다. 우목의 뒤쪽으로 얼굴빛 새카만 오원의 전사들이 무서운 속도로 땅을 박찼다. 발도각처럼 칼을 들고, 비룡각처럼 창을 든 전사들은 고작 삼십 명에 불과했지만, 그 집중력은 삼백 군사의 일점돌파처럼 강렬하기 짝이 없었다.

오기룡이 목소리를 삼키고 각법을 내리찍으며 땅위에 내려섰다. 저기 멀리서 출렁, 하고 적진이 흔들렸다.

콰직! 쫘광! 퍼어어억!

선두의 우목이 신마맹 후방진을 날카롭게 파고들어왔다.

베는 법을 아는 자가 쉽게 칼을 쓰듯, 우목이 적진의 흐름을 단숨에 갈라냈다.

이어, 우목이 소리쳤다.

"지금!!"

달리던 마차가 방향을 틀었다. 적진 상부 쪽이다. 우목이 신호하자, 마차 위 기수가 깃발을 흔들었다.

반대편 등성이에서 화답이 있었다.

올라온 녹색 깃발엔 비룡과 금표(金彪)가 어우러져 있었다.

"호저!"

오기룡이 소리쳤다.

왕호저가 강력한 창격으로 적의 피를 뿌리며 화답했다.

"승!"

관승도 마찬가지다.

그가 화룡언월도를 내리찍고 몸을 돌려 오기룡 쪽을 보았다.

"남산대왕이 죽는다! 앞! 같이 뚫자!"

모았던 내공으로 터뜨린 음성이 적진 위를 짓눌렀다.

관승과 왕호저는 무슨 소리냐 묻지 않았다.

오기룡이 적진 깊이 뛰어들었다. 관승과 왕호저가 직선으로 혈로를 그렸다. 세 줄기 길이 하나가 되었다.

세 고수가 적진 한가운데를 강타했다.

이제 마음껏 싸워도 된다. 참룡방에서 그들이 최대 기량을 발휘할 수 있었던 것은, 그들 뒤에 훌륭한 군사(軍師)가 있었던 덕분이다.

그 역할을 해줄 사람이 왔다.

비룡각 무인들은 새 지휘관을 맞이했다. 우목이 소리 높여 명했다.

"비룡각! 이분(二分)하여 좌측을 밀고, 우상을 친다! 목 선생, 좌군 맡아! 내가 우측 선두로 나간다!"

납서족 목여강이 전사들과 함께 비룡각 무인 절반을 이끌었다.

우목이 나머지 절반을 몰아쳐, 오기룡의 뒤를 받쳤다.

비룡각 무력이 절묘하게 살아 움직였다.

아미산 미후대란 때와 또 달랐다. 수천 마리 요괴들 사이에서도 겁먹지 않는 용맹(勇猛)은 그때 이미 갖췄다. 지금은 병법의 싸움이다. 우목이 섬세하게 전투의 완급을 조절했다. 남산대왕의 병대 운용이 급격하게 흐트러졌다. 갑작스런 변화에 당황한 것이다.

"저건 뭐냐! 막아라! 막아!"

요괴는 요괴가면이라.

남산대왕은 사람 모사(謀士)와 달리 끝까지 숨어 있지 못했다. 적진 후방 저 끝에서, 남산대왕의 다급한 목소리가 울려 퍼졌다.

"영감! 벽진! 얼른 나와! 나를 지켜라!"

남산대왕은 놀란 기색이 역력했다. 그의 전술이 파탄을 드러낸 것은, 우목의 진격 때문만이 아니었다.

직접적인 위협을 느껴서였다.

남산대왕과 가장 가까운 쪽 진용이 단숨에 와해되고 있었다. 막 달려온 영감대왕이 남산대왕의 옆을 지나치며 말했다.

"맹독! 독술이다."

"독? 당문은 저쪽에 봉쇄했건만!"

영감대왕이 금동철퇴를 꺼내 들었다.

풀썩풀썩 쓰러지는 신마맹 백면뢰들 사이로, 얼굴빛 검은 이족(異族)이 모습을 드러냈다. 표범가죽 둘러멘 옷가지에, 전신에는 맹수의 기세가 넘쳐흘렀다.

"야만족 창술사."

"저, 저거! 저거 미친 표범 아니냐?"

"맞는 것 같다."

금색 표범 화려한 금장 장식, 흑적색의 창날은 광택 없이 칙칙하다. 철창을 들고 땅을 박찬다. 유려하고 사나운 기세로 덤벼들었다.

효마가 말없이 쇄도했다.

영감대왕이 뛰쳐나가 금동철퇴를 휘둘렀다.

쩡!!

창날 끝에서 불꽃이 튀었다. 충돌 반탄력으로 땅을 굴러 뛰는데, 그 모습이 실로 짐승 같았다.

효마는 영감대왕과의 이 대 일 대결 따위에 아무런 관심이 없었다. 그대로 땅을 박차더니, 남산대왕을 달려들었다.

"으엇!"

남산대왕은 거리가 꽤 있음에도, 대경하여 뒤로 훌쩍 물러났다.

"막아! 막아! 막으라!"

백면뢰들이 무더기로 앞을 채웠다.

더불어 산처럼 묵직한 음성이 남산대왕의 경동을 달랬다.

"대왕, 내가 왔소."

청회색 가면에 코에는 날카로운 뿔이 달렸다.

서우 가면 삼대왕 중 최후방에 머물러 있던 벽진대왕이었다. 그가 철가시가 돋친 철추를 등 뒤에서 돌려 꺼냈다.

"그래! 어서 저놈을 죽여라!"

벽진대왕이 쿵! 하고 땅을 박차며 효마의 앞을 가로막았다.

효마의 연환창이 전면을 휩쓸었다. 금표철창을 한손에서 양손으로 바꿔 잡으며 광폭한 기세로 달려들었다.

쩌저정! 쩡! 쩌정!

벽진대왕은 기에서부터 눌렸다.

서우(犀牛)라는 짐승이 덩치에서부터 범상치 않듯, 그 요괴라 함은 당연하게도 대력(大力)의 무공을 장기로 지녔다.

쩌엉!

그런데도 안 된다.

벽진대왕의 철추가 한껏 뒤로 튕겨나갔다. 힘에서도 밀려버렸다. 벽진대왕은 어깨부터 사납게 치고 들어오는 창격을 보고 대력강갑의 외공마저 잊은 채, 몸을 피했다.

꽝!

창날이 땅을 때렸다. 단단한 땅바닥이 움푹 터져 나갔다.

무쌍금표창의 원형(原形)은 필시 그와 같지 않을 것이다. 표(豹)는 날렵하고 은밀한 맹수다. 무릇 금수(禽獸)에서 비롯된 무공은 근원의 본성을 그대로 따르기 마련이다.

무쌍금표는 빠르면서 신중하다. 아무도 모르게 급소를 점하고, 순간 달려들어 숨통을 끊는 창술이었다.

효마는 기다리지 않고 발톱부터 박았다.

일단 찢어놓고 목덜미를 물었다.

광표왕(狂豹王)이란 별호가 심심찮게 들려왔다. 명성은, 이유 없이 만들어지지 않는다. 효마는 중원이 붙여 준 이름보다 더 사납게 싸웠다.

쩡! 쩌정!

남산대왕의 바로 앞에서 창격 불꽃이 후두둑 떨어졌다.

급히 몸을 돌려 달려든 영감대왕이 효마의 창을 막아주었다. 이어, 벽진대왕의 철추가 효마의 머리 위로 떨어졌다.

꽈아앙! 퍼엉!

정통보법도 아닌 것이, 신묘함은 구파경공 못지않다.

효마의 신형이 나무를 박찬 표범의 등줄기처럼 쭉 늘어나듯 움직였다. 두 중병이 목표를 잃고 허공을 갈랐다. 땅바닥과 바람만 터졌다.

후웅! 쐐액!

다시 효마를 포착하고 올라오는 철퇴와 철추에, 금표창이 내리꽂혔다.

채챙! 따아아앙!

충돌음과 함께, 효마의 몸이 다시 공중으로 떴다.

영감대왕이 빠르게 남산대왕 앞을 선점했다. 그는 늙었기에 사심이 없었다. 몇 안 되는 신마맹 전술가를 보호하는 역할에 충실했다. 벽진대왕은 조금 더 공격적이었다. 단단한 체구를 날려 효마를 뒤쫓았다.

효마는 독을 쓰지 않았다.

땅에 내려섬과 동시에 다시 창을 휘둘러 잡고, 천근처럼 쳐들어오는 철추를 날렵하게 막아냈다.

꽝!

기습을 막은 영감대왕이 다시 가세했다.

교활한 남산대왕은 직접 싸움에 뛰어들지 못했다. 일전의 싸움에서 관승에게 당한 것이 컸다. 불기운을 담은 언월도가 늑골 세 개를 부수고 간장 일부까지 짓이겼다. 스무 날 동안 사경을 헤맸다. 공력도 반 이상 날아갔다. 지금도 옆구리를 가로 질러 무명사가 얼기설기 옷감처럼 기워져 있었다. 남산대왕이 이를 갈며 소리쳤다.

"이 어르신은 지옥조차 거부한 대왕이다. 감히 누구를 시해할라고! 죽어라, 이 짐승 같은 놈아!"

효마가 창을 떨치고 고개를 돌렸다.

그가 남산대왕을 쳐다보았다.

남산대왕은 등줄기를 따라 올라오는 오싹한 한기를 느꼈다.

맹수의 시선이 서늘했다. 이미 다 잡힌 먹이를 보는 눈빛이었다.

"헉!"

남산대왕은 순간 자신이 제대로 읽었다는 사실을 깨달았다.

효마가 눈을 돌렸다.

사냥 완수다. 효마는 이미 남산대왕이 아니라 눈앞의 철퇴와 철추에만 집중하고 있었다.

"크으… 어……."

효마는 혼자가 아니었다.

남산대왕은 발을 움직일 수가 없었다.

공력 흐름이 가닥가닥 끊겼다. 중독이었다. 눈만 아래로 내려다보았다. 발치 저편에 소리도 없이 깨진 작은 자기병 하나가 보였다.

소리는 물론 났을 것이다. 효마의 연환창격이 철추, 철퇴와 부딪치는 충돌음으로 다른 소음을 지워 버렸다. 절묘한 양동이다. 효마는 광포함을 한껏 드러낸 존재감으로 모든 정신을 빨아들여 버렸다.

"이… 놈… 이……!"

내공을 있는 대로 끌어올려 독기에 저항했다.

명색이 대왕가면 요괴다.

하나의 독으로 무너지지 않았다.

파삭! 파각!

하지만, 라고족 사냥꾼들은 요괴가 회복할 여지를 줄 생각이 없었다. 남산대왕의 발밑에서 자기병들이 연이어 부서졌다.

대놓고 독연(毒煙)이 올라왔다. 남산대왕은 신음성조차 내뱉지 못했다. 손과 목덜미 드러난 피부가 푸르죽죽하게 변했다.

"남산!!"

영감대왕이 그때서야 변고를 알아채고 대경하여 몸을 돌렸다.

효마는 정통 무인이 아니었다. 그 순간을 놓치지 않았다. 아니, 그 순간을 기다리고 있었다.

퍼억!

금표창은 날카로웠다.

영감대왕의 가슴팍에 구멍이 뚫렸다.

피슛!

핏줄기가 치솟았다. 영감대왕은 몇 차례 당문과의 싸움에서 더 배웠어야 했다. 청성, 아미에 너무 익숙해져 있었다.

영감대왕이 몸을 숙이고, 뒤로 빠졌다.

그것도 실수였다. 효마는 당문보다 더 지독했다. 상처 입은 사냥감을 놓칠 그가 아니었다.

픽! 픽!

벽진대왕의 철추를 가볍게 타 넘으며 영감대왕의 등을 향해 금표창을 내리꽂았다. 영감대왕의 어깨와 등에서 피가 터졌다.

"놈! 그만하라!"

벽진대왕이 이를 악물고 철추를 휘둘렀다. 사선을 잡고 제대로 들어왔다. 이건 그냥 피해낼 수 없다. 영감대왕의 등에서 금표창을 잡아 뽑으며, 그대로 창봉을 내쳤다.

쩡!!

벽진대왕의 철추가 비껴 떨어졌다.

괴력은 괴력이다.

효마가 측면으로 튕겨 나왔다.

영감대왕이 비척비척 피를 쏟으며 남산대왕에게로 발을 옮겼다. 남산대왕의 몸이 부들부들 떨리고 있었다. 부상까지 심각한 몸에는 더 이상 맹독을 감당할 수 있는 힘이 남아 있지 않았다.

파삭!

라고족은 그들만의 방식이 있었다.

이번엔 영감대왕의 발치에서 독병이 깨졌다.

사냥의 왕이 아닌 이상, 밀림의 맹수와는 정면에서 마주칠 일이 없다. 특히나 상처 입은 짐승들에겐 함부로 접근하는 것이 아니다.

역으로 사냥 당할 수 있기 때문이었다.

라고족은 절대로 가까이 다가오지 않았다. 독(毒)과 함정으로 기운을 빼는 것이 먼저였다. 그것만으로 죽으면 바랄 것이 없었다.

털썩.

남산대왕이 먼저 쓰러졌다. 대왕가면 밑 턱 선을 따라 괴이한 색깔의 피거품이 흘러내렸다. 영감대왕도 움직임이 멎었다. 남산대왕이 쓰러진 땅엔 독기(毒氣)가 자욱했다. 멀쩡한 몸으로도 선뜻 발을 들이기 어렵다. 더구나 몸에는 세 개의 창날 구멍이 뚫렸고, 열린 상처로는 기화된 혈액독(血液毒)이 스며들고 있었다.

효마가 몸을 세우고 창을 비껴들었다.

전신에선 흉폭한 기운이 스며 나오는데, 눈빛은 깊은 밤처럼 고요했다.

벽진대왕이 자신도 모르게 주춤 한 발 물러났다.

주위에 신마맹 가면들이 몰려들었다.

효마는 포위되었어도 포위된 것 같지 않았다. 벽진대왕은 수많은 가면들 한가운데서도 혼자 된 느낌을 받았다.

"벽진!!"

가면들을 헤집고 거구가 날아들었다.

지휘부의 위기를 알고 아미파와의 접전에서 뛰쳐나온 벽한대왕이었다.

벽진대왕은 형제 같은 요괴가 달려왔어도 든든하지 않았다. 전부 다 죽을 것 같았다. 의협비룡회의 야만족 암살부대가 무섭게 악랄하여 사천당문 녹풍대 이상으로 위험하다 하더니, 왜 그런 말이 나왔는지 완벽하게 실감할 수 있었다.

"정신 차려라!!"

벽한대왕이 공력 담아 소리치며 벽진이 들고 있는 것과 똑같이 생긴 철추를 휘둘렀다.

효마가 창을 들어 철추를 튕겨냈다.

가면들이 계속 몰려들었다.

목적을 이룬 효마는 물러갈 때임을 알았다. 험한 산들이 그렇다. 사냥에 욕심을 부려선 안 된다. 그는 혼자가 아니었다. 라고족이 모두 다 무사히 철수하려면 지금 돌아 나가야 했다.

파삭! 파사삭!

효마가 품속에서 독병들을 꺼내 던졌다.

맹독이 피어올랐다.

창과 독을 휘두르며 유유히 빠져 나갔다.

그로부터 반 다경도 지나지 않아, 중첩된 중독과 급격한 상세 악화로 남산대왕의 숨이 끊어졌다. 비참하고 허무한 최후였다. 영감대왕도 가망이 없어 보였다.

적 대병력의 전열이 크게 흐트러졌다.

의협비룡회를 비롯, 청성 아미 당문 연합이 거세게 몰아붙였다. 벽한대왕이 나머지 두 대왕과 함께 신마의 무리들을 수습하여 후퇴를 감행했다. 대승(大勝) 같아 보였다.

단정은 일렀다. 환혼귀, 신장귀를 앞세운 성혈교 원군이 능선을 넘어 맹렬히 진격해 왔다. 사도로 여겨지는 지휘관들도 보였다.

순식간에 전황이 역전되었다.

깊이 쫓던 사천 무림맹은 거센 역습에 당황했다.

우목의 지휘력이 눈부셨다.

오기룡, 관승, 왕호저의 돌파력을 믿고 선봉을 분쇄한 후, 아미와 청성을 한데 모아 중군을 단단히 했다.

양측은 서로 물러났다. 당문 녹풍대 사십 명이 독을 풀어 적의 추격과 기습을 막았다. 금표기의 존재가 사도의 출격을 견제했다.

밤 동안 적들은 더 멀리 후퇴했다.

남산대왕을 죽인 것은 큰 전공(戰功)이나, 사천 무림맹 젊은 동량들을 많이 잃었다. 성과만 놓고 보면 승리 같은데, 죽고 다친 사람의 수를 헤아리면 성취감 대신 참담함이 앞섰다.

"적들이 산을 넘었습니다. 영감대왕의 죽음이 추가로 확인되었습니다. 남산대왕 없이는 산악전 수행이 어렵다고 판단한 것 같습니다."

"시간을 번 건가."

"적어도 열흘, 삼파도 재정비할 시간은 충분합니다."

그걸로 큰 전투가 끝났다.

여의각은 다른 삼파 무인들과 긴밀히 협조하며 작전 수립에 직접 관여했다. 이제 그 어떤 대문파도 의협비룡회를 무시할 수 없었다. 수는 적어도 입지가 단단했다.

첩보를 통해 전투 종료가 확인된 후, 의협비룡회 무인들은 곧바로 흩어져 묵묵히 삼파의 시신 수습을 도왔다. 죽어간 아미파 무승들 중엔 거의 동자승이라 해도 될 만한 소년승도 있었다. 아미의 처사를 비판하기에 앞서 함께 안타까워하고 슬퍼했다. 적벽 출신 비룡각 무인들은 청성파가 향을 피우고 넋을 기리는 축문을 고할 때 함께 서서 경건히 사후의 복락을 빌었다. 오원 출신들은 그들 민족 각각의 믿음대로 죽음을 받아들이고 진심으로 서로의 상실을 위로했다. 그런 행동들이 강호가 바라보는 의협비룡회의 모습을 만들었다.

당문은 조금 달랐다.

효마와 당문 사이에 벌어졌던 구원(舊怨)의 잔재는 완전히 사라지지 않았다. 그들 눈엔 효마나 다른 갈색 피부의 무인이

나 다 똑같은 족속이었다. 몇몇 도도한 당문의 젊은이들은 운남 남부 이족(異族) 출신들에 대한 악감정을 좀처럼 없애지 못했다. 풍습과 문화의 차이도 있었지만, 그보다 그들 세대가 그랬다. 사천당가 자존심이 하루아침에 무너졌고, 하루건너 한 번씩 누군가의 피를 보았다. 어린 시절부터 분노와 좌절이 가득한 나날을 살았다. 누구에게나 자신의 생각에 대해 마땅히 할 말이 있었다.

조금 더 성숙한 녹풍대 대원들은 좀처럼 편안해지지 않는 관계에 난감해 하면서도 의협비룡회의 특질을 존중하려 노력해주었다. 호의를 가진 자들은 전적으로 그들에게 감사해했다. 의협비룡회 회주는 도강언 전투에서 위태롭던 당가주의 목숨을 살린 이였다. 심성이 좀 삐뚤어진 어린놈들은 그 사실에조차 자존심을 결부시켰지만, 거기까지 동의하는 이는 많지 않았다. 무엇보다, 그들은 전우(戰友)였다. 함께 싸울 때, 의협비룡회는 단 한 번도 당문을 저버린 적이 없었다.

"우리는 북부 전선으로 가오."

녹풍대가 먼저 말했다.

불편해서든, 다른 이유에서든, 당문은 사망자와 부상자를 수습하자마자 다른 전장으로 이동했다.

아미, 청성도 뒷정리가 빨랐다.

그들은 더 이상, 불문, 도가의 청정한 산사람 같아 보이지 않았다. 전쟁터 병사들의 모습이 따로 없었다.

"우리도 떠나야 합니다."

우목이 아미와 청성 장로들에게 말했다.

대격돌이 벌어지긴 했지만, 이 지역은 사실 무리하여 점거하고 있기에는 전략적 가치가 크지 않은 땅이었다. 어느 정도는 내줘도 되는 곳이라는 뜻이다. 청성의 선인들이나, 아미의 보국, 보광도 다른 전선에서 싸웠다. 남산과 영감대왕을 죽였으면, 여기서는 할 만큼 한 셈이었다.

"적들 시선을 끌고 동부 전선을 넘겠습니다. 사천을 굳게 지켜주실 거라 믿겠습니다."

유창하지 않은 사천어로, 우목이 포권을 취했다.

아미 장로가 물었다.

"어디로 가시는 게요?"

"큰 싸움이 있을 겁니다. 무운을 빌어주십시오."

"아미타불."

불호가 따뜻했다. 청성 장로의 눈빛도 그랬다.

많은 것이 변했다.

오원 작은 땅에서 가혹한 전쟁터를 헤매던 소민족의 청년이 구파의 장로들과 나란히 서서 천하의 대란을 논했다.

단운룡은 약속을 지켰다.

우목은 흑산군사 선찬처럼, 중원에서 자신의 싸움을 했다. 그가 구파 무인들을 두고 당당히 걸어 나왔다. 불가능했던 일들이 현실이 되고 있었다.

"새 무복(武服)입니다."

눈길을 끌겠다는 말은 전술적 움직임만을 의미하는 것이 아니었다.

큰 마차가 열렸다. 의복과 장비가 새롭게 지급되었다.

천룡상회의 비호 아래, 강씨 금상은 광동에서 느리지만 탄탄하게 재기했다. 금상의 새로운 상주 선성천녀가 의협비룡회 젊은 회주의 부인이라는 소문이 비단금침 염하듯 은은하게 퍼져나갔다.

금상의 비단 무복은 튼튼하고 색이 좋았다.

비룡각 무인들은 진녹색 바탕에 용린(龍鱗) 침선을 옷소매에 박았다. 과하게 화려하지 않으면서도 인상에 남았다.

피에 젖어 망가진 신발들을 대거 폐기하고, 금상의 침선술로 튼튼하게 만든 피혁신발들을 지급했다. 그들은 작은 차이로도 생사가 갈릴 수 있는 전장들을 누벼 왔다. 무공만으로 모두 덮을 수 없는 사소한 운(運)의 세계가 존재했다. 좋은 장비는 그 운을 조금이나마 그들 쪽으로 끌어당길 수 있었다. 모두의 모습이 잠시 간에 헌앙해졌다. 각양각색 피부색에도 차이 없이 잘 어울렸다.

오기륭은 더 화려한 무복을 받았다.

철신갑 위로 덮여 있을 수 있는 옷이라 품이 넓으면서도, 권각이 자유롭도록 전신에 잘 감겨 들었다. 양팔과 양다리 소매에 용조문(龍爪紋)은 강설영이 직접 침선했다. 부드럽게 떨어지는 옷자락 비단결엔 자유와 위엄이 공존했다. 불패신룡이라는 이름값에 제대로 들어맞는 옷이었다.

관승과 왕호저에겐 고대 장수와 같은 운문(雲紋) 전포가 주어졌다. 용신을 품은 구름이었다. 마찬가지로 화려했다. 둘 다 전설 속에서 막 튀어나온 듯, 보고 있으면 절로 감탄이 나왔다.

달라진 위용으로 사천 땅을 가로질렀다.

동쪽 전선에서, 그들은 진정 비룡의 위용을 사해에 떨치며, 두터운 적진을 일직선으로 돌파했다.

더 많은 죽음을 끝내기 위해.

승부를 내기 위해.

촉국의 전장을 지나 동쪽으로 향했다.

*　　　　*　　　　*

"끝까지 뚫어라!"

"여기만 넘으면 된다!"

함성이 뒤따랐다.

뜨겁고도 뜨거운 땅이었다. 습지를 건너, 숲을 뚫었다. 마침내 그들이, 월국을 넘어 남쪽 끝에 도달했다.

망망하고, 거대하다.

그들 중엔 이 광경을 처음 보는 이들도 많았다.

백사장(白沙場)이 드넓었다.

파도가 쳤다.

대해(大海)가 그들 앞에 있었다.

"저건가?"

"그런 모양이외다."

"엄청나게 크다. 터무니없군."

늑대, 허유가 피 묻은 섭선을 옷깃에 닦았다. 뱀, 마건위가 사검을 허리춤에 감았다.

바다 위에, 군함들이 떠 있었다.

일반적으로 상상할 수 있는 함대의 규모가 아니었다.

운남 깊은 곳에 살던 마건위는 물론이요, 중원에서 이름을 얻었던 허유도 저런 배들은 본 적이 없었다.

"일단 갑시다."

허유가 말했다.

마건위가 탐탁지 않다는 얼굴로 고개를 끄덕이며 하나 남은 손으로 뒤를 향해 손짓했다.

모래사장 뒤편 숲으로부터 남쪽 땅 전사들이 줄줄이 걸어나왔다. 여기까지 오기 위해 한 나라의 땅을 관통했다.

전사들이 바다 앞에 서자, 대함대에서 소선들이 내려왔다.

오원의 전사들이 함선에 올랐다.

오래 걸렸다.

수가 일천이 넘었다.

대병력이 바다 위에 떴다.

아주 머나먼 남쪽, 새외(塞外)의 바다에서 벌어진 일이었다.

*　　　　*　　　　*

산서는 크게 어지러웠다.

"결국 적들에게 넘어갔구나!"

분양파 남문 앞에서, 시양회주가 탄식했다.

인근의 사파 무리들이 극성을 부릴 때부터 알았어야 했다.

중도(中道)를 걸어 왔던 분양파는 무력으로 이권을 휘두르는 사파의 거두가 되어 있었다.

"늙은이. 옛정을 생각해서 보내줄 터이니, 그만 돌아가시오."

셀 수 없이 많은 무인들이 시양회와 청천각을 포위했다.

경남방이 충혈된 눈으로 문 앞에 나와, 가면 없이 말했다.

손에는 술병만 들려 있었다.

시양회주 평요보는 끝내 창을 내치지 못했다.

경남방은 동풍릉과 다른 방식으로 망가져 있었다. 자멸(自滅)의 기운이 동풍릉보다 훨씬 더 깊고 짙었다.

주위를 둘러싼 사파 무리들 중에는, 무공 한 수 제대로 배우지 못한 무지렁이들도 많았다. 낫이며 몽둥이를 든 파락호들도 보였다. 언젠가 살의(殺意)로 무장한 사도(邪道)의 악한들이 될 수도 있는 이들이었지만, 백주에 모조리 쳐 죽일 수도 없는 노릇이었다.

동풍룡과 평요보가 돌아섰다.

경남방 못지않은 실의(失意)가 그들 등 뒤에 내려앉았다.

마천검(魔天劍)으로 목을 날릴 수 있는 거리에서, 엽단평은 홀로 갈등했다.

좌절한 경남방은, 악(惡)처럼 보이지 않았다.

징벌은, 악업을 저지를 사람보다, 악업이 증명된 자에게 내려져야 했다. 아직은 아니었다. 엽단평은 판관 대신 청천을 택했다.

그가 동풍룡과 평요보처럼 발길을 돌렸다.

                    *   *   *

태원에서 시작된 일산오강의 난은 산서 전역에 들불처럼 번져 기나긴 항쟁의 세월로 이어졌다. 고성(古城)에 다시 한번 요괴 대란이 발발했고, 항산 북쪽 국경이 또 한 번 뚫려 귀병(鬼兵) 군대가 남하했다.

"오대산 산사에서 온 마차입니다!"

"원력승들입니다! 상세가 심각합니다!"

태원부, 다시 일어난 대동장의 전경은 전시(戰時)의 요새와 같았다.

마차 어자석엔 피투성이 승려 두 명이 고삐를 쥐고 있었다.

"의원들을 불러 와!"

"거기, 조심해서 옮겨라!"

"마차 안에도 부상자들이 있습니다!"

"헉!"

"성불, 성불께서도 계십니다!"

항산의 귀병 남하를 저지하지 못한 문수성불이 빈사의 몸으로 대동장에 실려 왔다.

기식이 엄엄했다.

의협비룡회에서 백방으로 수소문해, 오래전 인연을 끌어냈다. 청백신의가 마침 산서에 있었다. 두 달에 걸친 치료 끝에 그가 문수성불을 일으켰다.

태원부는 전란의 도시가 되어 있었다.

도시 서부를 태행방이 장악했다. 태행방주에서 군행검, 군행검에서 군자검(君子劍)까지 불리는 이름마다 인품과 덕행의 상징이었던 군자(君子) 황려만은 가면을 씀으로서 신마(神魔)의 수괴가 되어 버렸다.

황려만은 한 지역의 손꼽히는 강자로서 본래도 검기(劍技)가 출중했지만, 가면을 쓴 이후에는 여타 오강을 오시할 만큼 고절한 무공을 지니게 되었다.

하지만 그는 특이하게도, 천신이나 요마의 이름을 쓰지 않았다. 그는 똑같이 군자검이었다.

누군가 검선(劍仙)이란 호칭을 말했으나, 그것은 자신의 이름이 아니라며 거부했다.

말투도 달라지지 않았고, 공사(公私)가 분명한 성정도 그대로였다. 그저 더 강성해진 세력으로 무력의 합리 하에 일산오강을 제압하려 들 뿐이었다.

혹자는 황려만에게 물었다.

더 고강한 무공을 지니게 되었으면, 같은 일산오강이 아니라 숭무련을 향한 설욕이 먼저 아닌가. 응당 가능한 질문이었다.

그러나 황려만은 남아(男兒)가 패배를 인정하였으니 먼저 비무를 재청할 수 없다며, 숭무련에 대한 재도전 권유를 일축했다. 기이한 논리는 또한 신마(神魔) 특유의 괴이(怪異)인지라, 누구도 재고를 강요하지 못했다.

군자가 산서 군림(君臨)의 길을 걸었다.

사파 세력보다, 정사지간, 또는 쇠락한 정파들을 흡수하며 전국 각지의 신마대란 중 가장 특이한 행보를 보였다.

그들은 백주의 난전(亂戰)을 선호하지 않았다.

분란이 생기면, 가면 쓴 사자(使者)를 보내왔다. 도시 외곽에서 숫자와 날짜를 맞춰 잡고 싸웠다.

구시대의 전투방식이었다.

혈전(血戰)으로 번지기 일쑤였지만, 이십 대 이십이라 약조하면 약속 그대로의 숫자가 나왔고, 결과에 깔끔히 승복했다. 매복이나 암습 없이 정정당당했다.

수가 적은 청천각과 지리멸렬했던 대동장이 도시 반대편에서 버틸 수 있었던 이유였다. 시양회가 고성의 요란(妖亂) 진압을 위해 내려간 후, 청천각 대동장의 무인들은 만성적인 인력 부족에 시달렸지만 그래도 어떻게든 싸워 나갔다.

"우리가 잘못 알았소. 보잘것없었던 안목을 탓하시오."

"지금이라도 손잡을 수 있어서 다행입니다."

"성불, 누를 끼쳐 죄송하외다."

"괜찮다오. 정 총관."

아래쪽에서는 분양파를 중심으로 한 사파 무리가, 태원부 일대에는 태행방을 필두로 한 신마(神魔)의 침식에 고립되어 분전하던 하현방이 극적으로 연합에 들어왔다. 그때부터 그들은 산서무림맹이라는 이름을 썼다.

전장이 산서 전체로 확대되었다.

일산 삼강이 손을 잡았으나, 세는 예전 같지 않았다. 문수 성불은 아예 산(山)을 잃었다. 어느 일파의 고수 열 명을 뽑아도, 태행방 열 명과 싸우면 우위를 점하지 못했다. 싸울 때마다 수좌가 나설 수도 없는 노릇이라, 어느 지역에서나 열세를 면치 못했다. 엽단평과 청천각이 달려가 전장의 균형을 맞췄다. 어제 대동장과 태행방에 맞서면 오늘 시양회 청색창과 연수하여 요괴들을 베었다.

그렇게 많은 계절을 넘겼다.

"새 무복과 대(對) 요괴 병기들입니다."

힘겹게 분투하던 청천각에 이전과 이복을 비롯한 정예무인

스무 명이 가세했다. 대형 석궁과 부적 다발이 마차에 실려 왔다. 웅크리고 있던 순양궁 도사들이 우연인 듯 필연처럼 참전하면서 요란(妖亂) 진압의 중추가 되었다.

귀선급 괴력난신들의 대파괴와, 항산의 이차 귀병대전투, 태원에서 사라졌던 무가보(武家堡)의 재개문과 숭무련 무인들의 무력 개입, 팽가 오호도의 급습 등, 굵직한 사건들이 연이어 일어난 끝에, 오래전 진성루라 불렸던 금화루 지붕 위에서 황려만과 동풍릉이 다시 싸웠다.

이차 대태일전이라 했다. 태대일전이란 말은 아무도 쓰지 않았다. 신마를 대리하는 태행방에 대한 민초들의 시각은 예전 같지 않았다. 그들은 분명한 괴이(怪異)였다.

사합로 거리가 그 시절 수많은 관중들 대신, 수백 무인들의 시가전(市街戰)으로 채워졌다. 전국에 위명을 떨치는 고수들이 별처럼 떠오르는 이때, 황려만과 동풍릉이란 결코 화려한 이름이 아니었다. 그러나 그들의 일대일 승부는 그 시절을 이상의 치열함으로 산서대란의 대미(大尾)를 장식하기에 부족함이 없었다.

군행검의 가면이 벗겨질 때, 동풍릉은 손 하나를 잃었다. 주홍빛 경장홍갑이 통천도에 갈라지고, 호박보석 군자검(君子劍)이 부러졌을 때, 동풍릉은 다리 한쪽마저 내줘야 했다.

양패구상이었다.

사합로 화려했던 금화루는 옛 진성루처럼 뼈대만 남았다.

군행검이 쓰러진 순간, 태행방은 구시대의 정정당당함 대신 신마(神魔)의 흉맹을 택했다. 밀려드는 신마맹 대군에 맞서 엽단평은 사보검을 세번 개진하고, 마천과 청천을 넘나들며 신검(神劍)의 명성을 얻었다.

청천각 검사들이 일제히 대력횡검을 내쳐 남로와 북로에서 동시에 가면 무리들을 횡단(橫斷)한 광경은 태원부에 길이길이 남을 사합로의 전설이 되었다.

청천각이 중앙을 맡아 싸울 때, 사합로 먼 북쪽과 남쪽의 진입로에서도 대격전이 있었다. 하현방 정립중이 북쪽에서, 시양회 평요보가 남쪽에서 숭무련을 막았다.

이미 한 번 꺾였어도, 그들은 틀림없는 강자들이었다.

숭무련 지파 회주들이 아니고서는 그들을 이길 자가 없었다. 그러나 그것은 어디까지나 일대일에 국한된 이야기였다.

비무 없는 난전이 벌어졌다.

평요보와 칠창(七槍)이 만창회 창술고수들과 싸웠다. 오창(五槍)이 쓰러지는 고전 끝에 숭무련의 진입을 막을 수 있었다.

정립중의 하현방엔 칠창 같은 고수들이 없었다. 정립중은 홀로 싸웠다. 기개와 투혼으로 기갑문 무인 이십 명을 돌려세웠다. 내상과 외상 둘 다 심각했다. 정립중은 기식이 엄엄한 상태로 신마맹 백면뢰들에게 둘러싸여 죽음 직전에 내몰렸으나, 문수성불이 위기에서 그를 구했다.

대태일전의 결과가 그러했다.

동풍릉은 불구가 되었고, 정립중은 중태에 빠졌다.

황려만은 죽지 않고 사라졌다. 흉부의 도상이 깊었으나, 죽음은 면했으리라 추측했다. 행적은 묘연하여 태행방이 무너지는 와중에도 다시 모습을 드러내지 않았다.

쉴 틈이 없었다. 청천각은 곧바로 시양회와 함께 고성 전투로 발길을 옮겼다.

요괴 진압이 한창일 때, 칠대 기수가 가세했다.

일당 백 비룡번 기수들과 용린각 대 요괴 전투부대가 한 달 만에 고성을 수복했다. 동청, 동명, 동순의 순양궁 무공도사들이 혁혁한 전공을 올렸다.

그들은 이어 문수성불의 오대산으로 진격했다.

대산사를 되찾아 농성하며 영원히 끝나지 않을 것 같은 방어전을 치르고 있을 때, 항산 북쪽 땅에서 화염과 천둥의 비가 내렸다.

그때부터 귀병과 요괴의 숫자가 눈에 띄게 줄어들었다.

동풍릉은 그대로 금분세수하여 무림은거를 선언했고, 완전히 회복하지 못한 정립중은 하현방으로 돌아가 정양에 전념하며 무공이 아닌 전략으로 분양파를 견제했다.

격렬하게 타오르던 산서의 전화(戰火)가 어느 정도 진정되었다. 그래도 위태위태했다.

일산 일강, 문수성불과 시양회주만 무력이 건재했다. 하지만 그들의 육체는 이미 노화되어 있었고, 전란이 그들의 지친 정신을 더 쇠하게 만들었다.

전란 재발의 가능성이 상존했다.

문수성분을 산사(山寺)를 다시 일구어 내는 것만으로도 벅차다. 열 명의 원력승은 네 명만 남았고, 요괴와 싸울 무승(武僧)들은 항상 부족하여 아쉬웠다. 문수성불 옆에 남은 역전의 순양궁 무공삼도사가 오대산사의 최대전력으로 여겨질 정도였다.

신마맹은 태행방 외에도 잔존세력이 여기저기에 흩어져 있었고, 분양파 경남방은 내상 입은 정립중보다 강하여 언제든 평요보와도 자웅을 결할 수 있었다.

산서무림맹은 대태일전과 같은 대격돌을 더 이상 감당할 여력이 없었다. 그래서 청천각이 길을 떠났다.

"전란의 근원을 찾아가 베겠습니다. 좋은 때에 다시 만납시다."

이제 와 청천신검 엽단평의 말에는 천금의 무게가 실려 있었다. 험난한 전장의 전우보다, 화평한 시절의 친우가 더 좋은 법이었다.

산서무림인들이 감사로 그들을 배웅했다.

*   *   *

"북망산입니다."

양무의가 마침내 결전지(決戰地)를 특정했다.

추군마가 찾았고, 옥황이 말했다.

망산(邙山)이라 했다.

풍광이 수려하여 명당 중의 명당이다.

명산(名山)에 수없이 많은 왕후장상과 고관대작이 묻혀, 산 일대 전체가 거대한 묘지로 화했다. 고대로부터 죽음을 상징하는 땅에, 지옥의 마신(魔神)이 거한단다.

어울리는 곳이지만, 또한 기이한 일이었다.

신화적 의미라는 면에 있어서는 명백히도 일리가 있으나, 북망이란 추군마의 보고를 받고도 의아함이 먼저였던 곳이다.

위치 때문이다. 북망은 고도 낙양의 북쪽 가까이에 있다.

그리고, 낙양에는, 육대세가의 수좌, 구양세가가 존재했다.

무적전신 구양천은 전국의 고수와 명사들을 통틀어서도, 천하오대고수에 들어간다 추앙받는 거물이었다.

또한 구양가는 가주를 필두로 한 무력뿐 아니라, 지략과 금력 면에 있어서도, 육대세가의 첫 번째로 일컬어졌다.

북망이라 함은, 그런 구양세가의 뒷마당과 같은 곳이었다.

구양가에서 말 달리면 반 나절이다. 배 타고 강 건너는 시간까지 합쳐서다.

그런 곳에 신마맹주가 있다 함은 선뜻 납득하기 힘든 사실이 분명했다.

그뿐이 아니다.

낙양은 하남이요, 하남에는 소림이 있다.

숭산에서도 멀지 않다.

현 무림의 가장 강력한 정파 세력 둘을 바로 앞에 두고, 신 마맹이라는 최악의 복마전(伏魔殿)이 위치했다는 것은 등하불 명이라는 네 글자로 설명하기에도 과하기 이를 데 없었다.

"그럼, 진짜였군."

"네."

"우리가 파악하지 못한 밀약(密約)이라도 있는 건가?"

"가능성을 배제할 수 없습니다."

양무의의 얼굴은 창백했다.

지력(智力)이 한계에 이르고 있다. 단운룡은 그의 군사(軍師)가 스스로를 혹사시키고 있음을 너무나도 잘 알았다.

"최악의 경우, 구양가를 적으로 간주한다면?"

"대책을 세우고 있습니다."

"소림은?"

"소림이 더 문제입니다."

단운룡이 고개를 들고 양무의를 보았다.

양무의가 새로운 사실을 말한다. 바로 오늘, 새로 들어온 보고였다.

"봉문을 풀고도 잠잠했던 숭산입니다. 백색가사 나한승들 의 움직임을 잡았습니다."

"싸운 건가?"

"싸웠을 뿐 아니라, 죽고 있습니다."

단운룡의 눈에 광영이 서렸다.

백색 가사 나한승들의 출도는 보통 일이 아니었다. 그들은 일반 나한승이 아니라, 숭산 뒷자락 공선의 거처를 지키는 나한승들이었다. 즉, 그들의 산을 내려왔다는 것은 옛 나찰사의 출현에 준하는 사건이었다.

헌데, 그들이 나왔을 뿐 아니라, 죽임을 당했다고 하였다. 지금의 단운룡에게도 놀라운 일이 아닐 수 없었다.

"누가 그들을 죽여?"

"염라마신으로 보입니다. 가능성 구할 오푼 이상. 제 생각엔 확정적입니다."

"말하는 거 보니 북망산에서 벌어진 일이 아니군."

"맞습니다. 그게 걱정입니다. 백나한들의 사지(死地)가 서쪽으로 움직이고 있습니다. 그들이 염라를 쫓고 있습니다. 추격과 살해가 이어지는 양상입니다."

"하남 밖까지 넘어갔나?"

"막 섬서 경계를 넘었습니다. 북망이 의외였던 이유가 하나 더 있습니다. 추군마 어르신은 사실 가장 먼저, 장안을 의심했습니다. 당연한 이야기지만 신마맹의 근거지는 하나가 아닐 수 있습니다. 다만, 우려되는 바는, 예상되는 이동 경로가 그보다 서쪽이라는 점입니다."

양무의가 잠시 말을 멈추었다.

이번엔 양무의가 단운룡을 똑바로 보았다.

그가 말했다.

"화산(華山)이 그 끝에 있습니다. 제 생각에는 옥황이 화산부터 지우려는 것 같습니다. 정확히는 질풍검이 목표라 여겨집니다."

단운룡은 양무의의 눈빛에서, 옥황과 같은 밝음을 느꼈다.

옥황에 이르려던 양무의의 사고(思考)는 신산(神算)과의 동화(同化)에 가까워지고 있었다. 그러므로, 양무의는 옳을 것이다.

옥황이 염라를 통해 질풍검을 노린다.

단운룡은 선택해야 했다.

옥황이 던진, 강제적인 한 수였다.

"들어가도 되겠습니까?"

고민에 빠져 있을 때, 용부저의 목소리가 들려왔다. 형식적인 질문이었다.

"물론."

단운룡의 대답도 마찬가지였다. 건성이라고 느껴질 만큼 즉각 대답했다.

용부저가 막사 안으로 들어왔다.

몇 달째 전시(戰時)였다. 여의각 요원들은 회주와 군사가 독대하고 있을 때에도 출입에 제한이 없었다.

"급보입니다."

곧바로 말했다.

부복이나 포권 같은 격식도 없었다. 단운룡은 허례를 좋아하지 않았다. 급하면 급한 대로 본론부터 말하는 것을 선호했다.

"북망산 유선묘 인근에서 대규모 마기(魔氣)의 방출이 확인되었습니다. 사기(死氣)가 엄청나게 강력하여 천라귀문(天羅鬼門), 또는 귀병(鬼兵) 대군의 출현에 준할 정도이나, 귀물 준동이나 요란(妖亂)의 조짐은 관찰되지 않았습니다. 대신, 마기의 발원지 근처에서 묘지기들 여럿이 큰 소와 적포 괴인을 목격했다 합니다. 이는…… 염라마신으로 사료됩니다."

단운룡과 양무의가 서로를 한 번 돌아보았다.

시선이 무겁게 교차되었다.

양무의는 보고가 확실한가 다시 묻지 않았다. 용부저는 대단히 유능한 정보요원이었다. 신뢰되지 않은 정보를 여기에 들고 올 리 만무했다.

단운룡이 용부저를 바라보며 물었다.

"섬서 쪽 염라마신 동선은?"

용부저가 기다렸다는 듯 답했다.

"그대로입니다."

"되돌아온 것이 아니다라……. 쌍왕의 개별 행동이군. 이정도로 떨어진 적이 있었던가?"

여의각에 묻는 것이 아니었다. 기억에 되묻는 것이다.

대답은 양무의가 했다.

"보고된 바로는 없습니다."

침묵이 내려앉았다.

단운룡도, 양무의도 잠시 생각에 잠겼다. 용부저는 용부저대로 보고 받는 내용을 곱씹고 있었다.

"하나는 섬서로, 하나는 북망에. 목표가 서악(西岳)이 맞다면, 화산검문은 염라를 막을 수 있을까?"

단운룡은 어느 정도 답이 나온 의문을 꺼내 놓았다.

양무의가 말했다.

"화산에는 질풍검 외에도 천검과 옥허라는 막강한 검종(劍宗)들이 있습니다. 하지만 그들로도 염라를 상대로는 필승을 장담하지 못합니다. 염라에겐 사망안이 있습니다. 옥허진인 같은 선인(仙人)조차도 방어가 가능할지는 미지수입니다. 천검진인은 옥허진인만 한 도력(道力)이 없을 것이며, 질풍검은 젊습니다. 둘은 더 위험하겠지요. 게다가 신마맹엔 제천이나 위타처럼 서악 험산의 지형을 가리지 않고 강습이 가능한 대전력이 존재합니다. 화산(華山)은 구파 본산 중에서도 가장 공격이 까다로운 절세의 험지를 자랑하지만, 신마맹 고위 전력의 특수한 능력들을 감안하면 험준한 산세가 오히려 방어의 난점으로 작용할 수 있습니다. 화산 장문 천검진인은 뛰어난 무인이자, 지략가입니다. 그와 같은 이유로 인해 염라를 화산 본산으로 끌어들여서 싸울 가능성은 거의 없다고 봅니다. 염라 혼자라면 해볼 만할 수도 있겠지만, 그 정도의 위험부담을 감수할 지도자가 아닙니다. 어떻게든 산 아래서 해결을 볼 겁니다. 필요하다면 옥황과 협상이라도 할 인물입니다."

"그런데도 염라는 보란 듯이 동선을 드러냈단 말이지."

"네. 그것이 이상합니다. 옥황의 저의 파악이 어려운 부분입니다. 소림 백나한들은 주목도가 대단히 높은 전력입니다. 우리가 흔적을 잡은 만큼, 개방도 이미 알고 있거나 알게 되는 것은 시간문제라 할 수 있고, 그러면 화산 서천각에도 즉각 정보가 흘러들어가겠지요. 모산파, 당문, 남궁가 모두 대비가 늦었습니다. 이번엔 달라요. 일부러 노출시켰습니다. 옥황은 화산에 준비할 시간을 준 겁니다."

"무의."

"네."

"가면 쓰지 말고 읽어 봐. 이제 가능하잖아."

단운룡이 양무의를 똑바로 바라보았다.

언제나처럼, 그는 양무의를 믿었다. 그의 지략과 오성을 단한 번도 의심한 적 없었다.

"제가 옥황이라면."

양무의가 천천히, 별빛 같은 눈에 상제의 옥색을 담았다.

"음과 양, 마(魔)와 신(神)은 집단의 가장 근원적 요소입니다. 염라는 신마맹 강대한 무력의 상징으로서, 전 무림에 신마의 위력을 각인시키는 데 필수적인 존재입니다. 오래 숨어 드러나지 못했던 무리가 불가침의 영역을 구축하려면, 공포만큼 효율적인 도구가 없습니다. 염라를 위시한 최대전력의 급습으로, 무림에 가장 공고했던 질서를 무너뜨렸습니다. 그리하여 신마(神魔)는 그 어느 때보다 강력한 영향력을 획득했습니다. 그러나 이 무림에는 어떠한 힘으로도 어쩌지 못하는 자들이 있습니다. 사패가 그들입니다."

양무의의 의식이 심연을 엿보았다.

낭랑한 목소리는 여전하나, 말투엔 변화가 있었다.

"나는."

단운룡은 양무의로부터 언령과도 같은 옥황의 목소리를 들었다.

스스로를 칭하는 방식도 달라졌다.

"그들이 없는 세계를 원합니다. 시도했으나 실패했습니다. 그들은 공과격의 이면에 실재(實在)하여, 섭리의 법칙을 넘나드는 세계의 허(虛)이며 실책입니다. 그들은 인간의 외력으로 죽일 수 없는 자들이기에 살해를 포기합니다. 더불어, 이 손에는 제어가 불가능한 괴물이 있습니다. 우리는 신들의 땅에서 긴 세월 존속해야 하는 집단입니다. 그러기 위해, 염라는 필요할 때에만 운용할 수 있는 전략병기여야 합니다. 지금 이 시대와 같은 혈겁이 지속된다면, 천도(天道)가 우리를 결국은 용납하지 않을 것입니다. 우리는 섬광 같은 군림 끝에 섭리의 반격을 받아 절멸(絶滅)의 길을 걷게 됩니다. 그것을 피할 수 있는 방법은 하나뿐입니다. 나는 피눈물을 머금고, 염라를 손에서 내려놓아야 합니다. 그래야 우리가 살 수 있습니다."

동화(同化)는 길지 않았다.

옥황의 목소리가 점차 사라지고, 양무의의 목소리가 상제의 언령을 대신했다.

"나는…… 아니, 옥황은, 염라의 힘을 마지막까지 전략적으로 사용하려 할 겁니다. 옥황이 읽을 수 없는 새 시대의 초인들은 최종적으로 옥황이 이루려고 하는 이상의 걸림돌이 될 수 있습니다. 가장 먼저 죽여야 할 자가 소연신의 제자…… 입니다. 염라와 공멸(共滅)시켜 함께 제거하는 것이 최상입니다. 하지만 옥황은 염라가 죽지 않을 것이라 확신합니다. 쌍왕(雙王)이 합치된 염라는 사패와도 단독 결전이 가능한 힘을 지녔습니다. 그렇기에 쌍왕을 나눠 양동을 시도하기로 마음먹습니다. 문주가 섬서로 넘어가고, 의협비룡회가 문주 없이 북망에 돌입하면, 참사가 일어납니다. 문주가 북망에 전력을 집중하면, 염라가 화산 산하(山下)에서…… 질풍검을 죽일 겁니다."

단운룡은, 용부저의 후속보고를 듣기도 전부터, 이것이 선택의 기로임을 직감했었다.

단운룡은 결정해야 했다.

화산의 염라인가, 북망산의 염라인가.

어느 쪽으로 가도 누군가는 죽는다.

단순하게 생각하면 쉽다.

의협비룡회가 우선이다. 그는 일문의 수장이었다.

하지만.

질풍검이 누구인가.

화산의 질풍검은 사부의 혈육이었다. 외견이 닮았다는 것으로만 확신하는 것이 아니라, 그가 지닌 광극의 예지가 그것을 진실로 규정했다.

그래서 다른 안이 필요했다.

"나와 우리가 북망을 놔두고 섬서로 넘어간다면?"

그쪽에 총공세를 편다.

가능하기만 하다면 나쁘지 않은 전략이다. 양무의는 회의적이었다.

"십중팔구, 염라는 자취를 감추겠지요. 행여 전투가 발발하더라도, 옥황은 염라가 단독으로 우리의 공격을 감당하도록 두지 않을 겁니다. 이쪽 전력에 상응하는 억제 무력을 투입할 것이 틀림없습니다. 옥황이 제어하지 못하는 것은 오직 문주하나입니다. 저를 비롯한 우리 모두는 그의 신산(神算)에서 자유롭지 못합니다. 염라를 따라잡아 전투까지 끌고 갈 수 있는 것은 문주밖에 없다고 봅니다."

"섬서에서는 결국 일대일이다?"

"그렇습니다. 게다가, 제 예상으로는 북망산의 염라도 저대로 침묵할 리가 없습니다. 염라가 현신하면, 반드시 지옥이 뒤따랐습니다. 지척의 구양가를 칠 수도, 다른 구파를 칠 수도 있습니다. 아니면, 어느 도시 하나에 불바다를 펼쳐놓겠지요. 그건 그것대로 막아야 합니다. 옥황의 지략에 말려드는 것이라도 해도, 결과가 뻔히 보이는 이상 좌시는 안 됩니다."

"답은 하나인 건가."

"북망으로 진격해야 합니다. 하나라도 잡아야지요. 화산(華山)은, 강합니다. 문주가 이야기하신 것처럼, 그가 그분의 혈육이라면 자력으로 이겨낼 수도 있습니다. 아니면, 협제께서 직접 개입하실 수도 있겠지요."

"그건 더 안 돼."

단운룡이 권의(圈倚)에 등을 기대고 앉았다.

사부에 대한 정(情)이다.

기억하고 싶지 않은 것은 잘도 기억한다.

사부는 이 세계에서 쓸 수 있는 힘이 다했다. 사부가 염라와 싸우면, 그걸로 끝일 것이다.

사부의 초월이 가깝다.

염라와의 전투는 하늘에 이르는 활시위가 될 수 있다.

양무의는 말하지 않았지만, 어쩌면 옥황이 진정 원하는 것이 바로 그것일지도 모른다.

사패가 없는 시대.

상제력으로 제어할 수 없는 이들이 하나둘 사라져 버린 천하.

그리하여 오롯이 전능(全能)으로 지배할 수 있는 세계를 만들고자 한다.

누가 죽어도, 또는 누가 살아도.

옥황이 바라는 나라에 점점 더 가까워진다.

'그렇겐 둘 수 없지.'

단운룡이 너른 탁자에 펼쳐진 지도를 내려다보았다.

섬서, 그리고, 하남. 화산으로 향하는 어딘가, 그리고 낙양 북쪽의 북망.

말 그대로 천리길을 헤아리는 거리였다.

단운룡의 눈이 번쩍이는 빛을 품었다.

빛의 파랑을 일으키는 용의 눈빛이다.

광극이 그 안에 담겼다.

"모두 불러 모아."

단운룡이 말했다.

하남 어딘가의 외딴 곳.

적벽 아닌 야산의 밤이었다.

구름 한 점 없는 하늘에 별빛이 쏟아졌다.

밤새와 풀벌레 소리가 악곡처럼 흘렀다.

등 뒤로 까만 숲 빽빽한 산자락이 보이고, 저 멀리 나무 앞으로는 달빛 반짝이는 호수가 보였다.

말처럼, 무림강호였다.

중원에, 세계의 중심에 그들이 모였다. 모처럼 모두가 함께 였다.

하북에서 급히 내려온 발도각과 도고각이 있었다. 산서에서 넘어온 청천각이 있었다.

사천을 누비던 비룡각이 그 뒤로 빽빽했다. 여의각 요원들 곳곳에 박혀 그들을 연결했다.

그 외에도 많은 이들이 있었다.

청성의 도사들, 아미의 무승들, 당가의 자존심이 그들과 함께했다. 도강언 전투때, 사천대란 때 함께 싸운 문파들에서 하나둘 무인들이 찾아왔다.

그 머나먼 점창에서도 사일검 검사가 왔다. 혼란에 정신없는 공동파에서도 마종산과 사금목이 유능한 제자들을 보내주었다.

팽가의 도객들과 언가의 권법가들이 보였다.

포공사 검사들과 강후문 창술사들도 있었다.

대동장 대감도가, 시향회 청색창이 비껴 들렸다.

순양궁 무공도사가, 오대산 원력승이 나란히 옆에 섰다.

청성의 도사들, 아미의 무승들, 당가의 자존심이 그들과 함께했다.

천하 각지로부터 협사들이 모여 있었다.

동쪽 해안에서도 무사들이 찾아 왔다. 절강 모용세가에서도 무인들을 보내왔다. 단운룡이 전란에서 보여준 독보적인 영웅기(英雄氣)에 감복한 이들이었다.

남경에서는 의외의 인물이 왔다. 동창 소속 기청량이었다. 마침내, 황실 인사까지 온 것이다. 뒤질세라, 북경에서도 금의위 위사가 왔다. 원태는 아니었다. 원태를 아는 이라 하였다.

의협비룡회가 신마맹과 건곤일척의 승부를 준비하고 있음
은, 하루 이틀 된 이야기가 아니었다. 그들은 신마맹이 날뛰는
전장이라면 어디에서나 최전선에서 싸웠다. 강호는 그들에게
서 의협의 투지를 목도했고, 무림은 그들에게서 비룡의 기상
을 확인했다.

군웅들은 그들은 신마(神魔)에 대적하는 불굴의 도전자로
기억했다.

그들 각각은 수가 적었지만, 다 합치자 이백이 넘었다.

든든했다. 오래 함께한 형제 같았다.

"의협비룡회, 단운룡이오."

단상도 없었다.

산야의 공터에서, 둘러선 그들 앞에 섰다.

"이렇게 와줘서 고맙소."

깊숙이 눌러 포권을 취했다.

비룡포가 은은하게 빛났다.

당당했다. 천하 무인들이 조용히 함께 포권했다.

함성 없이 벅찬 눈빛들만 같이 했다.

단운룡의 뒤엔, 보의를 입은 강설영과, 의협비룡회 고수들
이 서 있었다.

칼과 검, 막야흔과 엽단평은 이미 강호에 유명했다. 전혀
다른 성정을 지녔음에, 앙숙이자 단짝으로 알려졌다. 각자의
개성 또한 강호에 회자되는 이야깃거리였다.

오기룡은 자유로운 기상 속에 대범한 위엄이 함께 흘렀고, 비단전포 화려한 관승, 왕호저, 장익의 위용은 그들만으로도 전설 같았다.

광표왕 효마는 보이지 않았다. 그러나 뒤쪽 숲 어딘가에 있음을 모두가 알았다. 아군마저도 두려워할 무공과 독술로, 가까이에 없음을 기꺼워했다.

양무의와 백가화는 또 하나 의협비룡회의 상징이었다.

대무후회전으로 천하를 뒤흔들었던 양무의의 지략은 지금까지도 논란의 한가운데 존재했다. 양무의는 대무후의 화신이었으나, 온전한 존경의 대상이 될 수는 없었다. 그는 많이 속였고, 많이 죽였다. 선악(善惡)을 가늠할 수 없는 전투 모략의 천재로 칭송 받았고 지탄받았다.

때는 최악의 시대였다.

결과가 모든 것을 긍정케 했다.

양무의가 어떤 위험한 전술을 펼쳐도, 그는 신마맹과 싸우는 의협비룡회의 모사였다.

그는 정파 무림의 첨병이었다. 최전방의 군사(軍師)였다.

어쩌면 공멸을 바라는 것은, 옥황 하나만이 아닐 수도 있었다. 오래된 무림 질서는 언제나 희생양을 요구했다. 의협비룡회가 신마맹과 싸워 서로 치명타를 입히면, 옛 세력들이 다시 일어나 기득권을 얻으려 할지 모르는 일이었다.

그러나 적어도.

적어도, 이곳에 모인 무인들만큼은 그리 생각하지 않았다.

의협비룡회가 아니면서도 옆에서 함께 싸웠고, 전우로서 그들의 울타리 안에 함께 거했다.

"북망산에 신마맹주가 있음을 확인하였소."

단운룡이 포권을 풀고, 담담히 말했다.

모두가 숨을 죽였다.

그답지 않은 말투가, 신마맹주, 염라마신의 이름이 그들을 침묵시켰다.

"이곳의 우리뿐 아니라, 더 많은 이들이 오고 있소. 그들과 함께 길을 열어주시오. 그러면, 의협비룡회가 염라마신을 죽일 것이오."

단운룡은 웅혼하게 소리치지 않았다.

그저 당연한 일처럼.

제왕이 백성에게 고하듯, 그렇게 천천히 선언했다.

더 깊은 침묵이 내렸다.

그 의미를 곱씹는다.

지금껏 웅크리고 싸우며 오랫동안 패배했다.

이제 비룡이 일어나 지옥의 마신을 죽인다고 하였다.

누군가가, 의협비룡회가 아닌 자가 고개 숙여 포권을 취했다.

"존명!"

왜 그렇게 대답했는지 알 수 없었다.

헌데, 모두가 그 순간 같은 마음이 되었다.

"존명!"

"존명!!!"

한 사람 한 사람 각각이 모두 다 같이.

그는 회주(會主)다.

의협비룡회 깃발 아래서, 천하 무림인이 외친다.

회주의 명대로, 그들이 결전의 각오를 다졌다. 투지가 무림
강호를 채웠다.

*   *   *

"칠대기수 준비시켜."

단운룡이 명령했다.

의협비룡회가 북망으로 진격할 때.

단운룡이 하남의 경계를 넘었다.

그가 섬서로 향했다.

화산의 턱밑에 이른, 염라를 죽이기 위해서였다.

단운룡은 준마를 훌쩍 뛰어넘은 속도로 대지를 주파했다.

준비는 만반이었다.

내력은 충만했다. 전신의 진기가 넘쳐 흘렀다.

은은하게 빛나는 비룡포마저 스스로 투지를 일으키는 것
같았다. 비룡포 광구와 중단전 광핵의 공명이 완벽하여 융통
무애했다.

등에는 두 자루 비룡번이 기울어진 십자로 묶여 있었다. 흑철 깃대는 당철민이 선물했고, 감아 놓은 깃발은 천잠사로 만든 천잠번이었다.

두툼한 가죽 행낭이 그 뒤에 매달려 있었다. 상대가 염라마신이다. 가져올 수 있는 것은 다 가져온 셈이었다.

마지막 싸움이 될 수도 있었다.

상대가 염라마신이었다.

처(妻) 강설영에게는 다녀오겠다 태연하게 말했지만, 지키지 못할 약속이 될 수 있음을 잘 알고 있었다.

달리며 많은 생각을 했다.

종장(終章)이 눈앞에 있었다.

그것이 그저 이 싸움의 종장인지, 아니면 그가 살아온 일생의 종장인지는 모르겠지만, 적어도 길었던 하나의 이야기가 끝나가고 있음은 확실했다.

우주도, 예지도 염라와 맞선 그가 어떻게 될지는 알려주지 않았다.

대신 단운룡은 다른 것을 느꼈다.

한 줄기 빛줄기가 된 그는 저 땅 끝에 걸려 보이는 화산 봉우리들을 눈에 담으며, 염라마신이 화산을 치지 않을 것이란 사실을 알았다.

그렇다.

책략과 책략의 교환이란 결국 양자, 또는 다자가 내리는 선택의 총합이었다.

단운룡은 애초에 모습을 감추지 않고 섬서로 향했다.

칠대기수도 처음엔 함께 움직였다.

단운룡에게 여의각이 있듯, 저들에게도 첩보대가 존재했다. 신마맹이 직접 운용하는 집단이 아닐지라도 옥황과 염라는 팔황의 어딘가를 통해 단운룡의 선택을 알게 되었을 것이 분명했다.

단운룡이 섬서로 온 이상, 염라는 화산에 진입하지 않는다.

염라가 아무리 강해도 화산 본산에서 산중 고수들의 합공을 받으면 고전할 여지가 충분했다. 더불어 단운룡까지 가세하면 염라도 대단히 높은 확률로 목숨을 담보할 수가 없어질 것이다.

근거는 그것뿐이 아니었다.

염라는 서두르지 않았다.

북망에서 화산은 가깝지 않지만 아주 먼 거리도 아니었다.

화산은 여타 구파와 달랐다.

상황에 따라 구대(九大)라는 수식어에서 멀어지는 문파들과 달랐다. 그들은 시대를 막론하고 구파였다. 오대 문파를 꼽아도 그 바깥으로도 나간 적이 없을 강자였다. 옥허라는 전대 검신(劍神)과 천검이라는 걸출한 장문과 질풍검이라는 차세대 초월자까지, 세대를 어울러 완전했다. 과거, 현재, 미래가 일관되게 뛰어난 문파는 천하에 드물었다.

단신으로 침공할 문파가 아니라는 뜻이었다.

섬서에서 일전에 신마맹과 성혈교 무리가 기승을 부린 적이 있지만, 지금은 그마저도 소강상태였다. 사신검의 주인은 이름처럼 화산 근역을 질풍같이 휩쓸었고, 성혈교 본진에 침투했던 것처럼 중원 종단과 횡단을 서슴지 않았다.

즉, 현재 화산 근역에는 신마맹 주력이라고 할 만한 병력이 부재했다. 신마맹뿐 아니라, 여타 일교 사황의 고수들도 좀처럼 보기가 힘들었다.

염라마신은 신마맹주였다.

오래전 성혈교 무리가 화산 본산을 공격한 적이 있었으나, 당시 화산파는 종남과의 회합으로 많은 고수들이 하산하여 전력의 공백이 상당했다. 사상자 숫자보다 자존심 타격이 더 문제였던 그 당시 습격과, 염라마신의 화산 침공은 결과와 질 모든 면에서 다를 것이고 달라야 했다.

그러나 저 염라조차도 화산 진입에는 강력한 병대가 필요했다. 험준한 화산의 산세를 감안하면 사천당문 습격 때보다 더 큰 규모의 병력이 집결해야 했다.

가장 효율적인 공격방법이라면, 양무의의 이야기처럼 대병대의 공세 없이 염라마신, 제천대성, 위타천의 삼대 강자를 투입, 화산 수뇌부를 치는 게 옳았다.

단운룡은 염라가 그렇게 싸우지 않을 것이라 보았다. 염라마신은 전략에 의해 움직이는 인간이 아니라, 재앙을 내리는 괴물이었다.

상식적인 지략으로 염라를 이해하면 안 됐다.

무림 집단의 전투는 일반적으로 승패에 상응하는 목적이란 것이 있는 법이었다. 그만큼 파괴를 자행했으면 그 이유가 명백히 나타나, 이어지는 결과로 신마맹의 차후 행보에 긍정적인 미래를 제시해야 이치에 맞았다.

염라에겐 그게 없었다.

염라마신의 정체성이 제왕적 폭군이었다면 지금쯤, 아니, 오래전에 군림강호를 선언했어야 했다. 패도를 천명하고 세력을 규합하여 맹회의 영역을 분명히 했다면, 무림일통은 무리이더라도 한 성을 아우르는 대맹회로 구파 이상의 영향력을 행사할 수 있었을 것이다. 그것이 그와 같은 무력집단의 가장 안정적인 최종 형태였다.

양무의는 옥황의 신산에 이르러 말했다.

그들은 신들의 땅에서 긴 세월 존속해야 한다고.

옥황은 일찍이 다 말했다.

건립국가(建立國家), 그는 가짜 신들의 나라를 원했다.

염라에게 패왕(霸王)의 지도력이 있었다면, 옥황은 염라의 죽음을 바라지 않았을 것이다.

제어 불가의 재해는 일으키는 자에게도 똑같은 피해를 줄 수 있다. 그래서 염라를 축출하고, 맹회의 지배력을 획득하여 그들만의 이상향을 구축하길 원한다.

바로 그 부분이 중요한 대목이다.

단운룡이 기억을 되짚었다.

염라의 행보를 추적했을 때, 여의각은 대대적인 격전의 흔적을 발견한 적이 있었다.

그때다.

옥황은 그때 이미 한 번, 염라마신의 제거를 시도했다. 아마도 위타천이라는 무기를 썼을 것이다.

위타천과 싸워보았다. 천하최강에 이르려는 위타천의 성정에 비추어, 그는 지난바 무력과 별개로 다루기 쉬운 자일 수 있었다. 누가 더 강한가, 호승심만 자극해도 염라에 도전할 수 있는 자였다.

위타천은 강하다. 더 강해졌을 공산이 컸다.

염라도 타격을 입었을 것이다.

옥황은 계산이 하늘에 이른 자였다. 이미 신마맹은 무림 공포로 충분한 위력을 보여줬고, 그 시점에서 이미 염라는 필요 이상의 무력이었다.

위타가 염라를 죽이면 그것은 그것대로 목적 달성이다. 위타가 죽이지 못해도 재해의 속도를 늦출 수가 있었다.

옥황은 그렇게 극단적인 방법으로 염라 제어를 시도하며, 섬세하게 천도(天道)의 균형을 맞췄다.

단운룡이 문득 걸음을 멈추고 뒤를 돌아보았다.

염라의 반대편, 저쪽 천하 어딘가에 옥황이 있었다.

가면 없이, 상제의 옥관을 쓰지 않은 옥황은 필경, 선인(善人)의 가면을 쓰고 있을 것이다. 그것도 보통 선인이 아니다. 천하창생을 위해 성인(聖人)으로 추앙받을 정도의 선행을 베풀고 있다. 베풀어야 했다. 그래야 공과격이 맞는다.

염라는 누적된 악(惡)이다.

내버려 두면 달처럼 이지러질 혼돈의 태음(太陰)이었다. 그러나 그것은 언제가 될지 알 수 없었다. 염라는 여전히 횡행하여 건재하다. 그리고, 염라 또한 단순한 지옥의 괴물만은 아닐 것이다. 염라 또한 가면 밑엔 인간이 있다. 그만한 무와 술은 천부의 오성(悟性)으로만 이룩할 수 있는 경지였다.

염라는 섭리가 내리는 징벌을 순순히 받아들이려 하지 않을 것이다.

얼룡은 환성하여 물 위로 올라온 뒤, 섭리에 분노하고 봉인을 거부했다. 어떻게든 천도를 거스르고 용형을 유지하며 홍룡과 촉룡 같은 난신괴룡들을 일깨워 중원에 풀어 놓았다.

염라도 그러하다.

옥황이 위타를 통해, 재해의 빈도를 제어하려 했듯, 염라마신 스스로도 하늘의 법도를 피하거나 가릴 방도를 찾고 있을 것이다. 옥황이 아닌 누군가를 이용하거나, 도움을 받고 있을 수도 있다.

염라가 현세를 횡행하는 지옥의 신이 되어 중원 천하 곳곳을 휘몰아치지 않은 근본적인 이유가 거기 있다. 염라는 그 정도의 힘을 연달아 행사할 수 없는 존재였다. 마치 사부가 그러했듯, 염라는 초월의 한계를 넘지 않도록 신력 제어에 큰 힘을 할당하고 있을 것이 틀림없었다.

문제는 그다음 단계다.

그리하여, 염라가 현세에 머무를 수 있는 깨달음을 얻게 되면, 무림에 지속적인 죽음을 뿌릴 수 있게 된다.

무림에게도 신마맹에도 똑같이 좋지 않다.

그것은 파국으로 치닫는 길이었다.

신마맹은 재창조를 위한 대파괴로서만 존재할 수 있다. 당대의 신마맹주의 염라마신의 의지에 따라, 천신과 요마의 신화(神話)를 세계에 각인하고 강호무림의 궤멸을 향해 질주할 것이다. 피치 못할 파멸만이 그 끝에 있었다. 염라를 제약하지 못한 옥황은 섭리에 매몰되어, 함께 종말을 맞을 것이다.

단운룡은 확신했다.

옥황의 성자(聖者)와 같은 선행을 나누고 있을지라도, 그의 선업은 이미 한계에 이른 지 오래였다. 옥황의 우주를 잠식한 새까만 심연(深淵)이 그 사실을 증명한다.

옥황은 하늘을 다스리는 것마냥 섭리를 말하나, 사실은 새까만 벼랑 끝에 서 있음을 알았다.

그러므로, 단운룡은, 옥황에게 있어 제이(二)의 위타와 같았다. 옥황이 단운룡을 선택한 것은 신산의 지략이 아니라, 필요이며 필연이었다.

단운룡이 염라를 죽이면, 많은 것이 해결된다. 옥황에겐 새 신마맹주가 될 역량이 충분했다. 전 무림을 통틀어 동시다발적인 전투가 가능했던 신산의 지략을 신마세력의 규합과 내실에 집중한다면, 존속 가능한 신마의 영역화도 불가능은 아니라 할 수 있었다.

단운룡이 염라를 죽이지 못해도 얻는 것이 있다.

단운룡은 옥황의 진정한 실체를 엿보았을 뿐 아니라, 신마의 대적자가 될 만한 무력까지 갖춘 자였다. 적어도 위타만큼의 타격은 입힐 수 있을 것이다. 그러면 당분간이라도 염라를 제어할 수 있다. 다시 위타를 써서 약화된 염라를 치는 것도 가능한 일이었다. 게다가, 염라의 생존은 곧, 단운룡의 죽음을 의미했다. 사패의 후예 하나가 죽는다. 예지가 불가능한 대적 하나가 일찍 사라지는 셈이다.

그러나, 옥황이 가장 바라는 것은 어느 한쪽의 죽음이 아니라, 공멸이었다.

단운룡과 의협비룡회가 염라에 맞서 서로가 장렬히 산화한다. 그것이 그에겐 궁극적으로 가장 훌륭한 결말이다. 옥황은 그가 원하는 올바른 종장을 위해, 옥황은 이 대립의 이면에서 공멸의 균형을 맞출 만한 술수를 부리고 있을 것이다.

단운룡은.

그래서 염라를 죽이려는 것이 아니었다.

신마는 입정의협살문의 시대로부터 이어진 구원(舊怨)이며,

단운룡의 동료들을 죽음에 이르게 한 현재의 원수다. 지난 시간 동안 죽은 문도가 셀 수 없이 많다. 이름 하나하나를 다 기억한다. 싸움을 택한 것이 그인 만큼, 비통하게 죽어간 생명의 무게는 예외 없이 그가 짊어져야 할 몫이었다.

그렇게 젊고 생생한 삶을 희생시켜 가며, 그들은 무엇을 얻었을까.

얻은 것에 그만한 가치가 있기는 할까.

의문을 품지 않았다. 그들을 이끌어 온 그만이 그 애통한 죽음을 정당화할 수 있다. 버릴 만한 목숨이었는가, 그것을 입증하기 위해서는 단운룡 자신이 스스로의 협(俠)을 확신해야 했다. 염라를 죽여야 하는 이유가 그러하다.

의협비룡회 울타리 안에 감싸 안고 지켜주지 못했다. 지키지 못한 자들을 영웅으로 만들기 위해, 협객으로 죽었음을 기리기 위해, 단운룡은 싸워왔다. 온 무림이 의협비룡회 문도들을 진정 믿을 만한 동료라 신뢰해도 부족하다. 강해져 경지에 이른 협(俠)은 싸움 없이도 적을 물러가게 한다. 그들만 함께해도 용기가 생기며, 그들이 나타나면 안심한다. 염라마신을 죽이는 것으로 이룰 수 있는, 크나큰 의협의 영역이었다.

그 다음이 대의(大儀)다. 염라에 이기는 것으로 현세에 내려진 지옥의 재난을 막는다. 그것은 따로 분리해서 생각할 것이 아니라, 하나로 이어지는 길이었다. 자연스레 그리되면 좋은 것이요, 창생을 갈구하여 기원하지는 않았다.

그렇기에 단운룡은, 그의 싸움을 한다.

옥황이 바라는 것이 무엇이든, 그것을 이뤄줄 마음은 어디에도 없었다.

진인사대천명이라고들 말한다. 사람으로 해야 할 일을 다 하고 하늘의 뜻을 기다린다 하였다.

아니다.

섭리의 안배를 짐작하나, 신뢰하지 않았다.

오로지 진인사(盡人事)며, 그것이 진인사(眞人事)다. 대천명은 생각하지 않는다. 그저 뜻을 다함만이 진정 사람의 길이다. 상제든, 섭리든, 암룡이든, 하늘에 이르러 좋은 것이 없다.

단운룡은 하나의 인간으로.

작은 협객으로 싸울 것이다.

그저 염라를 죽인다.

생각을 모으고, 뜻을 세웠다.

염라는 저 화산에 없다.

모든 것이 누군가의 계획이다.

상관없다.

옥황의 지략을 상념에서 지웠다.

죽음이 지나친 화산을 뒤로하고, 오래된 도시에 이르렀다.

고도(古都) 장안이다.

첫 종장의 결전지였다.

                    *   *   *

　질풍검이 화산 장문인의 명을 받고 하산했다.

　그는 장안으로 가지 않았다. 남쪽 산문을 타고 내려와 사천 방면으로 남하(南下)했다.

　천검(天劍)이라 불리며 하늘에 이르렀다는 검기(劍技) 대신, 천화진인은 제자들의 생명을 먼저 보존하려는 화(華)의 길을 택했다.

　각양각색의 수련을 빌미로 하여 제자들을 깊고 깊은 심산(深山)에 숨겼다. 화산 검문 수많은 암자와 크고 작은 연무장이 완전하게 비워졌다.

　오래전 천검답지 않았다.

　그에게 장로들과 제자들의 희생이란, 화산의 고매한 이름을 드높일 수 있는 가장 강력한 신검(神劍)과도 같았다. 검문의 명예가 우선이었다. 그 앞에서 문도들의 목숨은 한없이 가볍기만 했다. 매화검의 명성은 언제나 철저히 관리되어야 했고, 그것을 위해서는 흠결에 대한 은폐와 조작을 서슴지 않았다. 누군가의 죽음은 헛되지 않게 쓰여 실리(實利)로 이어졌다.

　그와 같은 운영이 대 화산파를 만들었다.

　일교 오황이 중원을 휩쓰는 대전란의 시대에도, 화산파는 큰 피해 없이 본산의 무력을 온존하고 있었다. 지금 그들의 전력이라면 어디와 정면으로 격돌해도 일방적인 열세에 처할

일은 없었다. 신마맹이 총공격을 걸어와도 방어가 가능한 몇
안 되는 무파였다.

그럼에도 천화진인은 전면전을 감행하지 않았다.

아예 전투 상황 자체를 만들지 않으려 했다.

단순히 무서워 피한 것이 아니었다.

실리를 추구한 것이라 보기도 어렵다. 이는 화산파 입장에
서도 엄청난 모험이었기 때문이었다.

검문 전각들은 물론이요, 장문 본인이 거하는 상궁까지 비
워버렸다. 신마맹 공격대가 불을 지르고 퇴각해도 막을 무인
이 없었다.

그것이야말로 최악의 상황이다. 그리되면, 천검이 그토록 오
랫동안 치열하게 지켜왔던 화산의 명예가 땅바닥에 떨어지고
만다. 무림의 선봉장이 되어야 마땅한 구파의 자존심이, 싸움
이 두려워 산속에 깊은 곳에 숨어 버린 것이다. 그것은 소문
만으로도 무림 정기(正氣)에 엄청난 타격이 될 수밖에 없었다.

천검(天劍)이 할 만한 선택이 아니었다. 서악 심산 도문의 원
로원 도사들조차도 한 번 고려해보는 것이 어떻겠느냐, 공론
으로 그칠 만한 발상이었다.

총력을 다 쏟아부어 염라를 죽이거나 물리쳐 퇴각시킬 수
있다면, 화산파는 구파 그 어떤 문파도 해내지 못한 대업적을
이룬 것이 된다. 설령 많은 제자가 죽어 기어코 다른 문파들
과 같은 피해를 입는다 해도 화산의 검향(劍香)은 만고에 불변

할 것이다. 결사항전이란 야망에 가득 차 있던 천검이 지극히
도 선호했던 네 글자였다.

천화진인은 그와 같은 성정으로 말미암아, 아무도 예상하
지 못했던 피전(避戰)의 계를 꺼내 들었다. 빈집에 염라를 들
인다. 상상할 수 없는 일이었다. 염라는 염라대로 빈 화산에
발을 들이지 않을 가능성이 높았다.

천검은 제자들의 목숨을 우선하여 모험을 택했고, 그리하
여 염라와의 정면대결이란 더 험악한 도박을 미연에 피했다.

그 백미(百媚)는 질풍검을 아예 남쪽으로 내려버린 것이다.
천검은 그 어떤 제자들보다도 질풍검의 안위를 우선시했다.
기꺼워 아껴서가 아니었다. 그는 대화산의 미래이기 때문이었
다. 그것으로, 질풍검은 시시각각 염라마신에게서 멀어졌다.

옥황이 어떤 모략으로 천화진인의 선택을 유도했는지는 알
수 없으나, 결과적으로 단운룡은 화산의 영역에서 청풍과 연수
하지 못하게 되었다. 옥황은 언령(言靈)대로 이루었다. 단운룡과
염라마신의 일대일 결전에, 다른 날개의 개입은 없을 것이다.

단운룡은, 그렇게 홀로 나아갔다.

그리고 염라마신은 혼자가 아니었다.

최초의 통일황제 시황제의 왕릉에서 일만의 명부병사들을
일깨우며, 지옥의 군대가 단운룡을 기다리고 있었다.

*   *   *

"내려오는 적 숫자는?"

"팽가 측 대명부를 치던 병력이 전부 다 남하했습니다. 백면뢰만 삼백이 넘습니다. 산서 쪽에서도 많이 넘어왔는데, 사도 세력 병력이 대다수입니다. 이들만도 육백 명 이상입니다."

여의각 중추부가 모두 모여 전략회의에 들어갔다.

단운룡이 장안으로 향하고 있을 때, 낙양의 상황 또한 급박하게 돌아가고 있었다.

"서남쪽은 무당과 사천 삼파가 어떻게든 해준다 해도 남쪽과 동쪽이 문제야."

중원(中原)이라고 한다.

이는 대륙 전체를 말하기도 하지만, 진짜 중원이라면 소림이 위치한 하남과 그 인근 지역을 칭하는 표현이기도 했다.

무림의 중심이란 말이었다. 그 중원이 들끓었다. 셀 수 없을 정도로 많은 무인들이 관도와 산야를 내달렸다. 대부분 도성 관아에서는 아예 통제를 포기했고, 밤까지 성문을 활짝 열어놓은 도시도 있었다. 말이 안 되는 일이 도처에서 벌어졌다. 불과 며칠 만에 중원 중심이 폭풍전야 전쟁터처럼 변했다.

"이동 규모 자체가 너무 큽니다. 북풍단의 기동력은 천리를 제압한다고 하지만, 북상 경로가 여럿인 데다가 장강 북쪽 지류로는 비검맹 전선들까지 올라오고 있어서 팔 할 이상 억제가 불가능할 것으로 여겨집니다. 안휘 쪽에서 올라오는 신마맹 무리가 확인된 가면들만 사백 이상이고, 동쪽은 아예 산출이 안 될 정도입니다. 산동 쪽에서는 일월(日月)로 여겨지는 무인 병대까지 넘어오는 중이라 무력을 통한 배제가 불가능합니다."

여의각은 확인된 가면들을 말했다.

신마맹과의 전투에 있어 최대 난점은 다른 게 아니었다. 정확한 병력 파악이 어렵다는 것, 그게 가장 큰 문제였다.

너무나 당연하게도 신마맹 무인들 대다수는 아무데서나 가면을 쓰고 돌아다니지 않았다.

누가 신마맹인지 모른다는 말이다.

하북이나 안휘에서 추산한 숫자조차도, 지나온 전투를 통해 알게 된 수가 그 정도라는 이야기지, 절대적인 수치라고 볼 수 없다는 뜻이었다.

낙양 근역 오는 사람들은 무인들을 막론하고 행상인, 시인 묵객, 도사, 승려, 관병들까지도 누구든 가면만 쓰면 신마맹의 주구가 될 수 있었다. 하남, 그것도 낙양이란, 평시에서 수많은 사람들이 오가는 대도시였다. 하남에 몰려드는 사람들의 숫자는 만 단위를 넘어섰고, 이들의 품과 행낭을 하나하나 수색할 수도 없는 이상, 신마맹의 숫자를 특정하는 것은 현실적으로 불가능한 일이었다.

"삼백, 사백, 그 수준이 아닐 거다."

양무의는 고개를 저었다.

"접근하는 무인들 거의 모두가 적이라고 봐야 해. 삼천에서 사천, 신마맹만 그 정도는 될 거다. 북망을 전장으로 결정한 것은 우리가 아니라 옥황이야. 지금껏 저들은 어디에서나 침략을 해왔지, 수성전을 한 적이 없었어. 오래전부터 준비를 했을 거다. 미리 깔아 둔 병력까지 생각하면 배 이상, 비검이나 일월을 차치하고서라도 흑림이 침묵할 리 만무해. 우리 측 인원은 현 시점에서 나까지 포함해도 육백십일 명이야. 전투가 시작되면 열 배 이상의 병력에 둘러싸일 거다. 그 차이는 이십 배, 그 이상까지 늘어날 수 있겠지."

"이쪽도 늘고 있긴 합니다. 송평의 백송파에서 서수곤 문태라는 자가 문도 삼십여 명을 이끌고 말을 달려오는 중이라는 기별을 받았습니다. 개방 측 철살개와 광풍개도 오늘 중에 당도할 것이라 하였습니다."

"역시 숫자가 문제다. 소림 나한승들이 하산하고 있어서 다행이지만, 최대 변수는 구양가야. 구양세가는 만능(萬能)의 무가(武家)다. 무력, 지력, 자금력, 정보력, 모든 면에서 무림 최고를 구가하지. 구양세가 전신부대가 잠잠하다는 것이 걸려."

양무의는 대체로 여럿이 모인 자리에서는 공대를 썼지 좀처럼 평대하지 않았다.

오늘은 달랐다.

결전 직전의 군사회의였다.

생과 사를 가르는 날이었다. 별 같은 눈동자가 검광(劍光)처럼 서늘하게 빛났다.

다른 이들도 마찬가지였다. 여의각 요원들 모두가 이 순간을 위해 많은 것을 갈고 닦았다.

양무의가 혼잣말처럼, 나직하게 말을 이었다.

"낙양 남쪽 용문(龍門)에서 삼십 년 전 절멸되었다던 음가(陰家) 제령사(制靈師)들의 흔적이 나왔다. 만능(萬能)은 병가(兵家)에 더해 철가(鐵家)와 술가(術家)를 아울렀다 했지. 구양가는 오래전 철가 비전의 절전을 말했고 음가(陰家) 비술의 절맥을 공표했지만, 당시엔 믿는 자가 많지는 않았어. 이십 년이 지나도록 계승자들이 나타나지 않은 때에야 정말로 실전(失傳)되었구나 했으니까. 은폐였다는 전제 하에 강철진법(鋼鐵陳法)과 사령통제술(死靈統制術)이 보존되었다고 한다면, 그들이 염라마신이 있는 북망산과 이토록 가까이 있었다는 것은 결코 우연이 아닐 거다. 제어(制御), 또는 공존(共存)의 가능성을 배제 못 해. 구양가 일부 또는 전체를 적으로 간주해야 할 수 있어."

말투는 담담했지만, 내용은 그렇지 않았다. 수십 년 비사(秘事)에 무림의 향방을 가를 만한 변수가 담겼다. 구양세가는 천하제일세가다. 그들에 대한 정보는 어느 하나도 중요하지 않은 것이 없다. 여기에 모인 여의각 요원 모두가 그 사실을 알았다.

그렇기에, 양무의가 말한 가정이 얼마나 무서운 상황인지도 잘 안다. 적들은 셀 수 없이 많았고, 아군 전력은 터무니없이 부족했다. 구양가 구백구십구 명 전신부대가 총력을 동원해도 승패는 미지수다. 하물며 구양세가가 적이 되면 승산은 없다. 전무해진다 해도 과언이 아니었다.

"이거, 해야 합니까?"

기어코, 용부저가 물었다.

양무의가 직접 소리 내어 말하기 전부터, 여의각 요원들은 구양, 소림, 신마의 삼각(三角) 균형에 대해 고민해 왔다.

서로가 절대 무관하지 않다.

북망산은 구양가의 뒷마당이며, 낙양은 소림의 코앞이다.

이런 곳에 염라마신이 거하며, 신마맹의 주력이 집결한다?

묵인 또는 합의가 아니고서는 이와 같은 기현상이 발생할 수 없다.

그것이 그들 모두의 결론이었다. 다른 곳도 아니고, 소림과 구양이다. 구파의 북두와 세가의 정점이었다. 그런 그들의 저의조차 파악하지 못했다. 적아조차 구분하지 못했다.

그들은 외로이 신마맹과 싸워야 했다.

결사(決死)와 자살(自殺)은 그야말로 한 끗 차이였다.

용부저의 질문은 그렇기에 합당했고, 여의각 수많은 요원들의 의문을 대표했다.

"해야지."

가장 큰 불안감은 달리 있지 않다.

그들 옆에 단운룡이 없다는 사실, 그것이 문제였다.

전쟁이란 측면에서 그들의 회주란, 병력의 숫자를 초월하는 최대의 전략병기였다.

단운룡 없이 싸워야 한다.

용부저는 양무의가 무엇을 준비하고 있는지 잘 알면서도 회주의 부재로 인해 생존을 확신하지 못했다. 승리도 아니고 생존이다. 살아남는 것만으로도 다행일 것이다. 그것조차 행운 정도로는 안 되고, 천운이 따라줘야 했다.

"절망하지 마라. 모두 알 거다. 우리는 할 수 있는 것을 다 했어. 저 북망산에 지옥의 망령이 있다. 우리가 그것을, 염라마신을 죽일 거다. 이제부터는 각자의 역할만 생각해. 한 명 한 명이 맡은 일을 완벽히 수행하면, 그 결과의 총합이 무림의 역사를 만들 거야."

양무의가 용부저를 똑바로 바라보았다.

그리고 다른 모두를 하나하나 응시하여 신뢰를 나눴다. 열혈로 지피는 불길이 아니라, 냉정으로 약속하는 현실이었다.

양무의는 꿈을 꾸지 않았다. 그는 가면을 쓰고, 옥황을 만나며, 영혼을 갈아 넣었다.

이제 승부를 결할 때다.

그가 출진명령을 내렸다. 의협비룡회와 군웅들이 북망으로 향했다. 그리고 무림의 중심이 전화에 휩싸였다.

*   *   *

장안 북동쪽, 시황제의 황릉은 천년 넘게 숨겨져 누구도 그 위치를 알지 못했다.

지기(地氣)가 음울한 대지였다.

작물을 일구지 못해 버려진 동토였고, 사람이 평안하지 못해 귀신 들린 땅이라 하였다.

이유는 아무도 몰랐다.

땅 깊은 곳에 수은(水銀)의 강이 흐른다는 기이한 전설만 있었다.

백리 밖 사지(死地)의 기운에 상응하여 장안의 기(氣)가 요동쳤다. 밤과 새벽에는 때때로 귀곡성이 들려, 해만 지면 백성들이 서둘러 집에 들어가 단단히 문을 걸어 잠갔다.

종남산에 죽음이 내렸을 때도 이와 같았다고 하였다.

염라마신의 마기(魔氣)가 창궐했던 종남산 자락은, 시일이 흘렀음에도 장안처럼 음산했다.

단운룡은 천화진인의 침묵을 이해했다. 사기(死氣)가 대도시를 억눌렀다. 대도시뿐이 아니라 종남이라는 도가(道家)의 일대 명산까지 억압했다.

시기가 아니라 생각했을 수 있다.

염라의 기(氣)는 최고조였다.

병법을 아는 자는, 이럴 때 공격하지 않는 법이었다. 사기가 정점에 오른 적은, 그 기세가 꺾일 때까지 기다려야 했다. 이 상태의 적은 난공불락이다. 화산 장문은 이 기(氣)를 직접 느꼈음이 분명했다.

질풍검을 떠올렸다.

올곧은 의협심에 이와 같은 마기(魔氣)를 좌시할 성정이 아니었다. 멀리 보내 눈을 가리고, 사람을 써서 귀를 가렸을 것이다.

차라리 다행이었다.

천공을 찌르던 화산검문의 검기(劍氣)가 심곡에 숨어들고, 드높아 산천을 오시하던 험산 준봉에 정적만이 가득했다.

천화진인이 먼저 염라와 청풍의 조우를 막았다.

염라가 예고 없이 화산을 급습하여 청풍을 죽음에 이르게 했더라면, 그 또한 단운룡에게는 적지 않은 한이 되었을 것이다. 그렇기에 단운룡은 화산장문의 궁여지책을 긍정했다.

단운룡은 종남으로 이어지는 대지와 화산으로 이어지는 논밭을 눈에 담고, 마기(魔氣)가 들끓는 사지로 향했다.

민가가 드물어져, 인적이 사라졌다.

척박한 땅에 짐승도 오가지 않는 산 하나가 보였다.

낮은 산은 산이 아니라 능(陵)이었다. 지기(地氣)가 술렁이고 있었다. 땅 깊은 곳에서 대군(大軍)의 군기(軍氣)가 느껴졌다.

항산에서 느꼈던 귀병군대의 귀기(鬼氣)와는 또 달랐다.

훨씬 더 오래되고, 훨씬 더 강력했다.

산을 향해 걸으며, 단운룡은 많은 것을 느꼈다.

지옥으로부터 올라오는 것처럼, 수천 군사의 목소리가 환청처럼 들려왔다. 죽어서도 그들의 제왕을 수호하려는 의지가 전해졌다.

단운룡은, 이곳이 아주 먼 옛날 고대 황제(皇帝)의 무덤이라는 사실을 깨달았다. 그 중심에 염라마신이 있었다.

날이 어두워졌다.

석양 내리는 저녁을 건너뛰고, 밤이 온 것 같았다.

단운룡이 능 앞에 섰다.

동쪽 땅 속에서, 어둠이 술렁였다. 누구도 이 안에 들이지 못한다 외치며, 까만 병사들이 솟아올랐다.

하나둘, 기어 나와 몸을 세웠다. 흙을 뚫고 나오는 것 같았지만, 땅에는 구멍이 생기지 않았다.

육신 없는 영(靈)이었다. 하지만, 충분히 위협적이었다.

흑색의 갑주에 제각각 드러난 얼굴들은 표정이 돌처럼 굳어져 있었다. 하나같이 크기가 컸다. 육척을 넘지 않는 병사가 없었다. 살아 있는 정병들처럼 용맹해 보였다.

단운룡은 순식간에 그들에게 포위당했다.

황제에 도전하는 영웅을 둘러싸는 것처럼 수십 겹으로 단운룡을 에워쌌다.

땅 밑에서 올라오는 흑갑의 병사들은, 그 수가 계속 늘어만 갔다. 수십, 수백을 넘겨 수천에 이르렀다.

척척척척척.

행군 소리가 들려왔다. 이제는 환청이 아니었다. 발자국이 생기고, 먼지가 일었다.

영(靈)에 기(氣)가 깃들어 물리적인 힘을 내기 시작했다.

현실 같지 않았다.

잡초만 가득인 황폐한 대지에 칠흑 같은 어둠의 병사들이 대군(大軍)을 이루었다. 병사들은 보병(步兵)만 있지 않았다. 투레질 소리와 함께, 기병(騎兵)들이 땅 위로 올라왔다.

콰과과과과과!

전차(戰車)도 있었다.

사두전마 전차 위에 지휘관이 앉았다. 고대의 중갑 병대가 시대를 초월하여 땅 위에 현신했다. 그들이 빽빽하게 대진용을 이루었다. 보이는 땅 모두를 새까맣게 채웠다.

단운룡만 그 한가운데 홀로 빛났다.

꽝.

등 뒤에서 비룡번 한 자루를 꺼내 들어 땅에 박았다.

비룡번이 펼쳐졌다. 깃발들은 적군에게도 있었다. 흑색의 대군 사이로, 일천 개의 깃발이 올라왔다.

통일대제국, 진(秦)의 깃발이었다. 장관이었다.

"진시황제의 황군이라."

상대가 누군지 알았다.

단운룡의 입에서 감탄 같은 목소리가 흘러나왔다. 넘쳐흐르는 위용이 어디서 온 것인지 알겠다. 이들은 원귀(寃鬼)들이 썩어가는 시체에 붙어 움직이는 귀병 따위가 아니었다. 역사와 전설의 제국군이었다.

"이 정도는 되어야지."

만족했다.

종장의 결전지로 손색이 없다.

단운룡이 전신의 광극진기를 극한으로 끌어올렸다.

그의 몸에서 빛이 솟아났다.

광파가 일고 발밑에 동심원이 그려졌다. 비룡번의 비룡이 빛으로 꿈틀거렸다.

단운룡이 휘황한 광력을 품고, 망설임 없이 땅을 박찼다.

꽈아아아아아앙!

비룡번이 검은 군대를 휩쓸었다.

병사들이 부서져 터져 나갔다. 마치 돌이 깨지듯 산산조각이 났다. 단단하여 묵직했다.

꽈광! 꽈아앙!

염라마신은 나타나지도 않았다.

흑색의 대군단은 수천에 이르렀고, 단운룡은 그저 빛을 뿜는 한 명이었다.

믿을 수 없는 이야기, 신화 같은 대전장이 펼쳐졌다.

화려하여 웅장한 그 광경을 보며.

새까만 어둠 속에서 한 줄기 목소리가 흘러나왔다.

"어떤가?"

정과 마가 함께 담긴 질문이었다.

"참 대책 없는 놈이네."

늙어서 탁해졌지만 한때 맑았을 목소리가 대답했다.

"우리가 왔음을 아니까 저러겠지."

아주 굵은 음성이 그 말을 이어 받았다.

셋이 다른 하나를 보았다.

다른 하나는 말이 없었다.

"제대로 쓰는 걸 보니까 좋소?"

맑았던 목소리가 물었다.

말을 잊은 목소리가 답했다.

"좋다, 몹시 좋다."

억누른 음성이었다.

백발이 성성한 머리는 산발하여 덤불 같았다.

늙은 시선은 장쾌하게 펼쳐지는 비룡번의 광휘에 머물러 떨어질 줄 몰랐다. 그의 등 뒤엔 단운룡이 땅에 박고, 적에 휘두르는 태번과 똑같은 비룡번이 매달려 있었다.

다름 아닌 입정의협살문 태상호법 태양풍이었다.

"구경 그만하고 갑시다."

탁하고 맑은 음성의 소유자는 유려한 비단 백의를 입고 있었다. 얼굴은 반로환동이라도 한 듯 젊어 보였고, 말투가 가벼워 노고수 같지 않았다.

오랫동안 강호에 나오지 않았던 그의 별호는 백살객(白殺客)이라고 하였다. 입정의협살문 은밀살수라 불렸다. 이름은 이지량(李知量)이었다. 손목에는 은철사가 감겨 있었고, 금빛 유성추가 손 밑으로 흔들거렸다.

"그래, 가자."

혼돈의 목소리를 지닌 자가 발검, 발도를 동시에 했다.

양손에 검과 도가 들렸다.

검도천신마 공야천성이 앞장서 걸었다.

그 뒤로 단단한 체구의 노무사가 적색의 철극을 비껴들었다. 그는 걷지 않고 몸을 날렸다.

"오랜만에 몸 좀 풀겠군."

굵은 목소리가 어둠을 눌렀다.

그는, 적룡극신 맹무선이라 했다.

                    *   *   *

전설과 사가(史家)가 이르길, 시황제는 여러 뚜렷한 색깔 중에서도 특히 검은색에 애착을 보였다고 하였다. 지저(地底)의 유부(幽府)로부터 끊임없이 솟아난 흑색 군대는 이제 일만의 대군이 되어 있었다.

입정의협살문의 네 살수가 시황제의 일만 군대로 뛰어들었다.

네 문의 화포가 쏟아진 듯했다.

병진 한가운데서 대폭발이 일어났다. 검은 기운이 몰아쳐 하늘 높이 흩어졌다.

꽈아앙! 퍼석!

적룡극신 맹무선의 적색철극(赤色鐵戟)이 커다란 기병을 깨부쉈다. 기병은 사람처럼 말에서 떨어져 흙처럼 부서졌다. 땅에 넘어진 기마도 산산조각이 났다.

맹무선은 노장수의 얼굴로 강맹하게 대지를 밟으며 달려드는 보병들을 터뜨렸다.

보병들은 어깨부터 허리까지 방어하는 검은 갑옷을 입었고, 목에는 두터운 경갑건(頸鉀巾)이 둘러져 있었다. 실제 고대 병사들의 체격이 어떠했든, 새 땅에 올라온 병사들은 하나같이 육척이 넘는 거구를 지니고 있었다.

와아아아아아!

시황제의 대군은 점점 더 진짜 같아졌다.

함성 소리가 하늘을 찢었다. 대군의 발소리가 땅을 울렸다.

선봉의 맹무선은 대군사의 기를 받아내면서도 흔들리지 않았다. 적색의 대철극은 여포 봉선의 철극마냥 강력하기 그지없었다.

콰직! 쫘아아아아앙!

맹무선은 병사들을 박살 내고 또 분쇄했다.

적색철극 일격에 병사 셋이 한꺼번에 부서졌다.

병사들 사이로 더 큰 거구가 나타났다. 검은 갑옷 견갑에는 황적색 금줄이 네 줄기로 선명했다. 장군처럼 보였다. 세자가 넘는 청동장검을 들었다. 영(靈)적인 물건임에도, 실제 무기처럼 검광이 번뜩였다.

쩌어어엉!

놀라웠다.

불꽃까지 튀었다.

시황제의 장군령(將軍靈)이 맹무선의 적색철극을 받아냈다.

맹무선은 그저 웃었다.

진각을 밟고 철극을 올려쳤다. 홍광(紅光) 진기가 날에 실렸다. 장군령이 부드럽게 몸을 젖혀 그 일격을 피해냈다. 피할 뿐 아니라 번쩍이는 장검을 내려쳐 반격까지 했다.

쩌엉! 꽈아아아앙!

적색철극과 청동장검이 다시 한번 부딪쳤다. 땅바닥에 충격파가 일고, 주위의 보병들이 와르르 넘어졌다.

적장의 힘이 놀라웠다.

고대 황제를 지키던 장군을 순장(殉葬)이라도 시켰나 보다.

그러면 강해도 된다. 맹무선은 조금도 당황하지 않았다. 시황제의 군대라는 것은 진나라 깃발로 이미 알았다. 그것만으로 상상초월이었다. 어디서 무엇이 튀어나와도 상관없었다.

맹무선은 천년의 무예를 상대로 극신(戟神)이라 불린 창극술을 유감없이 선보였다.

꽝! 꽈과광!

폭음이 연이어 터졌다.

장군령이 뒤로 밀려났다. 일대일 대결처럼 보였지만 아니었다. 맹무선의 철극은 상대방뿐 아니라 주위의 병사들까지 한꺼번에 휩쓸었다. 검은 사기(死氣)가 피보라처럼 흩어졌다.

맹무선은 절세의 무공을 입증했다.

입정의협살문 전대(前代)라는 수식이 무색했다.

하지만, 뒤에 선 누군가에겐 그렇지 않았다.

"녹슬었군."

정마(正魔)가 뒤섞인 기이한 음성이 맹무선의 무위를 폄하했다. 맹무선은 돌아보지 않았다.

번쩍! 콰아아아아!

검광이 그의 옆을 휩쓸었다. 검을 도처럼 휘두르고 도를 검처럼 찔렀다. 청천과 마천의 도검기(刀劍技)가 맹무선의 옆을 지나쳐 군대 일각을 깨부쉈다.

"그 긴 세월에도!"

맹무선이 굵은 목소리을 내리깔며 철극을 휘둘렀다.

쩡!

청동장검이 그의 철극을 받았다. 장군의 커다란 발밑에서 땅바닥이 갈라졌다.

이 오래된 천년장수의 영혼 앞에서 지나간 세월을 논하기엔 그들조차 젊었다. 다만 그렇기에 싸우던 옛날이 얼마 안 된 어제 같았다.

"신마는 변한 것이 없구나!!"

중의가 담겼다.

신마맹은 기오막측했다. 시황제의 대군 소환은 어불성설의 강수였다.

검도천신마도 그랬다.

술잔 기울이며 말할 때는 명사(名師) 귀족 같지만, 진정한 실체는 범인이 감당할 수 없는 기인(奇人)이었다.

상궤를 벗어난 상극 무공으로 정사(正邪)를 넘나들었다.

맹무선은 천생 무인이었다. 공야천성은 그와 달랐다.

이제 와 이지러진 천기를 바로 잡는다며 대협객의 의(義)를 말하지만, 예전 검도천신마의 행태를 떠올리면 웃음만 나올 지경이었다.

검도천신마야말로 입정의협살문에서 가장 위험한 자객이다.

맹무선은 그가 아직도 그렇다는 것을 새삼스레 자각했다.

나아가 도를 뻗으면 흑갑병사 열 명이 종으로 쪼개졌다.

휘몰아쳐 검을 휘두르면 다시 또 열 명이 횡으로 갈라졌다.

공야천성은 그러했지만, 맹무선은 예전 같지 않았다.

살문의 맹무선이라면, 녹슬었다는 소리를 듣고서 그대로 참을 리 만무했다. 당장 저 도검의 끝에 철극부터 마주쳤겠지만, 지금은 청천검 마천도와 다투어 분란을 일으키고 싶은 마음이 세월만큼 희미해졌다.

파라라라라락! 꽈과광!

검도천신마에 이어, 대폭풍이 몰아쳤다.

맹무선과 공야천성의 등 뒤가 단숨에 평지로 변했다.

황금비룡번이었다.

"기운도 좋소."

맹무선이 철극으로 장군령을 밀쳐내고, 여유롭게 뒤를 보며 말했다.

"좋을 만도 하지."

퍼얼럭!

비룡번을 휘감아 돌리며 거구로 깃대와 몸을 세웠다. 태양풍은 주름 진 얼굴에 감회가 남다른 표정을 짓고 있었다.

태상호법이라 했다.

원래부터 가장 연배가 높았다.

그도 공야천성처럼 변한 게 없다. 가장 흔들림이 없어야 할 나이이면서 감상에 젖는 것도 제일이었다. 소문주의 뒤를 따라 옛 살문이 함께하는 지금 이 순간이 기쁘다. 저 선두에서 소문주가 비룡번을 휘두르고 있으니 더 바랄 나위가 없었다.

무인, 기인, 열혈이다.

이어, 한량이 몸을 날렸다.

"노닥거릴 때요?"

비단 백의 휘날리며 소리 없이 다가왔다.

"네게 들을 말은 아니다만."

태양풍이 깃발을 들고 전진하며 대답했다.

백살객은 문주와 죽이 잘 맞는다 했다. 노는 것을 좋아하여 분쟁을 즐기지 않았다.

"그 덩어리는 얼른 치우고 갑시다."

백살객이 몸을 날렸다.

게을러 싸움에 나서길 꺼린다. 이번에도 세상에 나오지 않으려 했다.

그의 신형이 한 줄기 백선(白線)이 되었다. 하얀 선이 맹무선의 어깨를 타넘었다. 경신(徑身)의 공부가 경이로웠다.

쉬익!

보검으로 얇은 천을 베는 것처럼 파공음마저 섬세했다.

백살객의 손에서 유성추가 날았다.

퍼억!

철극을 튕겨내며 흔들린 장군령의 이마에 금빛 유성추가 박혀 들었다. 장군령은 머리에 유성추가 박히고도 움직였다.

백살객이 유성추 이어진 은철사에 손목을 비틀어 전사력을 더했다. 금색 유성추가 장군의 이마에서 회전했다.

우-우-웅! 콰드득!

유성추가 장군령의 머리를 파고들어 터뜨렸다.

농도 짙은 사기(死氣)가 파편처럼 흩어졌다. 장군령의 몸이 조각조각 부서져 내렸다. 통쾌하다기보다는 애잔하고 슬펐다.

"토용(土俑) 술법인가."

백살객이 지나가듯 말하며 앞으로 나아갔다.

그는 협제처럼 아는 것이 많았다.

그것은 천리안이 양무의에게 넘겨준 토면인신상의 술식과 궤를 같이하는 고대주술이었다. 술법의 정체가 무엇이든 상황이 썩 좋진 않았다. 적군이 너무 많았다. 갈수록 강해졌다.

쏴아아아아아!

공기가 떨리는 괴이한 소리에 고개 들어 하늘을 보았다.

새까만 하늘이 더 새까맣게 변했다.

세상을 덮으며 쏟아지는 흑시(黑矢)였다. 시황제의 전설로 회자되는 무적 노병(弩兵)의 검은색 화살비였다.

"가지가지 한다!"

한 남자가 젊은 시절처럼 호쾌하게 소리치며 솟구친다.

다름 아닌 태양풍이었다.

파라라라락! 콰아아아아아아!

비룡번 황금룡이 하늘을 향해 포효했다.

내리꽂는 화살비가 태풍에 휩쓸리듯 사방으로 흩어졌다. 흑시(黑矢)는 영체였으나, 분명한 물리력을 담고 있었다. 땅바닥이 움푹 움푹 패였다. 허나 같은 영기(靈氣)를 지닌 병사들은 몸체에 화살을 맞고도 아무런 타격이 없었다.

두두두두두!

이어 기병들과 기병전차들이 몰아쳐 왔다.

사두 기병 전차 전열에는 연노(連弩)가 실려 있었다. 마차에 딴 전차병이 사람처럼 다급하게 시위쇠를 작동하여 흑시를 연사했다.

전쟁이다.

대군이 본격적인 공격을 시작했다.

맞서는 그들도 그러했다. 입정의협살문 진신비기들이 시간을 넘어 세상에 나왔다.

검도천신마가 기마 사이를 날아 뛰며 기병의 몸과 머리를 날렸다. 적룡극신이 괴력으로 전차를 뒤엎고, 하늘 나는 궁시를 황금비룡번이 막았다.

백살객이 유성추로 적병의 갑옷을 꿰뚫었다. 은철사 휘감아 기마를 넘어뜨리면, 맹무선이 쓰러진 병사 위에 철극을 박았다. 검도천신마가 마천용음도 횡참으로 보병들을 부쉈고, 태양풍이 혹시 휘감은 비룡번으로 적진을 파괴했다.

고작 네 명으로 시황제 대군을 돌파한다.

경이로운 무공이었다.

쫘아아아앙!

그들이 수백 병사들을 부수고, 마침내 단운룡이 꽂아놓은 깃발 앞에 이르렀다.

적진 한가운데에서, 단운룡은 광력의 마신(魔神)이 되어 있었다. 수천 군사에 홀로 둘러싸여서도 눈부시게 빛났다.

"오셨소?"

검도천신마가 가장 먼저 닿았다. 공야천성은 단운룡을 가까이서 보자마자 안목의 오류를 인정해야 했다.

"협제가 제대로 봤군."

망각했다.

소연신처럼 보고, 공선처럼 수련하며, 철위강처럼 싸워라.

그 자신이 단운룡에게 했던 말이다. 소연신은 세상과 전장만 보는 것이 아니라, 사람도 보았다. 들려오는 풍문들을 들으며 단운룡에 대한 재평가를 거듭했다.

실제로 오늘 보니, 또 달랐다.

그들의 문주가 또 기상천외한 일을 저질렀구나 생각했다.

공선처럼 수련시켰다. 철위강처럼 싸우게 했다.

협제신기가 아니면서 광력을 썼다.

불안정해 보이지만 완전하다. 공야천성은 소연신이 세계의 섭리 안에서 나름의 해답을 찾았다는 사실을 깨달았다.

"여기는 우리가 맡겠다."

공야천성이 청천검으로 단운룡의 앞길을 쪼갰다.

단운룡은 바로 열린 길로 나아가지 않았다.

그가 뒤를 돌아보았다. 맹무선이 용맹하게 적색철극을 휘두르며 사방을 초토화시켰다.

맹무선이 말했다.

"무공은 마음에 든다. 훗날 나와도 겨뤄보자. 날 이기면 문주라 불러주마."

공야천성과는 싸우고 싶지 않아도, 이 놈은 달랐다.

맹무선은 굵은 음성만 남기고 대답도 듣지 않은 채, 적진으로 뛰어들었다.

단운룡은 그대로 서 있었다.

기다리던 이가 왔다. 옛 시절의 호방함을 간직한 채, 젊을 때의 열혈을 되살렸다. 단운룡은 태자후의 얼굴을 겹쳐 보았다.

"태상호법."

단운룡이 먼저 포권했다.

태자후가 단운룡을 보았다. 천잠비룡포 화려하여 영웅의 기상이 헌앙하다. 진정 입정의협살문의 새 문주 같았다.

"이제부터는 그걸 쓰오. 호법께 드리는 선물이오."

단운룡이 땅에 박힌 천잠사 비룡번을 가리켰다.

태자후가 단운룡의 손에 들린 것과 똑같은 비룡번을 보았다. 한 올 한 올 황금비룡 천잠침선이 실로 범상치 않았다. 용문(龍紋)에 기운이 넘쳐흘렀다. 신번(神幡)이었다.

"소문주."

태자후는 처음부터 그를 그렇게 불렀었다.

그가 포권을 취했다.

"고맙소."

지난 시대의 호법으로, 새 시대의 문주에게 말한다.

말까지 공대했다. 신병을 받았기 때문이 아니었다. 태자후의 배움이, 태양풍의 무공이, 그들의 유업이 저 빛나는 손에 이어지고 있음을 두 눈으로 확인한 까닭이었다.

여한이 없었다. 고맙다는 말에 깊은 의미가 담겼다.

단운룡이 마주 포권을 취했다.

태양풍이 말년에 얻은 새 깃발을 손에 들었다. 깃발뿐 아니라, 깃대도 놀라웠다. 강도와 유연성이 조화로워 번술 구사에 완벽하다. 그가 들고 온 깃발을 땅에 꽂고, 새 비룡번으로 하늘을 덮었다. 한 차례 쏟아지는 화살비가 비룡번 폭풍기에 휩쓸려 사라졌다.

마지막은 백살객이었다.

단운룡은 그에게도 말했다.

"와주셔서 감사하오."

행적이 묘연했던 그였다. 한량이라면서 기루를 전전하는 것도 아니었다. 추군마가 신기의 추적술을 지녔다지만, 신마의 행적들을 쫓는 것만으로도 벅찼다. 개방이 나서서 겨우겨우 위치를 잡아냈다. 그마저도 스스로 모습을 드러내지 않았으면 찾을 수 없었을 것이라 생각했다.

"감사는 뒤에."

백살객 이지량은 젊은이처럼 가벼운 말투로 단운룡의 말을 일축했다.

그는 단운룡을 위아래로 흘끗 훑어본 후, 흥미가 없어졌다는 듯 측면으로 몸을 던졌다. 정종(正宗)의 깊이가 있는 쾌속의 신법으로 유성추라는 파격의 기병을 신묘하게 휘둘렀다.

쿠웅! 콰앙!

멀리서 지축을 울리는 굉음이 들려왔다. 맹무선이 싸웠던 장군보다 조금 더 큰 거체가 다가오고 있었다.

기운이 병사들과 비할 바가 아니었다. 흔히 있는 지휘 장수가 아니라 대군을 이끄는 대장군이라도 되는 모양이었다.

"가라."

저 앞의 검도천신마가 단운룡을 보며 말했다. 그의 검이 가리키는 곳에 낮은 려산, 시황제의 황릉이 있었다.

공야천성은 단운룡과 함께 돌입할 생각이 없었다.

그는 저들 망령의 대군과 싸우러왔다. 섭리를 어기고 세상에 나온 망도(亡道)의 존재들이다. 깨운 자가 염라마신이라 해도, 현세에 나타난 지옥의 왕은 그들 몫이 아니었다.

입정의협살문의 시대는 예전에 끝났다.

또한, 그들의 이야기가 과거에 잊혔듯, 시황제의 통일전설도 흘러간 역사가 된 지 오래였다. 저 망자들의 대군대는 창검을 들고 화살을 쏘며 기마와 전차를 달렸다.

장안이 가깝다. 일만 대군 망령이 산 자들의 세상을 덮치면, 유례없는 대재앙이 벌어질 것이다.

종남산 중양전이 파괴되고, 진시황릉 봉인법기가 사라졌을 때, 주시자들이 경계하여 천리안이 엿보았다.

의협비룡회 여의각이 수백 전서구와 정보요원 총력을 동원했다.

그들은 그렇게 모였다.

사라진 자들은 사라진 자들을 막고 다시 사라져야 했다. 그것이 순리였다.

단운룡이 고개를 끄덕이고 땅을 박찼다.

공야천성과 맹무선이 나란히 대지를 달려 길을 열었다.

빛을 이끌고, 황릉에 다다랐다.

광파가 어둠을 비추니, 지옥이 입을 벌렸다. 문이 열리듯 땅에 꺼졌다. 단운룡은 심연에서 올라오는, 끔찍한 사(死)의 찬가(讚歌)를 들었다.

'기다려라.'

단운룡이 손에 든 비룡번에서, 광력을 끌어왔다.

비룡번 천잠사에 깃들었던 광극진기가 단운룡의 손으로 모여들었다. 싸우기 며칠 전부터 깃발에 넘치도록 채워놨던 진기였다.

광력이 광핵으로 넘어왔다. 소모되었던 진기가 새롭게 채워졌다. 충만하여 넘실대던 비룡의 광채가 어둑하게 가라앉았다.

단운룡이 무덤 앞에 깃대를 박았다.

여기서부터다.

단운룡이 암흑에 몸을 던졌다.

이제야 만난다.

섭리가 정해준 숙적이다. 염라마신을 향해서, 단운룡이 어둠을 꿰뚫었다.

*　　　　　*　　　　　*

염라마신이 몸을 일으켰다.

고요히 눈 떴다. 눈빛은 깊고 심유하여 폭력과 죽음의 화신

같지 않았다.

죽어 묻힌 전설의 통일 황제는, 화려한 궁궐에 안치되었다.

궁궐 위에 밤이 덮였다.

둥근 천청은 천정이 아니라 하늘같았다. 까맣게 칠해진 밤 하늘에는 스스로 빛을 내는 구슬과 모래들이 은하수처럼 반짝거렸다.

땅에는 은빛 강과 개울이 흘렀다.

쏟아지는 별빛이 은색 수면에 반사되어 신비로운 광경을 자아냈다. 한때 충만히 흐르던 강물은 수위가 낮아져 곳곳에 바닥이 드러나 있었지만, 어둠 속 웅덩이들조차 오묘하게 빛을 내 아름다웠다.

불멸을 꿈꾸었던 통일 황제는 삶과 죽음의 경계를 건너서도 영원히 존재하길 염원했다.

이곳은 그와 같이 헛된 소원의 결과물이었다.

사가들이 기술하길, 이 황릉을 건설하는 데 칠십만의 인부가 동원되었다고 하였다.

과장처럼 보이지 않았다. 하늘을 받친 돌기둥은 튼튼하여 장엄했고, 능 안에 초목산천의 형상이 다 있었다. 마치 그 자체로 다른 세상 같았다.

영생은 부질없어도 유업은 그토록 찬란하기만 했다.

최초의 업적을 이룬 황제가 기나긴 세월을 쉬기에 부족함이 없는 곳이었다.

저벅, 저벅, 저벅.

천년 넘게 들린 적 없었던 발소리가, 유부의 궁궐을 울렸다.

염라마신은 그 황릉의 주인처럼, 대전에서 걸어 나왔다.

그는 명부염왕의 가면을 쓰고, 적색 용포 황제의 옷을 입었다. 뿜어져 나오는 기파가 시황의 휴식처를 압도했다.

그의 눈빛은 음울하면서도 맑았다.

늙지 않아 젊었다.

염라마신이 걸음을 옮겨 대전의 뒤편으로 향했다.

명부 심처(深處)에는 높지 않게 솟은 봉분 같은 것이 있었다. 염라마신이 손을 들었다. 흙과 돌이 흩어져 사라졌다.

봉분 안에서 낡고 삭아 쓰러지기 직전의 관(棺) 하나가 나타났다.

시황제의 관이 아니었다. 그러기엔 너무나도 초라하고 볼품없었다. 게다가 그 관은 거꾸로 뒤집힌 채로, 땅바닥에 절반만 박혀 있었다. 정상적인 무덤이 아니었다.

염라마신이 손을 쥐었다.

퍼석!

목관이 산산조각으로 흘러내렸다. 그 안에 부식된 금판으로 육체를 둘러싼 시신 하나가 들어 있었다.

괴이했다.

땅에 꽂힌 아래쪽에는 흙이 채워져 있었다. 시신 또한 관처럼 그렇게 반만 묻혀 있었다. 그것도 몸을 거꾸로 세워서다.

머리와 상체가 땅에 묻혔고, 다리는 철심을 넣어 기둥처럼 세웠다. 아주 아주 오래전에 백골화되었을 시체지만 몸을 감싼 금장갑피가 단단히 그 형체를 유지하고 있었다.

염라마신이 나직하게 주(呪)를 읊었다.

인간의 음성 같지 않은 술법의 정화가 오래 지난 죽음 위에 내려앉았다.

역천의 시신이 부르르 떨었다. 그러고는 억압에서 해방되기라도 한 것처럼 그대로 무너져 내렸다. 겨우 형체를 유지하고 있던 금장장식들이 썩은 나무마냥 부스러져 내렸다.

깊은 한숨 소리 같은 괴이한 음성이 주위를 채웠다.

흙더미를 왕관처럼 쓰고 있는 형체 하나가 뒤집힌 무덤에서 일어났다.

왕보다 더 큰 권세를 누렸던 이가 꽉 막힌 무덤의 하늘로 승천했다. 희끄무레한 형체가 별빛 흐르는 암천에 스며들었다. 성취가 과하여 한이 더 많았던 영혼이 돌로 만든 하늘을 통과하여 산 자들의 세상으로 나갔다. 무덤이 원래 거기에 없었던 것처럼 부서졌다. 주인 없이 쓸쓸한 흙더미만 남았다.

염라마신은 그 영체(靈體)를 일별한 후 몸을 돌렸다.

깨울 수 있는 것들은 다 깨웠다.

시황제마저 일으킬 수 있으면 더할 나위 없었겠지만, 업적이 더해진 영혼의 무게가 너무나도 무거웠다. 염라의 능력으로도 불가능했다.

저벅, 저벅, 저벅.

그가 다시 대전 쪽으로 걸어갔다.

천천히 발을 옮겨 서두르지 않았다.

급할 것이 없었다.

모든 것은 어차피 순리(順理)대로였다. 많은 것을 뒤틀어 여기까지 왔지만, 얼마나 더 갈 수 있을지는 알 수 없었다.

염라마신이 궁궐 입구까지 이르러 그 앞에 펼쳐진 것들을 둘러보았다.

빛나는 강과 깜깜한 밤이 있었다.

평화로운 지옥 같았다.

이곳은 죽음의 영역이었다.

항상 그러했다.

그는 삶이 아니라 죽음을 살았다.

가장 밝은 빛 아래 가장 깊은 어둠이 내리듯, 천하제일문과 천하제일가에서 심었던 파멸의 씨앗이 그를 죽음의 꽃으로 피어나게 했다.

그는 그 자체로 이치(理致)의 단편이었다.

섭리가 가장 아끼는 존재로서, 암제의 선물을 듬뿍 받았다. 그러므로 그는 파멸을 상징하면서도, 이 땅에 생을 부여받은 어떤 이들보다 하늘을 가까이에서 느껴왔다.

'이제 와 자유를 얻었으나……'

인간으로 신에 이르는 힘을 타고 났음에도, 죽음은 언제나

순탄치 않았다.

역경은 때를 가리지 않고 찾아왔다.

자아(自我)의 유지가 가장 어려웠다.

섭리를 대행하면, 하늘이 그를 지우려 하였다.

죽음을 행사하면, 망령이 그를 채우려 하였다.

하늘은 어쩔 수 없었다.

섭리는 그의 편이었다.

망령은 아니었다.

섭리를 거슬러 땅에 오른 지옥신은 그가 지닌 젊음을 지속적으로 위협했다.

전대(前代)와의 분리는 반드시 이뤄야 하는 숙원이 되었다.

쌍왕의 선왕(先王)은 그에게 형제와 같고, 부모와 같으며, 스승과도 다를 바 없었지만, 동시에 호시탐탐 그를 노리는 잠재적인 강탈자이기도 했다.

새 몸을 찾아 선왕을 심었다.

그렇게 자유를 얻었다.

'그 자유조차도 내 의지가 아니었던가.'

현왕(現王)은 하늘에 가까운 죽음을 살면서, 결정론적 세계의 논리에 매몰되고 있음을 시시각각 실감해왔다.

지금 이 순간도 그러했다.

그가 시황제의 망령대군을 일으킨 것은, 그 스스로 특별한 목적이 있어서 행한 일이 아니었다. 깨워야 할 때가 되었기에 깨웠다. 그래야만 하기에 그렇게 하였다.

세상 만물의 모든 힘에는 근원이 존재했다.

치우쳐 강성한 힘일수록, 그 근원은 세계의 원천(源泉)에 가깝기 마련이었다.

염라로 발현되는 힘은 세계의 모든 반(反)에서부터 기인했다. 사(死), 사(邪), 악(惡), 마(魔), 파괴(破壞), 그리고 그와 비슷한 많은 것들이 염라의 힘을 현실로 빚었다.

그러므로 그는 정(正)에 맞서 혼돈(混沌)의 톱니바퀴를 돌리는 이였다.

천하의 힘이 정점에 이른 이 때엔, 초월(超越)의 선(善)이 난립하므로, 그에 상응하는 악(惡)이 창궐해야 했다. 그는 세계의 유지와 합(合)에 필수불가결한 요소로서 섭리가 내린 절대자의 재능을 발현시켰다.

그가 행한 일이 그 대가였다.

염라는 자아의 욕구에 앞서, 확률적으로 희박한 재해들을 당연한 것처럼 실현시켰다. 그러면서 순수한 자신의 존재는 희미해졌고, 무엇으로 태어나 어떻게 살아가야 하는지를 결정할 권리마저 박탈당했다.

"왔군."

염라마신이 고개를 들었다.

섭리가 준 역경이 다시 그를 찾아오고 있었다.

그는 누구보다 강력한 힘을 행사할 수 있었으나, 단 한 번도 그 힘을 마음대로 휘둘러본 적이 없었다.

그래서 이번 역경은 흥미로웠다.

상대는 그를 찾아 온 자였다.

염라는 이미 하늘이 예정한 죽음을 실현시켜 온 자였다.

하지만 이 자는 섭리가 정해 준 숙적(宿敵)이기에, 결과를 미리 알지 못했다.

어쩌면 여기까지가 그가 살아 온 죽음의 끝일 수도 있다.

반면에, 이 삶을 넘어서면, 그 훗날의 죽음이 어찌 흘러갈 것인지 먼저 알 수 없었다.

빛이 넘실거리며 다가왔다.

저 멀리서, 황권에 도전하는 영웅마냥, 빛나는 비룡을 입고, 그의 대적이 모습을 드러냈다. 생명과 결의가 충만했다. 그와 반대되는 모든 것을 가지고, 그의 앞에 섰다.

염라는 섭리의 눈부신 살의(殺意)를 두 눈으로 목도했다.

아주 오래전부터, 그가 파괴와 죽음으로 규정되기 전부터, 섭리는 빛을 통해 그를 죽이기로 결심했음을 알았다.

염라는 심판의 마신으로 정해진 죽음만을 내려왔다.

누구도 진심으로 죽이고 싶어 죽인 적이 없었다.

지금은 달랐다.

서로 죽고 죽여야만 하는 운명으로 결정되어 있었다면, 염라는 기필코 그 운명에 이겨 섭리의 의지를 꺾고 싶어졌다.

"나는 염라마신이다. 너의 이름을 말하라."

"단운룡이다. 너를 죽일 이름이다."

염라는 단운룡에게서 섭리의 목소리를 들었다.

거역하지 말라.

섭리는 오만하여, 하늘로 군림했다.

단운룡의 몸에서, 반(反)의 상극인 광력이 솟아올랐다.

단운룡이 죽음에 도전하고, 염라가 섭리에 도전했다.

꽈아아아아앙!

마신극광추(魔神極光錐)와 지옥염라인(地獄閻羅印)이 충돌했다.

하늘이 진동했다. 별이 떨어졌다.

염라는.

태어나 처음으로 삶을 느꼈다.

협제와 싸울 때에도 이와 같지 않았다.

사망의 미몽에서 깨어나 진정한 생(生)을 자각했다.

그가 눈을 썼다.

'심판.'

새로운 삶의 첫 일격은 다시 죽음이다.

사망의 선언이 내려졌다.

그의 시선이 단운룡의 시선과 일직선이 되었다.

퍽! 덜컥!

단운룡의 몸이 굳었다.

사망안(死亡眼)이었다.

격렬하게, 빛이 명멸했다.

＊　　　　＊　　　　＊

　단운룡이 시황릉에 이르러 망령의 대군과 싸움을 시작했을
때, 의협비룡회 무인들은 북망산을 마주하고 있었다.

　북망산천이라 함은 본디, 풍광이 아름답기로 유명한 명당
(明堂) 중의 명당이었다.

　황제와 귀족은 아무 곳에 묘를 쓰지 않았다.

　내로라하는 감여가들이 명지(名地) 중의 명지로 낙양 북녘
의 망산(邙山)을 말한 이래, 수 없이 많은 명사들이 이곳에 묻
혔다.

　동서로 백 리가 넘고, 남북으로 오십 리에 이른다.

　그 너른 땅이 한꺼번에 명당이란다.

　호화로운 능(陵) 사이로, 조상의 공덕에 기대어 운명을 바꿔
보려는 수많은 사람들이 이곳에 혈육을 묻었다. 아무나 묘를
쓸 수 없는 귀한 터에는, 한밤중에 몰래 산을 올라서라도 땅
을 파, 시신을 매장하고 또 매장했다.

　그렇게 무덤만 십만 개가 넘는다.

　그리하여 북망은 무덤이 즐비하여 셀 수 없는 피안의 상징
이자, 죽음의 산이 되었다.

　죽음의 땅엔 죽음을 지키는 이들이 있었다.

　거부(巨富)와 귀인(貴人)들은, 조상의 묘를 보호하기 위해 거

금을 들여 묘노(墓奴)들을 상주시켰다.

누군가에겐 생업보다 절실한 것이 사후(死後)였다.

도굴(盜掘)과 암장(暗葬)에 목숨을 건 자들이 적지 않았다. 그리하여 고래로 묘직(墓直)과 묘노(墓奴)들 중엔 무공을 익힌 자가 많았다. 후손들의 기복(祈福)과 망자의 안녕(安寧)을 빌기 위해 고용되는 도사나 술사들도 망산 인근에서는 심심찮게 찾아볼 수 있었다. 일설에 의하자면, 천하제일가 구양세가까지도 고대 왕묘의 수호자들에 의해 설립되었다는 이야기가 있을 정도였다.

그러니, 고명한 묘직(墓直)과 도사들은 그들대로의 명성과 실력이란 것이 있었다. 뜬금없이 북망산 장보도(藏寶圖)라도 발견되면, 무덤 몇 개 뒤집어 엎이는 것은 그야말로 순식간이었다. 출중한 무공이 요구되는 경우가 없지 않았다. 따라서 실제로 이들 묘지기들 중엔 구양 세가의 무인 출신이거나, 세가와 긴밀히 협조하는 이들이 꽤 많았다. 그만큼 북망산이란 천하제일가의 역사에 있어서도 적지 않은 의미가 있는 땅이었다.

헌데, 그런 북망산에 신마맹이 들끓고 있었다.

묘지기들이 가면을 썼다. 묘지기들은 옷차림이 독특했다. 그들은 초목의 독과 사충의 해를 막기 위해 더울 때도 긴 옷을 입었고, 옷소매는 항상 야무지게 묶여 있었으며, 허리춤에는 풀 베는 낫이 매달려 있었다. 그런 그들이 행색조차 감추지 않고, 그 옷 위에 가면을 올렸다. 원래부터 신마맹의 주구였는지, 근래에 쓰게 된 것인지는 알 수 없지만, 그 수가 엄청나게 많았다.

무덤 사이를 누비는 허연 가면들은 북망산 셀 수 없는 무덤에서 기어 나온 귀신같았다. 대병력이었다.

"염라마신은 촉후주 유선묘에 있는 것으로 추정됩니다. 남당후주 이욱묘 쪽에서 금광 발현이 보고되었습니다. 제천대성도 와 있는 것으로 사료됩니다. 더불어 남조진후주 진숙보묘 방면에서 실혼(失魂)과 광기(狂氣)에 빠진 무인들이 발견되었습니다. 정신을 혼란케 하는 요녀(妖女)에 대한 소문이 나돕니다. 달기의 존재를 배제할 수 없습니다. 여의각 무인들에게도 접근 금지령을 내렸습니다."

"위타천은?"

"아직 확인되지 않았습니다. 여의각 요원들과 후구당 삼십 명이 상공을 주시 중입니다."

"맹창묘에 병대가 늘어나고 있어. 그쪽엔 누가 왔지?"

"맹창묘 북쪽에서 탁탑천왕과 이빙 가면이 추가로 확인되었습니다. 위문제 수양릉과, 서진무제 준양릉 쪽이 특히 두텁습니다. 이름 있는 가면들은 전부 다 모여든 상황이고, 이미 죽었거나 파괴한 것으로 알려졌던 가면들이 여럿 다시 나났다 합니다."

"그러니까, 지금 들어가야 해."

양무의는 때가 되었음을 알았다. 북망에 밤이 내린다. 사기(死

氣)가 갈수록 짙어지는 중이었다.

아직 전국의 군웅들이 다 오지 않았다.

하지만, 기다릴 수 없었다. 신마맹과 셀 수 없는 사파 무리들은 흔히들 사대 망국지군(亡國之君)이라 불리는 왕릉들을 중심으로 크게 분산되어 있었다.

이들이 전력을 집중하면, 절대로 뚫지 못한다.

반대로, 지금의 진용이라면 유선묘까지 일점돌파가 가능한 대신, 돌아 나오는 것을 생각하지 말아야 했다.

게다가 돌파마저도, 가능성일 뿐이다. 장담은 할 수 없었다.

군웅들이 많이 늘었지만, 그래도 부족했다.

적들은 의협비룡회와 군웅들보다 훨씬 더 많았다. 숫자만으로 치면 다섯 배에서 열배는 족할 것이다.

산 자들만이 아니었다. 죽은 자들도 문제였다.

천리안의 전언에 따르자면, 염라의 지옥술과 흑림주술의 융합술은 무덤의 망령을 일깨울 수 있다고 하였다. 망산에 묻힌 자만 십만이 넘는다. 무덤 개수만 그만큼이다. 비석을 세우지 않고 몰래 묻은 시신까지 합치면 그 수는 얼마가 될지 알 수 없다. 일부만 일으켜도 천 단위, 만 단위가 넘어갈 것이다. 이곳은 대재앙이 약속된 사지(死地)였다.

양무의는 즉각, 모두를 불러 모았다.

함께 싸우기 위해 수많은 사람들이 강호를 내달려 북망 앞에 당도해 있었다.

의협비룡회와 나란히 수백의 무인들이 섰다.

일천의 의협이다.

신마와 목숨 걸고 싸울 무림의 정병들이었다.

"발도각 선두로, 비룡각이 중군, 청천각이 후미를 맡는다. 적병력의 섬멸이 목적이 아니다. 우리는 안으로 침투한다. 목표는 염라, 오직 염라뿐이다."

양무의가 힘 있게 말했다.

평소와 달랐다. 낭랑한 가운데, 거친 기운이 있었다.

의협비룡회는 양무의로부터 단운룡의 목소리를 들었다.

문주는 지금 여기 없지만, 저 멀리서 함께 싸우고 있음을 알았다.

"의협비룡회!"

양무의는 각각의 소속을 따로 부르지 않았다.

협(俠)이면 된다.

처처처처처척!

군웅들 사이로 깃발들이 일어났다.

바람에 나부껴 비룡이 꿈틀거렸다.

"출진!!"

북소리가 울려 퍼졌다.

죽음의 산에 가득 찬 신화과 요괴의 무리들에게 의협의 무림인들이 달렸다.

"가자!"

"와아아아아아아아!"

함성이 땅과 하늘을 크게 뒤흔들었다.

그들이, 무림이, 의협이 장엄하게 진격했다.

*　　　　*　　　　*

의협비룡회는 오래 싸웠다.

이기지 못해 지고, 지면서 다시 또 싸우며 견뎠다.

그들은 승리가 익숙하지 않았다.

그래서 이렇게 돌진할 수 있었다. 전혀 승산이 보이지 않아도, 어떻게든 될 것이라 생각하며 무기를 들었다.

북망에 이르러서도, 양무의의 말을 들으면서도 알지 못했다. 이 싸움 또한 승리보다는 생존이 우선되는 극악의 전장이라고만 여겼다.

아니었다.

오늘은 달랐다.

북망산천 빽빽한 요괴가면들은, 말 그대로 지옥의 풍경 같았다. 어두운 밤, 횃불 불빛이 어른거리고, 형형색색 가면 쓴 요괴들이 일렁이는 그림자와 함께 움직였다.

지옥을 향해 달렸다.

그러면서 저절로 느낄 수 있었다.

바로 이 순간을 위해서였다.

이 전투를 승리로 이끌기 위해, 그토록 긴 시간을 졌다.

투지가 저절로 일어났다.

무림에서 가장 위험하고 요사스런 집단이 그들 앞에 있었다. 온 세상을 전란의 구렁텅이로 만들어 강호인들뿐 아니라 백성들까지 혼란과 비탄으로 채웠던 자들이었다.

꽈아앙! 콰아아아아아아아!

최초의 격돌이 일어났다.

발도각이 선두에서 수많은 적들을 베었다.

용음도(龍吟刀)가 일제히 거센 파공성을 냈다.

포효하는 용이었다.

북망산에 지옥도에 거대한 비룡이 강림했다. 강렬한 용음성(龍吟聲)이 신마의 선두를 휩쓸었다. 가면들이 무참히 부서져 나갔다.

"옵니다!!"

여의각이 보고했다.

양무의는 전차에 타 있었다.

도고각 북소리를 견딜 수 있는 중갑 기마들이 그가 탄 철갑 전차를 끌고 달렸다.

진용의 한가운데서 직접 지휘하는 전장 군사(軍師)로 나선 것이다.

백가화가 그의 옆에서 당연하게 그를 지켰다.

그녀만이 아니었다.

도요화가 그 옆에 있었다.

양무의는 의협비룡회 전술의 핵이었다. 그녀는 가장 강력한 무력 중 하나로 양무의를 지켰고, 음(音)으로 전장의 정보를 읽었다. 도요화가 소리 높여 말했다.

"왼쪽! 타고음 들려요! 적 접근! 대규모예요!"

여의각 척후대와 도고각 악공무인들이 목숨을 걸고 북망 곳곳에 나가 있었다. 적진 한가운데서 북을 친다는 것은, 필사의 도주를 전제로 했다. 저들 중 몇 명이나 살아 돌아올 수 있을지 알 수 없었다.

"우측에서도 적 확인! 이쪽도 많습니다!"

양무의는 옥황의 존재를 느꼈다.

적 반응 속도가 엄청나게 빨랐다.

이쪽의 돌입만을 기다리고 있었다는 뜻이었다.

"속도 올려! 직선돌파 유지! 그대로 통과한다!"

양무의가 망설임 없이 명령했다.

좌전방에 거대한 봉분이 보였다.

우측은 능선지형이고 탁 트여 있었다.

적에게 포위되지 않으려면 좌우 한쪽을 택하여 교전에 들어가야 했다. 그렇게 병력을 깎아놔야, 돌입 후에도 빠져나올 수 있다.

양무의는 포위를 택했다.

병법대로 싸울 때가 아니었다.

그들에겐 명확한 목표가 있었다.

돌아 나오지 못해도, 염라만은 죽여야 한다.

옥황은 염라의 죽음을 바라는 것처럼 보였으나, 양무의는 그조차도 온전히 신뢰하지 않았다. 가면으로 연결된 옥황의 세계는 상제의 능으로 조작이 가능했다. 옥황이 보여준 것들이 진실이라는 보장은 어디에도 없었다.

"전방에서 적 병력 중첩됩니다!"

"우측 후방에서, 적 출현! 감지 못했습니다!"

"교전 들어갑니다!"

콰광! 채채채챙!

보고대로 후방에서 격렬한 충돌음이 들려오기 시작했다.

생각대로였다.

옥황은 단순하지 않았다.

공멸을 말했다 하여 염라의 목숨을 갖다 바칠 자가 결코 아니었다.

옥황이 그저 염라를 죽이고만 싶었다면, 유선묘까지 길을 열어주면 그만이었다. 그들은 준비를 많이 했다. 제아무리 염라라도 혼자서 천 명의 의협을 죽이진 못한다. 이대로 돌입하면 이길 수 있다. 천운이 따라 준다면 승리뿐 아니라 생환도 가능한 전력이었다.

하지만 옥황은 그렇게 둘 마음이 없다.

맞닥뜨린 살의(殺意)는 명부 아귀들의 식욕 같았다. 사방에서 옥죄어 오는 기세도 지극히 살벌하기만 했다. 죽음으로 돌파해야 할 지옥이었다.

"적진으로 뛰어들지 마라! 돌파가 최우선이다!"

앞으로 나아가는 것만 다시 한번 강조했다.

승리로 향하는 문은 아주 작았고 열려 있지도 않았다.

옥황은 맹주마저 축출한다 말하는 자였다.

이쪽이 염라에 상응할 만한 전력을 갖고 있지 못하다면, 계획 변경 정도는 가벼운 일이었다. 신마와 의협은 어차피 적이었다. 염라의 죽음을 바란다고 하여 옥황이 그들 편인 것은 아니었다. 그 사실을 절대 잊으면 안 된다. 공멸(攻滅)이란 두 글자엔 의협비룡회의 멸망이란 의미가 함께 담겨 있었다.

그것은 시험도, 시련도 아니었다.

옥황은 그저 의협비룡회의 섬멸과 함께, 최상의 결과를 얻고자 할 뿐이다.

거기에 미치지 못할 경우, 죽인다.

옥황은 폭풍처럼 몰아치는 신마의 공세로 절대 전제의 살의(殺意) 유감없이 드러냈다.

"일차 저지 뚫었습니다! 정면에 이진(二陣) 옵니다!"

"빠릅니다! 맹창묘에서 확인되었던 적들이 벌써 당도했습니다!"

"선두에 탁탑천왕! 거령신들이 많습니다!"

"탁탑군은 눈가림이다! 이빙이 있어! 용린각 앞으로! 순양궁 부적술 전개! 술식 방어 준비하라!"

찰나에 판단했다.

양무의의 명령은 거침이 없었다.

"선두가 탁탑군과 교전하여 길을 열고, 라고부대가 안쪽까지 침투한다! 이빙을 먼저 찾아! 찾아내서 죽여!"

그들은 멈추지 않고 계속 달렸다.

군령 하달은 순간이었다.

선두에서, 불패신룡 오기륭을 필두로, 관승과 왕호저가 튀어 나갔다.

효마는 바로 뛰지 않았다.

그는 기다렸다.

사냥은 전쟁과 달랐다. 순간의 기회를 잡을 뿐이다. 그는 언제나처럼 놓치지 않을 자신이 있었다.

꽈과과과광! 콰앙! 콰과과광!

폭음이 화려하게 터져 나왔다.

거신(巨神)들에 맞서는 참룡의 영웅들은 용맹 그 자체였다. 대격돌의 충격파에 백면뢰들이 와르르 넘어질 정도였다.

뒤지지 않겠다는 듯, 발도각이 속도를 줄이지 않고 적진을 향해 짓쳐들었다.

핏물이 넘실대며 땅과 하늘을 덮었다.

적들이 마구 쪼개지는 동안, 발도각 무인들도 하나둘 무너져 내렸다. 비룡각 무인들도 죽었다. 문도 아닌 군웅들도 안타깝게 스러져 갔다.

"비켜!"

"이 앞은 내가 맡는다!"

"돌진!!"

그들은 군령 없이도 스스로 소리쳤다.

내일이 없는 것처럼 싸웠다.

좌좌자자자작!

어디선가 기음(奇音)이 들려왔다. 땅을 타고 허연 기운이 무섭게 다가왔다. 한기(寒氣)가 밀려들었다.

"내가 가요!!"

쩌렁!

그녀의 목소리는 어떤 각주들보다 강렬했다.

보의를 입은 강설영이었다.

날카롭게 솟구치는 빙술(氷術)에 가차 없이 몸을 던졌다.

파아아아앙!

얼음 파편이 사방으로 터져 나갔다.

그녀가 막강한 기파로 엄청난 압력을 행사하며 전진했다.

칼날처럼 일어나는 얼음덩이가 그녀의 발 앞에서 막혔다. 작은 주먹과 가녀린 몸이 두터운 얼음송곳을 깨부쉈다.

보의를 입은 그녀는 성벽과 같았다. 단운룡이 꿈꿨던 울타리의 기둥은 단단하고 굵은 나무가 아니라 용기 있게 앞으로 나서는 사람이었다.

협제천룡 광극파황의 모든 것이 그녀 안에 있었다.

이빙은 교활했고, 상황 판단이 빨랐다.

꽈꽝! 콰드드드드드득!

그녀에게 빙술을 퍼부어봤자, 지금처럼 깨지기만 할 것을 알았다.

빙술 송곳들이 궁술부대 화살처럼 난마로 쏟아졌다.

그녀 혼자 막을 수 없었다.

그때, 군웅들이 나섰다.

"술진 완성!"

"화술방패 전개!"

"비룡각 창술무인! 술사들을 보호하라!"

"술력 방패만으로 안 돼! 뚫고 들어오는 빙격은 용린각에서 막는다!"

때로는 소리쳐 소통하고, 때로는 말없이 약속한 대로 싸웠다. 빙벽이 부서지고, 거신들이 쓰러졌다.

한순간 효마가 움직였다. 라고족이 그의 뒤를 따랐다.

오기룡이 탁탑천왕을 더 거세게 몰아쳤다. 관승과 왕호저가 적진 깊이 들어가며 틈을 만들었다.

그들은 이제 서로서로를 너무나도 잘 알았다.

각자가 해야 할 일을 했다. 맞물려 함께 호흡했다.

비룡은 멈추지 않았다.

탁탑군과 이빙은 언제 마주쳐도 강적이었겠지만, 의협의 기세는 그들로만 꺾기에 역부족이었다.

꽈앙! 솨아아아아아!

선두가 그렇게 앞을 뚫을 때였다.

난데없이 우측 저 멀리에서 거센 바람 소리가 들려왔다.

"철선녀! 황풍괴!"

폭풍이 일어나고 있었다.

영웅들이 지난 시간 강해졌듯, 살아남아 이를 갈았던 요괴들도 더 강력해졌다.

황색의 바람이 까만 하늘을 덮었다.

규모가 엄청났다.

"타고음 들립니다! 오백 이상 대군 출현! 접근 속도 빨라요! 식별음은 우마군신! 일월(日月)도 있답니다! 철선녀와 황풍괴보다 이쪽이 먼저 당도해요!"

옥황조차 해석하여 흉내 낼 수 없는 도고각 전고음(戰鼓音)은, 타수(打數)와 박자 변용으로 어느 정도 상세한 정보 전달이 가능한 경지에 이르러 있었다.

"예상 시간?"

도요화의 눈에서 자색 광망이 일었다. 그녀는 북소리만 듣지 않았다. 숨소리, 발소리, 쇳소리, 세상만물은 소리를 지녔다.

"일월이 선두로 나왔어요! 이십, 아니, 삼십! 많고, 빨라요! 반의반 각(刻), 이 속도면 후미가 아니라 바로 옆에 붙겠어요!"

한 발 앞서 감지해서 다행이다.

오직 도요화의 존재로 성립될 수 있었던 전술이었다. 그녀의 예상을 들은 양무의가 뒤를 돌아보며 명령했다.

"깃발 올려! 출진 신호 보내!"

여의각이 빠르게 반응했다.

비룡회 녹색 깃발보다 훨씬 태번(太幡)이 전차 위로 올라왔다. 깃대도 두 배 더 길었다. 금사(金絲) 장식이 깃발 테두리를 둘렀다.

퍼얼럭! 멀리서 오는 바람에 깃발이 꿈틀거려 나부꼈다. 멀리서도 눈에 번쩍 뜨일 위용이었다.

"제 시간에 못 올 수도 있어! 도고각주가 우측 측면 맡아!"

양무의의 말에 도요화가 측면으로 빠졌다.

시시각각 대적들이 다가오고 있음을 알았다.

그렇게 조여오는 적들 사이에서, 의협비룡회는 멈추지 않고 달렸다.

선두의 싸움은 점입가경으로 치닫고 있었다. 오기룡의 철신각이 탁탑천왕의 흉갑을 박살 냈다. 탁탑천왕은 강철 같은 근육을 드러낸 몸으로 쓰러지지 않고, 보탑을 변형시키며 절기를 뿜어냈다.

얼음의 술법 사이로는 독화(毒花)가 피어나고 있었다.

생명을 위협하는 충사독이 곳곳에 뭉쳐 흘렀다. 빙술의 발동 범위가 점점 더 후방으로 밀려났다. 이빙은 영민한 지략을 지녔지만, 라고족은 그 못지않게 기민하고 집요했다. 강설영이 독과 빙술을 아랑곳하지 않고 압박을 가할 동안, 효마가 기어코 이빙을 전권 밖으로 몰아냈다. 전장에 미치는 이빙의 영향력이 급격히 줄어들었다.

의협비룡회는 그가 만든 맹독지대를 익숙하게 우회할 뿐 아니라, 적들을 그 안에 밀어 넣으며 독술을 전술적으로 활용했다. 서로 다른 무인들의 호흡이 완벽하게 맞아 들어갔다. 그들은 대전장에 특화된 문파로 완전하게 거듭나 있었다. 최대 최악의 전장에 들어섰으면서도, 무결점에 가까운 전투력을 뽐냈다.

쿠오오오! 콰아아아아아아!

또 다른 소리가 들려왔다.

함성도 바람도 아니었다. 이질적인 괴성들이었다.

요괴와 망령들이다.

사람의 적으로 칭해질 모든 것들이 이 전장에 있었다.

"좌후방에 요괴들이 나타났습니다! 시체들이 땅에서 올라옵니다! 숫자 파악 불가! 여의각은 퇴각 중입니다!"

북소리와 깃발 대신, 직접 경공으로 뛰어 왔다.

여의각 이전이었다. 질린 얼굴이었지만 눈빛은 살아 있었다.

적이 아무리 많아도 당황하지 않았다.

그들은 그들 방식대로 싸워왔다.

예상범위 안이다.

양무의가 물었다.

"구양은 아직인가?"

"제령사들 한 무리가 적측과 대치 중입니다. 전신부대도 확인되었으나, 아직 교전에 들어가지 않고 있습니다."

"익이를 좌측으로 내려! 만일의 사태에 대비한다."

여의각 요원 하나가 선두 쪽으로 달려갔다. 장익을 불러 내리기 위함이었다. 시귀들은 속도가 느려, 앞만 빠르게 뚫으면 따라잡히지 않는다.

즉, 우측은 아직 시간이 있다.

문제는 좌측이다.

반의반 각 예상했는데, 일월이 예상보다 더 빨랐다.

저 멀리 벌써 육안으로 확인된다.

도요화의 두 눈에 보랏빛 광망이 일어났다. 일월 무리에서 튀어나오는 둘이 있었다. 일월 중에서도 특출나다. 그들 측에서도 고위급이 동원된 모양이었다.

"경공이 엄청납니다! 일월 접근 중!"

그때 장익이 내려왔다.

"내가 간다!"

좌측 요괴 무리가 아니라 우측 일월부터 막아야 했다.

자명했다. 저 정도 무력에, 일월 수십이 들이닥치면 도요화로도 무리다.

"기다려!"

양무의는 바로 전환을 말하지 않았다.

쾅드드드득! 우지끈!

달리는 그들의 좌측에서 봉문 하나가 폭삭 무너져 내렸다.

멀리서 접근하는 시귀들은 느렸지만, 바로 옆 무덤이라면 이야기가 달랐다. 썩은 시체들과 야수 같은 귀물들이 무너진 봉문에서 튀어 나왔다.

장익은 선택의 여지없이 그것들부터 막아야 했다. 홍룡의 용아로 빚어낸 사모가 벽력을 터뜨렸다.

콰아아아앙! 후두두둑!

폭음과 함께 귀물들이 터져나갔다.

콰아아앙!

폭음은 반대편에서도 터졌다. 도요화가 황제전고를 내려쳐 짓쳐 드는 일월에 공진격을 일으켰다.

선두의 두 일월은 체구가 단단했고, 머리카락이 짧았다. 목덜미에는 불꽃의 자문(刺文)이, 오른팔에는 붉은색 끈이 묶여 있었다.

공진격이 집중되는 순간, 일월이 손바닥을 휘둘렀다.

콰아아아아! 퍼엉!

황제전고 강력한 공진격이 폭발과 함께 흩어졌다.

충격파로 몸이 덜컥 한 번 흔들렸지만, 그뿐이었다. 일월이 달리는 속도는 조금도 줄지 않았다.

콰앙! 콰아아앙!

도요화가 연이어 타고공진격을 전개했다.

두 일월은 멈추지 않았다.

직격을 맞으면서도 계속 달려왔다. 맞으면 휘청였지만, 곧바로 몸을 세웠다. 내상조차 없어 보였다.

그들이 무섭게 쇄도했다.

그때였다.

터엉!

땅을 울리는 소리가 들렸다.

진각 소리였다.

파라라락!

맹렬한 바람 소리가 뒤따랐다.

바람 소리는 가사자락 소매에서 비롯되었다.

나이를 가늠할 수 없다. 중년 같기도, 노년 같기도 하다.

얼굴에 칼자국이 가득했다. 난자 당하다시피 한 얼굴엔 안구를 가로지른 검흔이 뚜렷했다.

승려의 한쪽 눈엔 빛이 없었다. 회백색 칙칙한 안구가 까맣게 물들었다.

그의 주먹이 공간을 부쉈다. 일월이 주먹으로 그 일권에 맞섰다.

꽈아아아아아앙!

충격파는 거대했다.

땅에서 폭발과 같은 흙먼지가 일었다.

공진격에도 멈추지 않았던 일월이 뒤쪽으로 튕겨나갔다.

"아라한신권!"

누군가가 소리쳤다.

그렇다.

마침내 온 것이다.

소림 출진이었다.

*   *   *

광나한이라 했다.

이제 와서는 아는 이가 많지 않았다.

그는 나찰사였다.

소림에서도 잊힌 이름이었다.

터어엉!

광나한이 다시 진각을 밟았다. 뿜어내는 기파가 대지를 휩
쓸었다.

튕겨 나갔던 일월이 다시 광나한에게 뛰어들었다.

다른 한 일월도 동시에 몸을 날렸다.

꽝! 꽈광!

광나한의 무공은 막강했다.

소림의 강권(强拳)은 천하제일이라 했다. 광나한의 주먹이
일월이 휘두르는 팔을 튕겨 내고 그대로 옆구리에 꽂혔다.

"커헉!"

말 없던 일월의 입이 벌어졌다.

이어 소림퇴(少林腿), 돌려 차는 발바닥이 날아드는 일월의 가슴팍에 박혔다.

퍼엉!

일월의 몸이 일장이나 튕겨 나갔다.

"불괴(不壞)라……!"

일월 둘이 흡, 하고 숨을 들이켜며 멀쩡히 몸을 세웠다.

직격으로 들어갔는데도 곧바로 전투태세란 말이다.

놀라운 일이었다.

일반 나한승도 아니요, 나찰사 광나한의 무공이다.

나찰사의 무(武)는 계도(啓導)를 위해 존재하지 않았다.

천하무공출소림이라 했다. 그들에겐 무공의 모든 것이 있다. 소림칠십이종절예는 파괴와 살상의 구결까지도 함께 아우른다는 뜻이다. 그저 함부로 전수하지 않을 뿐이었다.

나찰사는 바로 그것을 이었다.

불문 공부에 배치되는 살공(殺功)으로 암소림(暗少林)의 절대적 강호 통제를 실현했었다.

"업보라면 업보겠지."

광나한이 무겁게 말했다.

그가 양 주먹을 굳게 쥐었다.

등이 커진 것 같았다. 살아 있는 외눈에 업화(業火)의 불꽃이 일고, 죽어 있는 눈이 새까만 암혼(暗魂)을 담았다.

"가라, 여기는 소림이 막아주마."

광나한이 뒤도 돌아보지 않고 말했다.

"부탁합니다."

양무의가 말했다.

이미 전차는 앞으로 나아가고 있었다.

도요화는 순간 멈칫했으나 망설임은 길지 않았다.

소림이다.

아무리 오래 침묵했어도, 소림은 소림이었다.

광나한에게 일월들이 짓쳐들었다.

광나한은 그 자리에서 한 발도 움직이지 않았다.

오랜만에 입은 가사자락이 일월의 일장을 휘감아 뿌리쳤다.
소림절에 반선수였다.

다른 일월이 일권을 내질렀다.

광나한이 손바닥을 펼쳤다. 그러자 마치 빨려들듯 일월의
일권이 그의 손바닥 안으로 들어와 버렸다.

엄청난 조화였다. 고수의 주먹이란 그렇게 간단히 잡아챌
수 있는 것이 아니었다.

광나한의 얼굴에서 칼자욱들이 꿈틀거렸다.

우지끈! 콰직!

부숴 버린다.

광나한의 손아귀가 일월의 주먹을 박살 냈다. 언제나 무표
정하여 석상 같던 일월의 얼굴이 고통으로 일그러졌다.

구겨진 손을 놔주고, 그대로 발을 내찼다.

일월의 몸이 꽝 하고 날아가 땅바닥을 굴렀다.

압도적인 무(武)였다.

터엉! 타다다닥! 터엉! 터어엉!

광나한이 초인(超人)의 무공을 개방한 사이, 일월의 무리들이 저편에서 땅을 박차고 다가왔다. 소리가 요란한 만큼 속도도 빨랐다.

광나한은 수십의 일월과, 그 뒤로 달려오는 까마득한 적들을 무심히 일별했다.

수백에 이르는 대군(大軍)이었다.

꽝!

폭음처럼 들리는 진각에 시야의 초점을 눈앞으로 되돌렸다. 손이 으깨진 일월이 다시 땅을 박차고 날아들었다. 반선수로 날려 버렸던 일월도 측면을 향해 달려들었다.

소림금강에 필적하는 외공(外功)을 지녔다. 굴하지 않는 근성들 또한 일품이다.

빠악! 콰득!

아라한신권을 휘둘러 옆을 쳐오는 일월의 팔을 분질렀다.

우드드득!

망가진 주먹 대신 발을 차오는 일월은 용조수로 무릎을 잡아채 관절을 비틀어 부쉈다.

이어, 일월들이 뛰어들었다.

하나둘, 순식간에 열이 붙는다.

광나한은 수많은 일월 사이에서도 명(明)과 암(暗)의 안광을 흩뿌리며 야수처럼 싸웠다.

꽈광! 파라라라라라락! 꽈과광!

또 온다.

경천동지 일대다의 난전에 가사자락 파공음이 겹치고 또 겹쳐 들었다.

출(出). 소림.

백색 가사 무승들이 무서운 기세로 날아들었다.

백야차가 숭산을 떠난 이래, 백색의 가사는 오랫동안 금기(禁忌)가 되어 있었다.

여덟 명 백나한이 일월을 몰아쳤다.

빛이 바랜 명성이나, 여전한 힘의 상징인 나한승들이 그들 뒤를 따랐다.

백 명이 넘는 소림나한이 정예 대오를 갖추고 달려왔다. 그야말로 천군만마다. 소림이 적을 분쇄했다.

소림 일월의 대격전이 시작되었다.

의협비룡회는 그들을 뒤로한 채, 계속 앞으로 나아갔다.

도요화가 장익에게 가세하여 무덤에서 달려드는 시귀(屍鬼)들과 요괴들을 터뜨렸다.

설상가상으로 전방의 무덤들이 뒤집어졌다.

양무의가 소리쳤다.

"가화! 앞을 막아!"

백가화가 튀어 나갔다.

이미 이곳은 현세가 아니었다.

도요화의 북소리와 폭음이 어우러지면, 장익의 기합 소리와 벽력창성이 사위를 뒤흔들었다.

무덤들이 꿈틀거리며 또 한 무리의 시귀와 요괴들이 튀어나왔다.

좌측의 전방과 후방 모두에서 대규모 위협이 덮쳐들었다.

"우리가 가오!"

"막아보겠소!"

양무의가 지시하기도 전에 먼저 군웅들이 몸을 날렸다.

아미도 있고 청성도 있었다. 당문 녹풍대도 함께했다.

소림처럼 본산 주력도 아니요, 숫자도 많지 않았지만, 그들 대부분은 자기 영역에서 멀리 외유(外遊)하며 자파를 대표해온 고수들이었다. 한 곳에 붙어 있지 못하고 천하를 주유하는, 역마의 업을 지닌 이들이었다. 그들은 공통적으로 강호사에 밝았고, 전투 경험 또한 풍부했다.

상황 판단이 기민하여 능동적으로 움직였다.

그들 각각은 나름의 명성과 별호가 있고, 각파에서의 직책 또한 대체로 높았으나 의협비룡회의 조력자가 되기를 주저하지 않았다.

"막아!"

"길을 만들어라!!"

함성마저 자신들이 주역인 싸움처럼 용맹하기만 했다.

각양각색 무복의 무인들이 달려 나가 좌측 전방에 방어선을 만들었다. 치고 나가는 창 옆에 방패를 세운 것 같았다.

"총군사께 돌아가오!"

"이 정도는 거뜬하오!"

이제 안면까지 익숙한 몇몇 무인들이 백가화의 양옆을 거들며 소리쳤다.

그들은 양무의를 총군사로 마음 깊이 인정하였으며, 백가화가 대군사의 수신호위로 얼마나 중요한 역할을 맡고 있는지를 충분히 이해하고 있었다.

하지만 백가화는 몸을 돌리지 않았다.

총군사의 군령 없이도 진용이 살아 움직이는 것은 고무적인 일이나, 그녀는 그들보다 양무의를 훨씬 더 잘 알았다.

양무의가 백가화를 앞세운 것은, 그리고 달려 나가는 무인들을 바로 제지하지 않은 것은 그럴 만한 상대가 앞에 있다는 이야기였다.

그녀가 철심무혼창으로 달려드는 요괴 셋을 한꺼번에 박살 냈다.

막 그녀가 한 발 더 나갈 때였다.

쫘과과과광!

폭음과 함께 돌과 흙과 풀이 하늘로 치솟았다.

"샤아아아아아아!"

등줄기를 오싹하게 훑어내는 괴음과 함께, 무너진 무덤 사이에서 거대한 뱀 한 머리가 튀어나왔다.

"피햇!"

"물러나라!!"

각파의 고수들이 재빠르게 양쪽으로 몸을 날렸다.

대사두(大蛇頭)의 괴물은, 몸통에 두 개의 다리가 달려 있었고, 어깨 부위엔 비늘 달린 날개 같은 것이 돋아나 있었다.

꽈과과광!

몸통엔 비늘 대신 사람의 뼈 같은 것들이 붙어 있었다. 형상이 몹시 괴이하여 일반적인 대망(大蟒) 요괴와도 또 달랐다. 게다가 엄청나게 빠르고 치명적이었다.

퍼억! 꽈쾅!

뭇 군웅들 중에 대응이 느렸던 무인 두 명이 순식간에 목숨을 잃었다. 거대한 팔은 초식 없이도 내공고수의 투로처럼 기민했고, 공중에서 사람을 낚아챈 머리의 움직임 역시 불가사의할 정도로 기쾌했다.

쾅! 쿠궁!

슈르르르르륵!

무인을 꿀꺽 집어삼킨 이족의 대망괴물이 두 발을 땅에 박고 기괴하게 몸을 틀며 무인들을 노렸다. 몸통 길이만도 다섯 장을 훌쩍 넘었다.

백가화는 거대한 괴물의 위용에도 전혀 흔들리지 않았다.

이런 대요괴는 단운룡과 함께 각지의 요수대란(妖獸大亂)들을 제압할 때에도 몇 번 보지 못했다. 그러니 그녀가 해야 했다.

백가화가 땅을 박찼다.

양손 힘줘 잡은 백룡신창을 머리 위로 치켜올린 채, 밤하늘을 갈라 내리꽂혔다. 거대한 뱀 머리가 그녀에게 짓쳐들었다.

쩌어어어엉!

무지막지한 충돌음이 터져 나왔다.

사충(蛇蟲)의 형상을 하고 있으면서 두개(頭蓋)가 쇠처럼 단단했다.

"샤아아아아아악!"

뱀처럼 생긴 입을 쫙 벌리며 괴성을 내뿜었다.

반탄력으로 공중에서 몸을 틀고, 백의자락 휘날리며 땅에 착지했다.

호리호리한 몸으로 대요괴에 맞서 괴력 창술을 구사한다. 군웅들 사이에서도 독보적인 존재감을 드러냈다.

텅! 파라락!

그녀가 다시 괴물에게 몸을 던졌다.

쩌엉! 쩌정!

대망괴물은 머리를 내리찍고 두 발을 휘두르며 무시무시한 기세로 그녀와 어우러졌다. 공방의 속도와 힘이 엄청났다. 괴수의 형상을 한 고수와, 여인의 형상을 한 괴수가 싸우는 것 같았다.

백가화의 움직임이 일순간 느려진 듯했다.

철심무혼장이 직선으로 뻗었다.

쩌정!

괴물의 머리가 튕겨 나갔다. 두 발이 땅에서 떨어지고 몸통도 같이 옆으로 기울어졌다.

쿠구구궁!

거대한 괴물이 땅을 구르며 시귀들을 덮쳐 으깼다. 수많은 요괴들이 함께 깔려 죽었다.

"샤아아아!"

괴물이 다시 머리를 흔들며 몸통을 세웠다.

승기를 잡은 것이 분명했다. 하지만 백가화의 눈빛은 그렇지 않았다. 그녀의 얼굴이 쇠처럼 굳어졌다.

그녀뿐만이 아니었다.

군웅들 또한 보았다.

금광이 비치고 있었다.

이 순간에 가장 어울리지 않으며, 가장 편치 않은 웃음소리가 북망산천에 울려 퍼졌다.

"냐하하하하하!"

양무의의 눈빛이 미세하게 흔들렸다.

그가 순간 뒤를 돌아보았다.

소림 쪽이었다. 후방 저 멀리서는 대격돌이 한창이었다.

'제지하지 못한 건가!'

계산이 어긋나기 시작했다.

제천대성의 출현은 항상 의외이기에 도리어 의외가 아니었지만, 지금은 너무 일렀다.

벌써 여기 나타나서는 안 됐다.

마치 소림에 대한 반격처럼, 옥황이 예상 밖의 패를 꺼내든 것이다.

웃음소리보다 빠르게, 제천대성이 다가왔다.

금빛 진기를 흩뿌리며 싸움 상대도 없이 여의봉을 휘돌린다.

땅을 박차고 뛰는데 하늘을 나는 것 같다. 축지법이라도 쓴 듯 순식간에 가까워졌다.

"이야아아! 이 인원으로 되겠어?"

천하에서 가장 유명한 원숭이 가면이 소리쳤다.

제천대성이 한껏 높이 뛰어오르더니, 앞으로 빙글 돌아 대망 요괴의 머리 위에 올라섰다. 놀란 대망 요괴가 사납게 머리를 흔들며 포효했다.

"샤아아아!"

"시끄러!"

쩡!

제천대성이 발을 한 번 꿍 내리찍자 큰 머리가 휘청 밑으로 내려왔다. 대요괴가 순식간에 얌전해졌다.

하늘을 어지럽히기 전, 제천대성은 만요(萬妖)의 제왕처럼 군림했다고 하였다. 하늘 군대와 맞서 싸운 것도 제천대성이 엉망으로 규합한 요괴 군단이라 전해졌다.

제천대성이 전설을 현실로 만들었다.

대망 요괴가 몸통을 들고 머리를 높이 세웠다.

괴물의 머리 위에서 제천대성이 팔짱을 꼈다. 정체성처럼 극적인 모습이었다.

신화 속 요괴가 괴물들의 꼭대기에서 이제 일천에도 못 미치는 군웅들을 오연하게 내려다보았다. 십만의 무덤이 펼쳐진 가운데, 전설의 형상 뒤로 수없이 많은 요괴와 시귀들이 밀려들었다.

염라가 있는 망군(亡君)의 묘는 아직 멀었고, 제천대성을 위시한 대요괴의 파도는 세상을 덮을 듯 거대했다.

바로 밑에 선 백가화는 높은 곳의 요괴신(妖怪神)을 올려다보면서도, 철심의 무혼을 잃지 않았다.

그녀는 양무의를 믿었다.

돌아보지도 않았다. 그녀가 창을 고쳐 잡았다.

물러서지 않고 싸울 것이다.

양무의가 그런 그녀를 보았다.

수많은 경우의 수들을 찰나 간에 조합했다. 그녀는 제천대성에 맞설 수 없다. 혼자서는 절대 불가다.

강설영과 오기룡을 내리면 상대가 가능하다. 하지만 그렇게 되면 전진 속도를 포기해야 했다. 선두의 돌파력이 약해지면 안 된다. 결국 사방의 적에게 집어삼켜질 것이다.

'아니야. 늦었을 리 없다.'

그를 둘러싼 시간이 느리게 흘렀다.

양무의는 신산(神算)에 필적하는 속도로 사고했다.

옥황이 양무의의 예상을 깼다.

얼마든지 가능한 일이다.

그러나 앞서 준비한 것은 불변이다. 이 시점에서 제천대성
이 여기 왔다는 것은, 흐름이 달라졌다는 것을 뜻한다.

'완전히 뒤틀리진 않았어.'

그렇다면, 옥황의 예지도, 양무의의 전술도 가변성을 지니
게 된다.

따라서 여기에 있지 말아야 할 제천대성의 존재는, 응당 하
나의 결론을 가져오며, 다른 이변의 발생을 촉발하게 된다.

양무의가 말했다.

"가화! 뒤로!"

불태워 일으키던 투혼도, 그의 한마디면 꺼뜨릴 수 있다.

양무의가 이어서 소리쳤다.

"진격 속도 유지! 계속 전진해!"

양무의는 바로 옆에 제천대성과 대요괴를 두고, 전진을 명
했다. 측면과 후방이 요괴 대군에 휩쓸려도 앞으로 나아가겠
다는 이야기였다.

"어랏?!"

격돌와 난장을 기대하며 한껏 신화적인 위용을 뽐내던 제

천대성이 당황하여 고개를 비틀었다. 양무의는 아랑곳하지 않고 목소리를 높였다.

"전속력으로 달려라! 요괴와의 교전을 피한다!"

총군사의 명령은 절대적이었다.

방어선을 짜던 군웅들도, 의협비룡회 무인 전원이 다리에 힘을 더했다.

"이것들이!!"

제천대성은 더 웃지 않았다.

무시당한 신화가 분노했다. 제천대성의 입에서 쩌렁쩌렁한 굉음이 터져 나왔다.

"모조리 죽인다!!"

쿠웅!

대망 괴물이 두 발로 땅을 찍었다. 머리와 몸통째로 달려가는 의협비룡회 무인들을 덮쳐들었다.

제천대성이 금빛 진기를 뿜으며 그 위에 타 있다.

그때였다.

"내려와."

한마디 음성이 대지를 갈랐다.

거대한 태검(太劍)은 사람의 몸처럼 컸다.

기이한 선과 원, 곡선과 도형이 검면(劍面)에 가득했다. 아홉 개 별빛 박힌 대검 검날이 땅에서 솟구쳐, 괴물의 머리를 수직으로 쪼갰다.

퍼어어어어어어억! 푸화아아아악!

검은색 피가 비처럼 쏟아졌다.

터져나가는 괴물의 머리 위로 제천대성이 뛰어올라 땅을 보았다.

뒤틀린 대지를 비틀거려 걷는 이가 이곳에 당도했다.

제천대성이 지금 여기에 있으면 안 되듯, 그 또한 여기에 있어서는 안 되는 자다.

양무의의 계산을 비틀고, 옥황의 예지를 넘어섰다.

이변의 연쇄다.

그러므로 그는 또한 하나의 날개로 칭해진다.

파천이.

그의 대검과 함께 전장에 섰다.

*　　　　　*　　　　　*

제천대성이 소리쳤다.

"뭐야! 갑자기 어디서 튀어나온 거야?"

여전히 소란스런 말투에 당혹감이 담겼다.

쿠궁! 콰아아앙!

머리가 박살 난 괴물이 요란한 굉음을 울리며 땅을 굴렀다.

그 위에 제천대성이 내려섰다.

여의봉에서 번쩍 번쩍 빛이 났다. 벌써 진기를 한껏 일으켰다는 뜻이다.

파천의 시선은 무심했다.

호리호리한 체격에 얼굴색이 붉은 편이고 묘하게 피부 질감이 거칠었다. 그가 나직이 입을 열었다.

"덤벼라. 너 말고도 죽일 게 많다."

"하!"

제천대성이 기가 막힌다는 듯, 기합성처럼 비웃음 섞인 외마디 소리를 냈다.

파천이 대검을 겨누었다.

웅웅거리는 기이한 검명(劍鳴)이, 대검면의 문양들을 따라 흘렀다. 곡선 진 문양에서 신비로운 빛이 얇게 새어 나왔다.

파천의 눈동자는 미동도 하지 않았다.

그의 눈을 본 제천대성이 발끈 소리치며 몸을 날렸다.

"겁도 없이!"

꽝!

땅에서 폭음이 터졌다.

단숨에 전력이다.

제천대성은 파천을 경시하지 않았다. 여의봉 금광이 휘황찬란했다. 금색 빛줄기가 무서운 기세로 쇄도했다. 가면에 뚫린 두 눈에도 화안금정의 광채가 선연했다.

우우우웅.

파천의 몸이 한쪽으로 기울어진다 싶었다.

검면을 휘돌던 문양의 빛이 대검에 박힌 아홉 성석(星石) 중 하나로 집중되었다.

혹.

파천의 몸이 사라졌다.

말 그대로 세상에서 지워진 듯했다.

꽈아아아아아앙!

여의금고봉이 땅을 뒤집었다. 거의 일장에 달하는 땅거죽이 터져나갔다. 밀매장(密埋葬)한 뼛조각들이 함께 치솟아 후두둑 떨어져 내렸다.

"무슨!"

화안금정 손오공의 두 눈이 금화(金火)를 뿌렸다.

만물을 꿰뚫어보는 신통력의 안광으로도 파천의 종적을 찾지 못했다.

퍼어억! 꽈아아아아앙!

파천은 폭음과 함께 나타났다.

제천대성의 앞이 아니라, 한참 떨어진 저편이었다. 초대형 장검이 거대한 반월을 그리고 있었다.

꽈앙! 콰드드드득!

의협비룡회의 후미를 덮치던 요괴 무리가 비산하는 파편이 되었다.

꽈아아아아아앙!

어마어마한 위력이었다. 한 자 넘는 검자루를 양수로 굳게 쥐고 세차게 내려쳤다. 검면의 너비가 어지간한 참마도를 우습게 넘어섰다. 요괴들이 진흙더미처럼 무너져 내렸다.

"이 놈이!!"

제천대성이 버럭 분노를 터뜨렸다.

덤비라고 도발해 놓고, 다른 요괴 무리를 박살 내며 여유를 부린다.

오만한 원숭이는 이런 상대를 본 적이 없었다.

연달아 무시당한 제천대성의 전신에서 금광이 삐죽삐죽 치솟았다. 참을 수 없다. 극한의 대노(大怒)였다.

꽝!

제천대성이 허공을 찢어발기며 짓쳐나갔다.

이번에는 사라지지 않았다.

파천이 휘두른다. 대검과 금고봉이 격돌했다.

쩌어어어엉!

땅이 쩍하고 갈라졌다.

충격파가 상상을 초월했다.

솟구치는 시귀와 근처의 요괴들까지 한꺼번에 짓이겨졌다.

파천이 물었다.

"그것밖에 안 되나?"

그런 질문을 들을 줄은 몰랐다.

제천대성의 두 눈에서 화광이 폭출했다.

상대에 대한 능멸과 조롱은 심술 맞은 요괴 원숭이의 정체성과 같았다.

입장의 역전에서 비롯된 분노는 대단히 격렬했다.

"이야아아압!"

제천대성이 괴성을 내지르며 여의봉을 내려쳤다. 금색의 파장이 사방으로 피어올랐다. 파천이 비틀거리듯 유려하게 땅을 밟고 한 손으로 대검을 쳐올렸다.

쩌정!

여의봉이 튕겨나갔다.

제천대성이 공중으로 뛰어올랐다.

진심이다.

"금(金)! 해(海)!"

여의봉에서 금정(金精)의 파도가 일어났다.

하늘과 땅이 함께 일렁였다. 대력의 금정 광파가 해일처럼 밀려들었다.

파천이 다시 검자루를 양손으로 잡았다.

검면의 문양이 어지럽게 빛났다. 아홉 별빛, 성석(星石) 세 개에 빛의 선이 모여들었다.

콰콰콰콰콰! 촤아아아아아악!

해일이 일어나는 소리는 환청이 아니었다.

금정 진기의 힘이 그러했다.

파도가 갈라졌다.

바다를 반으로 가르는 무적의 파천기가 대검 검날에서 뻗어 나왔다.

넘쳐나는 기(氣)가 자연을 구현하고, 역천의 투지가 하늘의 이치를 부순다.

대검이 금해를 쪼개고 여의봉에 닿았다.

쩌적!

여의금고봉, 제천대성의 무기가 반으로 쪼개졌다.

푸학!

금빛의 피가 튀었다.

파천이 말했다.

"역시 가짜."

분신이지만 신화의 위용을 뽐냈다.

파천은 그보다 강하다.

제천대성의 몸이 금색 섞인 붉은 피를 뿌리며 튕겨나갔다. 원숭이처럼 휘리릭, 땅을 구르더니, 벌떡 일어났다. 가슴에서 옆구리까지 갈라진 검상은 그리 깊지 않았지만 쏟아지는 출혈량은 상당했다.

제천대성이 반 토막 남은 여의봉을 내려다보고는 고개를 설레설레 흔들었다.

제천대성이 억울한 듯 사람처럼 말했다.

"건방 떨지 마라. 진짜가 왔으면 넌 벌써 죽었어."

"말은 다들 그렇게 하지."

파천이 짧게 답했다.

본체가 와도 상관없었다.

그는 이제 세계의 무엇도 두려워하지 않았다.

"내가 반드시 네 놈을……!"

제천대성이 이를 갈며 금정을 일으켰다. 쏟아지는 피가 단숨에 멎었다. 갈라진 가슴팍의 검흔을 따라 금빛 기운이 서렸다.

꿍!

파천은 곧바로 대검을 휘두르는 대신, 검 끝을 땅에 박았다.

검면의 문양이 빛을 냈다.

사라질 때 빛났던 성석(星石)과 어둑한 색깔의 성석(星石)에 빛의 곡선이 모여들었다. 은은한 붉은색과 황금색의 빛무리가 검면에 서렸다.

"봤나?"

파천이 물었다.

제천대성에게가 아니었다.

파천의 뒤에서 한 줄기 음성이 들려왔다.

"보았습니다."

"증명은?"

"저희에겐 충분합니다."

어둠을 찢듯, 세 사람이 나타났다.

그들은 붉고 노란 구양세가의 무복을 입고 있었다. 체구는 크지 않았으나, 신체가 꽉 짜여 다부졌고, 허리춤엔 붉은색 포승줄이 매달려 있었다.

"금정(金精) 뽑고 제압해."

"존명."

쾅!

파천이 땅을 박찼다.

제천대성도 몸을 날렸다.

파천이 기울어진 몸으로 호쾌하게 대검을 휘둘렀다. 제천대성이 반 토막 여의봉을 양수 단봉처럼 휘두르며 대검에 맞섰다.

쩌저저저정!

제천대성은 완전무결의 초식운용을 지녔으나, 대검의 검기(劍技)가 지나치게 강력했다. 금성철벽 같던 제천대성의 투로가 순식간에 붕괴되었다. 분신이라는 것을 감안하여도, 파천은 막강했다. 한 치의 부족함이라도, 그의 검 앞에서는 일 장 같았다.

쩌엉! 콰드드득!

제천대성이 대검의 용력을 감당하지 못하고, 두 발로 땅을 긁으며 물러났다. 무덤 풀밭에 두 개의 고랑이 생겼다.

"이잇!"

제천대성이 화를 내며 다시 땅을 박차려 했다.

화안(火眼)에 경악이 서렸다.

파천이 더 빨랐다. 갑자기 두 배는 빨라진 것 같았다.

이미 대검 검날이 머리 위였다. 제천대성이 황급히 옆으로 몸을 날렸다.

꽈아아아앙!

땅이 터졌다. 흙먼지와 풀잎 사이로, 제천대성이 몸을 휘돌렸다.

그때였다.

덜컥.

발이 움직이지 않았다.

제천대성이 아래로 눈을 내렸다.

붉은 빛줄기가 우측 발목을 휘감고 있었다.

"이건!"

막 땅을 찍고 몸을 날리려는데, 이번엔 팔에서 저항이 왔다. 순식간이었다. 똑같이 빛나는 밧줄이 왼 손목에 감겨 있었다.

피할 수가 없었다.

두 줄기 붉은 밧줄에 이어, 더 붉게 빛나는 밧줄 하나가 제천대성의 좌측 허벅지를 휘감았다. 그것은 원숭이가 아는 비술과 묘하게 닮아 있었다.

"선승(禪繩)!"

절대적 포박술이었다.

밧줄을 통해 힘이 마구 빨려 나갔다. 분신은 대부분의 시야와 정신을 본체와 공유한다. 무력에서 지고, 선술에 구속당했다. 제천대성은 이 시대에 이와 같은 수모를 당해본 적이 없었다.

적황색 무복의 삼 인이 각각 양손으로 포승줄을 잡고 있었다. 셋 모두 얼굴이 굳어 있었고, 눈빛은 신중했다.

제천대성이 홱 고개를 돌려 다시금 파천을 보았다.

"설마, 네놈은……!"

목소리가 달라졌다. 조금 더 맑고, 밝았다.

"놀란 척하지 말라. 흔한 이야기다."

파천이 가면 너머, 저 먼 곳의 제천대성에게 대답했다.

"구양가 이것들이…… 이익, 으이이이익!"

제천대성은 말을 잇지 못하고 대신 신음성 같은 괴성을 내
뱉었다.

적승의 광채가 더 짙어지는 만큼 제천대성의 몸에 서린 금
색 진기가 옅어져 갔다. 가슴팍 검상(劍傷)에서 퍽, 하고 핏물
이 쏟아지기 시작했다. 피와 함께 치솟던 금정(金精)은 더 이
상 선명하지 않았다.

"으으으…… 너, 너는… 내가……."

결국 제천대성이 고개를 툭 떨구었다. 아직 죽은 것은 아니
다. 물론 금정(金精)의 탈력은 생명까지도 위협할 수 있었다.
파천이 냉정한 목소리로 말했다.

"방심하지 마. 완전히 뽑아내고 접근해."

"명심하겠습니다."

붉은색 포승줄의 삼인은 제천대성이 아예 정신을 잃어 밧
줄에 늘어진 무게가 걸렸음에도, 곧바로 다가가지 않았다.

그 사이에 파천이 대검을 두 번 휘둘러 다가오는 요괴와 시

귀들을 박살 냈다.

그가 몸을 돌려 그들에게 물었다.

"몇 명이나 인정했지?"

"저희까지 열 명이 안 됩니다."

"전신부대는?"

"그쪽은 좀 더 되는 것으로 압니다."

"바로 들어오라고 해라."

"이미 진입해서 싸우고 있습니다."

파천이 아직도 물밀듯 다가오는 요괴의 대군을 바라보았다. 제천대성을 제압했지만, 요괴 시귀들의 숫자와 기세는 조금도 줄지 않았다. 출진이 제아무리 요란했어도 제천대성은 어차피 저 귀물들의 우두머리는 아니었다.

"그렇다면 문제는…… 무적전신이군."

그 한마디는 혼잣말 같았다.

그러니 안 된다.

파천은 저 의협비룡회와 염라마신전에 동참할 수 없었다.

"나머지 제령사들 소환하고, 전신부대도 이쪽으로 불러 모아."

"존명."

계승자의 자격으로 명한다.

파천이 대검을 들었다.

들어 올린 대검으로 까마득하게 먼 대묘(大廟)를 겨누었다.

"여기서 저 끝까지, 요괴들을 모조리 죽인다."

"존명!"

구양세가 적선승 제령사들이 고개 숙여 명을 받았다.

한 명이 하늘 높이 주술신호를 올리고, 한 명이 쓰러진 제천대성의 몸을 묶어 어깨에 들쳐 업었다. 다른 하나는 파천의 뒤를 따라 몸을 날렸다.

꽈광! 꽈과과과광!

파천이 대검의 괴력으로 흔들리는 대지를 달렸다.

의협비룡회의 후방을 그가 지켰다.

수천 요괴의 군세가 내리찍는 대검에 주춤거렸다. 북망산천 지옥도에서 멸마파천은 또 하나 그만의 전설을 써내려갔다.

장관이었다.

*   *   *

섬광을 보았다.

눈을 침투한 사망(死亡)의 기(氣)가 찰나 간에 신경(神經)을 타고 심장으로 향했다.

꽝!

심맥 한가운데에서 폭발과 같은 충격을 느꼈다.

네 구획 심장의 박동 진기를 단숨에 해체했다.

심근의 맥박을 통제하는 미세하고 섬세한 뇌력(雷力)의 진기가 한순간에 사라져버렸다. 이렇게 되면 멈출 수밖에 없다. 동력이 없으니, 수축도 이완도 없게 된다.

쿠쿵…….

마지막 한 번의 움직임 끝에 침묵이 찾아왔다.

심장은 혈맥의 근원이며, 생명의 원천이다.

뛰지 않으면 죽는다.

이것이 수많은 자들에게 찰나의 죽음을 안긴 사망안이다.

단운룡은 심장이 멎는 순간을 완전히 경험했다.

눈앞에 어둠이 드리웠다.

완전하지 않은 죽음과 함께 먼 우주가 열렸다.

별과 심연이 눈앞에 펼쳐졌다.

우주는 이곳이며 또한 그곳이었다.

이곳에 그가 있었고, 그곳에는 모든 것이 있었다.

가르침을 기억했다.

만상(萬象)의 어딘가에서, 시간의 저편 먼 곳에서, 멈춘 심장을 다시 살려내는 기적을 보았다. 우주에 의식을 뻗어 한 조각의 이치를 가져왔다. 깨달아 이해했다.

그것은, 그야말로 지극히 짧은 한순간에 불과했다.

두뇌는 영혼의 그릇이며 신체를 통제하는 중추였다.

심장이 멈춰도 머리만 살아 있으면 된다.

의지로 한 줄기 뇌기(雷氣)를 일으켰다.

뇌간에서 심장으로 빛과 같은 기운이 내려갔다.

쿠쿵.

멈췄던 심장에 힘이 돌아왔다.

우주가 닫혔다.

감은 적 없는 두 눈에 빛이 돌아왔다. 시야가 회복되었다.

사망에서 벗어난 단운룡이 처음으로 본 것은 중단에 이르러 가슴을 파헤치려는 백골염왕두였다.

쩌어어엉! 쿠드득! 우지끈!

다급히 내친 광검결로 백골염왕두를 쳐냈다.

완전히 해소하지 못한 충격파가 심장 어림을 찍어 눌러 늑골까지 부러뜨렸다.

격공충파로 천잠비룡포 방어력까지 꿰뚫었다.

엄청난 무공이었다.

터엉!

단운룡은 전력을 다해 뒤쪽으로 물러나 내려섰다.

천잠비룡포가 보의의 공능으로 늑골 손상을 수복했다. 흉골 어림에서 세 대나 부러졌다. 광력이 촘촘하게 수상부위로 침투하여 뼈와 근육을 짜 맞추었다. 날카롭게 느껴지던 통증이 순식간에 완화되었다.

말 그대로 죽을 뻔했다.

상대가 염라마신이다.

움직임이 멎은 것은 순간에 불과했지만, 찰나의 빈틈이라도 얼마든지 죽음으로 이어질 수 있었다.

"역시."

염라마신이 말했다.

짧은 한 마디에 짧지 않은 의미가 담겼다.

염라는 소연신을 익히 알았다.

적벽에서 만난 소연신은 사망안을 완벽하게 무시했다.

그러니 사망안 파훼는 놀랄 일이 아니었다. 사망안 전개와 동시에 염왕두로 심장을 짓이기려 한 것은 그래서다.

"미숙하다."

덧붙여 평가했다.

순간 굳어진 것을 알았다.

반응속도만큼은 나쁘지 않다. 천잠보의라는 기물(奇物)이 지닌 공능도 상당해 보였다.

하늘이 내린 상대로는 부족하나, 염라는 섭리를 얕보지 않았다.

백골염왕두를 올려 단운룡을 겨누었다.

지옥술이다.

성장하여 충족될 빌미를 주지 않겠다. 죽여 없앨 상대로 명백하게 간주했다.

초고속 언어의 주문이 이어졌다. 수백 마디 음성이 한 음절로 압축된 것처럼 기이한 소리가 울려 퍼졌다.

위이이이잉!

염라가 진짜 힘을 개방했다.

별빛이 흐르는 새까만 바위 하늘 밑에서, 황릉의 경관이 변화하기 시작했다.

땅에 흐르는 은빛 물결이 회오리치며 솟아올랐다.

멀쩡한 현실 위에 비현실이 덧씌워졌다.

지옥술이 유형으로 실체화된다.

수은(水銀) 줄기가 칼처럼 날카로워졌다.

도산지옥이다. 이어, 땅을 가르고 거해지옥의 톱니가 거대한 이빨을 드러냈다.

단운룡은 그 순간부터 사고(思考)라는 것을 할 수 없었다.

마치 그렇게 예정되어 있던 것처럼 손을 들었다.

땅을 향한 손바닥 밑에서 광검(光劍)이 형성되었다. 광검은 투명하게 빛을 냈다. 소연신의 협제검과 같은 완연한 검의 형태를 띠고 있었다.

단운룡은 은빛 칼의 산으로 뛰어들었다.

염라의 모습이 멀리 보였다.

염라가 구축한 지옥 세계는 단운룡이 닿은 우주와 비슷하면서도 달랐다.

보이는 칼날 한 자루 한 자루가 실제와 같은 힘을 지녔고, 단운룡은 비현실의 세계에서도 진기소모를 느꼈다.

그것은 환상이 아니라 실재(實在)였다.

도산의 은빛 칼날에 스치면 베여서 피가 난다. 거해의 톱니에 깔리면 사람의 육신이 으깨질 것이다.

그러면서도 거리감은 우주와 같다. 멀면서도 가깝고 가까우면서도 멀다.

생각하여 간파할 수 없었다.

곧바로 뇌력(腦力) 한계다.

지옥술은 심연 저편의 이치를 품고 있었다. 순간에 깨달아 해석할 수 없었다. 사부도 가르치지 못했다. 기억은 누락이 아니라 애초에 만들어지지 않았다. 사부와 그가 광력에 이른 이상, 암제의 힘은 그들의 인식 바깥에 있어야 했다. 파훼가 가능한 술수가 아니었다.

본능이 발동했다.

채채채채채채채쟁!

머리가 아니라 몸으로 직접 부숴야 했다.

단운룡이 광검을 휘둘러 쏟아지는 칼날을 깨뜨렸다.

산 하나가 그 앞에 있었다. 칼날은 셀 수 없이 많았고, 모두가 위협적이었다.

콰콰콰콰콰!

지옥 안에 지옥이 생겨났다.

땅을 가르던 거해지옥 톱니가 산을 뚫고 단운룡을 덮쳐왔다. 흙더미와 돌가루가 튀었다.

'일검.'

이미 깨달아 펼쳤던 충심의 일격이 순정하고 휘황한 광격을 터뜨렸다.

꽈아앙! 쩌저저저저정!

톱니가 산산조각으로 찢어졌다. 땅을 부수던 원반이 기울어져 도산(刀山)을 파헤쳤다.

다시 수백, 수천 개의 은빛 칼날이 날아들었다.

그리고 그 중심에서.

염라는 지옥술 고속진언만을 읊고 있지 않았다.

쐐애애액!

서늘한 빛의 선(線)이 쏘아져왔다. 믿을 수 없이 빨랐다. 칼날들과 완전히 다른 그 속도의 괴리가 회피할 가능성을 무참히 깨뜨렸다.

휘리릭!

월광의 금선(金線)이 단운룡의 목을 휘감아왔다. 피할 수 없었다. 밧줄 같은 그것의 정체를 익히 알았다. 염왕곤선승이다. 저기에 목을 내주면, 목 졸려 죽는 것이 아니라 머리가 통째로 잡아 뜯길 것이다. 내력을 한껏 끌어올리며 팔을 들어 막았다. 그게 유일한 해법이었다.

콰드드득!

염왕곤선승이 그의 팔을 옥죄였다.

눈이 번쩍 뜨일 정도의 통증이 팔 전체로 밀려들었다. 이것이 염라의 공력이다. 곤선승을 타고 침투하는 내공이 어마어마했다. 팔부터 어깨까지 한꺼번에 뽑혀나갈 것 같았다.

꽝! 꽈광!

두 발을 땅에 밟고, 마신광혼고의 전신전사력을 동원하여 몸을 세웠다. 뇌정광구의 광핵이 미친 듯이 회전하고, 비룡포의 광파가 명멸하며 요동쳤다. 광력의 파동기까지 집중하여 전력을 다해 팔이 뜯겨나가는 것을 막았다.

콰콰콰콰콰콰!

버티는 것만이 문제가 아니었다.

산이 움직였다. 그대로 뒤집혀 내리꽂힌다. 도산지옥의 은 빛 칼날이 무섭게 쏟아져 내렸다.

염왕곤선승에 움직임을 봉쇄당한 단운룡은, 저토록 수많은 칼날을 막아낼 방도가 없었다.

'천라.'

생각 대신 기억을 잡고, 검자루를 놓았다.

모든 씨앗은 자라날 수 있는 토양에서만 싹을 틔우기 마련이었다.

천부의 재능에 천고의 사부가 검법을 심었다.

손에서 놓은 광검이 쪼개져 천 개의 빛줄기가 되었다.

번쩍!

천라의 빛이 동심원을 그리며 번져나갔다. 빛의 검날이 지옥 가득한 칼날들을 지웠다.

염라는 천개의 광검을 보며, 협제의 진전이 제대로 이어졌음을 알았다.

왼손으로 백골염왕두를 들어 올리며 고속진언을 내뿜고, 오른손 염왕곤선승에 공력을 더했다. 염왕곤선승이 머금은 월광(月光)이 지워지고, 불길한 흑기(黑氣)가 빛을 대신했다. 곤선승의 진정한 모습이다. 지옥기(地獄氣)가 단운룡이 지닌 휘황한 광파를 잠식해 들어왔다.

그 끔찍한 악기(惡氣)는 술력을 흡수하는 천잠보의조차도 상쇄하지 못했다.

광력과 대척점에 있는 기운이었다. 이대로면 팔이 끊어질 것이다. 생기(生氣)가 무섭게 빨려나갔다.

좌좌좌좌좌좌좌좌좍!

설상가상이다.

백골염왕두 진언이 송제왕의 한빙지옥을 일으켰다. 한기(寒氣)가 휘몰아쳤다. 무서운 속도로 땅을 얼리며 단운룡을 향해 뻗어왔다.

때마침, 천 개의 빛으로 화했던 광검이 도산지옥의 칼날들을 무찌르고 다시 한 자루 광검이 되어 돌아왔다.

단운룡은 검자루를 쥐고, 곤선승을 겨누었다.

자를 수 없다.

전력으로 내려쳐도 끊을 수 없음을 알았다. 염왕곤선승은 천하제일의 마병(魔兵)이었다. 확정적 예지가 파괴 불가를 말했다.

좌좌좍! 좌아아아아악!

한빙지옥의 기운은 벌써 발밑이다. 이빙의 빙술 따위와는 비교조차 할 수 없다. 이대로 곤선승에 잡혀 있으면 천잠보의를 입고도 얼어붙을 것이다.

그러면 팔이라도 잘라야 했다.

광검이 곤선승이 묶여 있는 팔 바로 밑에 이르렀다.

우우우우우웅!

천잠비룡포가 격렬하게 빛을 낸 것은 검날이 팔을 가르기 직전이었다. 비룡의 비늘들이 파르르 떨리며, 소매까지 이어진 용신(龍神) 구름이 한순간 부풀어 올랐다.

위이잉! 꽈아아아앙!

곤선승에 감긴 팔뚝에서 보의광구에서 뻗어 나온 광력이 폭발을 일으켰다.

퍼어억!

염왕곤선승에 붙들린 팔뚝이 땅 밑으로 떨어졌다.

그런 것처럼 보였다.

단운룡이 순간 뒤로 뛰어 한빙지옥의 빙술 범위에서 물러났다. 팔에서 튄 피가 한빙기에 얼어붙어 붉은 보석처럼 점점이 땅에 박혔다.

단운룡이 광검을 들고 광파를 일으키며 한빙기에 저항했다.

팔과 손은 피투성이가 되었지만, 그 위치에 그대로 붙어 있었다.

그것은 비룡포 침선에 실린 인혼력의 의지였다. 모든 것에 앞서, 입은 자를 보호한다. 천잠비룡포 옷소매가 스스로 터져

찢기며 곤선승과 함께 떨어져 나온 것이다.

팔소매 절반이 날아간 천잠비룡포는 즉각 원상태로 수복되지 못했다.

그보다 주인의 부상이 먼저였다. 보의에 담긴 광력이 단운룡의 팔로 빠르게 스며들었다. 피가 멎었다. 찢긴 피부와 터진 근육이 순식간에 아물었다.

찰나에 많은 것이 갈렸다.

염라는 사망이 깃든 눈으로, 감상 없이 단운룡을 보았다.

한빙지옥 중심에서 극한(極寒)의 회오리바람이 생겨났다. 염왕의 술력은 예상대로 상상을 초월했다.

여기서부터 염라까지 모든 대지가 얼음으로 뒤덮여 있었다. 거리를 좁혀야 했다. 이런 식으로 지옥술만 상대해서는 이길 수가 없다. 그러려면 이 지옥술을 돌파해야 했다. 단운룡이 검자루를 놓고, 양손을 들었다.

양손의 다섯 손가락이 서로를 마주했다.

십검. 봉쇄다.

단운룡의 발 앞에서 빛기둥이 솟아났다. 그러나 협제신검의 봉인검기로도 이미 완전히 펼쳐진 지옥술을 봉인하는 것은 역부족이었다. 물러나지 않고 전진하는 것이 한계다. 한빙지옥 빙핵(氷核)의 용권풍은 십검봉쇄로도 억누를 수 없어 보였다.

지옥술 하나 이겨내는 것도 쉽지 않다.

여기에 염왕곤선승이 언제 다시 쏟아져 올지 모른다.

그것이 기량차다.

단운룡은 인정했다.

염라는 그보다 강하다.

힘의 열세는 당연히 예상했다.

그리하여 지금.

그 차이를 극복한다.

단운룡에게 있고, 염라에게 없는 것.

수백 번 전투 상황을 예상하고 예지하여 수립한 대(對) 염라쌍왕 격파전술이다.

광극진기를 천잠비룡포 보의광구에 집중했다.

강설영이 함께 고안하고, 양무의와 백토진인이 거들어 완성한, 천잠보의공명구결이 비룡포 광구에서 풀려 나왔다.

우우우우우웅!

천잠비룡포 표면에서 휘황한 원형의 파장이 일어났다. 그것이 양 옆구리와 어깨를 타고 등까지 퍼져 나갔다.

단운룡은 등에 큰 짐을 매달고 있었다.

그것은 원통형 행낭처럼 보였으나, 실제로는 보옥(寶玉)과 신목(神木)에 주술을 새겨 만든, 보의신갑(寶衣神匣)이었다.

광력이 보의갑에 스며들었다.

파라라라라락!

신갑의 틀이 열리고, 그 안에서 날개처럼 한 벌의 옷이 솟구쳐 나왔다. 그것은 전포가 아니라 허벅지 위까지 덮이는 품넓은 저고리 형태의 삼(衫)이었다. 소매는 금사로 덧대었고, 앞섶은 글자 새겨진 황록 겉감으로 덮었다.

물론 그 또한 천잠보의다.

그것도 아주 강력한 광구가 심어진 개체이며, 광구에 담은 진기는 강설영이 칠 개월을 축기하여 응집한 협제신기였다.

천잠비룡포 위에, 협제신기 녹황보의가 덮였다.

상층 없이 이중(二重)의 보의 장착이 가능한 것은 오직 천잠비룡포뿐이었다. 인혼력의 조화다. 하나면 충분했다.

단운룡이, 협제를 입고, 한빙지옥을 향해 뛰어들었다.

십검, 봉쇄의 기둥이 그와 함께 움직였다.

'나와라.'

그리고, 한 자루 더.

단운룡의 손에 광검이 잡혔다.

처음 잡은 것보다 투명했다.

협제쌍검이다.

지옥술이 몰아쳤다. 지저의 땅에서 막혀 있는 하늘까지, 얼음을 품은 회오리바람은 지금껏 본 어떤 풍술과 빙술보다 강력했다.

녹황보의에 얼음이 서렸다.

어깨 옷깃과 흩날리는 후섭(後纖)이 딱딱하게 굳어지는 것을 느꼈다.

염라는 그런 그를 지켜만 보고 있지 않았다.

진언은 계속되었고, 염왕곤선승은 죽음을 품었다.

곤선승 흑선이 날아들었다.

전신을 채우는 협제진기가 그의 기억을 눌렀다.

상기(想起)하여 재현(再現)한다.

'압검(壓劍).'

십검을 열 방향에 둘러치고, 하늘 높이 광검을 올렸다.

'백두(白頭).'

투명하고 영롱한 광휘가 내리쩍힌다. 정점(頂點)의 검기(劍氣)는 휘황하여 백색과 같고, 내려오는 검압(劍壓)은 천하대간(天下大幹)의 산세와 같았다.

콰아아아아아아아아!

압도적인 검기가 한빙의 용권풍을 짓이겼다.

염왕곤선승마저 압력에 눌려 땅을 쩍었다.

꽈광! 쏴아아아아아아아아아아!

얼음 결정이 사방을 채웠다.

반사되어 아름답게 부서지는 빛을 끌고, 단운룡이 염라마신에게 쇄도했다.

염라마신은 지옥술이 깨져 나가는데도 아무런 감흥이 없어 보였다.

소연신의 제자다.

제자가 스승의 무공을 펼친다.

지당한 일이다. 그뿐이었다.

염라마신이 고속의 진언을 외우며 백골염왕두로 땅을 찍었다. 검은 대지가 이글거리며 붉게 변했다.

초강왕의 화탕지옥이 펼쳐졌다.

열기가 부채꼴로 확산되어 나갔다. 적화(赤火)된 흙과 돌이 용암처럼 끓어올랐다.

홍룡이 최후의 순간 백열화되며 만들었던 열기와 동등하거나 그 이상이었다. 한빙지옥 얼음들이 순식간에 기화되어 뿌연 수증기가 되었다.

시야가 일그러졌다.

공간 전체가 그대로 화탕(火湯)이 되었다.

십검으로도 막을 수 없었다.

단운룡의 십검은 한빙지옥 얼음을 부술 수는 있어도, 공기가 끓어오르는 열기는 차단하지 못했다.

단순 화술(火術)이 아니었다.

이즉의 겁화가 화염술 최강을 논한다지만, 지옥술은 열외에 해당했다. 인간의 원초적인 두려움이 장구한 세월로 집약된 사후세계의 현현(顯現)이었다.

상극 속성의 지옥이 중첩되었다.

법칙이 파괴되고, 하늘이 꿈틀거렸다.

한빙에서 화탕으로의 급격한 전환은 술법으로 창조할 수 있는 모든 현상(現想)들의 한계를 아득히 초월해 있었다.

극저온이 초고열로 넘어갔다.

순간, 천잠보의의 내구도에도 금이 갔다.

황록보의 옷소매가 부스러졌다. 술법 이상의 술법이었다. 수화불침이라는 천잠보의까지도 파손을 면치 못했다.

극열(極熱)의 화기(火氣)가 체내까지 침투해 왔다.

천잠보의를 두 겹으로 입었음에도, 온몸이 뜨겁게 달아올랐다.

협제신기(俠帝神氣)가 불현듯 일어나 광극진기와 융합했다.

그 앞에 새로운 세계가 열렸다.

문을 열어준 것은 스승이되, 안에서 무엇을 찾는가는 제자의 몫이었다.

단운룡은 순간, 배움의 기억을 뛰어 넘었다.

가르침 받은 적 없었던 새로운 발상을 찰나 간에 현실로 만들었다.

우-우-우-우-우-웅!

십검(十儉)의 빛기둥이 휘어지며 보의로 빨려들었다.

황록보의에 눈부신 광원(光源)이 생겨났다. 그 수는 당연히도 열 개다. 열 개의 빛무리가 보의의 표면을 휘돌며 화기(火氣)를 봉쇄했다.

고열(高熱)에 침식당했던 체내의 기(氣) 삽시간에 균형을 찾았다.

단운룡이 그대로 화탕지옥을 넘어섰다.

극한도, 극열도 지금의 그는 해할 수 없었다.

문제는 협제신기의 손실이었다. 진기가 무서운 속도로 소진되고 있었다.

염라마신이 손을 한 번 잡아당겼다. 염왕곤선승이 염라의 팔에 감겨들었다.

염라가 백골염왕두를 손에서 놓았다.

염왕두가 공중에 떴다.

다음 지옥술이다.

염라마신이 두 손을 양쪽으로 펼쳤다. 진언이 더 빨라져 음절 구분이 불가능해졌다. 소리도 가청영역을 넘어 무음(無音)에 가까워졌다.

콰아아아아아!

단운룡은 땅이 솟아오르는 것을 보았다. 동시에 하늘이 무너져 내렸다.

실제로는 아니었다.

밟고 선 땅과 머리 위 하늘이 네모지게 조각나 단운룡을 덮쳤다. 환영(幻影) 같은 그 조각의 표면엔 마수(魔獸)의 이빨 같은 가시들이 하나 가득 돋아나 있었다.

평등왕의 철상지옥(鐵床地獄)이었다.

염라마신이 양손을 합장하듯 모았다.

그러자 살기 가득한 두 개의 철상(鐵床)이 양쪽에서 단운룡을 짓눌러왔다.

오행(五行)의 자연기(自然氣)가 아니었다.

거해지옥과는 달랐다. 거해지옥은 지기(地氣)를 동반했다.

철상은 철저한 물리력으로 이루어져 있었다.

환상(幻想)이 아니라 눈으로 확인 가능할 정도로 분명한 형태를 지녔다.

의지를 실제적인 힘으로 만든다. 염력(念力)의 궁극이라 했다. 지옥술이란 그처럼 상단전의 혼력(魂力)으로 이룰 수 있는 모든 조화(造化)의 총합과 같았다.

저 형상에 압착되면, 실제적인 타격을 입을 것이다.

십검의 봉쇄력을 둘러 친 천잠보의로도 무시할 수 없음을 알았다.

그러므로, 여기에는 힘의 맞대응이 필요했다. 그것도 아주 강력한 일격이여야 했다.

'일검.'

아니다.

그것이 다가 아니다.

기억이 밀려들었다.

손으로 찌르는 것이 아니라, 마음으로 찌르는 것.

충심(忠心)은 충심(衝心)이다. 상대의 힘을 무너뜨리는 것이 아니라, 마음으로 부딪쳐 의지를 꺾는 것이다.

'충심, 천라, 연환검.'

거해지옥을 부수었던 일검이 진일보했다.

곧게 나아간 광검이 먼저 올라오는 땅을 부쉈다.

콰아아앙!

대지가 갈라지고, 돌과 흙이 깨져 나갔다. 땅이 무너져 대파괴의 현장이 되었다.

단운룡이 손가락을 폈다.

충심에서 그대로 이어진다. 놓아진 광검이 천 개의 빛줄기가 되었다.

콰콰콰콰! 콰드드득! 우지끈!

천라(天羅)란 하늘을 덮는 그물이라 했다.

그 망이 성기고 넓어도 거스르는 것들을 결코 놓치지 않는다.

송곳 같은 철심들이 마구 부서져 나갔다. 그저 사상(思想)과 의지의 산물이었을 염력 파편들이 실제 무게를 가지고 떨어져 땅바닥에 움푹 패인 구덩이들을 만들었다.

꽈광! 꽈과과광!

망가져 휘몰아치는 술법의 여력은 십검을 두른 보의로 돌파했다.

보의에 흐르는 빛이 요동쳤다.

역시나 엄청나게 강했다.

화탕지옥과 철상지옥을 견뎌낸 십검의 광원이 스러져 사라졌다. 협제신기가 뭉텅 깎여 나갔다.

시대의 술사(術士)였다.

이런 괴물은 고금을 막론하고 얼마 되지 않을 것이다.

하늘이 무너지는 폭음을 뒤로하고, 단운룡이 염라 앞에 이르렀다.

마침내 근접 거리다.

지옥술이 연달아 무너졌어도, 염라마신의 뿜어내는 기파는 여전했다.

염라가 진각을 밟았다.

일보 밑에 파랑처럼 죽음의 소용돌이가 일었다.

술법거리가 아니어도 무관하다.

염라마신은 시대의 술사이며, 희대의 무인이었다.

곤선승이 감겨 있는 오른손을 직선으로 내쳐왔다. 순수한 무공일격에 형언불가의 용력이 담겼다. 전력을 다해 광검을 내려쳤다. 빛의 검과 어둠의 권이 화려하게 충돌했다.

쩌어어어엉!

광검이 일렁이며 튕겨나갔다. 광파(光波)와 암파(暗派)이 뒤섞여 막혀 있는 천공을 휩쓸었다.

쩌정! 꽈앙!

염라는 빨랐다.

소연신의 초월적 극속조차 따라잡았던 무공의 대종사(大宗師)였다.

일보, 일인(一印).

염라인이 단운룡의 가슴으로 다가왔다.

시간의 느려짐을 실감하지 못했다. 초상승의 영역이었다.

이 경지의 공방이 가능했던 것은, 오직 잊은 기억 덕분이었다. 우주가 그의 머릿속에서 살아났다. 지금 이 전투와 비견될 수 있는 것은 오직 사부와의 겨룸뿐이었다.

몸을 젖히고 허리를 틀며 광검으로 염라의 손목을 내려쳤다.

사부가 이렇게 했다. 지극히 단순하면서도 완벽하게 반격한다. 협제신검의 구결의 그의 몸에 깃들었다.

쩌정!

제대로 들어갔다.

투명한 광검이 손목에 감긴 염왕곤선승과 충돌했다. 파동이 일어나 사위를 찢어발겼다. 염라의 곤선승에는 흠집조차 없었다.

염라가 권, 수, 장, 인의 연격을 펼쳤다.

이름 모를 그 무공들은 하나하나가 염라인(閻羅印)처럼 강력했다.

예지도 경험도, 의미 없었다.

초식과 투로가 지워졌다.

단운룡은 크리슈나의 형을 쓰는 것이 아니면서도 그때와 비슷한 상태가 되었다.

대신 협제신검 검기(劍技)가 흘러나올 뿐이다.

그래도 버겁다.

단운룡은 찰나의 재능에 의지해서 싸웠다. 사부와 염라는 전혀 다른 무공을 지녔지만, 궁극점에 이르렀다는 사실만큼은 똑같았다.

염라가 왼손을 들었다.

공중에 뜬 백골명왕두가 종 방향 축으로 한 바퀴 회전했다.

고속 진언이 흘러나왔다.

그만한 무공을 전개하면서도 여유가 있다는 뜻이다. 무공과 술법이 동시에 전개된다. 바람이 일었다. 칼날 같은 바람이다. 도시왕의 풍도지옥이 펼쳐졌다.

귀선급 요괴라는 귀차도 막강한 풍술을 구사했었다.

풍도지옥의 칼바람은, 그것과 비교조차 되지 않았다. 단운룡은 상승고수의 참격과 같은 강력한 도기(刀氣)를 느꼈다. 그것도 일격이 아니라 난무(亂舞)다. 합공과도 같았다.

쉬이익! 좌아아악!

빛과 같은 신법으로 염라의 일격을 피해내는데, 풍참(風斬)이 날아들어 등줄기를 훑었다. 천잠보의 두 겹으로도 완전 방어가 안 된다. 보의의 결이 갈라지고, 선혈이 배어 나왔다. 천잠보의가 아니었으면 상체가 통째로 쪼개졌을 위력이었다.

쫘앙!

염라의 무공이 다시 전방을 채웠다.

극속이며, 극강이다.

배후에는 천잠보의마저 베어내는 풍참이 휘몰아쳤다.

완벽 그 이상의 능력을 보여주었다.

협제신기(俠帝神氣)를 극한까지 끌어올렸다. 전력을 다해 공간을 꿰뚫는데, 염라와 시선이 교차되었다.

또 온다.

사망안이 심장으로 파고들었다.

모든 것이 죽음으로 이어지는 절초와 같았다.

광극진기로 뇌와 심장을 보호하여 사망안을 방어했다.

그것이 일합과 같았다.

일합만큼 뒤처진 반응에 염왕곤선승 염왕권(閻王拳)이 사선을 점했다.

모든 길이 죽음과 통한다.

선택의 순간이었다.

단운룡은 재능이 아니라 믿음을 택했다.

검으로 저 일권을 막으면, 풍도지옥에 난도질을 당할 것이다.

'천라, 십검.'

펼친 손에서 광검이 흩어졌다.

빛줄기가 뻗어나가 날아드는 참격들을 분쇄했다.

보의에 남은 협제신기를 있는 대로 뽑아내서 다시 한번 십검을 일으켰다.

공중에 뜬 백골염왕두의 주위에 열 개의 빛기둥이 솟아올랐다.

그리고, 염왕권이 단운룡의 몸에 작렬했다.

꽈아아아앙!

보의를 믿었다.

보의의 질김과 강도가 아니라, 보의에 담긴 처와 장인의 의지를 믿었다.

그들은 그를 보호하기 위해, 필생의 혼을 담았다.

공력의 양이 아닌 보의 자체의 존재의의가, 염왕의 일격에 대항했다.

치지지지직! 콰아아아아!

협제신기를 담았던 황록보의가 가닥가닥 찢겨나갔다.

절대 방패라는 기보, 천잠보의가 파괴되며 염왕의 온전한 무력을 상쇄했다. 힘의 여파가 땅과 허공에 죽음의 파동을 일으켰다. 살아 있는 모든 것을 죽음에 이르게 만들 정도로 강력한 파장이었다.

염라무공의 직격은 그와 같다. 상반신이 통째로 터져나가지 않았음을 다행으로 여겨야 했다.

넝마가 되어버린 천잠보의를 어둠 속으로 집어 던졌다.

어쨌든 살았다.

하나를 얻고, 하나를 잃었다.

십검이 염왕백골두를 봉쇄하며, 도시왕 풍도지옥이 힘을 잃었다. 몰아치던 바람이 잦아들었다.

강적이다. 강적 정도가 아니라, 천적(天敵)이란 두 글자가 뇌리에 맴돈다.

십검을 저렇게 무한정 펼쳐둘 수 없다.

그의 공력엔 한계가 있었고, 염라의 지옥술엔 그것이 없어 보였다.

천라의 빛줄기가 모여, 한 자루 광검이 되었다.

협제신기 황록보의가 사라졌다.

이제 그에게 남은 것은 얼마 안 되는 시간 십검을 유지할 내력과, 이 한 자루 광검이 전부였다.

투명한 빛을 쥐고 염라마신을 보았다.

염라마신은 말 그대로 신(神)을 넘본다.

단운룡의 여력이 어느 정도인지, 모를 리 없다.

염라마신이 입을 열었다.

"너는 나를 이길 수 없다."

단운룡이 광검을 들어 올렸다. 협제의 무공으로, 염라마신을 겨누었다.

"안다."

단운룡의 대답은 그러했다.

*　　　　　*　　　　　*

그는 도전자가 아니었다.

무공을 겨루러 오지 않았다.

승부가 중요치 않은 시대가 되었다. 염라에게 얻는 패배선언이란 아무 의미가 없었다.

단운룡은 염라를 죽이기 위해 여기 왔다.

그러므로, 그렇게 대답했다.

협제신기로는 이기지 못함을 이미 알고 있었다.

공야천성이 말한 삼십 년 적공은 허언이 아니었다.

삼십 년은 사부를 따라잡기 위해 필요한 시간을 의미하지 않았다.

그것은 사부를 초월하는 시간이었다.

염라도 마찬가지다. 염라 또한 그동안 멈춰 있지 않을 것이다. 앞으로 많은 제약이 없어질 염라마신의 신력까지 감안한 계산이었다.

염라가 가장 약한 것은 오늘, 지금이었다.

단운룡은 모든 전제를 거기에 맞췄다.

전술이라 했다.

전술은 단운룡에게만 있지 않았다.

염라는 마신(魔神) 이전에 인간이었다.

전대가 사부에게 죽은 현세든, 자기 자신이 사부에게 죽은 과거든, 염라는 사부와 불공대천의 악연으로 얽혀 있었다.

상대할 방법을 찾는 것은 쌍방에 필연이었다.

염라마신은 적벽에서 사부에 맞서, 대등함 그 이상의 기량을 보여주었다고 하였다.

사부의 몸 상태가 정상이 아니었던 점.

쌍왕의 협공이었다는 점.

여러 요소가 작용한 결과였지만, 그것은 근본적으로 염라 또한 사부의 무공에 대한 해법을 찾아왔다는 사실을 시사했다.

지금도 그러하다.

단운룡이 재현하는 협제의 무공을 완전히 파훼했다.

충심, 봉쇄, 천라, 백두의 협제검은 어느 하나 예외 없는 천외천의 검법이었다.

끊임없이 일으키는 지옥술로 정당하게 물리쳤다.

그뿐이 아니다.

단운룡은 이미 치명타를 허용했다.

지옥술 배후 견제, 사망안 순간 지연으로 정타의 일권을 성립시켰고, 그 일격으로 천잠보의 한 벌을 무참히 찢어발겼다.

보의가 아니었으면, 신체 일부를 잃었다. 높은 확률로 즉사를 면치 못했을 것이다.

그것이 염라의 대(對) 협제 전술이었다.

염라는 또 할 수 있다.

신마맹이 무림침공을 감행함에 있어, 예상할 수 있는 가장 큰 걸림돌은 전대 신마맹주를 죽였던 협제였을 것이다.

자신이 있었기에 출도했고, 협제와 싸워 증명했다.

쌍왕이 아닌 단독 염라라도, 협제신검에 대한 대응은 완성에 이르러 있는 상태라 간주해야 옳았다.

그래서, 단운룡은 광검을 들었다.

노련하지 않아 젊은 얼굴로, 패기 넘쳐 정면으로 돌파하는 모습을 견지했다.

마치 그 시절 협제처럼.

단운룡이 다시 몸을 날렸다.

검날 곧게 세워, 징벌의 일념을 검 끝에 담았다.

염라는 보는 순간 알았을 것이다.

그 검이 어떤 의미인지.

모든 것을 걸고 뛰어들었다. 그렇게 보이도록 했다.

'척살, 참수.'

단운룡의 손에서 전설의 일격이 펼쳐졌다.

광검의 광휘가 염라마신의 목을 향해 피어났다.

염라마신은 소연신에 맞서, 참수의 검기를 지옥술로 상쇄했었다. 하지만 백골염왕두는 십검으로 봉쇄되어 있었다.

염라마신은 그 검을 피하지 않았다.

막는 방법은 하나가 아니다.

그리 말하는 듯했다.

염라가 손을 들자, 염왕곤선승이 살아 움직였다. 곤선승이 흑색의 나선을 그리며 풀려 나왔다.

위이이이이이잉!

기이한 울림이 사방의 공기를 찢었다.

나선이 동심원이 되고, 동심원이 원면이 되었다.

쩌어어어어엉!

참수 일격이 깨져 나가는 소리였다.

광검 일부가 일렁이며 흩어졌다.

반격이 왔다.

지옥기(地獄術)이 아니었다. 염왕곤선승은 더더욱 아니었다.

검기(劍氣)를 느꼈다.

뒤쪽이었다.

누구도 예상하지 못했을 일격이었다.

훅!

단운룡의 몸이 그 자리에서 사라졌다.

막강한 검력이 단운룡이 있었던 허공을 꿰뚫었다.

백색 가면이었다.

관리들이 쓰는 것과 같은 검은색 봉관을 썼고, 흑색 관복이 온몸을 휘감았다. 허리 아래 경장 갑주는 닫힌 하늘 위쪽, 땅 위를 달리는 고대 망령의 그것과 비슷했다.

가슴에 날 일(日) 자.

척살 참수의 검격이 그 존재를 불러냈다.

일직차사였다.

단운룡이 그저 승리하기 위해 여기에 온 것이 아니듯, 염라마신도 그저 설욕하기 위하여 이 무덤에 선 것이 아니었다.

하늘에 거스르는 것이 염라 혼자만의 힘이라는 법은 없다.

언제나 그랬다.

역천을 바라는 그는 쌍왕이었고, 소림과 구양이 있었다.

단운룡은 차사와 염라를 동시에 보았다.

아무도 예상하지 못했어도, 단운룡은 알았다.

그래서 피할 수 있었다.

질문으로 주의를 끌었다.

"월직차사는?"

"너의 뒤에 있다."

염라가 대답했다.

새까만 어둠 속에서, 그림자가 나타났다.

검날이 단운룡의 머리 위로 떨어졌다. 아무 기척도, 아무 소리도 없었다.

"그렇군."

단운룡은 사라지지 않았다.

휘리릭!

대신 뒤의 뒤에서 파공음이 터졌다.

월직차사의 월검(月劍)은 단운룡의 머리를 가르지 못했다.

콰아악!

단단한 소리가 이어졌다.

은선(銀線)이 월직차사의 목을 감고 있었다.

"너는……!"

염라마신이 목소리에 처음으로 놀라움이 담겼다.

백살객은, 암살자 중의 암살자라 하였다.

입정의협살문, 사패 산하의 은밀살수라 함은, 어지간한 살수문파의 암살자와 수준을 달리한다.

'감사는 뒤에.'

단운룡을 만나 건넨 말이 그러했다.

먼 미래가 아니다.

바로 이 순간을 의미함이다.

우지끈!

유성추 은철사가 월직차사의 목을 분질렀다.

월직차사의 몸이 허물어졌다.

"낭만이 없다! 결판을 내라. 단 둘이서."

탁한 목소리로, 편안히 말했다.

휘릭! 쐐애액! 퐈앙!

백살객 이지량이 월직차사의 몸을 저 멀리 어둠 속으로 집어 던졌다. 석벽 어딘가에서 괴음이 울렸다. 그가 그쪽의 암흑을 바라보며 말했다.

"안 죽는 거 안다."

그리고 고개를 돌려 일직차사를 보았다.

"끝날 때까지 차사 인형들은 나랑 놀자."

쐐애애액!

이미 감겨든 다음에야 유성추 소리가 들렸다.

일직차사가 앞서 회피했지만, 발목이 잡혀 버렸다.

당겨진 것은 순간이었다.

발목을 잡아채, 월직차사처럼 집어 던진다. 어둠을 향해, 백살객이 함께 땅을 박찼다. 사나운 검음(劍音)과 파공음이 어지럽게 얽혀들었다.

백살객이 일직차사와 월직차사를 변수에서 지웠다.

이제 진정 일대일이다.

"아직 미숙한가?"

단운룡이 염라에게 물었다.

보의신갑이 열렸다.

그 안에서 나온 보의는 투명한 은백색이었다.

천잠사가 지녔던 원래 빛깔, 천잠비룡포가 비룡문을 얻기 전, 바로 그 색이었다.

염라마신은 단운룡을 협제의 제자로만 인식했다.

그리고 그 생각은 바뀌지 않았다.

강설영이 보의에 그녀의 진기를 축적하기 전부터, 단운룡은 백색보의에 그만의 진기를 담았다.

다시 전투 시작이다.

단운룡이.

광극을 입었다.

*   *   *

"냐하하하하하. 혼자 온 거요?"

"그렇다."

"진짜? 막을 수 없을 텐데?"

"잠시는 가능하겠지."

"그것도 역부족이지 싶다만요."

"나름 성취가 있어서."

"그래 봐야 금강(金剛) 아뇨?"

"금강도 금강 나름."

승려는 아직도 병색이 완연했다.

아니, 오래전보다 더 나빠 뵌다.

연명(延命)조차 신기한 얼굴로 전혀 위축되지 않은 채 제천
대성의 정면으로 발을 옮겼다.

"싸울 수는 있는 게요?"

"물론."

"그렇다면 그런 걸 텐데, 아무리 그래도 들러리가 웬 말이
요? 근본도 없는 문파에 대소림이."

"너는 들러리 아니던가?"

"얼레? 내가요? 냐하하하하하, 웃음이 다 나오네. 암! 아니
죠! 나는 언제나 주역(主役)입니다. 다 알지 않요?"

"나는 모르겠다."

병색의 나한이 두 손을 들었다.

여인의 손가락처럼 가늘었지만 섬섬옥수는 아니었다. 뼈는
얇아서 약해 보여도, 마디는 거칠어 단단했다.

훙. 훙. 훙.

제천대성이 천천히 여의봉을 휘돌렸다.

말은 그리해도, 제천대성은 상대를 얕보지 않았다.

무공은 제천대성이 높다.

아마도 훨씬 높을 것이다.

하지만, 대저 싸움이란 건 언제나 상황의 지배를 받는 법이었다.

그 상황이란, 시간일 수도, 장소일 수도 있으며, 정(情)에 의한 것일 수도, 한(恨)에 의한 것일 수도 있다.

결국은 상대가 누구인가다.

그리고 병나한은 제천대성에게 쉬운 상대일 수 없었다.

후웅! 쐐애애애액!

금광이 하늘을 가르고, 금강이 땅에 머물렀다.

꽈아아아앙!

폭음이 금파(金派)를 불렀다.

어두웠던 대묘(大廟) 능선 위가 해라도 뜬 것처럼 밝아졌다.

병나한의 안색은 그 그림자만큼 어두워졌다.

일격으로 우위는 갈렸다.

병나한이 말했다.

"너의 봉술이 경지에 이르렀다. 나도 하나 던져 주려무나."

바로 이것이다.

병나한의 성정은 언제나 만만치 않았다. 그 언행은 제천대성조차도 예상이 안 될 때가 많았다.

"나 참, 별걸 다 달라 하쇼."

"맨손으로 못 당하겠다."

"그럼 이대로 쓰러지시든가!"

"……."

병나한은 무언(無言)과 부동(不動)의 자세로 소림금강의 압력을 유감없이 드러냈다.

언(言)과 행(行)의 괴리 안에 기이한 불법의 이치가 담겼다.

여의봉으로 후려치려 해도, 투기(鬪氣)가 일어나지 않았다. 제천대성이 가면 밑에서 이를 악물었다.

"이……!"

제천대성이 뒤쪽으로 손을 뻗었다.

그러자, 한줄기 파공성과 함께 여의봉과 똑같이 생긴 황금봉이 날아와 손아귀 안으로 들어왔다.

"정말 싫다 이 말이요."

제천대성이 병나한에게 여의봉을 던졌다.

턱.

움직인 것 같지도 않은데, 여의봉이 병나한의 손아귀에 잡혀들었다.

"너와 나. 이것도 오랜만이다."

병나한이 봉을 들어, 기수식을 취했다.

그 자세는 제천대성이 취한 자세와 어딘지 모르게 닮아 있었다.

쩌정!

두 여의봉이 황금빛을 내며 부딪쳤다.

마찬가지로 일합이면 족했다.

병나한의 여의봉이 짓눌려 땅에 박혔다. 병나한의 얼굴에 드리워진 그늘이 더 짙어졌다. 내상이라도 입은 것 같았다.

제천대성이 펄쩍 뛰어 뒤로 물러났다.

"그냥 술이나 팔고 계시지. 왜 여까지 와서 이 고생요?"

웃지 않고 물었다.

목소리가 낭랑하고 맑아서 원숭이 같지 않았다.

"알고 있었나?"

"당연한걸."

"그럼 와서 한 잔 마시든가."

"곱게 한 잔으로 끝났겠쇼?"

"아니."

"거 보쇼. 그럴 거면 권하질 마시요."

"왜, 겁이라도 났느냐?"

"……."

제천대성은 대답하지 않았다.

병나한이 천천히 봉을 들어 제천대성을 겨누었다.

"그래. 이제 와서 무슨. 싸움이나 하자."

"싸움이 되어야 말요!!"

제천대성이 버럭 소리를 질렀다.

쩡!!

병나한의 여의봉이 무서운 기세로 튕겨 나갔다. 앙상한 손아귀를 벗어나 저 멀리 능묘의 비석을 부수고야 멈췄다.

사연이 쌓였다.

제천대성이 여의봉을 치켜올렸다.

병나한은 그대로 서서 제천대성을 보았다.

제천대성은 병나한의 머리 위로 여의봉을 내려치지 못했다.

무릇, 전술이란 그런 것이다.

어떤 무력(武力)을 상대해야 할 때, 동등한 무(武)를 운용하는 것은 결코 상책이 아니었다. 최소 무력으로 최대 무력을 제어할 수 있으면, 그것이 묘수(妙手)다.

제압은 바라지도 않는다.

필요한 만큼만 막아주면 된다.

다른 이들이 그러했듯, 병나한도 제 몫을 했다.

결전임박의 순간.

의협비룡회가 유선묘 입구로 돌입하기 직전이었다.

＊   ＊   ＊

"가!"

"어서!"

많은 이들이 뒤에 남았다.

다치고, 넘어지고, 쓰러지면서 의협비룡회를 앞으로 전진시켰다.

그들은 범인(凡人)으로 태어나서, 협객으로 죽어갔다.

투쟁은 성과보다 그 자체로 의미가 있다고 하였다. 의협비룡회에겐 그 이상이 필요했다. 동료들의 죽음을 가치 있게 하기 위해, 그들은 염라마신을 죽이고 신마의 대란을 끝내야 했다.

"가시오!"

"꼭 이루시오!"

피가 튀었다.

처절하게 싸웠다.

의협비룡회가 아닌 이들이 먼저 전장에 휩쓸렸다.

"무운을!"

"무운을!"

서로가 서로에게 소리쳤다.

진격하는 의협비룡회도 계속 숫자가 줄었다. 적들은 끊임없이 밀려들었다. 옥황은 군웅들 중 누구도 살려 보낼 마음이 없어 보였다.

모든 악(惡)이 여기에 있었다.

기묘한 가면들과 험악한 사파 무리들, 땅을 달리는 짐승 요괴와 살아 움직이는 시체들이 뒤섞여 그들에게 달려들었다.

수를 셀 수 없었다. 계속 늘어났다.

"위에!"

"옵니다!"

"강하!! 술법방패 준비! 전원 대비하라!"

휘우웅!

꽈아아아아앙!

불길이 일어났다.

최종관문이다.

염라마신 제외, 최강자가 강림했다.

하늘 위에 위타천이 떠 있었다.

용린각 무인들이 몸을 날렸다. 술법진을 펼치며 화력을 상쇄하려 했지만, 역부족을 예감했다. 위타천은 더 강해졌다. 손에 든 불덩이가 엄청나게 커져 있었다. 저 불벼락이 떨어지면 십수 명이 목숨을 잃을 것이다. 이런 밀집 진형에서는 최악의 상대였다.

"상공에 위타천! 염구(炎球)가 온다!"

"크다! 위험해!"

"후속타로 전격이 온다! 수진부(水陳符)는 안 돼! 토술(土術)로 막는다!"

여유가 없다.

사방에서 부적이 날고 진언이 난무했다.

그들이 다급하게 수인을 맺는 동안, 위타천은 그저 손을 내리는 것으로 충분했다.

쿠구구구구구!

불덩이가 내려왔다.

공기가 진동하며 위협적인 소리를 냈다.

"피해!"

"방패 거둬! 술법으로는 막지 못한다!"

"엄폐물을 찾아라! 없으면 무덤에라도 들어가!"

콰과과과과과광!

폭음이 천지를 뒤흔들었다.

마치 해라도 뜬 것처럼 사위가 밝아졌다. 검은 연기와 붉은 열기가 사방으로 뻗어 나갔다.

사상자가 얼마나 되는지 살필 겨를도 없었다.

누군가가 경고한 것처럼, 벼락이 이어졌다.

번쩍!

하늘에서 내려온 전격이 무인들 사이에 꽂혔다.

"으아아악!"

"크악!"

꽈릉! 파지지지직!

뇌전의 충격파가 전장 곳곳을 때렸다. 적아를 막론하고 수십 명의 무인들이 땅 위를 나뒹굴었다.

"위타천 출현! 알려라!"

"저쪽에서도 확인했다! 온다!"

"길 열어!!"

어둠을 밝히는 화광 사이로, 무인들이 소리쳤다.

"측면 지원!"

"전속력으로 달리게 해!"

두두두두두두! 콰르르르륵!

혼란이 격화되는 왕릉 입구 쪽으로, 강력한 말발굽 소리가 들려왔다. 바퀴 소리가 함께 울려 퍼졌다.

사두마차였다. 그것은 기다리고 있었던 것처럼 갑자기 나타났다.

마차의 지붕에서 휘날리는 것은 천룡의 깃발이었다.

장대한 체구의 기마들은 쏟아지는 화염과 내려치는 천둥을 두려워하지 않았다. 준마를 넘어 신마(神馬)라 할 만큼 기골이 대단했고, 달리는 속도 또한 하늘을 나는 것처럼 빨랐다. 전장의 군웅들은 이제 그런 기마들을 익히 알았다. 내력마(內力馬)라고 했다. 천룡상회 사해상주 감택이 북풍단과의 인연을 통해 얻은 영물들이었다.

"천룡마차다!"

"깃발 올려!"

"목표로 유도해라!!"

의협비룡회 기수들이 깃발을 휘두르며 길을 텄다. 둥둥둥, 북소리가 전진 방향을 알렸다. 천룡마차가 터주는 길을 따라 무섭게 내달렸다.

"흑백, 나가서 위타를 막아."

흔들리는 천룡마차 안으로부터, 한 줄기 목소리가 흘러나왔다.

철컥! 터엉!

천룡마차의 문이 열렸다.

양쪽이다.

마차의 문에서 두 무인이 뛰어내렸다.

흑피 흑안의 곤륜노와 금발 청안의 색목인이다. 천룡흑백, 흑번쾌와 백금산이었다.

콰앙! 파라라라락! 쐐애애애액!

그들은 각각 연청색과, 갈홍색의 전포를 입고 있었다.

전포에 빛이 흘렀다.

천잠보의였다.

천룡의 양대 고수가 무서운 속도로 비룡회 깃발을 따라 달렸다.

저 앞에 있다. 땅에서 이 장, 위타천은 높이 날지 않았다.

"대술법기동 전개. 전투 여파 최소화해."

"네! 회주!"

"여부가 있겠습니까!"

마차 안에서, 두 줄기 남녀의 목소리가 명을 받들었다. 음성이 밝아 처절한 전장과 어울리지 않았다. 그런 이들은 달리 없다. 홍박과 만달이 천룡마차 안에 있었다.

두두두두! 우우우웅!

달리는 천룡마차 표면에서, 온갖 주술적 문양들이 빛을 냈다. 기이한 울림과 함께 주위를 덮는 역장이 형성되었다. 범위는 반경 오륙장에 이른다. 포악하게 달려들던 요괴들이 들끓던 마기를 상실하고 풀썩풀썩 쓰러졌다. 위타천이 일으킨 불길도 천룡마차의 역장에 닿자 그 기세를 잃었다.

"마차 경로 사수해라!"

"천룡마차를 중심으로 방어선을 구축하라!"

용린각 무인들이 일사불란하게 움직여 천룡마차 옆으로 따라붙었다. 의협비룡회와 군웅들이 적습 저지선을 만들었다.

그들은 변화하는 상황에 따라 약속된 작전을 어김없이 수행했다. 조금씩 어긋나기는 했지만, 큰 틀은 그대로였다.

"황룡봉쇄!"

"어떤 것도 들여보내지 마!!"

이제부터가 진짜다. 의협비룡회 마신타격조가 교전에 돌입할 동안, 위타천을 비롯한 대적들의 발은 바로 이곳에서 묶어야 했다. 고위 가면들이 이곳을 뚫고, 염라에 가세하면 승산은 없다. 가장 중요한 작전이다. 결전에서 그들이 맡은 최대 임무였다.

꽈광! 꽈아아아아아앙!

정면에서 폭음이 연달아 들려왔다.

전격과 화염의 대폭발이 결연한 무인들의 얼굴에 빛나는 그림자를 만들었다.

목숨 바쳐 싸우는 무인들 위로 괴력의 영웅들이 장중한 역사를 썼다.

천룡의 흑과 백이 용맹하게 쇄도하여 무의 상징 위타천에 맞섰다. 이 대 일, 합을 받던 위타천이 한순간 공중으로 날아올랐다.

홀로 대적하지 못하는 자, 상대해줄 자격이 없다.

그렇게 말하는 것 같았다.

화르르륵! 꽈광!

화염이 날고 전격이 작렬했다.

흑번쾌와 백금산은 넘실대는 고열의 열기에도 멀쩡히 위를 올려다보았다.

천룡은 천잠보의 제작에 지대한 역할을 했다.

그러므로 그들이 입은 천잠보의는 대가가 아닌 자연스러운 권리와 같았다.

위타천이 그 둘을 일별하고, 몸을 돌렸다. 그는 그들보다 천룡마차에 더 흥미가 있었다. 높이 올린 깃발에 천룡문(天龍紋)은, 마차 안에 있는 자의 신분을 의미하기도 했다.

위타천이 그쪽으로 몸을 날리려 할 때였다.

속수무책으로 올려다보기만 하는 것 같았던 흑번쾌가 위타천의 발밑으로 달리기 시작했다. 쾌속의 신법으로 땅을 박차던 흑번쾌의 등 뒤에서 날개처럼 적색의 빛줄기가 펼쳐졌다.

날개처럼이 아니다. 그것은 진정 날개가 되었다.

퍼얼럭!

바람을 일으키며 하늘로 날아오른다.

위타천의 고개가 돌아갔다. 흑색 인영이 적색 광익(光翼)을 물결치며 쇄도했다. 흑번쾌의 일권이 위타천의 정면을 휩쓸었다.

꽈앙!

허공에서 폭음이 흩날렸다.

흑번쾌만이 아니었다.

백금산이 수직으로 솟아올랐다.

콰아아아아아!

백금산의 등 뒤엔 세 개의 팔쾌태극패가 박혀 있었다. 삼태극 문양이 보의 표면 다섯 치 위에서 청색으로 빛났다. 태극 문양 쏟아지는 강력한 풍술(風術)이 백금산의 몸을 공중에 띄웠다.

그가 위타천의 배후를 잡았다.

위타천이 침묵을 깨고 입을 열었다.

"무(武)로 말하지 않는 천룡이라."

작지만, 분명한 감정의 편린이 드러났다.

실망감이다.

그 위로 미묘한 감탄이 덧붙여졌다.

"시도만큼은 인정해주마."

지금 천룡에겐 그들대로의 방식이 있었다.

단운룡과 강설영이 보의로 진기를 입었듯, 그들은 보의로 술법과 기환을 입었다.

위타천 공략의 최대 난점은, 자명하게도 그가 지닌 비행 능력에 있었다. 그 어떤 해법도 이보다 확실할 수 없다. 흑번쾌와 백금산은, 하늘을 날았다.

펄럭! 파라라락! 큐웅! 콰아아아아!

각기 다른 파공음을 내며, 흑번쾌와 백금산이 위타천에게로 짓쳐 들었다.

천둥과 불이 흑백의 몸을 쳤다. 막기 위해 요괴 술화(術畵)와 술법 장비가 필요했던 그들은 이제 두 손이 자유로웠다. 천잠보의가 그들을 보호했다.

이제 다시 무공이다.

무(武)를 파고들지 않았기에, 무(武)로 맞설 수 있게 되었다. 흑번쾌와 백금산의 권과 장이 위타천에게 쏟아졌다. 위타천이 주먹을 쥐었다.

쾅!

천룡파황권이 펼쳐졌다. 일권에 압도다. 흑번쾌와 백금산이 무서운 기세로 튕겨 나가 휘청, 공중에서 균형을 잡았다.

위타천이 그들을 보았다.

그러면 된 거다.

발아래 펼쳐진 대전장에 시선을 주지 않으면 된다. 그것이 그들에게 맡겨진 임무다.

누가 먼저라고 할 것도 없다. 흑번쾌와 백금산이 위타천에게 날아들었다. 하늘 위에서, 부수는 자와 부서지지 않는 자들이 싸웠다.

광활한 전장은, 대지뿐이 아니라 천공마저 격렬했다.

        *   *   *

　유선묘는 황릉임에도 호화롭지 않았다.

　너무나도 오래된 과거임이 첫째 이유요, 망국의 암군이라서
가 둘째 이유였다.

　허망하게 스러져 간 삼국 창천의 말로는 화려했던 전설들
이 있었기에 더욱더 슬프기만 했다. 천년의 허무가 배어 있는
황릉에 사나운 죽음이 깔렸다.

　뭉클거리는 사기(死氣)가 세월까지 눌렀다.

　촉한황제의 땅이 아니라, 염왕의 거처라 말하는 것 같았다.

　형형색색 기이한 가면들이 황묘를 지키는 석병(石兵)처럼 서
있었다.

　이들이 마지막이다.

　여기까지 들어온 의협비룡회 무인은 백 명 정도다. 가면들
의 숫자는 정확히 백이십이다.

　열세다.

　이십 명 열세가 아니었다. 많이 밀리는 숫자다.

　시간이 없었다.

　제천대성이 언제 여기에 당도할지 모른다. 위타천도 막고 있
지만 불안하다.

　주축고수들은 지금 당장 염라마신에게로 달려가야 한다.

　즉, 남는 것은 의협비룡회 일반 무인이다. 그들이 이들을 상

대해야 했다.

"발도각! 일단 뚫자!"

막야혼이 소리쳤다.

오래 참았다.

그답지 않게 많은 것을 억눌렀다.

발도각 정예가 그와 함께 가면들에게로 뛰어들었다.

"청천각, 발검!"

엽단평도 마찬가지다.

양무의는 둘에게 전력의 온존을 지시했다.

만전 상태로 들어가야 한다.

상대가 무려 염라마신이다. 싸우다 지친 상태로 교전에 들어갔다가는 순식간에 살해될 것이다.

그들이 선두에서 신마맹 가면들을 베어 넘겼다.

백이십이란 숫자는 방어가 두텁지 않았다.

막야혼과 엽단평은 몇 명 베는 사이에 벌써 저 너머에 이르러 있었다.

"우리도 가자."

오기륭 또한 저 밑에서부터 내력 소모를 피하고, 동공(動攻) 축기에 집중해왔다. 관승과 왕호저도 그랬다.

그들이 가면들을 돌파했다. 이어 도요화와 효마가 적들을 넘었다.

주요 전력이 적들을 통과할수록, 남아 있는 의협비룡회 무인들의 부담이 가중되었다. 가면들은 신마맹의 최종방어선과 같았다. 당연히 일반 백면뢰가 아니다. 하나하나 고수 아닌 놈이 없었다.

양무의가 소리쳤다.

"가화, 우리가 남는다! 의협비룡회! 내 지휘에 따르라!"

그는 총군사다.

지금껏 그래왔듯 그의 목소리는 절대적 군령(軍令)과 같았다.

굳이 따르라 하지 않아도 모두가 그의 명을 받들어야 했다. 다만, 소리쳐 말한 것은 그가 여기에 있을 거라는 사실을 알게 함이다. 그것만으로도 무인들의 사기가 올라갔다.

"발도! 좌측 결집! 청천 뒤로 물러나!"

양무의는 모든 병법에 능했다.

그의 말 몇 마디에, 신마의 공격이 헐거워지고, 의협의 방어가 단단해졌다.

"익! 들어가!"

장익은 친우인 양무의의 옆에서 용아사모(龍牙蛇矛)를 휘두르고 있었다.

두 사람의 시선이 교차했다.

오래 함께한 친우였다.

백 마디 말이 눈빛 한 번에 오갔다.

"알았다!"

남자는 자신의 삶을 온전히 불태워야 할 때가 있다.

양무의도, 장익도, 그것이 오늘이었다.

"살아와라."

동료들을, 친우를 사지(死地)로 들여보낸다. 염라와 싸워 몇이나 살아 돌아올 수 있을지 알 수 없다. 그래도 말해야 했다. 살아서 돌아오기를. 양무의는 군사가 아니라 오랜 벗으로 진심을 전했다.

"물론!"

장익이 호기롭게 답했다.

그다운 한 마디였다.

장익은 육체와 정신에 힘이 넘치는 것을 느꼈다. 그는 지금, 최고조였다.

안심하라, 친우에게 용아사모 통천벽력창을 보여주었다. 양무의는 장익의 넓은 등을 보았다. 항상 든든했다. 장익이 적진을 가볍게 부수고 저 너머로 멀어졌다.

이제 강설영이 남았다. 그녀는 당연히 들어가야 했다. 협제신기를 지닌 그녀는 대 염라전의 주전력이 되어야 했다.

"냐하하하하하!"

여기서 차질이 생겼다.

난데없이 경박한 웃음소리는 곧, 현실이 되지 말았어야 할 우려였다.

'벌써……!'

제천대성이 난입했다.

황릉경계에도 의협비룡회 수백 무인의 저지선이 있었지만, 제천대성의 신법 앞에서는 큰 의미가 없었다.

빠박!

날아들어 온 것과 동시에 비룡각 무인 세 명이 일시에 튕겨 나가 땅을 굴렀다.

"대단하다! 무슨 배짱으로 여기까지 온 거야!!"

제천대성은 언제나처럼 요란했다.

양무의가 제천대성을 보았다.

별빛 같은 눈동자에 기광이 스쳤다.

미묘한 시점이지만, 완전히 틀어진 것은 아니다.

백가화가 한껏 경계하며 양무의의 전차 앞에 창을 세웠다. 양무의가 그녀를 보며 짧게 한 마디 했다.

"가짜야."

신산(神山)에 도달한 지력으로 확신했다.

진짜는 병나한이 제대로 제어하고 있다. 가짜가 이곳에 왔다는 것이 그 사실을 반증했다.

"내가 맡을게요."

강설영이 앞으로 나섰다.

상대할 수 있는 이, 그녀밖에 없다.

아무리 가짜라도 제천대성은 제천대성이다. 여기 의협비룡회 일반 무인들 사이에 풀어놓으면 수습 불가의 사태가 벌어질 것이다.

"아닙니다."

양무의가 강설영의 말을 잘랐다.

"저들만으로 오래 버티지 못합니다. 들어가셔서 염라의 표적이 되어주셔야 합니다."

양무의는 대담한 책략을 구상했다.

대(對) 염라전(閻羅戰)은, 힘겨루기로 이길 수 있는 전투가 아니라 여겼다.

지금 들어간 모두가, 염라를 상대로는 일이 합이 위태롭다.

부족한 무(武)와 술(術)로 거함을 격침시켜야 한다.

강설영의 존재는 그래서 중요하다. 정확히는 염라가 분노하여 주목할 협제신기(俠帝神氣)가 필요했다.

"하지만, 제천대성은."

"촉박하니 빨리 제압합시다. 제가 함께 싸우겠습니다."

강호를 살아가는 자, 숨겨둔 비기(秘技)가 한두 개쯤은 있어야 한다.

양무의가 전차에서 몸을 일으켰다.

두 다리가 애초에 멀쩡했던 사람처럼 자연스러웠다.

강설영이 눈을 크게 떴다. 놀라움을 감추지 못했다. 그러면서도 양무의라면 그럴 수 있다고 생각했다.

양무의가 두 다리를 못 쓰는 것은 기만이 아닌 사실이다. 기혈과 신경 모두가 손상되어 있는 것은 그녀가 지닌 기감(氣感)만으로도 충분히 알 수 있었다.

"가화, 문도들을."

"알았어요."

백가화의 목소리는 편치 않았다. 걱정이 한 가득 담겼다.

보행을 가능케 하는 것은, 치료가 아니라 그가 쌓은 공력의 힘이다. 어디서 샘솟았는지 알 수 없는 막강한 기운이 그의 두 다리를 타고 흐른다.

양무의가 전차에서 내려와 강설영과 나란히 섰다.

"너!"

제천대성이 휘리릭 몸을 돌려 그녀와 그 앞으로 달려왔다. 제천대성은 그가 걷는다는 사실에 놀라지 않았다. 그럼에도 손가락으로 양무의를 가리키며 의아함을 한껏 드러냈다.

"어째서! 그 기운을!?"

양무의가 고요한 눈으로 투로를 준비했다.

행동 하나하나에 전략이 담겨 있었다.

강설영이 홀로 제천대성을 상대하려 해도, 제천대성이 받아주지 않으면 허사가 된다. 강설영의 공격을 회피하며 의협비룡회 문도들 사이에서 여의봉만 휘둘러도 곤란해질 것이다. 곤란한 정도가 아니라 최악이었다.

그래서 직접 걸어 나왔다.

제천대성의 관심을 끌 만한 기공을 운용하여 이목을 집중시켰다.

"알고 싶으면 덤벼라."

양무의는 상대에 적합한 언행을 구사했다.

제천대성이 분통을 터뜨렸다.

"겁대가리 없이!!"

너무나도 당연한 반응이다.

제천대성이 다짜고짜 여의봉을 휘둘러 왔다.

쩌엉!

강설영의 주먹이 여의봉을 막았다.

"어라? 많이 늘었네?"

제천대성은 또 한 번 놀랐다. 여의봉에 전해진 권력이 예상 외로 강력했던 까닭이었다.

치이이잉!

여의봉을 회수하고 한 바퀴 휘돌리며 재주를 넘었다. 제천 대성은 여전히 놀랍도록 기민하여 빈틈이 없었다. 강설영이 천룡의 파동기를 일으키며 제천대성의 전면을 압박했다. 제천 대성은 더 이상 강설영을 경시하지 못했다. 그러면서도 시선 은 양무의에게 닿아 있었다.

쫘앙!

천룡파황과 여의금고가 충돌했다.

충격파와 함께 튕겨 나온 제천대성은, 기다렸다는 듯 양무 의에게로 짓쳐들었다.

양무의가 움직였다.

보보(步步)에 허상과 실상이 함께 있나니, 부처 좌선의 고아

함은 연화 향기와 같더라.

"연대구품!!"

제천대성이 대경하여 외쳤다.

양무의가 여의봉의 연환격을 부드럽게 피해냈다. 신법전환
이 신묘하기 이를 데 없었다.

강설영은 놀람을 뒤로한 채, 파황권으로 제천대성의 어깨
를 찍어 눌렀다. 제천대성이 몸을 틀며 땅바닥에 스칠 듯 물
러났다.

"어후, 큰일 날 뻔했다! 근데 너! 설마, 무평 그 놈이냐?"

제천대성이 비화(秘話)를 끄집어냈다.

양무의가 또 하나의 비밀로 응수했다.

"가책이라도 느끼는가, 소림승."

"무슨 소리! 나는 소림승이 아니다!!"

수준 낮은 도발이라도 숨겨 놓은 진실에 닿으면, 경지 높은
일격이 될 수 있었다.

제천대성이 버럭 고성을 뿜어냈다. 내공이 실려 사위가 쩌
렁 울렸다.

"그럼 배신자라고 불러줄까?"

양무의는 계속 몰아쳤다.

무공이 아닌 언어로도 공세는 충분했다.

제천대성의 몸이 꿈틀 했다.

가면 밑 맨얼굴이 새빨갛게 달아올랐다. 귀까지 붉다. 분기

(憤氣)가 치받아 오르는 것이 피부로 전해졌다.

"헛소리 마라!!"

꽈르르릉!

불문 사자후와 같은 일갈이 전장을 휩쓸었다.

"나는! 하나뿐인 제천대성이다!!"

난장 치는 원숭이에게 평상심이란 것이 존재하긴 할까 싶었지만, 감정에 휘둘린 것만큼은 분명했다.

양무의는 그대로 결정타를 날렸다.

"그렇지 않다. 너는 쪼개서 나누어진 금정 조각에 불과하다."

"크앗! 아니라니깐!!!"

제천대성이 이성을 잃고 양무의에게 달려들었다.

꽝! 꽝! 꽈광!

연달아 내려치는 여의봉이 허공을 가르고 땅을 쪼갰다. 양무의의 연대구품 경지는 실로 놀라웠다. 전사, 흡력, 경파 모든 것이 어우러진 여의봉 연환격을 아슬아슬하지만 확실하게 회피했다.

여의봉이 목표를 잃은 만큼, 제천대성의 기파는 더욱더 사나워졌다.

완전무결했던 오공의 무공에 빈틈이 생겨났다.

꽈아아앙!

강설영의 파황권이 제천대성의 옆구리에 틀어박혔다.

"커허어어억?"

제천대성의 몸에서 금파(金派)가 터졌다. 강설영의 권격이 이어졌다. 제천대성은 직격을 당하고도 반응 속도를 잃지 않았다. 한 손으로 옆구리를 감싼 채, 괴이한 각도로 허리를 틀어 일권을 피해냈다.

텅!

강설영의 진각이 제천대성의 움직임을 제한했다.

그 순간 약속이라도 한 듯, 양무의가 묵직한 철막대를 꺼내 들었다.

철컥.

쉿소리.

타아아아앙!

격발음이 이어졌다.

콰직!

둔탁한 파열음이 터진 곳은 제천대성의 얼굴이었다. 금빛 액체 같은 진기가 사방으로 튀어 올랐다.

"캇!"

제천대성이 괴성과 함께 몸을 돌려 일어났다.

양무의의 손에 들린 것은 일인단수용 총포였다. 철포 사출구에서는 흰 연기가 흘러나오고 있었다.

양무의는 깨진 가면을 보았다. 부서져 나간 가면의 입 주변에서 금정의 진수(眞髓)가 피처럼 흘러내렸다.

깨진 틈새 맨얼굴로 가지런한 이가 드러났다.

탄환은 그 이빨 사이에 물려 있었다.

잇몸에서 피가 흘렀다.

"퉤!"

제천대성이 탄환을 뱉어냈다.

양무의는 조금도 당황하지 않았다. 상상 초월이란 본래부터 제천대성의 정체성과 같았다. 가면을 손상시킨 것으로 충분했다.

"장난치나."

제천대성이 광포한 기운을 뿜어내며 살기 어린 목소리로 말했다.

원숭이의 목소리가 아니었다.

눈에서는 금빛이 폭출했고, 전신의 기는 어지럽게 출렁이고 있었다. 금정이탈의 조짐이었다.

"지금."

양무의가 짧은 한마디와 함께, 다시금 철총포를 겨누었다.

제천대성이 격하게 달려들었다.

빈틈투성이다. 파황권이 공간을 뚫었다.

쩌정!

제천대성이 역정을 내듯 거칠게 여의봉을 휘둘러 막았다. 금색의 파동기와 천룡의 파동기가 충돌했다.

찌이이이잉!

제천대성의 안광이 일순간 흐려졌다.

총포 탄환을 얼굴에 맞는다는 것은, 뇌도 함께 흔들린다는 것을 뜻했다.

반응이 늦어졌다.

강설영은 찰나를 놓치지 않았다.

쫘아아앙!

파황고가 작렬했다. 완전한 정타였다. 제천대성의 몸이 땅을 부수고 깊고 긴 고랑을 만들었다.

"어서 가십시오."

양무의는 즉각 강설영에게 말했다.

강설영도 지체하지 않고, 곧바로 몸을 날렸다.

염라가 있는 유선묘 안쪽에서는 벌써 아련하게 폭음이 들려오고 있었다. 그녀가 단숨에 적진을 돌파했다.

'늦지 않아야 할 텐데.'

그녀만이 아니다.

결국 모든 것이 시간 싸움이었다.

대화로 도발한 것 또한 결국 싸움을 단축하기 위해서였다.

강설영은 충분히 강했지만, 상대도 만만치 않았다. 제천대성의 무공은 진과 가를 불문하고 발군의 견고함을 자랑했다. 무공과 무공의 정상적인 겨룸이었다면, 수십, 아니, 수백 합의 초식 교환이 필요했을 터였다.

제천대성과의 싸움으로 비롯된 지체가 어떤 결과로 나타날지는 신산으로도 알 수 없었다.

그저 모두가 제시간에 당도하기만을 바란다.

그래야만 승산이 있었다.

"크…… 어……"

상념에서 벗어나, 고통스런 신음성을 들었다.

제천대성은 번쩍이는 금색이 아니라 진득한 붉은색의 피를 흘리고 있었다. 파황고 파동력장에 전신이 피투성이였다.

양무의는 방심하지 않았다.

빠르게 발을 옮겨 제천대성의 머리맡에 섰다.

"주, 죽일, 죽일 것이다……."

가면이 더 깨져 윤곽 절반이 드러났다. 처음 보는 얼굴이었다. 원숭이가 아닌 본 목소리엔 혼탁한 살기가 실려 있었다. 선인(善人)으로 여겨지지 않았다. 제천대성이 어떤 조건으로 어떤 자에게 금정을 심는지는 아직 드러난 바가 없었다.

타아앙! 타아앙!

양무의가 가면에 총포를 겨누고, 방아쇠를 당겼다.

두 번. 그리고 한 번 더.

타앙! 퍼어어억!

제천대성 가면이 산산조각으로 부서지고, 피와 뼈가 튀었다.

자비는 없다. 후일을 위한 정보수집도 지금은 아니다.

확실하게 죽였다.

머리 대부분이 날아갔으면, 본체 금정을 다 쏟아부어도 되살리지 못한다.

"가화! 중앙으로 이동해! 비룡각 그대로 위치 굳혀!"

양무의는 곧바로 다음 할 일을 했다.

걸음을 옮기며 손들어 지휘했다.

"발도각! 더 들어가지 마!"

조금 밀린다 싶었던 전세가 금방 안정화되었다. 전투는 난전으로 격렬하여, 그 짧은 시간 수십의 사상자가 났다. 양측 모두 죽은 자가 많았다.

"청천각, 전면을 분쇄한다. 여의각 양측에 깃발 꽂아!"

차곡차곡 정리한다.

타앙! 탕!

양무의는 아예 전장으로 들어가 적을 향해 총포를 쏘았다.

"이제 됐어! 진입로 구축한다!"

낭랑한 목소리로 최종 명령을 내렸다.

몸을 날렸다.

지략이 아니라 무공으로 싸웠다. 지금의 양무의는 장익처럼 최고조다. 그는 더 이상, 내일을 생각하지 않았다.

*   *   *

광극이란 무엇인가.

그것은 아주 오래된 질문이었다.

사부에 대해 아는 자들은 다들 같은 의문을 품었다.

왜 협제신기를 배우지 않았는가.

어찌하여 단운룡은 서패왕 협제의 진신절기를 고스란히 전수받지 못하였는가.

처음엔 오기륭이 분개했다.

다음엔 강설영이 오해했다.

공야천성은 그를 보고 협제의 제자가 아니라 단정 지었다.

규산에서 뇌진자가 물었다.

광극의 의미를 알고 있느냐고.

사실 더 중요한 것은 광극이 무엇인지가 아니었다.

광극진기는 무공이었다. 무공은 무도(武道)로 자아(自我)를 완성하는 하나의 길이다. 천하에 존재하는 수많은 무공이 그러하듯, 광극진기 또한 본 목적은 그러했다.

왜 광극인가.

그것이 더 중요한 질문이었다.

왜 협제의 진신무공을 배우지 않았는가. 모두들 단운룡에게 의문을 품었다.

대상이 틀렸다.

오직 오기륭만 제대로 물었다.

오기륭은 사부에게 직접 찾아갔다. 태어난 자식이 낳아준 부모를 선택할 수 없듯, 무공의 전수는 배우는 자가 아니라 가르친 자의 의지에 의하는 법이었다.

사부의 뜻이었다.

사부가 광극을 가르쳤다.

그러니 왜 광극진기였냐 묻는다면, 그것은 그가 아니라 사부에게 묻는 것이 옳았다.

물론, 그에게 질문을 던지는 것도 이해는 할 수 있었다.

사부를 아는 자들은 사부를 아주 멀리 느꼈다.

그들에게 사부는 다른 세계의 사람이었다.

그들은 단운룡 또한 그래야 한다고 믿는 것 같았다. 모든 것을 이룬 자와 이제 하나씩 이루어가려는 자의 괴리를 좀처럼 받아들이지 못했다. 의문이 생긴 것은 그래서였을 것이다.

그렇다면, 협제는 왜 협제가 아니라 광극을 가르쳤을까.

단운룡도 의문을 품은 적이 없지 않았다. 때때로 나름의 이유를 찾은 적도 있었다.

이목을 끌지 않으려고.

은원을 물려주지 않으려고.

아직 때가 되지 않았기 때문에.

모두 틀렸고, 또 모두 옳았다.

사람은 변하고, 상황도 변한다. 모든 시기의 모든 것을 명쾌하게 설명하는 한 가지 이유라는 것은 이 세계에 존재하지 않았다.

다만, 확실한 것 하나가 있다.

사부는 제자에게 전심전력으로 가르쳤다.

협제신기가 아닌 광극진기를.

그것이 해답이다.

제자가 험난한 강호를 헤쳐가기에 가장 올바른 길을 알려 주었다.

　사부는 제자를 잘 알았다.

　제자는 가벼이 무공을 익히고 유유자적 편안하게 살아가려는 한량이 아니었다.

　세계에 재능을 보여주고 존재를 뚜렷이 드러낼 기질이 다분했다.

　구원(舊怨)과의 부딪침은 필연이었다. 살문의 유업은 언제고 그의 앞길을 막을 것이 자명했다. 강호에서 협제와 신마맹의 존재는 불가분의 관계처럼 얽혀 있었다.

　사부가 내린 답이었다.

　협제신기는 파격적인 무공이었다.

　이기어(以氣御)의 정점으로 천하를 넘볼 수 있는 공부라 하였다.

　하지만 사부는 천하제패를 이루지 못했다. 사부의 위에는 철위강이 있었고, 진무혼이 있었다. 협제신기는 최강의 무공이 아니었다.

　비교를 하자면 그러했다.

　겨룸이라는 개념이 있는 이상, 최강의 무공이라는 것은 성립되기가 힘든 전제였다.

　천하제일은 무공이 아니라 사람이었다.

　절대강자가 펼치는 무공은 잡스런 공부라도 무적의 신공이 된다. 철위강은 그것을 누구보다 제대로 보여준 이였다.

사부는 최고를 만들었다.

이 시대의 가장 강력한 형(形)을 가져와 근골을 붙였다. 그 안에는 광극진기라는 공력이 흐르도록 하였다.

제대로만 익히면 누구에게도 지지 않을 공부였다. 협제를 죽이기 위해 죽음까지 거부한 망령에게서도 제자를 보호할 수 있는 무공을 가르쳤다.

겉으로 보이는 것은 그러했다.

광극은 그것에 그치지 않았다.

사부는 천하제일인이 되고 싶어 했다.

무공으로만이 아니었다. 무공으로도였다.

사부는 모든 것에 능한 만능자(萬能者)였다. 그가 이루려는 만능은 차곡차곡 쌓아서 만들어낸 탑이라기보다는, 훌륭한 탑이 만들어지는 방법을 근본적으로 이해하여 쉽게 완성에 다다르게 만드는 방식에 가까웠다.

사부는 치열한 탐구자로 시작했지만, 결국 이치(理致)의 판독자가 되려 했다.

세계를 이루는 섭리에 통달하면 모든 것이 간단해진다는 의미였고, 이는 결국 신선(神仙), 불타(佛陀), 천인(天人)의 경지와 흡사했다.

다만, 사부는 궁극을 향해 나아가는 길 위에서, 섭리의 가장 중요한 단면을 깨닫게 되었다.

광력(光力)으로 일컬어지는 세계의 법칙을 말함이었다.

빛이란, 이 세계를 이루는 가장 중요한 원천이며, 궁극이고, 한계였다.

태극의 양(陽), 명암의 명(明)만을 말하는 것이 아니었다. 사부는 빛 그 자체에 집중했다.

빛은 시간의 흐름이고, 만상의 현현이다.

세계를 이루는 가장 중요한 기본요소였다.

빛은 절대(絶大)였다.

또한 이 세계의 한계이기도 했다.

외도(外道)의 학자들은 입자와 파장을 말했다. 빛의 무게나 종류에 대한 궤변적인 이론들도 많았다. 대체로 입증할 수 없고, 입증한다 해도 쓸모없는 지식들이었다. 아직은 분명 그랬다.

하지만 사부는 지금 당장 의미 없어 보이는 일이라도 영원히 고정불변이 아니라는 사실을 잊지 않았다.

사부는 빛이 존재해야 하는 이유를 알고자 했다.

즉, 사부는 무공에 앞서, 사람에 앞서, 이 세계의 근원에 닿으려 했다.

현인(賢人)들은 말했다.

우주(宇宙)는 광대하여 무한하다고.

사부는 질문했다.

이 세계는 과연 무한한가.

사부는 가능성으로 가득 차 있어야 할 이 세계에, 섭리가 부여한 한계들이 명백하게 존재한다는 사실들을 깨달았다.

세계는 유한했다.

특히 광력(光力)이 그러했다.

여기까지다. 넘어서려 하지 마라.

사부는 광력으로부터 섭리의 의지를 엿보았다.

저 천축 만신(萬神)들의 신화(神話)는 수많은 우주(宇宙)들의 존재를 말해 왔다. 세계는 하나가 아니며, 각각의 우주는 서로 같거나 다른 모습으로 무수히 실재(實在)한다는 이야기였다.

세계가 성립될 가능성은 무한하나, 독립되어 닫힌 세계는 그 세계만의 법칙에 제한된다.

사부는 우주(宇宙)를 그렇게 인식했다.

인간의 힘이 정점에 올라, 많은 제약이 사라지고 가능성이 열렸다. 그리고 그 가능성이 자연(自然)과 신화(神話)의 영역까지 확장되어 상상으로만 있을 수 있었던 많은 것들을 현실로 불러내기에 이르렀다.

이 세계는 이러한 세계다.

다른 세계는 다른 모습일지 모른다.

사부는 세계의 끝에 다다르고자 했다.

다른 세계로의 이동을 말하는 것이 아니다. 세계의 끝에서, 세계의 정체를 알고 싶어 했다.

결국은 흔한 이야기였다.

나는 누구인가.

이 세계는 어떻게 이루어졌는가.

수없이 많은 천재들이 빠져들었던 사상의 늪은 사부조차도 피해 가지 못했다.

그것은 다른 모두가 그러했듯, 쉽사리 답을 찾을 수 없는 여정이었을 것이다.

하지만 사부는 언제나 결과만큼 과정 또한 즐거워하는 이였다. 사부는 무인(武人)이었고 그 안에서 길을 찾아보려 하였다. 광력의 이해를 추구하며 자연스럽게 두뇌 탐구에 몰두하였다.

두뇌는 신비로 가득 차 있었다.

눈앞을 인식하게 하고, 보이는 것을 해석했다. 이미 지나가 사라져 버린 과거조차 다시 그려낼 수 있으며, 아직 생기지 않은 미래까지도 상상할 수 있게 했다.

두뇌 안에서는 모든 한계가 없어졌다.

경지에 이른 수많은 수도자(修道者)가 같은 증언을 공유했다. 자아(自我)와 세계(世界)의 일치화가 그것이다. 물리적인 인식 한계를 넘어서는 순간은, 초인(超人)에 이르는 자들이 공통적으로 말하는 경험이라 할 수 있었다.

정신이 거기까지 이르면 독자적인 우주의 구축이란 어려운 일이 아니었다.

이곳에 있으면서 동시에 저곳에 있을 수 있고, 미래를 말하며 과거에 있을 수도 있다.

뇌력(腦力)은 시공간의 의미가 사라진 세계를 창조했다.

그리고 창조된 모든 세계의 인식은 빛에 의했다.

광력(光力)은 한계가 사라진 세계에서도 절대적인 구성 요소였다.

사부는 극한까지 파고들었다.

뇌력(雷力)은 광력(光力)과 본질적으로 유사했고, 사부의 뇌력(腦力)은 진즉에 인간을 초월해 있었다.

두 가지가 다 중요했다.

뇌기(雷氣)는 유형화된 광력(光力)을 이해할 수 있는 가장 강력한 수단이었고, 그 힘을 구상화하여 조절하기 위해서는 뇌기(雷氣)로 단련된 두뇌가 필수적이었다.

광력운용의 비기를 깨달아 우주(宇宙)를 열게 된 것은 사부에게 순리와도 같은 일이었다.

관조하여, 세계를 깨달아 나갔다.

극(極)이란 극복하기 위한 시도였다.

시도는 그 자체로 의미가 있기에, 다다르려는 것으로도 충분했다.

넘어서는 것은 불가능한 일이었다. 그래도 괜찮았다. 섭리가 정한 바가 그랬다.

광극(光極)이란 두 글자는 그렇게 탄생했다.

뇌진자는 틀렸다.

그는 광극진기를 일컬어, 섭리를 거스르는 절대무공이라고 하였다.

그게 다가 아니다.

광극은 세계를 이해하려는 위대한 도전이었다.

극(極)은 스스로 다함이며, 이겨서 꺾음을 말하는 것이 아니다.

그저 가까이 다가감이었다.

누구도 그만큼 세계의 근원에 가까이 간 자가 없다.

사부는 그걸 원했다.

그리고, 사부는 광극진기로 제자에게 모든 것을 주었다.

그 안에, 작은 부분에, 살아남는 방법이, 이기는 방법이 있을 뿐이다. 불가능을 가능케 하는 능력이 담겨 있을 따름이었다.

'광극.'

광신마체, 광극에 도달했다.

세계가 눈앞에 열렸다.

염라마신은 강한 인간이었다. 재능이 하늘에 닿아 무공과 술법 모두를 한계점의 힘으로 구사할 수 있는 자였다.

육체 나이는 같았다. 수개월 정도, 단운룡이 늦게 태어났다. 의미는 없었다.

염라마신의 육신은 여러 곳이 손상되어 있었다. 그것이 힘의 원천이기도 했다. 단운룡이 한계 이상의 힘을 쓰듯, 염라마신 또한 힘의 대가를 치렀다. 육신의 삼분지 일 정도는 이미 사람이 아니었다. 망령, 신(神), 요괴(妖怪), 무엇이든, 인간 아닌 것이 그를 대체하고 있었다.

까만 하늘이 열렸다.

하늘 위의 땅에서는 수천의 망령들이 살문의 고수들과 싸우는 중이었다.

우열을 말할 수 없었다. 살문의 고수들은 살아 있는 표적이 되어, 수천의 망량대군이 산 자들의 도시로 진격하는 것을 막고 있을 뿐이었다.

광극은 근원을 이해하는 힘이었다.

육체의 한계는 마신(魔神)으로 족했다.

마신을 발동하면 술법의 허용 최대치인 지옥술도 돌파할 수 있었다.

얼마나 더 강해야 하는가.

광극은 최강을 논하는 경지가 아니었다.

세계에 존재하는 대다수의 힘을 제압할 수 있겠지만, 법칙을 넘어서는 힘은 어디에서나 새롭게 나타날 수 있었다.

그러한 이변까지도 어떻게든 대응이 가능하다.

그게 광극이었다.

단운룡이 빛을 입고, 염라마신의 바로 앞에 이르렀다.

염왕곤선승이 하나의 흑선(黑線)으로 화했다. 포승(捕繩)이란 결국 죄인을 결박하는 밧줄이었다. 그것이 하나의 봉(棒)처럼, 하나의 흑검(黑劍)처럼 변했다.

콰아아아아아아아!

내려치는 일격에 세상이 갈라졌다.

한 발 몸을 틀어 피했다.

보이지 않던 것이 보였다.

염라마신의 흑검(黑劍)은 그 자체로 무공의 궁극이었다.

구결 하나하나가, 협제검에 맞춰져 있었다.

협제신기에 능히 맞설 수 있는 공부임을 알았다. 저 일격이면 천라를 깰 수 있다. 충심도 튕겨낼 수 있을 것이었다.

협제검이 아니라, 어떤 무공도 부술 수 있다.

현존하는 최강의 무공 형태라 해도 과언이 아니었다.

투웅.

가볍게 땅을 박찼다.

단운룡은 화려한 절기를 펼치지 않았다. 그저 마광각을 내질렀을 뿐이었다. 단운룡의 발끝이 빛의 반원을 그렸다. 완벽하여 아름다웠다.

염라마신의 눈빛이 찰나에 변했다.

염라인이 극강의 공력을 품고 뛰쳐나왔다. 휩쓸리면 죽는다. 단운룡이 공중에서 몸을 틀었다. 단운룡의 움직임은 협제같으며 협제 같지 않았다. 마광각을 끝까지 뻗지 않고, 부드럽게 틀어 염라마신의 후방을 점했다.

염라마신이 깨달았다.

미묘하게 달라졌음을 알았다.

염라마신이 손을 뻗어 백골염왕두를 공중에 띄웠다.

고속진언이 더해졌다.

땅이 꿈틀거렸다. 수백 수천 가닥의 흑기(黑氣)가 솟아올랐다. 변성왕의 독사지옥 지옥술이었다.

단운룡이 광검을 뽑을 때처럼, 손바닥을 아래로 했다.

광극이다.

유지시간이 길지는 않겠지만, 지금이라면 할 수 있다.

'들어가라.'

단운룡이 세계의 근원에 말했다.

빛이 답했다.

콰직.

백골염왕두에 금이 갔다.

퍼버버버버벅! 꽈광!

꿈틀거리던 땅이 들썩이더니 그대로 내려앉았다.

지옥술이 지워졌다.

술가(術家)의 어떤 누구라도 보았으면 경악을 했을 순간이다.

염라마신도 예외가 아니었다. 그도 놀랐다.

경이가 이어졌다.

"잔재주는 그만두고, 무공으로 승부 보자."

단운룡이 말했다.

*   *   *

앞으로 나아갔다.

염라마신의 무(武)가 답했다.

지옥술 삭제는 하나의 수단이 사라진 것 그 이상도 이하도 아니었다. 염라마신은 약해지지 않았다. 오히려 무공의 집중도가 올라갔다.

지옥무(地獄武)가 오롯이 펼쳐졌다.

극한에 이른 공력이 땅에 흐르는 사기(死氣)와 무한한 공명을 일으켰다. 염왕(閻王)의 적색기(赤色氣)는 진득한 핏빛 같았다. 흑기(黑氣)가 혈기(血氣)를 감싸고 돌았다.

상대하는 단운룡의 전신에서 광력이 일어났다.

극광, 광검, 광의 연환기(連環技)가 빛살처럼 펼쳐져 나갔다. 간극이 전혀 없어 하나의 무공 같았다.

염라마신의 대응 또한 찰나였다. 염라, 염왕, 염제의 인(印), 권(拳), 벽(壁)의 절기가 풀려 나왔다.

염라인 반수반장의 일격이 극광추를 튕겨내고, 염왕권 막강한 일격이 광검결을 해제했다.

마지막은 활짝 편 한 손이었다.

손에서 흑색의 방패 같은 기운이 일어났다. 길쭉한 원반 같은 흑기(黑氣)가 광뢰포에 닿았다. 폭음과 섬광이 일어났다.

꽈과과과과광! 버엉쩍!

빛이 사방으로 찢어졌다.

염제벽(閻帝壁)는 마벽(魔壁)처럼 단단했다. 광뢰포로도 부술 수 없었다.

터엉!

단운룡이 진각을 밟았다. 땅에 빛이 박혔다.

광파가 일어났다.

빛의 소용돌이가 단운룡의 몸을 타고 전사력을 더했다.

광극의 광혼고였다.

단운룡의 몸이 그대로 흑색 방패에 충돌했다.

꽈아아아아아아앙! 쩌적!

염제벽이 깨져 나갔다.

염라마저도 휘청 자세가 무너졌다.

"철위강?"

처음 있는 일이었다. 염제벽은 협제신검(俠帝神劍)도 막을 수 있는 방어무공이었다. 깨질 수 없는 무공이 깨진 것이다.

단운룡은 말없이 전진했다.

투로 하나를 부쉈을 뿐이다. 우위를 잡은 것이 아니었다.

염라마신의 흑혈기(黑血氣)는 강성하기 그지없었다.

놀라움은 순간일 뿐이다.

염라마신이 가면처럼 표정 변화 없이 무공을 전개했다.

암기(暗氣)가 호시탐탐 광력(光力)을 노렸다.

저 심연(深淵)에 머물던 거대한 암룡의 눈이 떠올랐다. 자칫하면 죽는다. 언제든 집어삼켜질 수 있다. 단운룡은 상대의 절기를 부숴 내고도, 죽음의 위기를 느꼈다.

꽈아아앙!

후욱!

단운룡은 본능적으로 공간 안에 몸을 던졌다.

전혀 못 보았다.

광극이라면 보이지 않는 것도 읽을 수 있을 줄 알았다.

아니다. 광극이라서 이것까지도 피할 수 있었다. 광극이 아니었으면 이 일격에 죽었을 것이다.

퍼서서석!

땅바닥에 다섯 개의 구덩이가 생겨났다. 염왕곤선승 오왕섬(五王閃)이었다.

염라마신이 다가왔다.

압박감이 엄청났다.

근접전이다. 염라인과 염왕권이 무섭게 쏟아져 왔다. 타격의 궁극이다. 이토록 강했구나. 감탄이 나올 지경이었다.

꽈앙! 꽈광!

철위강의 무(武)를 일컬어 현존하는 최강의 형(形)이라 하였다.

옳다.

단운룡은 광검(光劍)의 협제신검으로는 염라의 무공에 맞설 수 없었을 것임을 실감했다.

꽈아아앙! 콰아아아아아아! 꽈아아아앙!

광혼고, 광뢰포, 다시 광혼고의 작열기가 이어졌다.

빛이 터졌다. 어둠이 그것을 덮었다.

역전이다.

땅을 밟을 때마다 흑혈기(黑血氣)가 뭉클뭉클 솟아올랐다. 지옥신 본연의 모습이다. 염라마신이 진각을 터뜨렸다. 이번 염라인은 강하다. 마왕익 각법에 더해 극광추를 삼연발로 때려 박았다.

꽈과과과광!

밀린다.

너무 강했다.

흑혈기(黑血氣)가 광극의 천잠보의마저 꿰뚫고, 내부를 진탕시켰다.

핏물이 울컥 목을 타고 올라왔다.

이런 괴물을 상대로, 무공만으로 승부보자 호언했다. 역시나 뜻대로 다 될 리 만무했다.

상대는 염라마신이었다.

광극으로 염라를 읽지 못했다.

마신이 오히려 업경(業鏡)으로 그를 읽는 것 같다.

'아니지.'

그때였다.

자각과 함께, 머릿속에서 한 줄기 목소리가 울려 퍼졌다.

'광극은 그렇게 쓰는 것이 아니야.'

그것은 기억이면서 기억이 아니었다.

사부의 목소리는 아니다.

그러면서도 익숙했다.

당연했다.

그것은 단운룡, 그 자신의 목소리였기 때문이었다.

'대(對) 협제 전술이 있다면, 대(對) 천룡 전술이라고 없을까?'

그 음성은 과거로부터 남겨진 것 같기도, 미래에서부터 거슬러 온 것 같기도 했다.

올바른 질문이자, 상황의 해답이었다.

팔황에 있어, 사패란 예외 없이 견제 대상이었다.

천룡의 형(形)이 기반이라면, 변용(變容)과 개화(開化)가 전제되더라도 대 천룡 상정의 무공이라면 대응이 불가하지 않을 것이다.

그러니, 광신마체는 결국, 염라마신에게 잠시의 의외일 수는 있어도, 완전한 예측불허는 아니다. 염라마신은 희대의 천재였고 대 소연신과 대 철위강 전술의 전환조차 그에겐 순간일 뿐이었다.

'허를 찌른다고 생각하지 마라. 무공으로 승부 보겠다면 무공으로 족한 것을.'

단운룡은 선전했다.

염라마신이라는 희대의 괴물을 상대로 지옥술을 봉인했으며 무공으로 일대일로 합을 나누고 있었다.

가능한 이는 천하에 몇 없다.

이 정도면 충분했다. 이만큼 끌어낸 것만으로도 그는 같은 세대의 정점에 가까웠다.

'그러려고 싸우는 게 아니잖아.'

그는 여기에 선전하러 오지 않았다.

그때 그렇게 했었더라면.

훗날 이렇게 할 수 있다면.

시공이 이어졌다.

그는 사부의 하나 된 제자였으되, 그에게는 사부가 소연신 하나만이 아니었다.

가장 큰 사부는 자기 자신이다.

과거의 그가 그를 가르쳤다.

미래의 그가 그에게 알려주었다.

현재의 그가 그로 하여금 확신을 갖게 했다.

'나로 싸워라.'

염라가 대비했을 무공.

염라가 놀라워할 무공.

좋다.

그 전술이 지금까지는 성공했다.

거기서 한 발 더 나간다.

상대에게 맞출 것이 아니다. 그 자신에 몰입했다.

보고, 수련하며, 싸워라. 그렇게 말했다.

이미 그렇게 했다.

지금은 누구처럼을 이야기할 때가 아니었다.

원래부터 갖고 있었던 것. 미래에 갖게 될 것.

그리고 지금 이 순간 할 수 있는 것.

단운룡은 비로소 광극과 하나가 되었다.

콰아아아아!

염라인이 다가왔다.

인간이 아닌 신체로부터 막대한 암력(暗力)을 얻는다. 마정화(魔精化)와 인신화(人身化)가 순간적으로 이루어져, 일반 무공의 공력과 같은 진신 진기가 만들어졌다.

그뿐이 아니다.

염라의 발밑에는 심연(深淵)이 있다. 진각은 발경의 근원일 뿐 아니라, 지옥문을 두드려 불러내는 문소리와 같았다. 명부에서 끌어올려진 사기(死氣)가 염라마신의 진기와 동조했다.

염라의 무(武)는 광극처럼 세계에 닿아 있었다.

'왼쪽. 안으로.'

쓸 수 있는 힘이 아무리 커도.

무공은 무공이다.

염라인은 완벽한 무(武)였다. 그만한 무(武)를 이루는 데에는 한계에 달한 기(技)와 기(氣)가 동시에 있어야 했다.

협제신기와 광신마체는 기(技)의 영역이다.

지금처럼 안으로 파고드는 것도 기(技)였다. 그 일보(一步)에, 위타천과 신법과 크리슈나의 무무(武舞)가 담겼다.

맞닿을 듯 가깝다.

흑혈기(黑血氣)의 역장이 광력을 잠식해 들어왔다. 천잠보의가 요동쳤다. 광력(光力)이 들끓었다.

죽음이 온다.

염왕권이다.

단운룡이 진각을 밟았다.

텅.

'닫혀라.'

단운룡의 발밑에서 빛이 일어났다.

광극(光極)은 기(氣)다.

만물의 근원에 말한다.

광력이 시공(時空)을 관통하여, 지옥문(地獄門)에 이르렀다.

쿵!

소리가 난 것 같았다.

심연(深淵)에서 암제(暗帝)가 이변에 눈을 떴다. 섭리의 편린이 오류의 영역을 침범하여 누출의 문을 닫았다.

지옥기(地獄氣)의 공명이 일순간에 사라졌다.

기(技) 대신 기(氣)를 흔들었다.

막대한 힘의 단락적 부재(不在)가 투로 구현의 균일성을 상실시켰다.

콰아아아! 촤아아아악!

염왕권이 머리를 스쳐 지나갔다.

기(氣)를 흔들어, 기(技)를 망가뜨렸다.

관자놀이가 찢겨 피가 솟았다. 이 거리에서, 기어코 피해냈다.

역공이다.

꽈앙! 우지끈!

염라마신의 몸통에서 폭음이 터졌다.

상성 우위도, 무공 흉내도 아니다.

순간 찾아낸 해법에 목숨을 걸었다.

이것이 진정 단운룡의 싸움이다. 광극 극광추가 염라마신의 늑골을 부쉈다.

정타였다.

*   *   *

막야흔은 생각했다.

저런 괴물에게 참 잘도 덤볐구나.

지옥의 신(神)은, 그때 보았을 때와 달랐다.

체구가 호리호리하여 장대해 보이지 않았다.

무언가가 변해 있었다. 그때는 사람 같지 않았지만, 적어도 지금 겉모습은 사람 같았다.

물론, 겉만 그랬다.

유선묘 능 앞의 사지(死地)에 들어선 그들은, 누구 하나 고수 아닌 이 없었다. 그들은 눈으로, 눈이 아닌 기감(氣感)으로, 사람의 몸에 덧씌워진 지옥의 괴력난신을 보았다.

적포염왕, 염라대왕의 모습을 한 신마맹주는 거대한 소처럼 생긴 괴물 위에 앉아 있었다. 괴물이 그들을 보고 포효했다.

쿠오오오오오!

적우(赤牛)의 짐승이, 보통의 소가 아니라 요괴의 일종임은 이제 그들 모두가 알았다. 괴물의 몸에서도 요력(妖力)이 넘쳐 흘렀다. 저 커다란 짐승 하나 상대하는 것도, 일반적인 무인들에겐 역부족일 터였다.

"가. 염우(閻牛)는 내가 맡을 테니."

도요화가 그의 옆에 섰다.

막야혼이 그녀를 한 번 돌아보았다.

그녀는 영수(靈獸) 기(夔)의 뼈와 가죽으로 만든 황제전고를 들고, 만부부당의 장수처럼 당당히 서 있었다.

두고 보면 항상 그랬다.

그녀는 언제나 강했다. 싸우기 위해 태어난 전사(戰士)마냥, 물러남이 없었다.

"그래, 죽어 보자."

막야혼이 앞으로 나섰다.

당연한 것처럼, 엽단평이 그와 함께 나아갔다.

두두두, 둥둥둥둥!

북소리가 그들의 등을 밀었다.

온몸에 힘이 차올랐다.

도요화의 북소리는 사기를 북돋아 올리는 전고음(戰鼓音)을 넘어, 실제로 더 강한 힘을 발휘하게 했다. 음신(音神)의 경지다.

쿠오오오! 쿠어어어!

더불어, 염라마신이 타고 있는 요괴가 앞발로 땅을 찍으며 괴성을 내뱉기 시작했다.

황제전고에는, 요마(妖魔)를 제압하는 항마(降魔)의 힘이 있었다.

염라마신이 요동치는 괴물 위에서 몸을 일으켰다.

그저 그뿐이었다.

크지도 않은 몸을 세웠는데, 망산(邙山) 전체가 일어나는 것 같았다.

텅.

염라마신이 염우(閻牛) 대요괴의 신체에서 내려섰다.

무시무시했다.

입증된 대재앙이었다.

존재로 모두를 압도했다.

"저걸······."

오기룡은 말도 다 잇지 못했다.

헛웃음이 나올 지경이었다.

다짜고짜 앞으로 나가는 막야흔과 엽단평이 미친놈들처럼 보였다.

구파며, 세가가 왜 괴멸적인 타격을 입었는지 알겠다.

저런 건, 보는 순간 전의가 상실되는 것이 마땅했다. 투지(鬪

志)부터 무참히 꺾어 버리는데, 이길 도리가 있을 리 만무했다.

"갑시다."

옆에서 관승이 말했다.

대단하다.

존경스러운 사내와 의형제를 맺었다. 한 번 죽었다 살아났으면서 거리낌 없이 전진했다.

불패신룡 오기룡이 불굴이란 두 글자를 새로 배웠다.

여기서는 한 걸음 나아가는 것만으로도 무인 인생의 새 장(章)이 열리는 것과 같다. 오기룡은 죽을 것을 알면서 싸움에 임하는 마음가짐을 생애 처음으로 경험했다.

"누구 하나 죽어도, 멈추지 않는 겁니다."

장익이 당부하듯 말하며, 앞질러 나갔다.

양무의의 말을 다시 한번 전하는 느낌이었다.

계획대로 간다.

상황이 어떻게 치달아 가도, 휘둘리지 말라.

오기룡은 마음을 단단히 먹었다.

저 괴물을 상대로 살아남으면, 진정 누구에게도 지지 않겠구나.

"대형. 원한 갚아야지요."

왕호저가 뒤에서 말했다.

맞다. 그것도 있다. 선찬이 저 놈에게 죽었다.

"그래, 가자."

선찬을 떠올리자, 마음에 이빨이 섰다.

신룡의 이빨이다.

죽음을 각오할 이유는 충분했다. 그는 아직도 부족한 형님이다. 형제의 복수가 목전인데 약한 생각부터 했다. 반성하는 만큼, 혼(魂)을 다할 것이다.

오기륭의 전신에 강자(强者)의 기가 서렸다. 그는 더 이상 염라의 사기(死氣)에 위축되지 않았다.

"멍청한."

오기륭과 왕호저 뒤에서, 효마는 그렇게 말했다. 그러면서도 뒤를 따라 땅을 박찼다. 피를 나누지 않은 동족이었다. 아무리 말도 안 되는 짓을 벌여도, 함께 싸워줘야 했다.

그런 그들 앞에서.

염라마신이 입을 열었다.

"이런 것들로 내게 대항하다니."

그 음성(音聲)은 사람의 성대에서 나오는 소리 같지 않았다.

아주 깊은 동굴 속, 명부(冥府)에서 올라오는 것처럼 들렸다.

"나를 모욕할 생각이라면, 직접 나서거라, 옥황."

전대의 염라마신은 섭리의 꼭두각시가 될 생각이 조금도 없었다.

염라의 망령은 많은 사실을 알았다.

그리고 죽음의 난신(亂神)은 의협비룡회를 전력을 다할 적수로 여기지 않았다.

콰아아아아!

단지, 칼바람 소리가 귀에 거슬릴 뿐이다.

막야혼의 용도(龍刀)은 마천의 용음(龍吟)을 담고 있었다.

염라마신이 막야혼을 바라보았다.

심판의 시선이 막야혼의 두 눈을 파고들었다.

덜컥.

칼이 멎고, 심장이 멎었다.

죽어보자는 한 마디가 현실이 되었다.

막야혼의 몸이 땅을 굴렀다.

대염라마신전이란 그런 싸움이었다. 발도각주는 마천용음도 일격조차 완성하지 못한 채, 죽음을 맞이했다.

첫 사망자였다.

*   *   *

쌍왕이라 했다.

엽단평은 막야혼이 쓰러지는 순간 깨달았다.

'그때 그 자가 아니다!'

그럴 수 있을 거라 하였다.

이 염라마신은 막야혼을 모른다. 기억에 남지 않을 정도로 하찮다 여겼으면 모를까, 아무리 그래도 마천용음도의 전수자다. 싸움이라 표현할 수조차 없었던 일방적인 압도였지만, 그 당시에도 염라는 검도천신마의 무공에 분명한 반응을 보였었다.

마천용음도의 전수자라면 그리 간단히 잊지는 않을 것이다. 또한, 자신이 내린 죽음에서 되살아나 멀쩡하게 칼을 휘두른다면 심상에 아주 작은 변화라도 있었어야 정상이었다.

엽단평 또한 마찬가지다.

염라마신의 곤선승 일격을 기억한다. 순간에 치고 들어와 죽립만을 박살 냈다. 머리가 날아갈 수도 있었던 것을, 살려두고 폐안 수련의 눈가림만 확인했다.

굴욕과 절망의 순간이었다.

염라마신은 실망을 담아 공야천성의 이름을 직접 언급하기까지 했다.

지금은 달랐다.

이 염라마신은 막야흔도, 엽단평도 알지 못한다.

엽단평이 그때와 달라져서가 아니다. 죽립을 써서 얼굴을 가리고 있기 때문도 아니었다. 고수에겐 기질이라는 것이 있다. 그것은 외견 변화나 실력 차이를 뛰어넘는 특징이었다. 하지만 염라마신은 엽단평의 존재에 아무런 감흥이 없었다. 애초에 기억이 없다는 뜻이었다.

"전대(前代)입니다!"

엽단평이 내력을 담아 소리쳤다.

아주 중요한 대목이었다.

전대 염라냐, 현세 염라냐에 따라, 초반과 최후의 전술이 달라질 것이다.

양무의는 돌입에 앞서 말했다. 전대일 가능성이 더 높다. 허나, 실제로 맞닥뜨리지 않고서는 파악이 불가능하다. 반드시 그것부터 확인해야 한다. 당부의 말을 거듭했다.

이 순간이 그러므로, 분기점이 된다.

모두가 전대(前代) 대(對) 염라전술(閻羅戰術)을 뇌리에서 꺼내 들었다.

엽단평이 검자루를 쥐었다.

청천신검 대력횡검으로 잡지 않았다.

사보검으로 사보검을 들었다.

지금 이 순간 그는 공야천성의 전인이 아니었다. 그게 약속이다. 그가 사보검주 엽단평으로 염라마신에게 몸을 던졌다.

'개진.'

사보검 검면에서 전설 속 수미산의 신력(神力)이 모래처럼 쏟아졌다.

전대 염라(閻羅)는 이미 죽은 망령(亡靈)의 현현이라 했다. 육신(肉身)을 새로이 얻었을 가능성이 제기되었고, 실제로도 그래 보였다.

하지만, 양무의는 염라가 인간 육체를 얻었다 하더라도, 주능력은 술력전개(術力全開)에 있을 것이라 예상했다. 염라마신의 무공은 파괴력과 범용성이 완벽한 극한의 기예이므로, 긴 세월로 단련하지 않은 육체로는 완전한 구현이 쉽지 않다 여긴 것이다.

"천신병기(天神兵器)를 이 내게 겨누다니."

입 밖으로 내는 목소리가 아니라, 마음에 울리는 음성 같았다. 검을 치켜 올려 내려치는 이 짧은 순간에도 의미가 전달되는 이유였다.

콰아아아아아아!

염라마신이 백색으로 빛나는 염왕두를 땅에 찍었다.

진언조차 없었다.

지옥술이 펼쳐졌다.

좌좌자자자자자작! 콰과과과과과과!

검(劍)에 검(劍)이다.

일검(一劍)에 만검(萬劍)이 치솟아 올랐다.

오관대왕의 검수지옥이다.

검수(劍樹)라 했다. 가지 하나하나가 검날인 나무들이 자라났다. 땅에 뿌리를 내려 올라오기만 하는 것이 아니었다. 그러기엔 너무 빨랐다. 마치 빈 허공에서 검날들이 생성되는 것 같았다.

쩌저정! 콰아아아아아앙!

수천 개의 검날이 깨져 나갔다. 파편 하나하나가 진짜 검날 같았다. 드넓은 황릉의 대지에 검상(劍傷)들이 난자로 새겨졌다.

사보검 개진(開陣) 일격이 지옥술 하나로 가볍게 소모되었다.

아니다.

사보검은 검수지옥 하나도 지우지 못했다.

엽단평의 발밑에서, 검수지옥 검날들이 마구 솟아올랐다.

채채챙! 쩌저저저저저정!

신장(神將) 두 명이 그 검날을 깨뜨렸다.

관승과 장익이다.

그들에겐 홍룡의 용창(龍槍)들이 있었다. 일반 병기로 대응이 어려운 지옥술 술력검날도 쳐낼 수 있는 신병들이었다.

최강의 술력검인 사보의 신검기(神劍技)에, 두 고수가 더불어 전력을 다했다.

그걸로 겨우 지옥술 하나다.

검수지옥 검날이 그쳤다.

휘류류류류류류!

염라마신이 백골염왕두를 뽑아 올렸다.

하늘이 뭉쳤다.

또 온다.

도시대왕의 풍도지옥이었다.

십전명왕 지옥술을 간격도 없이 난사(亂射)다.

광풍이 일었다. 보도(寶刀)와 같은 칼바람이 몰아쳤다.

"사보검 아껴."

관승이 말했다.

안다.

엽단평은 진기를 모으며, 쓰러진 막야흔의 옆까지 물러났다.

원거리 참격이라면, 어떻게든 대응할 수 있다.

"효마!"

오기륭이 효마를 소리쳐 부르고, 철신갑에 내력을 실으며 앞으로 나섰다.

"잡고 있다!"

효마가 멀리서 대답했다.

각자가 해야 할 일을 한다.

검수지옥을 막는 동안, 효마는 깊이 들어갔다.

도요화가 제어하던 신수(神獸)이자 마수(魔獸)의 앞에 이르러 있었다. 효마는 짐승을 사냥했다.

쿠오오오오!

사납게 짓쳐 드는 창날에 마수가 괴성을 지르며 양발을 치켜 올렸다.

염라마신의 고개가 그쪽으로 돌아갔다.

백골염왕두를 움직이며 처음으로 진언을 읊었다. 웅웅거리며 음절분리가 안 되는 음성이 내려앉았다.

좌악! 쩌엉! 좌좌좌촥!

땅과 하늘에서, 무언가 깨지는 소리가 들렸다.

효마 쪽으로 허연 서리가 생겨났다.

송제대왕의 한빙지옥이다.

지옥술 두 개가 한꺼번에 펼쳐진다. 마수(魔獸)의 붉은 몸에서 신력(神力)의 열기가 솟았다. 땅과 하늘을 얼리는 지옥의 한빙기(寒氷氣)에도, 마수는 타격을 받는 것 같지 않았다. 효마는 빠르게 거리를 두고 물러났다. 그는 생사(生死)의 간극을 잘 알았다. 마수의 발치에 독연을 있는 대로 풀어놓고, 몸을 날렸다.

꽈앙! 꽈르릉! 퍼어어어엉!

그 사이에, 염라마신의 정면에서 굉음이 터졌다.

폭음이 연달아 천지를 뒤흔들었다.

효마가 염우(閻牛)를 맡은 것은 단순히 사냥만을 위해서가 아니었다.

염라마신의 주의를 끌어, 도요화에게 자유를 주기 위함이다.

교란과 전환이다.

도요화가 북채를 굳게 쥐고, 황제전고의 신력을 있는 대로 끌어냈다. 두 눈뿐 아니라, 전신에서 자색(紫色) 기운이 일어나고 있었다.

꽈꽝! 과과과과꽝! 콰과꽝!

폭풍처럼 휘몰아치는 참격의 풍도술이 허공에서 폭발했다. 타고공진파의 연사가, 그녀만의 음률과 박자를 탔다. 바람과 소리는 둘 다 공기를 매개로 했다. 지고(至高)의 풍술에, 음신(音神)의 음공이 맞섰다.

쿠르릉! 꽈르르릉!

벼락 없는 천둥이 쳤다.

경천동지가 따로 없다. 사람의 몸을 가볍게 찢을 수 있었던,

풍삭 참격의 살상력이 급감했다. 그래도 날카롭다. 도요화는
전력을 다하면서도, 지옥술을 제압하지 못했다.

"들어간다!"

그 한가운데로, 오기룡이 몸을 날렸다.

관승과 왕호저가 주저 없이 그 뒤를 따랐다.

쐐액! 쩌정!

도요화가 억누르고 있는데도, 지옥은 지옥이었다. 보도(寶
刀)를 쥔 고수들 수십 명 가운데로 들어온 것 같았다.

오기룡은 철신갑의 방어력을 내세워, 최전방을 뚫었다.

치잉! 쩌저정! 좌악!

약화된 것이 이 정도다.

바람이 빽빽했다.

철신갑을 긁는 풍도술에 몇 번이고 자세까지 무너질 뻔했
다. 그나마도 완전 방어가 불가능했다. 철신각으로 용각(龍脚)
을 펼치며 들어가는데, 손목과 목덜미에서 핏물이 솟았다. 풍
도술 깨부순 바람 파편에 살갗이 베인 것이다.

'온다!'

쐐애애액!

어김이 없다. 여기까지 들어오면 접근 불허의 일격이 전개
될 것이라 하였다. 육신의 다리로 땅을 박차고, 철신각에 모든
내력을 모았다.

좌라라라락! 콰드드득!

빛나는 포승줄이 철신각을 감았다. 조여 오는 힘이 엄청났다. 맨다리였으면 으스러졌을 수도 있겠다. 전신 공력을 다 밀어 넣는 용각 구결로도 살과 뼈를 보호하지 못했을 것이다.

'하지만.'

꽝!

염왕곤선승이 감겨 있는 철신각을 땅에 박았다.

그리고 일보 틀어, 철신이 아닌 발로 곤선승 줄기를 찍어 밟았다.

꽈아앙!

땅을 부수는 소리도 더 컸다.

발과 함께 염왕곤선승이 땅에 박혔다.

꽈르르르릉!

머리 위 하늘에서, 몰아치는 바람이 다시 폭발했다. 도요화의 음공이 아직도 그치지 않은 풍도지옥과 격렬히 부딪치고 있었다.

쩡! 쩌정!

폭발의 여파로 내려오는 지옥의 참격을 왕호저가 옆에 서서 막았다.

지옥술 상쇄와 방어, 염왕곤선승 봉쇄, 두 가지가 되면 근접전 돌입이 가능해진다.

관승이 안으로 치고 들어갔다.

꽈광!

청룡굉화창이 불을 뿜었다.

복수의 일격이었다.

선찬만 잃은 것이 아니라, 자기 자신도 한 번 죽었다.

쩌어어엉!

염라인 한 발에 튕겨 나온다. 당연히 관승 일인으로는 역부
족이다. 오기룡이 소리쳤다.

"끌고 나와!!"

꽝!

관승에게만 맡기지 않는다.

오기룡이 철신각 다리를 잡아당겨 일보 후방에 박았다. 그
일보만큼 염라마신이 끌려왔다. 그 일보에 용각(龍脚) 전개의
모든 비기를 동원해야 했다. 허리와 다리가 끊어질 것 같은
통증이 밀려들었다.

쩡! 쩌정!

관승은 용장(勇將)이었다.

그러나 그는 만용을 부리는 남자가 아니었다.

무리하여 치고 들어가지 않았다.

염라마신은 염왕곤선승에 한 손이 묶인 상태에서, 백골염
왕두를 공중에 띄운 채, 두 개의 지옥술을 유지하고 있었다.

남은 한 손만으로 청룡굉화창을 밀어내는 중이다.

진정한 괴수다.

관승은 눈앞의 현실을 있는 그대로 받아들였다. 전심전력

으로 청룡굉화창을 펼치며 한 발 뒤로 물러났다.

콰드드득!

염왕곤선승이 팽팽하게 당겨졌다.

오기룡이 한 발 더 잡아당기고 있었다. 관승의 청룡굉화창
이 그 맥을 노렸다.

날과 주먹이 정면으로 부딪쳤다.

쩡!

관우의 현신이 염라대왕의 화신에 맞서 붉은 용의 언월도
를 휘둘렀다.

광경 자체는 한 폭 신화도(神話圖)가 따로 없다.

그러나, 염라마신의 일권 앞에서는 화룡의 대도도 무거워
보이지 않았다. 굉화창 화룡언월도가 속절없이 튕겨 나왔다.

꽈광! 꽈르르르릉!

마침내, 풍도지옥 지옥술이 힘을 잃었다.

한빙지옥은 목표 없는 땅만 하얗게 얼렸다.

쩌정!

풍도술을 정면이 아니라, 측면으로 돌아간 장익이 염라마신
의 배후에 붙었다. 오기룡을 지키던 왕호저가 관승에 가세했다.

염라마신은 끄덕도 없었다.

염왕곤선승 잡은 오른손을 놓지도 않았다.

진각마다 지옥의 흑기를 피워 올리며 한 손 염라인(閻羅印)을
자유자재로 전개했다. 통천벽력창, 청룡굉화창, 포효호심창이

염라의 한 손을 감당하지 못했다. 구주신창(九州神槍) 삼대 절기가 일순간에 튕겨 나왔다.

그리고 반격이다.

우우우우우웅!

백골염왕두가 떠올랐다.

"산개(散開)!!"

오기룡이 소리치며, 전신 내력을 집중했다.

관승, 장익, 왕호저가 일시에 힘껏 물러났다.

오기룡은 피하지 않았다. 그는 중심이다. 곤선승을 잡아두는 동시에, 공수 전환의 축이 되어야 했다.

콰콰콰콰콰콰!

환상처럼 땅이 갈라지고, 톱니가 튀어나왔다. 멀리서 개방되었던 지옥의 한빙기(寒氷氣)가 전권까지 잠식해 들어왔다.

"지금!"

그때 엽단평이 나섰다. 막야혼을 지키던 그는 풍도지옥이 그친 직후에 땅을 박찼다. 그는 이미 오기룡과 어깨를 나란히 하고 있었다.

거해지옥에 맞서, 사보검 제이격(二擊)이 개방되었다.

콰아아아아아아아아!

그들은 신마와의 결전 중에 많은 인연들을 얻었고, 큰 불운들을 겪었다.

뜻밖의 행운도 있었으며, 기연(奇緣)이라 표현될 일도 적지 않았다. 개중에서도 천운(天運)이었던 사건을 말하자면, 사보검의 획득을 아니 꼽을 수 없었다.

이 결전(決戰) 전술의 많은 부분이 사보검이란 신병의 존재로 성립될 수 있었다.

사위를 초토화시키는 신력(神力)의 검기(劍技)가 태산대왕의 거해지옥을 짓눌렀다. 지진과도 같은 충격파가 대지를 휩쓸었다.

콰가가각! 콰드드드드득!

사보검이 검수지옥을 완전히 부수지 못했듯, 거해지옥도 여력이 남아 있었다. 도요화가 황제전고를 울리며 전진하고 신창(神槍)의 세 후예가 삐죽삐죽 올라오는 톱니의 현현(顯現)을 막아냈다.

물러나고 맞섬이 그와 같다. 어느 한 명도 염라마신의 몇 합을 못 버틸 그들이지만, 호흡이 완벽하니 이만큼이나 서로를 지켜낼 수 있다.

이 정도면, 염라마신도 안다.

그들은 이 전투를 철저하게 준비했다.

죽지 않고 잘 싸우고 있다. 그것이 그들의 투지(鬪志)를 키웠다.

염라마신의 사기(死氣)가 전에 없이 짙어졌다.

"만족하는가? 교만도 죄악(罪惡)이다. 죽어라, 이만."

쫘좌작!

화르르르륵!

열기(熱氣)가 끓어올랐다. 한빙지옥의 수기(水氣)를 끌고 와, 화탕지옥을 일으켰다.

이 불길은 안 된다.

사보검으로 부술 수도, 음공으로 억제할 수도 없다.

"전원 후퇴! 나에겐 천잠포를!"

오기룡은 단호했다.

그는 아직도 염왕곤선승을 발밑에 찍어 누르고 있었다.

장익이 뒤로 빠지며, 등에 매달린 신갑(神匣)을 열어젖혔다. 그것은 단운룡의 보의신갑과 비슷하게 생겼지만, 그 안의 천잠포는 보의처럼 스스로 움직이지 않았다.

반투명한 백은(白銀)의 포(袍)는 옷이라기보다 하나의 큰 천처럼 보였다. 실제로도 그랬다. 백마잠신의 누에들은 세대를 거듭할수록 천잠의 신력(神力)을 잃어갔다. 그처럼 천잠사(天蠶絲)는 무한양산이 불가능한 물건이었다. 말하자면 이 천잠포가 보의로 성장 가능한 마지막 진품이었다. 잠요(蠶妖)가 남지 않아 이식도 하지 못했다. 이후 세대의 천잠사는 흡정잠요의 생착조차 불가능했다.

파라라라락!

오기룡이 천잠포를 몸에 둘러썼다.

후끈, 공기가 달아올랐다. 고열(高熱)의 지옥이 순식간에 그의 몸과 세상을 달궜다.

덜컥.

몸이 끌려가려는 것을 힘을 다해 눌렀다.

천잠포를 뚫고, 철신갑마저 뚫는다.

예상을 뛰어넘는 열기(熱氣)였다. 이글거리는 고통 속에서, 오기룡은 염왕곤선승으로 전해지는 괴력과도 싸워야 했다.

터어엉! 파라락! 쐐애애액!

그래.

이만큼도 힘들었다.

화탕지옥을 거슬러 들어오는 빛 무리가 있었다.

천잠보의만이 그걸 가능케 한다.

강설영이었다.

그녀가 협제신기(俠帝神氣)를 두른 채, 전속력으로 지옥을 돌파했다.

사기(死氣)의 흐름이 격해졌다.

염왕곤선승에 담긴 공력에 뚜렷한 살의(殺意)가 생겨났다.

쿠구구구구!

염라마신의 반응은 즉각적이었다.

염왕곤선승의 힘이 감당 못 할 정도로 거세졌다. 단단히 내딛은 오기룡의 두 발 밑에서 땅이 산산조각으로 부서졌다. 염라마신이 땅을 찍고 진각을 밟으며 염라인(閻羅印)을 쳐냈다. 죽음이 강설영의 앞을 휩쓸었다.

번쩍!

그러나, 강설영의 목표는 염라마신이 아니었다.

그녀는 정면으로 염라와 싸울 생각이 전혀 없었다. 싸워 이길 능력도 가능성도 전무했다.

콰아아아!

하지만, 공중에 떠 있는 병장기라면 다르다.

그녀는 오직 한순간, 일점만을 노렸다.

협제신기를 담은 천룡파황권이 백골염왕두에 박혀 들었다.

콰아아아아아앙! 쩌억!

염왕두, 하얀 백골면에 균열이 생겼다.

콰광!

강설영은 지체하지 않고, 다급하게 다시 땅을 박찼다. 다시 화탕지옥의 열기 한가운데를 향해서다.

기습과 도주다.

염라마신의 지옥기(地獄氣)가 끔찍한 기세로 끓어올랐다. 흑기(黑氣)과 혈기(血氣)가 선명하게 보이도록 피어올랐다. 화탕지옥의 열기보다 더 거셌다.

염라마신이 그녀를 따라 지옥으로 날아들었다. 염왕권 권력이 그녀의 등 뒤로 짓쳐 들었다.

콰아아앙!

그녀가 죽는다.

오기룡이 자세를 틀고, 용각(龍脚)을 땅에 박았다.

덜컥! 콰드드드드드득!

오기룡의 몸이 땅을 부수며 그대로 끌려갔다.

생사는 항상 순간에 갈린다.

염왕의 권격이 강설영의 등 뒤를 아슬아슬하게 스쳤다. 용각의 저항이 염왕의 권격을 비틀어 그녀의 목숨을 구한 것이다.

꽝!

염라마신이 그 자리에 멈춰 섰다.

사망(死亡)을 뿜어내며, 오기룡을 보았다.

오기룡은 염라마신의 시선을 정면으로 받아내지 않았다.

그럴 생각 없다. 그런 것쯤은 굴욕조차 아니다.

지금은 살아남는 것만 생각한다.

천잠포 일부가 까맣게 죽어 있었다. 철신각도 한계에 달한 듯, 안쪽에서 티틱거리는 기성(奇聲)이 불안하게 새어 나왔다.

유일하게 다행인 것은, 백골염왕두가 파손되며 화탕지옥의 열기상승이 멈췄다는 사실이었다.

대신, 그들은.

염라마신의 분노를 얻었다.

"진짜 지옥을 보여주마."

그의 선언은 무서웠다.

다른 누구도 아닌 염왕(閻王)이기에 그 말의 무게가 다르다.

전율 같은 두려움이 그들의 투지를 휩쓸었다.

아주 오래전, 누군가는 염라마신을 일컬어 공포마황(恐怖魔皇)이라 불렀다. 마황(魔皇)의 발밑에서 지옥의 흑혈기가 줄기줄기 뻗어 나왔다.

죽음이 그들을 향해 흘렀다.

시작은 염왕곤선승부터였다.

오기룡의 철신각에 감겨 있던 곤선승이 살아 있는 것처럼 풀려 나왔다. 철신각은 그동안 신병(神兵)이라 함에 부족함이 없는 강도를 보여줘 왔다. 곤선승 앞에서는 아니었다. 밧줄 자국이 선명하게 남아 있었다. 가장 강하게 조여졌던 부분은 손가락 굵기만큼이 움푹 파여 있는 상태였다.

좌라라라락!

쇠사슬 소리 같은 기음(奇音)과 함께, 발밑에서 곤선승이 빠져나갔다.

땅을 부수고서 박아 넣었을 정도로 강하게 밟고 있었지만, 더 붙들고 있지 못함을 알았다. 오기룡은 억지로 버티지 않았다. 땅에서 발을 뽑아 올리고, 자세를 편히 했다. 염왕곤선승이 염라마신의 손으로 돌아갔다. 빛이 났다.

위험천만이다.

오기룡은 생각했다.

아직도 살에 닿는 공기가 뜨거웠다.

열기가 더 지독해지지는 않았지만, 한 번 달궈진 공기는 단시간에 가라앉지 않았다.

파라락.

뒤쪽에서 파공음이 들려왔다.

강설영이 회피를 중단하고 몸을 돌리는 소리였다.

이 정도 화기(火氣)에서 자유로울 수 있는 것은 보의를 입은 그녀 정도다.

물론, 염라마신도 가능할 것이다.

위치를 바꿔야 했다.

숨이 턱턱 막히는 이 공간에서는 전투가 불가능하다. 오기룡과 강설영만으로 맞서면 죽는 것도 순간일 터였다.

퉁, 탁! 타닥!

"간다."

오기룡은 그래서 더 가볍게 내뱉었다.

전신에 힘을 빼고, 반 보 반 보, 경쾌하게 땅을 밟았다.

마음가짐을 새로이 했다.

상대가 최악이다.

그러니 평소대로 간다.

죽는다 죽는다 하면서 싸우면, 죽을 수밖에 없다.

그에게 있는 게 뭐가 있는가.

어차피 그는 염라마신보다 강할 수 없다.

부족한 무공으로 꾸역꾸역 지지 않으려면, 가진 거라도 잘 풀어 먹어야 했다.

"먼저 들어갈 테니, 잘 따라와서 피해라. 뭔 일 생기면 내가 혼난다."

말투 또한 오기룡 그 자신대로다.

명부에서 되살아나 올라온 죽음 앞에서, 이토록 태연하게 말한다. 오기륭이니까 가능한 것이다.

그가 몇 마디 말로, 모두의 마음을 지옥이 아닌 현실로 이끌었다.

텅!

오기륭이 땅을 박찼다.

그는 불패신룡이다.

그가 염라마신을 향해 무서운 속도로 몸을 날렸다.

쇄액!

염왕곤선승이 꿈틀거렸다.

꿈틀거리는 순간, 하나의 점이 되었다.

오기륭은 느려짐과 빨라짐이 반복되는 시야 속에서, 목숨이 날아가는 찰나를 세 번이나 비껴 넘겼다.

꽈! 과! 광!

폭음마저 끊겨 들렸다.

숙이고, 비틀고, 다시 숙였다.

염왕곤선승은, 그가 평생토록 경험한 가장 무서운 쾌(快)였다.

땅에 세 개의 구덩이가 생겼다.

텅!

땅을 차고, 방향을 꺾었다.

염왕곤선승이 검처럼 쫓아왔다.

떨쳐낼 수 없다. 너무 빨랐다.

퀴유웅! 촤아아아악!

천잠포가 꿰뚫렸다. 잠요(蠶妖)가 없다지만, 너무 간단히 찢겼다. 천잠포만 찢긴 것이 아니라 철신갑까지 깨지겠다. 오기룡 방어와 회피에 인생의 모든 무(武)를 동원했다.

텅! 텅!

누구라도 제압해보겠다, 호연지기로 연성한 용각(龍脚)이 그의 목숨을 구했다. 오기룡이 화탕지옥의 열범위를 벗어나, 염라마신의 배후까지 넘어갔다.

꽈아아앙!

오기룡의 발치에서 폭음이 터졌다.

발과 다리가 짓이겨지지 않았으면 된 거다.

이어, 강설영이 빛을 끌고 움직였다.

염라마신의 시선이 그녀를 따라 돌아갔다. 목표가 바뀌었다. 땅을 부쉈던 염왕곤선승이 치솟아 올라, 협제신기를 향해 날아들었다.

큐융! 파라라락!

견제가 들어가야 했다.

앞으로 나아가며 차보려는데 빈틈이 조금도 보이지 않았다.

주술방해만이 답이 아니었다.

염라마신은 무공도 무적(無敵)이었다.

발밑에서 지옥기(地獄氣)가 올라오는데 그것만으로 철벽이다. 방어뿐 아니라 어떤 공격에도 반격이 가능하다. 어떻게 차도 다리가 뜯어져 나갈 것 같았다.

'그래도 차야지.'

어쩌겠는가.

강설영은 홀로 저 곤선승을 피하지 못한다.

오기룡은 기어코 전진했다.

그때였다.

쫘앙! 퍼어어엉!

함께 싸우는 이들을 더 믿어야 했다. 염라마신의 어깨와 가슴에서 폭음이 터졌다.

도요화였다.

타고공진격이 염라마신의 출수를 방해했다. 흑혈기(黑血氣)가 스스로 살아 움직이며 공력 방패를 형성하는 것이 보였다.

꽝!

터지는 소리는 요란했지만, 타격은 없었다.

형언 불가의 내공이었다.

투로 전개 없이도 공진격 정도는 가볍게 무시했다.

대신, 도요화가 있기에 오기룡도 한 발 더 나아갈 수 있다. 용각(龍脚), 참격의 각법을 있는 힘껏 전개했다.

좌악! 쫘아앙!

들어가는 속도만큼 격하게, 오기룡의 전신이 튕겨나왔다.

허벅지와 골반이 부서지는 줄 알았다. 거대한 강철 철괴를 찬 것 같았다.

쇄애액! 콰드드드득!

일격이 헛되지는 않았다.

염라마신의 몸이 미세하게 흔들렸다. 강설영이 또 빠져나왔다. 염라마신이 두 발을 움직였다. 확실히 표적이다. 곤선승이 집요하게 강설영을 따라 붙었다.

꽝! 콰아아앙!

말 그대로 한 치다.

한 치만 잘못 선택해도 목숨이 날아간다.

협제신기는 틀림없는 역린(逆鱗)이다. 분노와 함께 살의(殺意)가 요동쳤다. 그게 그대로 지옥 사기(死氣)에 실렸다.

"틀어막았다!"

"염우(閻牛) 봉쇄!"

한껏 끌어올린 감각에, 먼 곳의 외침이 오기륭의 귓전을 파고들었다.

여의각 젊은 놈들의 목소리였다. 빠르게 가까워지는 신형이 있었다.

다름 아닌, 효마였다.

오기륭은 아무래도 절망보다 희망을 듣고 싶었던 것 같다.

이번엔 양무의의 목소리가 선명하게 들렸다.

"진입로 구축 완료! 반 다경만 버티면 돼! 가화! 먼저 들어가!"

파라라락!

하얀 옷깃 휘날리며, 전장에 들어 온 신창(神槍)이 있었다.

철심의 백룡을 들고 있는 백가화였다.

"측면 점했다. 모두 가세하라!"

관승의 목소리는 웅혼했다.

오기륭과 강설영이 목숨을 걸고, 염라마신을 이동시켰다.

전진과 유도다.

화탕지옥 고열지대에서 벗어나, 기량 전개가 가능한 위치까지 왔다. 관승은 그것만 기다렸다. 관승만이 아니다. 모두가 그러했다.

청룡굉화창이 염라마신의 우측을 파고들었다.

장익의 통천벽력창이 바로 뒤에서 염라마신의 머리를 노렸다. 왕호저는 정면에 붙어, 반격에 대비했다.

쩡! 쩌어어엉!

염왕곤선승은 마치 길이 제한이 없는 것처럼 여전히 강설영의 등 뒤에 붙어 있었다.

응수는 왼손이다.

좌수 염왕권이 굉화창 언얼도에 틀어박혔다.

적수공권 권력에 장대한 언월도가 튕겨나갔다. 염라마신의 출수전환은 눈으로 보고도 분별이 안 될만큼 빨랐다.

염왕권이 활짝 펴졌다.

흑혈기 방패가 생겨났다. 염제벽이다. 머리로 짓쳐들던 벽력창이 쇠에 부딪친 것처럼 큰 소리를 내고 비껴나갔다.

염라인이 전개되었다.

포효호심(咆哮虎心)은 공방일체다. 삼국전설 허저(許褚)는 위왕 조조의 수신호위와 같았다. 왕호저는 그렇기에 항상 오기룡을 지키려했고, 또한 지킴 받았으며, 다시 그 보답으로 같이 있는 이면 누구든 보호하려 하였다.

꽈아아아앙!

포효호심창이 밀려드는 염라인을 막았다.

그때는 일격이었다. 왕호저는 염라마신과 조우하여 일 합만에 전투불능이 되었다.

이번에는 아니다. 거구가 통째로 밀려났지만, 버텨낼 수 있다. 바로 뒤에 오기룡이 있기 때문이었다.

촤아아악! 콰광!

오기룡이 왕호저의 등을 타고 용각을 내리찍었다.

염제벽이 올라와 오기룡의 발을 막았다.

거기에 효마와 백가화가 더해졌다.

무쌍금표창이 거리낌 없이 등줄기를 찌르고, 백가화의 철심무혼창이 심장을 노렸다.

염라마신의 몸에서 지옥기가 폭출했다.

"감히!"

염라마신의 몸이 회전했다.

누가 누구를 일컬어 무신(武神)이라 했던가.

적색 용포(龍袍) 휘날리며 손을 내친다. 무혼창이 땅에 박히고, 금표창이 허공으로 치솟았다.

콰광!

그걸로 그치지 않는다.

염제벽을 차고, 다시 내려와 휘돌려 차는 용각에 염왕권이 밀려들었다.

이번에야말로 다리가 날아간다.

오기룡이 급하게 무릎을 꺾고, 더 몸을 낮췄다.

쩌어엉!

왕호저가 막아줬다.

염라마신이 손을 움직였다. 웅웅거리는 진언이 들려왔다.

"물러나!"

그렇게 소리치며 오기룡은 물러나지 않았다.

땅이 뭉클 솟아났다.

염왕백골두가 파손되었다고 하여 지옥술이 봉인된 것이 아니다. 범위와 위력이 전보다 줄어들었을 뿐, 염라마신은 여전한 지옥의 주인이었다.

흙과 풀이 봉문처럼 솟아오르더니, 거무튀튀한 칼날들이 그 안에서부터 튀어나왔다.

진광대왕의 도산지옥이었다.

쩡! 쩌저저정!

오기룡은 피하지 않고, 거기에 서서 칼날의 산을 짓밟았다. 도요화가 공진격을 써서 산처럼 올라오는 땅을 부수고, 강설영이 파황권으로 칼날을 깨뜨렸다.

더불어 엽단평이 몸을 날렸다.

아낄 때가 아니었다.

망설임 없이 개진하여 내려쳤다. 참격 궤적 끝에 염라마신까지 걸었다. 사보대검 신력이 지옥과 세상을 찍어 눌렀다.

꽈과과과과과과과광!

염라마신은 그때서야 염왕곤선승을 회수했다.

지옥신(地獄神)조차도 천신법구의 사보신력은 맨몸으로 받아내려 하지 않았다.

곤선승을 휘돌려 원을 만들고 염제벽을 씌웠다. 염라마신의 몸이 뒤로 밀려났다. 염왕의 발밑에 흑혈기 깊은 고랑이 파였다.

꽈드드득! 쩌정! 쩡!

염라를 지나치게 의식했다.

도산지옥은 완파(完破)되지 않았다.

다 무너뜨리지 못한 땅에서, 흙빛 칼날이 계속 솟아났다.

순간적인 탈력 상태에 빠진 엽단평을 오기룡이 뒤쪽으로 잡아당겼다. 도요화가 그를 보호했다. 칼날은 강설영이 부쉈다.

"다시 붙어!"

관승은 용맹했다.

창왕(槍王)이 그랬다.

관승을 필두로, 장익, 왕호저, 효마, 백가화가 동시에 짓쳐들었다.

다섯 자루 창이, 진정 하나가 되었다.

쩌저저정!

염왕곤선승이 지옥기를 머금고 검은색으로 변했다. 염라의 무적절기들이 그가 선 모든 곳을 죽음으로 물들였다.

굉화 벽력 호심 금표 무혼의 창왕절기가 죽음과 싸웠다.

구주창왕이, 염라마신에 맞섰다.

꽈광!

전설은 언제나 아름다웠다.

들을 때도 그러했지만, 기적처럼 다시 나타났을 때는 더더욱 그러했다.

합일(合一)의 순간은 화려했다.

그리고 짧았다.

모두가 무아(無我)의 순간을 경험하며, 창왕의 절기를 쏟아냈다.

합이 이어지는 것만으로도 창술 절기의 궁극을 증명했다.

그들은 잠시였지만, 최강의 무력을 구가했다.

우우우우웅!

염라마신이 일순간 사망안을 흩뿌렸다.

활활 타는 눈으로 염라를 노려보던 왕호저가 순간 멈칫했다. 시선이 얽히면 죽는다. 몸을 트는 찰나에 구주창왕의 신기(神技)까지 금이 갔다.

거기서부터 균열이 생겼다.

꽝! 촤아악!

관승이 염라인에 어깨를 맞았다. 피가 튀었다.

염왕곤선승이 금표창을 휘감았다.

힘으로 당적할 수 있을 리 만무했다. 감고 풀어내는 충파에 효마의 몸이 통째로 내던져졌다.

염왕권이 날아들었다.

쩡!

백가화가 튕겨나갔다.

그리고 곤선승에서 죽음의 꽃이 피어났다.

명부오왕(冥府五王), 다섯 줄기의 사망이 만개(滿開)했다.

'이게 나의 덕(德)이었군.'

해야 할 일을 아는 때가 있다.

모두가 반응불가였다.

출수가 가능한 것은 오직 장익뿐이다.

장판과 고사를 기억했다.

장비익덕이 장판교 다리 하나에서 홀로 대군을 막아낸 신화적 일화를 말함이다.

그가 살려야 했다.

장익은 오늘, 최고조였다.

쩌어엉! 쩌엉! 채앵! 콰직! 퍼어어억!

하나를 쳐냈다.

하나는 비껴냈다.

하나에 밀려 나갔다.

하나가 그의 몸을 쳤다.

마지막 하나가 그의 몸을 부쉈다.

장판교에서, 장비 익덕은 적을 막아내고도 멀쩡히 살아 돌아와 천하에 이름을 알렸다.

그는 그러지 못했다.

'내가 살린 거요. 아무도 죽지 마오.'

소리 내어 말할 수 없었다.

목 아래 왼쪽 가슴이 통째로 날아갔다. 두터운 몸통과 함께, 성대 일부도 함께 뜯겨나갔다.

쿠우우웅!

묵직한 소리와 함께, 장익의 몸이 땅을 굴렀다.

어떤 날이 떠올랐다. 천 년 전 장판파가 아니라, 오래지 않은 어느 날의 산자락이었다.

등주사원에서 참사가 일어난 직후, 그는 도요화와 엽단평을 지원하기 위해 하남으로 넘어갔었다.

그때 한 남자를 보았다.

양무의나 백가화처럼, 오래한 벗이 아니라 고작 한 번 만났을 뿐인 외인(外人)이 마지막에 생각났는지는 그조차도 알 수 없었다.

사가(史家)라 했다.

무림사(武林史)를 쓴단다.

의협비룡회에 몸담게 된 때를 물었다.

중요한 질문이었구나.

이제야 깨닫는다. 그 모든 것이 이 때를 위해서였다.

덕이 부족하여 수하에게 살해당한 장비처럼이 아니라, 전장에서 장렬히 전사하는 장익이 되기 위해.

그러려고 양무의를 따라와 그토록 치열하게 싸워왔나 보다.

괜찮은 삶이었다.

영웅들의 서사(敍事)에 매료되었다는 그는 장익의 이름 뜻에 대해서도 궁금해하였다. 이러했노라 말해주니, 인상 깊다 감탄을 해줬다.

나쁘지 않았다.

이 정도면 멋진 죽음이다.

무림사에 영웅으로 남길 바란다. 협객도 괜찮겠다.

장익의 숨이 끊어졌다. 심장은 이미 없었다.

살아 돌아왔던 구주신창은 그렇게 무너졌다.

영웅협객의 죽음과 함께였다.

*   *   *

한 남자가 기꺼이 죽음을 결심할 때, 한 남자는 죽음을 거스르고 있었다.

어두웠다.

그리고 추웠다.

의식이 날아갔다고 생각했다.

그런데 또 보니, 생각이란 것을 하고 있다.

모순이다.

이런 게 죽음이구나 싶었다.

고작 이런 것이.

기대했던 것보다 훨씬 더 시시했다.

저승 가는 입구가 어디인지 궁금했다. 손끝 하나 움직일 수 없었고, 보이는 것도 무엇 하나 없었다.

내공은 어떠할까.

생전에 쌓았던 진기는 다 어디로 가는 것일까.

하단전에 마음을 집중해 보았다.

없다.

꽉 막힌 듯 의념이 단전에 미치지 않았다.

중단전? 비어 있다.

심장 소리? 들리지 않았다.

그렇다.

멈춘 것은 심장이었다. 덜컥 하고 멎어버렸다.

한순간이다.

문득, 어딘가 몸 속 깊은 곳으로부터 숨어 있던 무엇인가가 깨어나는 것을 느꼈다.

파직!

마천진기가 아니었다.

그보다 훨씬 더 이전에 심어진 광채였다.

맥동하는 빛이 거기 있다. 근육을 움직이는 원동력이기도 했다.

파지지직!

번쩍이며 퍼져 나갔다. 그것이 움직이고 있음을 알았다. 머리로부터 타고 내려와 심장에 머물렀다.

쿵!

소리가 들렸다.

빛이 점에 이르렀다. 빛살처럼 뻗어나간다. 멈춰 있던 가닥들이 되살아났다.

쿵!

또 한 번 소리가 들리고, 박동이 시작되었다.

쿠쿵, 쿠쿵, 쿠쿵.

천둥처럼 들린다.

심장이 되살아날 때, 호(呼)와 흡(吸)이 살아나는 폐장에서 심장의 빛과 다른 은은한 광채를 인식했다.

그 광채는 금색(金色)이었다.

그때서야 깨달았다.

처음이 아니다.

전에도 이런 적이 있었다. 몸이 기억한다. 예전에 몸에 새긴 부활의 비술이 그의 몸에 생(生)을 부여했다.

그가 눈을 떴다.

의식이 명료해졌다.

확신 없는 일에 목숨을 걸었다.

그가 그러겠다 하였다.

복잡한 셈법 따위 몰랐다.

이렇게 죽나, 저렇게 죽나. 어차피 승산을 가늠할 수 없는 싸움이었다.

막야혼은 원래부터 승부사였다.

그는 이미 염라에게 죽어본 적이 있다.

정상적인 힘겨루기로는 이길 수 없는 상대라는 사실을 누구보다 잘 알았다. 잡아보겠다고 덤비는 것 자체가 이미 제정신이 아니다.

죽었다 살아나는 정도는 가볍게 해 줘야 했다. 그래야 말 안 되는 발상을 말이 되게 만들 수 있었다.

땅에 손을 짚고 몸을 일으켰다.

손에 묻은 흙에서 끈적거리는 귀기(鬼氣)를 느꼈다. 지옥이 잠식한 대지는 차갑고 괴이했다. 죽음이 흙밭을 적시고 있었다.

창왕재림의 마지막을 보았다.

각 절기가 사슬처럼 연결되어 펼쳐지는 장관은, 막야혼이 보기에도 멋이 넘쳤다.

죽겠다. 장익이.

땅을 박찼다.

이미 늦었다. 한발 빨랐다 해도 무언가 달라지진 않았을 것이다.

아무도 죽지 않는 것은, 허황된 꿈이었다.

실의(失意)도 살아난 뒤다.

살기 위해서는 저 괴물을 죽여야 했다.

퍼어어억!

장익의 상체가 터져 나가는 광경을 보았다.

그것으로 끝이 아니다.

창왕의 절기들은 격파되었고, 염라마신은 무자비했다. 일합, 일 합, 지체 없이 목숨을 빼앗을 것이다. 하나의 죽음이 다섯으로 이어지는 것은 촌각으로 족했다.

콰아아아아아!

용음을 있는 대로 일으켰다.

보아라.

염라마신의 시선을 끌어야 했다.

흑혈기로 번들거리는 염왕곤선승이 휘영청 반월을 그렸다.

가까이에 있던 관승 대신, 염왕이 고개를 돌려 막야흔을 보았다.

번쩍.

호응하듯, 검광(劍光)이 충천했다.

샌님, 그거다.

사보대검 개진 대신 청천신검을 들었다.

이 또한 협제신기와 같은 역린이다.

"검도천신마."

염라는 창왕절기에 맞서 무인으로 싸웠다. 지금은 순식간에 살기(殺氣)만 충만해졌다.

쩌엉!

청천신검 대력횡검이 단숨에 튕겨 나갔다.

이어, 막야흔의 용도(龍刀)가 쏘아졌다.

막야흔은 검도천신의 합일(合一)을 염두에 두지 않았다.

염라는 아니다.

창왕의 다섯이 구주의 신창(神槍)을 재현했던 것처럼, 청천검, 마천도의 검도천신마를 예상했을 것이다. 차곡차곡 쌓은 상황으로, 의외성을 극대화한다.

여기서 승부다.

막야흔은, 청천신검에 대응하여 마천용음도 횡참을 전개하지 않았다.

그 대신 내력을 집중하여 기폭구결을 발동했다.

수단 방법 가리지 않는다.

뒷골목 협객의 칼침이란 그런 거다.

"흩어져!"

소리치지 않아도 알았다.

용도(龍刀)의 진명(眞名)은 황천적룡도다.

그리고 황천적룡도는, 사천당문 당철민이 만들었다.

신병(神兵)의 이름은 이유 없이 주어지지 않는 법이다.

오기륭이 철신갑에 내력을 더하며 관승과 왕호저를 잡고 몸을 날렸다. 백가화는 창대로 장익의 옷깃을 걸어 땅을 박찼다.

강설영은 오히려 앞으로 나왔다.

그녀는 막야혼의 등 뒤로 손을 뻗었다.

가장 위험한 것이 막야혼이다.

철컥, 치리리리링!

맑은 금속성과 함께, 도병(刀柄)과 도신(刀身) 일부가 떨어져 나왔다.

주먹보다 더 작다. 안에서 나온 것은 보석 같은 용두(龍頭)였다. 사천당가 최악최강의 폭약병기 황천룡을 극한까지 소형화했다.

황천룡이 빛을 품고 튀어나갔다.

대폭발의 순간.

염라마신의 발치에서, 하나의 그림자가 올라왔다.

땅밑에서 솟구쳤다기보다는 주술로 생성된 인간 같았다.

검을 든 그 인영(人影)이 염라마신의 앞을 가로막았다.

동시에 강설영이 막야혼를 잡아당기며 몸을 날렸다.

꽈아아아아아아아아앙!

엄청난 폭음이 사위를 휩쓸었다.

화륵! 파지직! 파직! 꽈르르르르릉!

폭발은 일격으로 그치지 않았다. 안에서 또 연쇄 폭발이 일어난 듯, 검은 폭연(爆煙) 속에서 불꽃과 전격이 일었다. 황색과 홍색, 녹색의 연기가 같이 피어올랐다.

화약, 주술, 맹독이 모두 더해졌다.

텅! 파라라락!

폭발의 여파에서 서로의 상태를 확인했다.

모두 괜찮다.

곧바로 자세를 바로 잡고, 주먹과 병장기를 고쳐 쥐었다.

당연히 이것으로 끝이 아니다.

곧바로 전투재개다.

쇄애애액!

염왕곤선승이 형형색색 연기를 뚫고 나왔다.

엽단평이 막야흔의 앞에서 사보검을 휘둘렀다.

쩌어어엉!

곤선승의 흑혈기는 더 사나워져 있었다.

콰아아! 쩌정!

막야흔이 가벼워진 용도(龍刀)로 다시 휘어져 들어오는 곤선승을 비껴냈다.

여기서부터는 여지없이 검도천신마가 되어야 했다.

엽단평이 청천검에 몰입하고, 막야흔이 마천도에 집중했다.

연기가 걷혀갔다.

우지끈, 풀썩.

무언가 부서지는 소리와 함께, 인영(人影) 하나가 쓰러졌다.

숨기고 준비하여 허를 찔렀다.

염라마신의 앞에 쓰러진 자는 등에 월(月)이라는 한 글자를 지고 있었다. 월직차사다. 염라마신조차 예상 못 한 황천룡 일격으로 차사 하나를 제거했다.

충분치 않다.

사천당문의 원한은 그 이상을 해냈다.

완전히 드러난 염라마신의 육신은 멀쩡하지 않았다.

좌측 반신 대부분이 폭발에 휩쓸렸다.

소형화 했지만 위력은 정상적인 황천룡에 못지않았다. 홍룡 (紅龍)의 용골(龍骨) 척수(脊髓)에서 뽑아낸 뇌화정(雷火精)이 수백 년의 초월적 기술을 가능케 했다.

당철민은 거기서 한 발 더 나아갔다.

염라마신은 사천당문 본가에서 황천룡 일곱 기의 폭발을 보았다.

무공도 일곱 번을 보면, 초식 투로가 눈에 익는다.

황천룡 여덟 기는 똑같이 만들어졌다.

염라마신같이 막강한 고수라면, 화기(火器) 폭발에도 적응할 수 있다. 일곱 번 터질 때마다 받는 피해도 줄어들었을 것이다.

그래서, 확산 방식을 바꿨다.

황천적룡도에 탑재한 황천룡은 폭뢰(爆雷), 방출(放出), 화독 (火毒), 파괴방식의 모든 측면에서 예전 일곱 기와 판이하게 달렸다.

차사를 죽이고도 염라본신에 타격을 입힐 수 있는 것은 그래서다. 보통의 인간으로 치면 치명상에 가까웠다.

"다시 가자!"

오기룡이 말했다.

해냈고, 할 수 있다.

마음에 담고, 말을 아꼈다.

여기서부터는 진정 힘겨루기다.

방어에 자신 있는 오기룡이 가장 먼저 앞으로 나섰다. 강설영이 협제신기를 한껏 드러내며 다시금 주의를 분산시켰다.

막야흔과 엽단평이 한 사람처럼 몸을 날렸다.

막야흔은 기세의 남자다. 흐름을 탄 그는 강호의 어떤 도객 못지않다.

엽단평은 막야흔이 강해지는 만큼 강해진다. 언제나 그랬다. 지금의 그들은 검도천신마 그 자체였다.

쩌엉! 쩌저저저저정!

막대한 충격파가 폭연을 휩쓸었다.

독기(毒氣)가 몰아쳤다.

그들 누구도 그것을 피하지 않았다. 사천당문은 염라마신전(閻羅魔神戰)에 나서는 그들에게 가문의 모든 것을 지원했다. 황천룡 화독(火毒)에 영향 받지 않을 해독제 또한 포함이었다.

꽈광!

염라마신의 육체 손상은, 명백한 기량 저하로 나타났다.

오기륭, 강설영이 방어하고, 엽단평과 막야흔이 공격했다.

도요화가 순간순간의 반격에 대응할 때, 신창(神槍) 네 자루가 틈을 노렸다.

무려 구 대 일의 격전이다.

아홉 명 중 고수 아닌 자 전무하다.

텅!

염라마신의 좌측 진각은 전과 같지 않았다. 뿜어 나오는 지옥기(地獄氣)도 약화되었다.

콰아아아앙! 퍼어엉!

약해져도 천외천(天外天)이다.

염라인이 오기륭의 몸을 튕겨냈다.

철신갑이 여러 번 그의 목숨을 살린다. 땅을 굴러 일어나는데, 선혈을 한 움큼 토할 만큼 내상을 입었다.

쩡! 꽈광!

왕호저의 호심창이 곤선승에 내리찍혀 흙바닥을 터뜨렸다. 그게 다가 아니다.

콰직!

염왕권이 왕호저의 어깨관절을 부숴버렸다. 굵은 팔뚝이 허리 밑으로 축 처졌다.

신마맹주다.

무력을 실감한다.

염라마신은 신(神)처럼 싸웠다.

합을 거듭할수록 느낀다.

그들 모두는 염라가 보여주겠다 선언한 지옥을 실감했다.

영역이 달랐다.

인간과의 격차는 이만큼이다 말하는 것 같았다.

쩡!

도검(刀劍) 두 자루에서 동시에 꽝음이 터졌다. 엽단평과 막야흔이 한꺼번에 던져지듯 밀려나와 넘어졌다.

잔여 경파가 엄청나 곧바로 일어나지도 못했다.

"씨발."

막야흔의 욕은 상대의 격이 어떠하든, 상황을 간단히 설명하기에 적절하여 부족함이 없었다.

너무 강하다.

이길 수 있는 상대가 아니다.

욕지거리 한 마디로 털어내고, 다시 일어났다.

"다시 해보자."

엽단평이 나직하게 말하며 굳건히 검을 세웠다.

신검(神劍) 발동에 소모된 공력이 극심했다. 죽었다가 살아난 막야흔도 완전히 정상일 수 없었다.

"그래. 전 무림이 주목하는 거. 이렇게 죽을 순 없지."

몸 상태가 무슨 문제냐.

비무장 도박판에서 만나, 천하의 향방을 가르는 싸움판까지 올라왔다.

관중은 중원 전체의 군웅들이다.

출세했다. 함께. 최고의 전장에 섰다.

긴 세월 투닥거린 것도, 어울리지 않는 친우(親友)가 된 것도, 결국은 이 순간을 위해서임을 절실히 깨달았다.

막야혼이 염라마신의 가면을 똑바로 바라보았다.

당하지 않는다. 당해도 살아난다. 이제 막야혼은 사망안을 두려워하지 않았다.

엽단평도 그러하다.

염라마신의 심판도 그는 비껴간다. 폐안(廢眼) 수련은 운명이었다. 하늘의 안배라고 해도 이토록 노골적이진 않을 것이다.

그들이 몸을 날렸다.

검도천신마 공야천성의 도검기(刀劍技)는, 과거에도 염라마신에 미치지 못했다.

하지만 그게 덤비지 못할 이유는 아니다.

도전이란 두 글자는 원래부터, 밑에 있는 자만이 가질 수 있는 특권과 같았다.

막야혼과 엽단평이 정면으로 염라마신에 도전했다.

그런 모습이 꺾이는 전의(戰意)를 되살리고, 투지(鬪志)를 끌어올리는 법이다.

절망으로 꺼져가던 불길이 다시 타올랐다.

무공이 아니라 그들의 기질이 모두의 생(生)과 사(死)를 갈랐다.

누가 뭐래도 그들은 의협비룡회의 칼과 검이다. 선봉장들이
었다. 함께 달렸다. 전원이 일시에 염라마신과 맞섰다.

콰과과과광! 쩌저정!

하늘을 깨고, 땅을 흔드는 격전 저편에서.

낭랑한 목소리가 어둠을 갈랐다.

"탑 설치 완료! 지금이다! 돌입해!"

두두두두두! 콰르르르륵!

철 바퀴 소리가 말발굽 소리를 요란하게 뒤따라 왔다.

"접근! 시야 확보! 적습 대비하라! 진입로 지켜!"

지옥 사기(死氣)로 점철된 전장에 횃불들이 날아들었다.

전차(戰車)가 난입했다.

열두 마리 기마가 끄는데도 힘겹다. 그냥 전차가 아니었다.
전차 위에 탑을 세웠다. 정란(井欄)이라 하기엔 높이가 부족하
다. 이장 높이를 조금 넘는다. 공성차(攻城車)라 하기에도 애매
한 크기였다.

"적습! 적습! 옵니다!"

성도 없는 곳에 공성차가 왔다.

횃불 불빛 뒤로, 적들의 그림자가 어지러이 몰려들었다. 소
처럼 생긴 요괴들과, 소 가면을 쓴 거구가 보인다. 흑림과 신마
맹이었다.

"우마군신입니다!"

"팔선(八仙) 남채화!"

"철선녀도 옵니다!"

오래 잘 버텼다.

다급하게 계속되는 보고가 뜻하는 바는 결국 퇴로(退路)의 차단이었다.

두두두! 쿠우우우웅!

버팀 기둥이 내려와 공성탑을 고정시켰다.

전차 전면에는 양무의가 타고 있지 않았다. 앞에서 두 인영이 뛰어내렸다.

일녀, 일남이었다.

"지키자!"

여인은 아름다워 보였지만, 목소리가 앙칼졌다. 긴 머리카락이 곤두섰다. 얼굴이 짐승처럼 변했다.

남자도 변했다. 다부진 체구가 흐릿해졌다.

요기(妖氣)가 둘의 전신에 충만했다.

퍼억! 콰직!

하나둘, 전차 앞까지 달려드는 요괴들이 있었다. 여인과 남자의 손에서 피가 튀었다.

그들 머리 위, 공성탑 꼭대기에 두 사람이 섰다.

"꺼낼까요."

"그래야지."

청년이 된 소년의 등이 열린다. 주름 져 늙은 손이 붉은 활을 잡았다.

약속은 기어코 지켜졌다.

척추 뼈 마디마디 형태가 살아 있어 모양은 기괴하나 손아귀에 전해지는 멸살만요(滅殺萬妖)의 힘은 사일(射日)의 전설이 진실 같다.

흡족했다.

겨눠 맞힐 표적 또한 천하제일이다.

"클클클클."

연초는 끊었다.

그래도 웃음소리는 탁했다.

궁무예가 마침내.

사일적천궁을 들었다.

*   *   *

천잠사 시위 거는 손길은 정성스러워 경건해 보이기까지 했다.

그러면서도 손놀림에 힘이 있었다.

장인의 솜씨 같았다.

꼭대기에서 한 치 반, 밑에서는 세 치 삼 푼 위에 천잠사 매듭을 만들었다. 시위를 거는 위치부터, 감는 횟수, 매듭 두께 모두에 섬세한 차이가 있었다.

사일적천궁은 통상적인 활과 달랐다.

활이라는 병기로서의 구조 자체가 완벽하지 않았다. 적천궁은 척추 모양과 비슷하게 성장했다. 위쪽보다 아래쪽 분획이 더 굵어서, 종축 방향으로 비대칭적인 특징을 지녔다.

정확한 무게중심으로 만들어진 궁시(弓矢)가 아니었다.

기형병기(奇形兵器), 기병이란 표현이 무방했다.

"화살."

궁무예가 말했다.

현이 물었다.

"아직 사람이니까…… 빨간 거요?"

"그래. 빨간 거."

궁무예가 적색의 화살을 시위에 걸었다. 재료를 알 수 없는 화살은 촉과 대가 하나로 주조되어 있었다. 금속성 광채가 영롱했다. 적천궁뿐 아니라, 화살까지도 보통 물건이 아니어 보였다.

뿌드드드드득.

주름진 손가락이 화살과 시위를 한꺼번에 비틀어 잡았다.

시위를 당기는 소리가 몹시 강인했다.

천잠사의 장력은 천생신력의 장사가 와도 감당이 어려울 정도로 강했다. 공력이 상승 경지에 오르지 않으면 시위를 당기는 것조차 불가능했을 것이다.

신궁(神弓)이라 했다.

궁무예는 그 온갖 제약을 다 초월했다.

목궁(木弓)도, 철궁(鐵弓)도, 신궁에겐 다 똑같았다. 아무 막대기에 줄만 걸어도, 철노(鐵弩)와 같은 파괴력을 낼 수 있었다.

사일적천궁을 다루는 데 필요한 기술적인 세심함 정도야, 이미 수십 년 전에 달성이 끝났다는 이야기였다.

궁무예가 공성탑 위에서, 전장을 내려다보았다.

클클클 웃음소리가 없어졌다.

시위를 입술까지 당겼다.

진심으로 조준까지 해야 할 표적이었다. 한(恨)이 없어진 두 눈이 뿜어내는 빛은 태양처럼 맑고 예리했다.

염라마신이 그의 시선 끝에 있었다.

광포한 무공으로, 익숙한 아이들의 무공을 압도하는 중이었다.

피잉!

요란하지 않았다.

가볍고 날카로웠다.

붉은 선이 어둠을 꿰뚫었다.

화살 하나가 시간과 공간을 정적으로 채웠다.

막야흔의 마천용음도 참격이 수십 가닥으로 찢났졌다. 염단평의 청천신검은 아무것도 없는 허공을 베었다.

염라마신은 절기의 향연 안에서도 독존했다.

염왕권 휘둘러 창왕 절기들을 밀어치고, 염제벽을 세 겹이나 세워 올렸다. 염제벽은 각각이 의지를 가진 방패처럼 날아다녔다.

파황권도, 용각도, 도요화의 공진격도, 공력의 마벽(魔壁)을 깰 수 없었다.

쩡. 좌좌자자자작!

사일적천궁, 적색화살은 아니었다.

전면을 방어하던 염제벽이 단숨에 깨져 나갔다. 자기 그릇이 땅에 떨어져 산산조각이 나듯, 공력의 파편이 허공을 채웠다.

전설은 헛되이 전해지지 않았다.

사일적천궁은 해마저 떨군다고 하였다.

염라마신의 발치에서, 해가 떠올랐다.

날 일(日) 자를 등에 진 일직차사였다.

쩌정!

소연신의 만천화우마저 방해할 수 있었던 일직차사의 검도 적천궁의 일격을 막아낼 수 없었다.

그는 일검으로 화살대를 쳐내려 했다.

잘못된 선택이었다.

일직차사의 검력은 초고수의 그것에 준했지만, 사일(射日)은 인외(人外)의 신화였다.

검날만 부러져 허공으로 치솟았다.

퍼억!

화살은 계속 나아갔다.

일직차사의 팔이 짓이겨지고, 상체 삼분지 일이 터져나갔다. 등판의 옷에 새겨졌던 날 일(日) 자도 무참히 뜯겨져 조각났다.

적색화살이 일직차사의 몸을 파괴하고, 염라마신을 향해 나아갔다.

째앵! 좌좍!

염제벽 하나가 더 깨졌다.

콰직!

염라마신의 몸이 덜컥 뒤로 밀렸다.

모두가 두 눈을 의심하면서, 또한 모두가 납득했다.

박혔다.

염라마신의 가슴팍에 적색화살대가 제대로 꽂혀 있었다.

신궁(神弓)이 잡은 사일적천궁은 그러했다.

아무도 뚫지 못한 방어를, 그가 뚫었다.

비틀, 화살대를 잡는 염라마신을 보며, 전장의 모두는 산발 노인의 괴소를 기억했다. 허연 연기 입에서 뿜어내며 웃는다.

듣지 않아도 들리는 것 같고 보이지 않아도 볼 수 있었다.

그리운 모습이다.

모두가 떠올리는 그 이름.

궁무예였다.

*　　　　*　　　　*

꽈아아아앙!

휘황한 광휘 위로, 강력한 암흑이 드리워졌다.

염라는 날 때부터 강한 자였다.

운명이 그에게 주었던 모든 제약을 타고난 힘으로 억눌러 왔다.

무공 수련도, 주술 습득도, 진정 시련이라 생각한 적 없었다.

응당 그러해야 하는 일이었다.

어떠한 무공 오의나 법술 술식도 난해(難解)하지 않았다. 그의 재능이 그러했다. 마수(魔獸)와 신수(神獸)의 육신을 가져와 몸에 박을 때도, 누구도 성공한 적 없었다는 금기(禁忌)의 외도(外道)를 현실로 만들 때에도, 지난한 일을 이루었을 때 느낀다는 성취감이 없었다.

역경이 그토록 많았음에도, 고뇌하지 않았다.

정해진 것을 이루고 있었기 때문이었을 것이다.

천재가 느낀다는 고독 같은 것도 없었다.

그런 것은 사람의 사고(思考)일 뿐이었다.

그는 달랐다. 그는 일반적인 인간 이상의 존재이자, 동시에 인간 이하의 존재였다.

섭리에 선택 받아 초월을 약속 받고, 자유와 의지를 박탈당했다.

푸스스스스!

기(氣)가 흐트러지며 인간을 회복했다.

일격 격타 당한 신체로부터 날카로운 고통이 밀려들었다.

생소했다.

무공 대 무공.

일대일로 싸워, 이 같은 공격을 허용한 적이 없었다.

이제 저 냉혹한 섭리는 약속마저 가져가려 하였다.

잘 성취한 인간에게 정해진 것처럼 죽음을 맞이하여, 무미
건조한 서사시(敍事詩)의 완결을 강요받고 있었다.

그럴 수 없다.

그는 진정한 의미에서 삶을 산 적이 없다. 산 적도 없는 삶
을 종결하긴 싫었다.

그런 것이 역설이다.

그동안 그 무엇도 그의 생사(生死)를 위협할 수 없었다.

그래서였을 것이다. 이 세계에 그의 의지는 중요하지 않았
다. 필요조차 없었다.

마침내 마지막이 예고된 순간에 와서야, 초월에 대항하는
동등한 상대를 만났다. 그리하여 사람의 의지를 되찾았다.

비로소 섭리를 적(敵)으로 인식한다.

수많은 경계의 존재들이 그러했다. 섭리를 원망하는 오류들
은 셀 수 없이 많았다. 그 흔한 적의(敵意)에 동조하려 하지 않
았다. 그는 자괴(自愧)하여 의의를 망각하는 나약한 원귀가 아
니었다.

꽈아아앙!

눈부신 빛이 시야를 채웠다.

염라는 여느 때처럼 무아(無我)의 경지로 지옥기(地獄氣)를 끌어올렸다.

상대가 뿜어내는 광력(光力)이 암력(暗力)을 허탈시켰다.

섭리야말로 악(惡)이다.

선악의 구분이 없는 절대법칙이라 하지만, 염라가 힘을 얻는 세계에서는 그렇지도 않다.

섭리는 모순 덩어리다. 허점이 많다. 옳음을 가장한 옳지 못함이었다.

텅! 파라락! 꽈광!

기(氣), 혼돈(混沌), 심연이 이끄는 대로가 아니라, 몸에 새긴 투로를 밟았다. 염라인을 극성으로 펼쳤다. 지옥기(地獄氣)를 마음껏 끌어 쓰지 못해도, 그가 지닌 무공의 완성도는 무도(武道)의 극의(極意)에 도달해 있었다.

지지 않는다.

섭리가 원하는 대로 죽어주지 않겠다.

콰아아앙!

염라인(閻羅印)이 튕겨나갔다.

진각 전사력이 비틀렸다. 발경이 완성될 수 없었다.

이상했다.

염라는 혼란에 빠졌다.

구결까지 간섭해 온다. 광력이 그의 몸을 침식하고 있었다.

불가능한 일이었다.

소연신과도 상대할 수 있는 무공이다. 섭리가 준 힘이다. 그는 이 세계에 사망(死亡)을 뿌리러 온, 난세의 첨병이었다.

콰아아아!

상대의 몸이 빛났다.

허리가 돌아가고, 어깨와 등이 온다.

천룡의 무공이 이러했다.

고법이었다.

염왕권으로 파동기를 끊고, 염제벽을 좌중단에 세워 경파비대칭을 만들면, 격발공력의 절반 이상을 해소할 수 있다.

그렇게 되어야 옳았다.

철위강이 펼치는 파황고라도 막아낼 수 있었다.

꽈아아아아앙!

몸이 덜컥 뒤로 밀려났다.

광력의 폭기(爆氣)가 맹렬하게 팔과 몸을 침투해왔다.

쿠쿵!

염라마신의 발이 땅에 박혔다.

붉은 전포가 찢겨져 흔들렸다.

무언가가 잘못되었다.

염라마신은 그가 지닌 힘의 근원이 흔들리고 있음을 깨달았다.

"잡생각이 많군."

이름은 단운룡이라 했다.

가르침까지 준다.

단운룡이 말했다.

"내 상대는 나다."

이치. 섭리. 세계.

염라마신은 인간을 벗어난 영역에 너무 오랫동안 머물렀다.

그는 사람이 아니라 사건으로 존재했다.

난세의 재해 그 자체가 되어, 눈앞의 인간을 제대로 보지
못했다.

헤아리고, 따르고, 거스른다.

그게 아니다.

눈앞의 상대와 싸워서 이겨야 할 때였다.

염라마신이 손을 들고, 한쪽 발을 반보 앞으로 했다.

기수식과 같다.

마음과 의지가 인외의 괴물을 무공의 궁극자로 바꾸었다.
염라마신이 심연에서 뽑아 올리는 죽음 없이도 완벽해졌다.

그런 염라를 보며 단운룡은 생각했다.

바라던 바다.

이래야 이긴다.

단운룡이 두 주먹을 몸 앞에서 마주했다.

마신을 발동할 때와 같은 자세였다.

파직.

이미 광극이다.

마신을 일으키는 것이 아니다.

광핵에서 더 큰 힘을 뽑아 올리기 위해서였다. 광극진기가 극도로 압축되었다. 단운룡의 두 주먹에 순수하여 아름다운 광휘가 깃들었다. 두 손에 광핵을 쥔 것 같았다.

염라마신이 단운룡을 똑바로 바라보았다.

사망안이 단운룡의 용안(龍眼)을 파고 들었다.

번쩍!

덜컥, 하고, 몸이 흔들린 것은, 염라마신 쪽이었다.

통하지 않는다.

사망안을 막는 정도가 아니라 반격까지 가했다. 지금 단운룡의 눈에는 모든 것이 보였다. 우주를 열지 않아도 그 앞에 현실 그대로의 우주가 있었다.

"그래. 승부를 내자."

염라마신이 말했다.

오래 알아온 사람에게 건네는 말 같았다. 절제되었지만 감정이 실려 있었다.

거슬러야 할 하늘이 내린 숙적은 최고였다.

그들이 서로를 향해 몸을 날렸다.

새 신화(神話)가 열렸다.

빛과 어둠이 폭발했다.

극도로 연마된 무공은 미학(美學)과도 같았다.

서로를 죽이는 박투가 아니라, 탐미(耽美)하는 예술과도 같았다.

어둠이 빛을 가르면, 빛이 어둠을 막았다.

색이 없어졌다.

명멸하는 빛 무리가 그들의 무공을 오롯이 드러냈다.

빛과 그림자가 그려내는 그림은 화려하면서도 난해하지 않았다.

일격 일격이 절제되어 곱고 아름다웠다.

수묵화(水墨畫)와는 또 달랐다. 백지 위에 그리는 묵이 아니라 광원(光源) 밑에 그리는 음영이었다.

단운룡은 감탄했다.

무공에 완전히 몰입한 염라마신은, 경이로울 정도로 강했다.

염라마신의 가장 큰 강점은, 치명적인 비기(秘技)들의 향연이었다.

그가 가진 모든 능력이 파멸적인 힘을 지니고 있었다.

사망안은 물론이거니와 지옥술로 대표되는 술법들은 인간 이상의 신력(神力)이었다. 일신에 보유한 무공과 합쳐지면 문파 괴멸의 위력을 냈다.

하나하나 걷어냈다.

무공만으로 싸워야 승산이 있었다.

무(武)와 술(術)의 합벽은, 그 자체로 난공불락이었다.

천잠보의라는, 한 벌만 있어도 무가지보(無價之寶)라는 보물들을 총동원했다. 오로지 이 한 번의 전투를 위해, 마신(魔神)을 몇 번이고 재발동할 수 있을 만큼의 진기를 축적했다.

초유의 중무장이었다.

그것으로도 부족했다.

지옥술이 난무하면, 천잠보의로 방어하는 데에도 한계가 있었다. 진기를 계속 깎아 먹어야만 유지할 수 있는 이 경지의 전투 또한 부담이긴 매한가지였다.

소모를 거듭하며 겨우 여기까지 왔다.

수단을 가리지 않았다.

염라마신이 심연(深淵)의 암기(暗氣)를 회복하는 데 집중하지 않도록 말로써 도발까지 시도했다.

지옥기(地獄氣)를 간섭하여 차단하는 데에는 막대한 진기가 필요했다. 기(氣) 싸움은 훌륭한 전술이었으나, 지속은 불가했다. 광극진기는 무한하지 않았다.

언제나와 같았다.

단운룡은 이번에도 여지없이 시간의 한계에 목숨을 걸었다. 무공대결만이 답이었다. 다른 요소를 배제하고, 무공만으로 싸워야 이길 수 있었다.

헌데.

염라마신은 그 이상이었다.

마기(魔氣), 요기(妖氣), 사기(死氣), 정(正)에 반하는 모든 반(反)

의 내공들이 염왕의 전신을 치달렸다.

염라인이 눈앞을 채웠다.

파괴적이고 파멸적이었던 무공에 정교함이 더해졌다.

소림 무공처럼 깊었다. 오래된 무예였다. 천년의 세월이 함께하고 있었다.

백무한과 겨룰 때도 그랬다.

무공 자체가 세월을 담아 심오해지면, 광극의 눈으로도 무리(武理)와 투로를 완전히 해석할 수 없었다.

그렇게 되면, 남은 것은 혼신의 무력밖에 없었다.

지고한 무공에 맞서, 할 수 있는 최선을 모조리 끌어냈다.

위타천의 형(形), 크리슈나의 형(形), 광신마체의 형(形), 모든 것을 섞었다.

지금 염라의 무공이 그러하듯, 초식의 의미가 없어졌다. 제각각 따로였던 무(武)가 하나처럼 펼쳐졌다.

철위강의 재능이자 소연신의 가르침이었다.

그 안의 우주(宇宙)가 그에게 합일을 선사했다.

투로만이 아니었다.

두 손에 쥔 광구(光球)는 광핵 회전의 총화(總和)였다. 바사비 샤크티처럼 막대한 힘을 담지는 못해도, 전개시의 공격력은 마신으로 낼 수 있는 위력을 크게 상회하고 있었다.

말하자면 힘으로도 최대치에 달했다. 인간에게 허용된 무력의 상한(上限)에 가까웠다.

그런데도 밀렸다.

꽈아아아아앙!

광파가 터졌다. 암파와 함께였다.

이겨내지 못하여 비껴내야 했다.

전진한 것은 염라였다.

다음 일격은 더 강했다. 같은 염라인이었지만, 상한(上限)을 넘어섰다. 초식은 이미 사라졌다. 신격무무(神格武舞)처럼 완전하다. 절대 피할 수 없었다.

맞서 싸워야 할 순간이다.

뇌(腦)에 과부하가 걸렸다.

배운 적도 없었던 방대한 구결을 처리했다. 극광추지만 극광추가 아니었다. 광핵의 회전을 압축하여 광극의 기구체(氣球體)를 형성했다. 광력이 바사비 샤크티처럼 뭉쳤다. 일격의 위력이 흑룡을 죽인 광구(光球)에 준할 만큼 강해졌다.

눈앞이 새하얘졌다.

빛 때문만은 아니다. 순간에 너무 많은 오의(奧義)를 담았다. 다시 펼치라면 펼칠 수 있을지 알지 못할 일격이었다.

번쩍!

콰아아아아아아!

빛 안에서, 검은 원(圓)이 생겨났다.

암흑의 파동이 빛을 삼켰다.

또다.

튕겨나간 것은 단운룡이었다. 자세가 무너진 채로 물러나, 겨우 상체를 바로 잡았다. 의식도 힘겹게 수습했다.

염라마신은 반(反)의 신(神)이었다.

파괴력에 있어서는 무적(無敵)이어야 할 광력압축의 폭발이 염라마신의 손앞에서 흩어져 버렸다. 전포 소매가 재가 되어 흩날렸다. 오른손과 팔뚝이 흑색으로 변해 있었다.

불에 타서 재가 된 것도 아니다. 어둠에 잠식된 것처럼 까맣게 번들거릴 뿐이다.

있을 수 없는 일이었다. 신병이기의 강도를 지닌 용체(龍體)마저 무너뜨렸던 힘이었다. 염라마신의 원래 기량이 그러한지, 아니면 지금 이때에 본신의 그를 초월했는지는 알 도리가 없었다.

저벅.

염라마신이 다시 전진했다.

검게 변한 팔은 멀쩡하게 움직였다.

"오래 싸울 수 있는 무공이 아니로군."

염라마신이 말했다.

단운룡은 깨달았다.

전술은 끝났다.

준비한 것만으로는 이기지 못한다.

단운룡이 광극으로 염라마신을 읽었던 것처럼, 이제는 염라마신이 단운룡을 읽고 있다. 광극과 비슷한 무언가다. 아니, 반대되는 무언가였다.

염라마신이 다가왔다.

염라마신 또한 단운룡처럼 각성(覺醒)하고 있었다.

단운룡의 움직임을 미리 내다보듯, 손을 휘둘렀다. 반격이 불가능했다. 회피만으로도 벅찼다.

훅!

단운룡의 신형이 사라졌다.

합일(合一)이 분해되었다.

염라마신이 단운룡이 다시 나타나는 바로 그 지점에 염왕권을 내쳤다. 위타천 신법을 완벽하게 예측했다.

꽝!!

광극진기 천잠보의 소맷자락이 갈가리 찢겨나갔다. 천잠보의가 터지지 않았으면, 손목이 날아갔을 일격이었다.

크리슈나의 형(形)으로 간결하게 움직였다. 세 합 만에 흐트러졌다. 신격무무도 깨졌다. 공력이 흔들렸다.

극광추, 광검결이 연달아 막혔다.

광뢰포와 광혼고는 펼칠 여유조차 없었다.

아무것도 통하지 않았다.

광파가 암력을 파고들듯, 어둠이 광극을 침습해 왔다.

합이 늘면, 늘어나는 만큼, 광극진기도 사라져갔다.

염라마신은 처음보다 더 강해졌다.

예측하지 못했다.

예지의 대상은 애초에 아니었다.

염라마신은 그렇게 이치(理致)를 넘어섰다.

전신에서 검은 기운이 새어 나왔다.

지옥기(地獄氣)가 아니었다.

무언가가 변했다.

우주 공허(空虛)를 옮겨 온 것 같았다. 그야말로 모든 것을 다 지워버릴 어둠이었다. 마제(魔帝)의 어둠이 천지간의 기(氣)를 집어삼켰다.

"이만 죽어라. 협제의 제자."

광극에 이른 광력이 암제(暗帝)와의 연결을 끊어냄으로써, 염라마신은 또 다른 의미의 자유를 얻었다.

단운룡 때문에.

단운룡 덕분에.

섭리마저 무시할 수 있는 경지에 오른 것이다.

염라마신은 이제 그 무엇의 노예도 아니었다.

하늘도, 심연도, 그를 제약하지 못했다.

염라마신이 손을 휘둘렀다.

팔에 감겨 있던 염왕곤선승이 단운룡에게 뻗어나갔다.

죽음이 다가왔다.

절명의 위기 앞에서 단운룡이 본능적으로 선택한 것은 사부의 가르침이었다. 그의 손에 광검이 잡혔다. 그만큼 사부를 의지했다.

쩌저정!

단 일격이었다.

어둠을 담은 염라마신의 염왕곤선승이 협제의 광검을 부쉈다. 일격에 산산조각으로 깨졌다. 빛의 파편들이 처참하고 아름답게 부서져 내렸다.

촤라라락!

염왕곤선승이 단운룡의 팔을 휘감았다.

쾌드드득!

버틸 수조차 없었다. 힘의 차이가 너무 커져 있었다. 단운룡은 잡아 당기는 대로 끌려왔다.

염라마신이 검은 손을 들었다.

손앞에 흑색의 구(球)가 생겨났다. 그것은 단운룡이 쓴 광구(光球)와 무섭게 닮아 있었다. 흑색의 기구체(氣球體) 안에서, 흑색 기운이 맹렬하게 회전했다. 마치 광핵 회전 같았다.

그것이 염라인과 함께 중단으로 꽂혀 들었다.

피할 수 없었다.

염라마신이 단운룡의 방어초를 가볍게 걷어냈다. 염왕곤선승이 그의 몸을 속박했다.

쾌드드드드득!

두겹의 보의가 맹렬히 저항했지만 소용없었다. 암핵(暗核)의 구가 광력을 기를 찢어발기며 단운룡의 가슴을 파고들었다.

퍼억!

상극의 힘이 단운룡의 중단전에서 충돌했다.

그리고.

짧은 부딪침 끝에.

광핵(光核)이 멈췄다.

진 것이다.

*   *   *

화르르르르르르륵!

그것은 마치 불길이 일어나는 소리 같았다.

염라마신의 몸에서 적색과 흑색의 기운이 치솟았다.

가슴에 적색 화살이 박힌 채로, 염라마신이 먼 곳을 바라보았다.

공성탑이 그의 시선 끝에 있었다.

사망안을 번뜩였지만, 저쪽의 눈은 보이지 않았다. 거리와 각도마저도 철저하게 계산되어 있었다. 사망안이 닿는 범위 바깥이었다.

염라마신이 손을 휘둘렀다.

부서진 백골염왕두가 날아와 염라마신의 앞에 세워졌다.

콰콰콰콰콰콰콰!

곧바로 지옥술이 펼쳐졌다.

크기와 기세가 다소 줄었으나, 똑같이 흉악한 거대 톱날이 땅을 부수고 올라왔다.

공성탑 위의 궁무예가 말했다.

"금색."

"네!"

황금색 화살은 크고 묵직했다. 화살대가 매우 굵어 수궁(手弓)이 아니라, 기계 쇠뇌에 걸어야 할 물건 같았다. 화살 측면과 화살대엔 섬세한 주문(呪文)이 음각되어 있었다.

궁무예가 황금시를 당겼다.

파앙!

발사음도 훨씬 무거웠다.

천왕시(天王矢)라 하였다. 궁무예가 쏜 사일적천궁은 궁법(弓法)이 의미 없어 보였다. 금색 화살이 무서운 속도로 전장을 갈랐다.

지옥술이 피어나 톱날이 튀어나오는 대지에, 금색 화살이 폭격처럼 작렬했다.

콰아아아아아아아아앙!

톱니가 무참히 일그러졌다.

화살 일격에 땅이 함몰되었다. 거해지옥 법술 대지가 분화구(噴火口)처럼 무너지더니, 찬연한 금광과 함께 산산조각으로 깨져버렸다.

만요(萬妖)의 멸살(滅殺)은, 요력 법술까지 아울렀다.

상상초월의 위력이었다.

지옥술마저 일격에 지워지자, 염라마신의 움직임이 거칠어졌다.

독사지옥(毒蛇地獄)을 끌어올리고 고속진언을 이어 검수지옥(劍樹地獄)까지 재현했다. 염왕곤선승이 사방을 부수고 박살냈다. 격타 범위 내가 그야말로 지옥으로 변했다.

꽈광! 꽈과과과과광!

난사(亂射)와도 같았다.

후퇴와 방어만으로도 버거웠다.

퍼억!

왕호저의 거구가 먼저 튕겨나갔다. 다시 일어나려는데 꿈틀거리는 독사(毒蛇)같은 기운이 그의 발목에 얽혀들었다. 맹독(猛毒)이 몸을 타고 올라왔다. 왕호저의 얼굴이 순식간에 새파래졌다.

백가화가 그다음이었다. 곤선승 일격에 일장이나 튕겨나갔다. 쓰러지진 않았지만, 피를 한 움큼 토했다. 죽지 않은 것이 다행이었다.

궁무예가 가세했어도, 전력의 차이는 명백했다.

언제 누구를 잃어도 이상하지 않았다.

궁무예의 손이 빨라졌다.

황금시 두 발이 전장을 뚫었다.

두 개의 지옥술이 땅 밑으로 꺼졌다. 궁무예가 다시 적색화살을 시위에 올렸다.

"사부님! 밑에요!!"

꾸-우-웅!

공성탑이 흔들렸다.

적들도, 이 탑이 회심의 한 수라는 사실을 알았다.

양무의를 비롯한 의협비룡회와 군웅들이 필사적으로 저항했지만, 몰려드는 적의 수가 너무 많았다.

두두두!

요괴와 가면들 사이로, 신수(神獸)가 달려들었다.

봉쇄했다던 염라마신의 염우(閻牛)가 속박을 풀고 뛰쳐나온 것이다.

꽈아아앙! 우지끈!

공성탑이 한 번 더 크게 흔들렸다. 모서리의 기둥 하나가 반파되었다. 맹괴와 활회가 결사적으로 막아서 그 정도다. 그들이 아니었으면 기둥 하나가 통째로 박살 났을 일격이었다.

조종하는 이가 염라마신이든, 아니면 스스로 공격을 감행하는 것이든, 영수(靈獸)는 영수였다. 염라마신을 위협할 수 있는 존재가 그 꼭대기에 있다. 주인을 위해, 대지를 크게 돌아 다시 땅을 박찼다.

"클."

그것은 웃음소리라기보다는 혀를 차는 소리 같았다.

가차 없었다.

궁무예가 아래쪽으로 사일적천궁을 겨누었다.

피잉!

적색화살 파공음은 가벼웠다.

하지만, 그 위력은 그렇지 않았다.

퍼어어억! 콰드드드드드드득!

염우의 두개골이 산산조각으로 무너졌다. 두꺼운 목과 뿔은 피떡이 되었다.

천왕시 일격에 신수(神獸)의 머리를 으깨버렸다.

궁무예가 다시 몸을 돌렸다.

화살을 시위에 걸었다.

그때.

관승이 죽었다.

＊　　　　＊　　　　＊

천룡의 우주(宇宙)에는 산과 바다가 함께 있었다.

경관이 기묘했다.

산은 전형적인 산악지형의 산인 데다가 한쪽 비탈엔 산사태까지 나 있었다.

사람 그림자 하나 없을 그런 심산이었다. 산사태가 왜 났는지 알 수 없었다. 무너진 바위 더미와 흙더미에 아래쪽 숲이 망가지고 계곡 물이 메워져 있었다.

전투라도 일어난 듯, 쑥대밭이 되어 있는 숲도 보였다.

그리고 갑자기 바로 옆에 바다가 펼쳐졌다. 물결치는 바다 앞으로 백사장 모래가 고와 보였다. 각기 다른 곳의 경치를 억지로 이어붙인 것처럼 부자연스러웠다.

그 한가운데 조그만 움집이 있었다.

초라한 초옥 움집 위에 금장 장식이 화려한 편액이 걸렸다. 무제궁(武帝宮)이라는 세 글자가 용사비등한 필치로 적혀 있었다. 전혀 어울리지 않았다.

그곳에서 단운룡은 철위강을 만났다.

무제궁 앞에 철위강이 서 있었다.

그가 돌아섰다.

철위강이 단운룡을 보았다.

기시감이 들었다.

현실이 아니다. 단운룡은 생각했다.

여기서는 무엇도 진짜 같지 않았다. 사부를 만난 곳이 기루였듯, 이 영역은 원래 그랬다.

많은 것이 모호한 와중에도 한 가지는 확실했다.

철위강은 사부처럼 우주(宇宙)에 들어오지 않았다. 그럴 인물이 아니었다.

확신했다.

단운룡은 천룡의 정체성을 잘 알았다.

그의 무공은 천룡의 형(形)을 입고 있었다. 반려가 천룡의 후예였다. 철위강 본인을 직접 만난 적도 있었다.

철위강은 최강의 무인이었다.

그 정도 경지에 이르면 모든 불가능이 사라지기 마련이었다. 만류귀종이라는 말처럼 쉬운 표현도 없었다.

그의 무도(武道)는 어디로도 이어질 수 있다.

다시 말해, 철위강 또한 우주에 이를 수 있다는 뜻이었다.

하지만 그는 그러지 않을 것이다.

궁극(窮極)에 이르는 지점은 명백하게 달랐다. 방식 또한 같지 않았다.

본인의 의지로서가 아니라 우발적인 진입이 있었을지는 몰라도, 천룡의 무공은 이 영역의 깨달음을 목적으로 하지 않았다. 철위강은 그저 순수한 무력의 구도자일 뿐이었다.

철위강이 주먹을 들었다.

기시감의 정체를 깨달았다.

"이것이 천룡이다."

단운룡이 그의 목소리를 들었다.

이것은 천룡의 기억이었다.

금상에서 철위강은 그에게 천룡의 일권을 선물했다.

그렇다. 그것은 선물이라고 말할 수밖에 없었다. 그 의미를 이제야 분명히 알았다.

철위강은 천룡(天龍) 그 자체를 보여주며 말했다.

빚은 갚았다고.

단운룡은 그때, 맞서지 못할 힘의 결정체를 보았다.

하늘도 허락하지 않았을 법한 가장 강력한 힘의 총화라고 느꼈다.

철위강의 주먹이 단운룡의 가슴을 꿰뚫는 순간, 단운룡은 천룡의 모든 것을 만났다. 그 만남의 순간이 지금이었다.

항상 그러했다.

이곳은 시간의 흐름이 뒤섞인 곳이었다.

내일이 어제 같고, 찰나가 영원 같았다.

당시엔 그저 들끓던 내상을 치유해 준 것으로만 생각했다.

아니었다.

철위강은 그때 이것을 주었다.

그의 기억이다. 천룡의 근원이었다.

철위강은 사부와 싸워, 단운룡과 같은 재능으로, 사부의 무공까지 가져갔다.

그런 그가 사부의 방식으로 단운룡의 세계에 개입했다.

사부처럼 똑같이는 아니었다.

철위강은 우주(宇宙)를 열지 않고도, 단운룡에게 자신의 기억을 심었다.

단운룡이 다시 천룡의 세계를 보았다.

산, 산사태, 바다, 모래밭.

외로운 세계였다.

무상하고, 덧없었다.

다 그런 것이다. 철위강은 그렇게 말하는 것 같았다.

주인이 누구인지 모를 움막은 초라했다. 그 변변찮음을 보상하기라도 하듯 화려한 장식으로 꾸며졌다.

철위강의 주위에는 그를 무력을 추앙하는 신봉자가 수도 없이 많았다.

그러나 진정 그의 곁에는 그를 위하는 친구가 거의 없었다.

그가 그렇게 만들었다. 벽을 쌓아 스스로 외로워졌다.

단운룡은 천룡대제(天龍大帝)라는 초인(超人)이 아니라 철위강이라는 인간을 보았다.

결국은 사람의 이야기였다.

그 고립(孤立)을 딛고, 철위강은 무적(無敵)을 이루었다. 그것이 그저 화려한 편액에 불과할지라도 최강의 무(武)라는 인정은 결코 무의미하지 않았다.

철위강의 일권이 그러했다.

천룡의 기억은 고독의 토로가 아니었다.

그의 세계는 부자연스러워 보였지만 안온했다.

작은 움막에, 무너진 산야에, 하얀 모래밭에, 정(情)이 흘렀다.

사부란 그런 존재였다.

아마도 저 무제궁은, 천룡의 사부가 살던 집이었으며, 천룡이 최강의 무를 이어받은 장소였을 것이다.

단운룡은, 누군가에게서 누군가로 이어지는 유구한 인연의 끈을 느꼈다.

철위강의 무공이 탄생한 곳에서, 철위강의 힘을 실감했다.

천룡이 단운룡의 몸 안에서 깨어났다.

역설적인 일이었다.

인간의 이야기가 인간을 넘어서게 했다.

그 이야기가 철위강의 것이기에 가능한 일이었다.

산과 바다가 공허가 되었다.

단운룡의 의식이 공허의 어딘가로 향했다. 새까만 어둠이
별빛으로 채워졌다. 수없이 많은 별들이 강처럼 흘렀다. 우주
가 회전하고 있었다.

장엄하여 압도당했다.

형언할 수 없는 아름다움이었다.

이 시대의 사람이 볼 수 없는 광경이었다. 단운룡은 꿈에서
도 상상조차 할 수 없었던 것을 보았다. 먼 훗날 누군가의 지식,
먼 훗날 누군가의 미래, 더 머나먼 훗날 누군가의 현재였다.

잊어야 했다.

잊으려 하지 않아도 기억하지 못하리라는 것도 알았다.

이 시대 누구에게도 허락된 적 없었다. 섭리를 넘어선 진실
이었다.

만날 수 없는 세 요소가 그에게 기적을 선사했다.

소연신의 광핵(光核)은 섭리의 경계에 걸쳐 있었다. 완성되지
않은 역량으로도 세계의 이면을 넘나들 수 있는 매개체였다.

염라마신의 암핵(暗核)은 섭리의 이면이었다. 이치에서 벗어
난 모든 것의 조각이었다. 법칙을 무시하여 세계의 근간을 뒤

흔들 수 있는 최악의 오류였다.

철위강의 일권은 섭리 그 자체였다.

인간이 무도(武道)를 걸어 이룰 수 있는 가장 강력한 힘이었
다. 그의 역사, 그의 기억, 그의 근원이 그 안에 있었다. 허락
된 것의 최대치였다.

그 세 가지가 충돌했다.

빛이 잠식되어 사라졌다.

심연(深淵)이 단운룡을 채웠다. 어둠만이 가득했다. 의식마
저 아득해졌다.

힘들이 지녔던 의미들만 남았다.

소연신을 죽이고자 했던 염라마신의 의지가 가장 먼저였
다. 그것이 광핵을 죽였다. 소연신의 의지는 대상이 달랐다.
그는 항상 철위강을 이기고자 했다. 광핵은 염라마신보다 철
위강에게 반응했다. 철위강의 일권이 멈춘 광핵에 부활의 태
동을 일으켰다.

암핵(暗核)이 그것을 거부했다.

꿈틀거리는 힘을 무(無)로 되돌렸다. 섭리를 무시하는 혼돈
이 모든 것에 우선했다. 광력만으로는 맞설 수 없었다.

그때 철위강의 힘이 한 번 더 일어났다.

어쩌면 철위강에게도 예지능이 있었는지 모를 일이었다.

철위강의 기억이 단운룡을 근원으로 이끌었다.

단운룡이 그 자신과 만났다.

시작이 언제였는지, 어디였는지는 알 수 없었다.

단운룡은 소연신의 제자가 되어 너무나도 많은 것을 받았다.

그의 기지, 그의 재능, 그의 성정.

무엇으로도 사부를 극복할 수 없었다.

넘어서지 않아도 괜찮다.

사부는 신(神)의 영역을 넘본다. 평생토록 뒤따르다가 언젠가 그가 사부의 나이가 되었을 때, 사부만큼의 발자취를 남기게 된다면, 그걸로 만족이었다.

그렇게 타협했다.

아니다.

한순간.

단 한순간만이라도 좋다.

사부 이상을 원한다.

단운룡은 항상 원하는 바에 솔직했다. 사부의 제자이기에, 감사하기에 자기 자신을 속였다.

넘어선다면 지금이어야 했다.

염라마신은 세계의 법칙에서 벗어났다.

인간으로는 맞설 수 없다.

협제조차 가지 못한 곳에 이르러야, 이길 수 있었다. 다시는 그 경지에 도달하지 못한다 해도 상관없었다.

단운룡이 현실을 인식했다.

염라마신의 손이 그의 중단에 닿았다. 광핵이 파괴되고 있었다. 그의 몸은 뒤쪽으로 튕겨나가는 중이었다.

기적 같은 우주(宇宙)가 한없이 축소되었다. 끝없는 순환처럼, 우주는 그의 안에도 있었고, 그의 바깥에도 있었다.

단운룡이 염라마신의 힘을 똑바로 직시했다.

소연신처럼 보지 않았다.

그 본연의 재능으로 보았다.

보고 읽었다. 읽어서 내 것으로 만들었다.

심연(深淵)의 혼돈을 무공으로 구현한 깨달음이 단운룡의 뇌리로 흘러들었다.

이치를 무너뜨리는 이치가 거기 있었다.

불가해를 해석하고 그 위에 광력의 한계를 더했다.

뒤섞여 하나 된 깨달음이 그를 섭리 밖의 영역으로 이끌었다.

암핵처럼, 광구가 압축되었다.

빛이 꺼진 광핵이 일그러졌다. 모든 힘이 중심으로 모여들었다.

우우우우우우웅!

보의마저 빛을 잃었다.

끝없이 빨려들었다. 한계를 넘어섰다.

번쩍!

소연신조차 실현시키지 못했던 광극(光極)의 끝이 섭리의 제약을 뚫고 세계에 구현되었다. 단운룡의 전신이 공허와 같은 암흑으로 채워졌다. 빛마저 빨아들이는 공허와 탈출하려는 광력(光力)의 그의 몸 주위에서 균형을 이루었다. 피어오르듯 빛의 구(球)와, 광력의 원반이 생성되었다. 수백 년 후에 누군가가 보았다면, 인력담축(引力坍縮)과 강착원반(降着圓盤)을 떠올렸을 형상이었다.

불가능한 힘, 불가능한 현상이었다.

인간을 유지하는 것은 천룡의 무도(武道)였다.

궁극체(窮極體)의 강도를 실현하여 육신의 무너짐을 막았다.

빛의 원반을 두른 단운룡이 염라마신에게 쇄도했다. 그렇게 보였다. 보법도, 투로도 없었다. 만다라처럼, 세계가 단운룡을 중심에 두고 움직였다.

염라마신이 심연(深淵)의 무(武)를 전개했다.

원반을 따라 맹렬하게 탈출하는 빛이 암핵의 어둠을 뭉개버렸다.

무력 고하(高下)가 아니었다.

경지도 아니었다.

불가능의 실현이었다.

염라마신이 염왕곤선승을 휘둘렀다. 광력의 원반에 휘말려 단운룡에게로 빨려들었다. 한없이 가늘어지는 것 같았다. 그대로 곤선승 일부가 사라져버렸다.

염라마신은 그때 깨달았다.

사패가, 절대자라 칭해지는 여러 존재들이 어찌하여 섭리를 넘어서지 못하는지. 넘어서지 않으려 하는지. 그 이유를 알게 되었다.

콰득! 콰지지지직!

단운룡이 다가왔다.

검게 변했던 염라마신의 팔이 그대로 뜯겨나갔다.

단운룡은 이미 인간이 아니었다. 감당할 수 없는 빛의 덩어리였고, 모든 것을 집어삼키는 어둠의 구멍이었다.

염라마신 자신이 이 현상을 만들었다.

단운룡이 손을 뻗었다.

사람의 형상이 아니었지만, 움직임은 극광추처럼 보였다.

퍼어어억! 콰아아아아!

염라마신의 상반신 절반이 날아갔다. 심장 일부가 같이 터졌다. 육신만 부순 것이 아니었다. 기(氣)가 함께 파괴되었다. 가면이 쩍 하고 갈라졌다. 검붉은 흑혈기(黑血氣)가 피처럼 흘러내렸다.

쿠웅.

신마맹주가 쓰러지는 소리는 다른 모두가 쓰러지는 소리와 다를 바가 없었다.

염라마신이 머리를 틀었다.

즉사(卽死)가 마땅한 상태였지만, 섭리를 넘어섰던 암력(暗力)이 잠시나마 생(生)의 시간을 연장시켰다.

"너 또한 대가를… 치를… 것이다."

단운룡의 전신에서 어둠이 사라졌다.

"그러겠지."

단운룡이 담담하게 대답했다.

광력의 구(球)와 원반 또한 언제 휘황했었냐는 듯 일순간에 없어져 버렸다.

그 모든 것이 실제로 일어나지 않은 환상 같았다.

어둠 대신 빛이 돌아왔다.

단운룡은 지쳐 보이지조차 않았다.

천잠비룡포와 보의에 흐르는 빛 무리가 은은하게 무덤을 밝혔다.

"죽음만이… 가득했던……."

염라마신의 말을 끝까지 이어지지 못했다. 한(恨)이 담겼어야 할 목소리엔 감정이 남아 있지 않았다. 그의 목소리가 끊어졌다.

"다음 생엔 달리 살아라."

단운룡이 염라마신의 말을 마무리했다.

그렇게 당대 신마맹주가 사망했다.

아직 끝이 아니었다. 싸움이 하나 더 남아 있었다.

망가졌던 천잠보의를 신갑에 되돌렸다.

어둠 속에서, 방향을 가늠했다.

단운룡이 마지막 힘을 개방했다.

그가, 광도를 열었다.

　　　　*　　　　　*　　　　　*

　공허에 들어섰다.

　단운룡은 기억의 공백을 느꼈다.

　마지막 순간, 염라마신을 어떻게 죽였는지 정확하게 알지
못했다.

　정겨운 무언가를 느꼈고, 상상조차 못 할 아름다움을 보았
다고 생각했다. 그리고 그마저도 점점 흐려졌다.

　무의식과는 달랐다.

　극광추를 뻗는 순간에는 분명 의식이 있었다. 그가 쌓아온
능력이고, 그가 도출한 해법이었다. 하지만 그것은 다시 일어
나서는 안 될 금기(禁忌)였다. 그것도 절대적인 금기였다. 지금
그가 광도를 연 것 또한 인간에게 허락되지 않은 일이었지만,
염라마신과 싸우며 만들어 낸 것은 그보다 훨씬 더 나아간
지점에 있었다.

　선을 넘어 버렸다.

　그 사실만 명백했다.

　실제로 신(神) 또는 그에 준하는 무언가가 있어, 이 세계를
세계답게 만드는 이치와 의지라는 것이 존재한다면, 벌어져서
는 안 될 일이 벌어졌다 판단할 것이 틀림없었다.

　대가를 치를 것이다.

　염라의 예언에 동감했다.

있었던 사실을 잊는 것만으로 넘어갈 리 만무했다. 초월의 기억 외에 다른 것까지 박탈당할 수도 있었다. 상실이 필연처럼 느껴졌다.

광도를 열고 나아가는 길 저편에, 빛이 보였다.

저게 보이는 것을 보면, 대가가 무공은 아닌 것 같았다.

적어도 아직까지는 쓸 수 있었다. 광극진기도 염라마신에게 당하기 전으로 돌아왔다. 마지막 공방 자체가 없었던 일처럼 고스란히 삭제되어 버린 것 같았다. 떠올리려하면 할수록 전투의 순간들이 더 흐려졌다. 주고받은 힘의 총량을 가늠할 수 없었다. 광극의 극광추로 염라를 격살했다라는 결과 하나만 남았다. 그것만 점점 더 뚜렷해졌다.

공허가 그를 잡아 당겼다.

단운룡은 이해하려 해도 불가능할 상념을 더 붙들지 않았다.

정신을 집중했다.

지금이 대가를 치르기 전의 유예기간이라면, 그 시간을 최대한 활용해야 했다. 그는 아직 해야 할 일이 있었다.

어둠 저편에 빛 하나가 등불처럼 일렁였다.

빛이 가까워졌다.

멀리서는 흔들거려 등불 같았지만, 가까워지자 달리 보였다.

빛은 길고, 넓었다. 단순히 좌우로 흔들리는 것이 아니라 힘차게 펄럭거렸다.

그것은 빛을 두른 깃발이었다.

번쩍!

현실이 열렸다.

터엉!

단운룡이 공간을 뚫고, 탁 트인 산야에 내려섰다. 빛 무리가 눈부시게 사위를 밝혔다.

"문주!"

한참 멀리 뒤쪽에서 달려오는 남자가 있었다.

깃발을 휘날리면서.

칠대기수 중 일인이었다. 그가 전속력으로 달려 와 단운룡에게 깃대를 건넸다.

단운룡이 깃대를 넘겨받았다.

깃발에 진기가 얼마 남지 않았다. 그래도 괜찮다. 일곱 개면 어느 정도 회복할 수 있을 것이다.

파라라락.

광극진기를 축적해 둔 깃발로부터 공력을 회수했다. 깃발이 요동쳤다.

"수고했다."

기수는 지쳐 보였다.

깃발의 광휘를 유지하기가 만만치 않았을 것이다. 거구의 기수는 어딘지 모르게 태자후랑 닮아 보였다. 칠대기수 모두가 그랬다. 기수가 그에게 참아 왔던 질문을 던졌다. 태자후가 묻는 것 같았다.

"이겼습니까?"

단운룡이 다시 광도를 열며 답했다.

"마저 이겨야지."

공허가 그를 반겼다.

어둠을 꿰뚫으며 단운룡은 반조를 추억했다.

그런 기억까지 빼앗기지 않아서 다행이었다.

본디 군대에서 기수(旗手)라 함은, 전투에 직접 참여하는 전투군사가 아니요, 깃발 또한 전투무기가 아니었다.

그럼에도 불구하고 기수는 대단히 중요한 직책이었다.

오자병법(吳子兵法)에 쓰여 있길, '가장 용맹하여 죽음을 두려워하지 않는 자에게는 군기(軍旗)를 들게 하거나 군고(軍鼓)를 치게 하라.'고 하였다. 반조와 하만은 그래서 깃발과 북을 좋아했다.

기수는 군령이오, 병력 그 자체였다.

또한 기수는 병사들에게 위치와 목표를 알려주는 역할을 했다. 군사들은 항상 기수가 이끄는 대로 달렸다. 깃발은 전투에 임한 자들 모두의 지침이요, 인도자였다.

대 염라전이라는 건곤일척의 결전에서, 칠대기수는 기수라는 본연의 임무에 투입되었다.

단운룡은 광극진기가 실린 깃발의 빛에 의지하여, 깜깜하여 위치를 알 수 없는 공허를 관통했다.

번쩍!

그가 두 번째 기수를 만났다. 한참 멀리 떨어진 곳에서 공간을 찢었던 단운룡은 조금 더 가까이에서 현실을 열었다.

깃발의 진기를 회수한 그가 다시 광도로 뛰어들었다.

발상의 시작은, 백무한을 만났을 때부터였다.

제천대성과 싸우던 단운룡은 공허에서 튕겨나가 거의 이백 리에 달하는 거리를 한순간에 뛰어 넘었다.

도약이 얼마나 어처구니없는 힘을 지녔는지도 그때 알았다.

시간과 공간의 제약을 무시할 수 있는 능력이었다. 동시에 그만큼의 경각심을 느꼈다.

함부로 써서는 안 될 힘이라는 경고를 받았다.

분명 사부에게서였을 것이다.

재구성하기 어려웠던 사부와의 대화 중에서도, 의존해서도 안 되고 남용해서도 안 된다는 이야기만큼은 분명하게 새겨들었다.

다만, 마음대로 휘두르지 말아야 할 힘이라도, 만에 하나 쓰게 된다면 제대로 조절할 줄 알아야 한다고 생각했다.

그래서 분석했다.

왜 그곳이었는가.

공허는 세계의 어디로든 연결될 수 있었다. 드넓고도 드넓은 천하에서, 백무한의 앞에 떨어진 이유가 분명히 있을 것이다.

단서는 기(氣)였다.

백무한은 단운룡을 제천대성으로 오인했다. 첫 질문이 얼굴을 바꾼 것이냐였다. 그 사실도 중요했다. 대단히 핵심적인 정보였다. 거기서부터 결전 전략의 많은 것들이 수립되었고 실행에 옮겨졌다.

금기(金氣)가 원인이었다.

제천대성의 금정(金精)이 백무한에 반응했다. 이끌려 공허를 통과했다. 그렇게 내린 결론이 지금으로 이어졌다.

동질의 기(氣)가 있으면, 목표로 삼을 수도 있을 것이다. 그에 기반하여 이론을 수립했다.

전제의 입증은 몇 번의 실험적 도약으로 충분했다. 매개체는 천잠사였다. 천잠사는 광극진기를 담을 수 있었다. 보의로, 깃발로, 가능함을 증명했다.

단운룡은 공허 속에서, 광극진기가 담긴 물건을 찾을 수 있었다. 거리가 멀어지면 멀어지는 만큼 강력하게 축적된 진기 용량와 지속적인 진기 방출이 요구되었다. 그 부분은 잠요의 축기와, 칠대기수의 운기 유지로 해결했다.

번쩍!

단운룡은 광도를 열고 일곱 번을 도약했다.

쌍왕이 나뉘어져 각개격파가 필요해진 시점에서, 옥황의 허를 찌를 수 있는 전략은 이것뿐이었다.

어느 누구도, 동시에 한 곳에 존재할 수는 없는 법이다.

거리가 짧으면 이곳에서 저곳으로의 전투를 단시간에 이어

갈 수 있겠지만, 거리가 백 리가 넘어 버리면 연속적인 전투가 불가능했다.

북망에서 시황릉까지는, 하물며 팔백 리다.

옥황조차도 두 전투 모두에 단운룡이 참전할 것이라고는 예상하지 못했을 것이다. 단운룡이 시황릉에 당도한 이상, 그쪽은 그쪽대로 결말을 맞는다. 북망산은 따로였다. 하늘에 이른 옥황의 책략조차도, 단운룡의 개입은 예상하지 못한다. 예상하지 않을 것이다.

그걸 노렸다.

일곱 번의 도약으로, 단운룡은 북망산의 초입에 이르렀다.

마지막 칠대기수가 깃발을 내밀었다.

끓어오르는 협기(俠氣)를 인내하고, 아무도 없는 외딴 능선에 서서 깃발을 들었던 칠대기수가 다시 깃발을 받았다.

"임무는 종료입니까?"

"그래."

"저도 싸우겠습니다."

이 녀석이 태자후랑 가장 닮았다. 머리가 덥수룩한 것도, 얼굴 표정도 그랬다. 단운룡이 말했다.

"죽지 마라."

"물론입니다."

깃발은 이제 다 썼다.

북망만 해도 드넓다. 대전장은 아직 멀었다.

싸우며 진입할 수 없다. 그럴 여유가 없을 것이다. 공허 속에서 찾아야 했다.

그 험한 격전지에, 강설영까지 투입한 이유다.

마지막 광극진기는 그녀 안에 있다.

광도를 열었다.

단운룡의 몸이 이제 친숙한 공허 속으로 빨려 들어갔다.

*　　　　　*　　　　　*

최후의 순간, 관승은 당당했다.

염라마신은 가슴에 화살이 박히고도 아무런 제약이 없어 보였다. 무공도 훨씬 더 살벌해졌다.

넘치는 살의(殺意)가, 모두에게 크고 작은 부상을 입혔다.

관승도 이미 어깨를 당한 상태였다.

청룡핑화창은 중병의 무공이었다. 양팔의 근력이 조화롭게 합치되어야만 최상의 위력을 낼 수 있었다.

균형이 무너진 것은 치명적인 약점이 되었다.

종이 한 장 차이로도 생사가 갈리는 싸움이었다. 염라마신 앞에서는 한 치만큼의 틈도 큰 산의 협곡처럼 넓었다.

쩌엉!

언월도가 속절없이 밀려 나왔다.

염라마신도 균형은 완전치 않았다. 반신이 불에 타서, 정상적인 발경이 부족해졌다. 당문의 맹독에 중독된 기미까지 엿보였다. 그런데도 이 정도다. 천하에 다시없을 괴수였다.

지옥술의 재개(再開)는 놀랍지도 않았다.

염라마신의 괴력엔 한계가 없다. 그것만 확실해졌다.

콰아아아아아아아아앙!

궁무예의 화살이 아니었으면 모두가 휩쓸렸을 지옥이었다.

발밑이 크게 흔들렸다.

궁무예의 천왕시는 막강하여 든든했지만, 모두의 상태는 좋지 않았다. 파괴되는 지옥술의 파동이 사위를 휩쓸었다. 염라마신의 움직임이 거칠어졌다.

독사지옥(毒蛇地獄)과 검수지옥(劍樹地獄)이 연달아 펼쳐졌다. 염왕곤선승이 사방을 부수고 박살 냈다.

관승은 힘겹게 막았다.

쫘광! 쫘과과과과광!

왕호저와 백가화가 튕겨나갔다.

왕호저를 돌아보는데, 얼굴색이 새파랬다. 중독이었다.

혹독한 무공이었다.

막야흔과 엽단평이 용맹하게 뛰어들었으나 염왕권 반격에 목숨만 부지했다.

곤선승과 염라인이 전면을 휩쓸었다.

염라마신은 흉폭한 대요괴(大妖怪)처럼 싸웠지만, 생각 없는 짐승이 아니었다. 공성탑에서 날아오는 궁무예의 견제가 순간적으로 끊겼다.

염라마신은 기회를 놓치지 않았다.

확실히 하나씩 죽일 생각이었다.

그 와중에도 강설영을 향한 살기(殺氣)는 더 험악했다. 오기
룡이 뛰어들어 강설영을 밀어내고, 염라인을 막아주었다.

울컥.

오기룡이 입에서 핏물이 흘렀다.

오기룡은 피를 토하면서도 멈추지 않았다. 그는 대형(大兄)
이었다. 그는 강설영을 지키고 또 몸을 날렸다. 이번엔 왕호저
를 향해서였다.

'형님.'

관승이 언월도를 쥔 손에 내력을 집중했다.

휘청거리며 자세를 세우는 왕호저에게 곤선승 일격이 날아
들고 있었다. 오기룡은 제 몸을 돌보지 않았다. 그가 왕호저
대신 곤선승을 맞았다.

쩌엉!

철신갑에서 험악한 소리가 났다.

'그렇게 남들만 지키면, 형님은 누가 지키오.'

관승은 오기룡이 날아가 땅바닥에 처박히는 것을 보았다.

촤라라락!

염왕곤선승이 다시 치솟아 올랐다. 다음 일격이면 오기룡
이든, 왕호저든 죽는다. 관승이 땅을 박찼다.

염라마신이 손을 휘둘렀다. 염라인의 경파가 무섭게 휘몰아쳤다.

관승은 피하지 않았다.

함께해 온 전우였고, 형제였고, 벗이었다.

회피해야 할 순간을 무시했다. 막아야 할 사선을 흘려 넘겼다. 대신 혼(魂)을 실어 화룡언월도를 내리찍었다.

콰직! 퍼어어억!

두 줄기 격돌음이 무자비하게 울려 퍼졌다.

목숨을 내주고 취한 일격이었다.

언월도가 염라마신의 오른쪽 가슴에 박혀 있었다. 오기룡을 향해 짓쳐 들던 염왕곤선승이 그가 넘어진 바로 옆의 땅을 부쉈다.

그거면 된 거다.

염라마신은 명실공히, 이 시대 최강자 중의 하나였다.

대적의 몸에 언월도를 꽂았다.

치명상이 아니어도 괜찮다.

형님을 살렸으니까.

동생들 덕을 좀 봐야 한다. 살가움이 어색한 중년의 남자들이다. 성정이 무뚝뚝하여 기꺼운 마음을 쉽게 표현하지 못했다.

그래도 믿었다. 말로 많이 꾸미지 않아도 전달되었을 것이다.

오른쪽 다리에서 힘이 빠졌다. 서로 오른쪽에 박았다. 옆구리가 허했다. 움푹 들어갔음을 알았다. 염라인을 정통으로 맞

은 곳이었다. 폐장(肺腸) 절반이 터졌고 간장(肝腸)이 통째로 박
살 났다. 수많은 혈관들이 찢어졌고, 척추도 일부 부러졌다.

곧 죽는다.

절대 살아나지 못한다.

염라마신이 다시 곤선승을 치켜올렸다.

"어딜."

관승이 언월도 자루를 놓고 팔을 뻗었다. 아무도 죽이지 못
한다. 곤선승이 그의 팔을 휘감았다.

콰직! 우드드득!

요골과 척골이 한꺼번에 바스라졌다.

관승은 고통도 느끼지 않았다. 그가 염라마신을 두 눈을
똑바로 쳐다보았다.

두렵지 않았다. 관승은 불패의 형제였다.

"그동안 즐거웠소. 형님."

그 말이라도 해야 했다. 안 그러면 형님 성격에 눈물만 펑
펑 쏟을 것이다. 그딴 꼴 더 볼 수 없겠지만 하늘에서라도 보
고 싶지 않았다.

콰득! 퍼억!

굵은 팔이 날아갔다. 염왕권이 흑단수염 드리워진 가슴에 꽂
혔다. 사망안이 그의 눈을 관통하기 전에 심장이 먼저 터졌다.

입에서 울컥 핏물이 쏟아졌다.

관승의 장대한 몸이 피투성이가 되었다. 그대로 선 채, 숨

이 끊어졌다. 전설 같은 장수의 죽음이었다.

장익에 이어 관승이 죽었다.

충격이었다.

관승은 항상 오기룡보다 더 어른 같은 어른이었다.

현실이 아니길, 부정할 여유가 없었다. 염라마신의 목소리가 죽음처럼 번졌다.

"기어코 이것들이……!"

화르르륵! 화르르르르르륵!

화살과 언월도를 박은 염라마신의 몸에서 흑혈기가 거세게 일어났다.

털썩.

사람의 육신이 무너지는 소리가 들렸다.

관승은 아니었다.

관승은 죽은 채, 아직도 서 있었다.

염라마신의 몸이 땅바닥에 쓰러져 있었다. 언월도 꽂힌 곳에서 주르륵 핏물이 배어 나왔다. 얼굴을 덮은 염라의 가면이 공중으로 떠올랐다. 가면으로부터 검고 붉은 기운이 폭포수처럼 쏟아져 내렸다.

기운이 형체를 이루었다.

흑기(黑氣)와 혈기(血氣)가 뭉쳐져 사람의 팔다리가 되었다.

새로이 형상을 갖춘 염라마신은 아까보다 체격이 컸다. 거구였다. 적벽을 습격했던 모습 그대로였다.

마침내 본체(本體)다.

지옥에서 기어 나와 대지를 활보하는 망령이다.

악기(惡氣)가 마신의 전신에서 일렁거렸다. 귀신(鬼神)의 기운은 대단히 불길하고 흉악했다. 심약한 사람은 보기만 해도 숨이 멎을 것 같았다.

"제길."

막야혼은 더 험한 욕 대신 그 한 마디만 했다.

제대로 싸울 수 있는 이가 몇 없었다.

막야혼은 아직도 기세가 등등했으나, 엽단평은 많이 지쳤다. 용음도와 청천검의 조화가 무너지고 있었다.

강설영은 그나마 나았다. 투지도 있고, 내상도 크게 입지 않았다. 하지만 불안했다. 순간적인 파괴력은 충분했지만, 투로 전체가 안정적이지 않았다. 그녀의 무공은 아직도 미완성이었다.

왕호저는 한계다. 백가화도 내상이 심해 보였다.

오기륭이 입에서 피를 쏟으며 일어났다.

관승이 죽었음을 알았다. 그의 두 눈이 활활 타올랐다. 몸은 아니다. 그는 더 싸울 수 있는 상태가 아니었다.

남은 것은 효마였다. 곤선승에 휘말려 던져졌던 효마가 얼굴 앞에 창날을 두고, 한 발 한 발 소리 없이 전진했다. 그답지 않게 조심스러운 접근이다. 여차하면 죽는다. 맹수와 같은 감각이 그의 전신에 흘렀다.

염라마신이 손을 들었다.

쓰러진 염라의 육신에서 금빛 곤선승이 풀려 나와 마신의 소유가 되었다. 유형화된 거구는 사람의 육체와 동등했다. 손에 든 곤선승이 흑색으로 물들었다.

죽음의 선언은 이미 여러 번 했다.

말 대신 진언을 읊었다.

염라가 손짓했다. 그 손짓으로 지옥이 올라왔다.

*　　　　*　　　　*

"결국 귀신이 되었어요! 흰 거 드릴까요?"

"다시 금색."

궁무예는 풍부한 경험으로 판단했다. 늙은 눈에 정광이 넘쳐흘렀다. 분노도 함께 있었다.

당연했다. 관승은 좋은 놈이었다.

누가 그를 싫어할 수 있겠는가. 저런 죽음에 피가 끓지 않는다면 사람이 아니다. 궁무예가 금색 화살을 시위에 걸었다.

퍼엉!

다시 금색 화살이 전장을 꿰뚫었다.

염라가 땅 밑에서 세 개의 지옥을 연달아 끌어냈다.

철상지옥 대못판이 올라오다가 궁무예의 금색 화살을 직격으로 맞았다.

콰아아아아아아아앙!

굉음과 함께 강철처럼 변했던 지면이 움푹 쪼개져 함몰되었다.

"두 대 더!"

궁무예의 손이 빨라졌다. 두 자루 금색 화살을 다급히 넘겨받았다. 둘을 한꺼번에 시위에 올려 손아귀를 비틀었다.

콰콰콰콰콰!

바람이 일어났다. 풍도지옥이다. 더불어 도산지옥이 다시 한번 땅 위에 솟았다.

모두가 정신없이 뒤쪽으로 물러날 때, 근접전 영역에서 벗어나 있던 도요화가 다시 북채를 쥐었다.

도요화도 내력 소모가 심해 보였다.

그녀는 진입 전에도 계속 북을 쳤다.

음신(音神)의 힘은 물론 경이로웠지만, 그만큼의 내공을 담보로 했다. 그녀의 힘은 무한하지 않았다. 게다가 전력으로 펼치는 타고공진격조차 염라에겐 아무런 타격을 입히지 못했다. 그게 가장 컸다. 공진격은 어지간한 요괴들 다수를 일격에 격살할 수 있는 막강한 비기였지만, 염라마신의 내구력은 일반적인 규격 외에 있었다. 이런 상대는 처음이었다. 자색 광망이 머물러 있는 도요화의 두 눈엔 여전한 투지와 지친 무력감이 복잡하게 얽혀 있었다.

이제는 다를 수도 있을 것이라 생각했다.

그녀는 생명 없는 존재를 많이 보아왔다. 지금의 염라마신은 명백히도 인간을 벗어나 있었다. 황제전고에는 항마(降魔)의 힘이 있었다.

콰앙!

도요화가 있는 힘껏 북채를 내려쳤다.

지옥술은 궁무예가 어떻게든 해줄 것이다. 회피하는 동료들을 그녀가 보호해야 했다. 장익과 관승은 못 구했지만 더 잃을 수는 없었다.

퍼어어엉!

칼바람과 칼산 사이를 뚫고, 그녀의 공진격이 폭발했다.

염라마신의 상체가 물결처럼 일렁였다. 수면 위에 큰 돌을 던진 것처럼, 공진격 격타 부위를 중심으로 동심원의 파장이 남았다. 막 뻗어내던 염왕곤선승의 흑선이 미세하게 흐트러졌다. 그게 강설영을 살렸다.

콰아앙! 콰아아아아앙!

금색 화살 두 대가 동시에 날아와 터졌다. 풍도를 짓누르고, 도산을 무너뜨렸다.

막야흔이 기다렸다는 듯 되돌아 몸을 날렸다.

과감하기로는 천하제일이었다. 곤선승이 칼처럼 반원을 그렸다.

쩡!

황천 없는 용도(龍刀)가 단숨에 튕겨나갔다.

과감한 것은 막야흔뿐이 아니었다.

효마는 라고족 백표신(白豹神)을 닮은 궁무예를 예외적으로 귀히 모셨다. 당연히 존중하고 신뢰했다. 효마는 지옥술이 그를 다치지 못하게 할 것을 아는 것처럼 후방으로 깊이 들어가 있었다. 무쌍금표창이 염라마신의 등을 쑤셨다.

퀴웅!

염라마신은 무공으로 그의 창을 막지 않았다.

그럴 필요가 없었다.

금표창이 염라의 등을 관통하여 복부 앞쪽까지 튀어나왔다. 피는 튀지 않았다. 파육음도 들리지 않았다.

손맛을 느끼지 못했다.

효마는 등줄기를 타고 오르는 오싹함에, 전력으로 몸을 던졌다.

훅!

염라마신의 몸이 꺼지듯 사라졌다.

꽈앙! 꽈아아앙!

그저 운이 좋았다.

도요화의 도움도 있었다.

효마는 세 번 더 땅을 박차며 겨우 목숨을 구했다.

퍼억! 우지끈!

그럼에도 마지막 일격은 완전히 피하지 못했다. 곤선승이 그의 다리를 스쳤다. 스쳤다 생각했는데, 정강이가 부러졌다.

창대 끝으로 땅을 찍고 놀란 짐승처럼 물러났다.

돌아본 염라마신은 사람 키만큼 공중 위에 떠 있었다. 효마의 위기를 본 강설영, 막야혼, 엽단평이 상대도 안 되면서 맹렬히 덤벼드는 중이었다.

효마는 더 싸울 수 없음을 알았다.

이 다리로 저기 꼈다가는 순식간에 목숨이 날아갈 것이다.

그렇다고 포기하지 않는다. 효마는 사냥꾼의 눈으로 염라마신을 보았다.

막야혼의 용도가 염라마신의 어깨를 스쳤다.

분명 얕지 않게 훑었는데 출혈이 없었다. 옷도 찢어지지 않았다. 그저 검붉은 기운만 일부 새어 나가듯 흩어졌을 뿐이다.

염라마신은 아까 같은 무공 방어초를 쓰지 않았다. 쓰지 않는 것인지 쓰지 못하는 것인지는 알 수 없었다. 칼 정도는 맞아도 그만이라는 식이었다.

그러다가 한 가지 사실을 깨달았다.

사보검은 피한다. 확실하게 의식하고 있다. 강설영의 일권이나, 막야혼의 용도보다 경계하는 기색이 역력했다.

효마의 눈이 더 날카로워졌다.

용도에도 타격이 없진 않다.

어깨에 붉은 자욱이 남아 있었다. 피 흘리는 상처는 아니지만, 붉게 타들어 가는 듯한 흔적이 선명했다.

그가 창날을 쑤셔 박았던 위치도 그랬다.

불에 지진 것 같은 자국이 보였다.

홍룡(紅龍)의 신병(神兵)들이어서 그렇다.

사람이 입는 관통상에 비하자면 미미하기 이를 데 없는 손상이겠지만, 그래도 효과가 있다. 다들 어떻게든 목숨을 보전하는 이유이기도 했다.

효마가 염라를 일별하고, 공성탑을 돌아보았다.

그 위에 궁무예가 있다.

그가 창대로 땅을 찍고 몸을 날렸다. 장익의 시신이 그쪽에 있었다. 장익 옆에서 용아사모를 집어 들었다. 관승 앞에 쓰러진 염라의 육신을 짓밟고 언월도까지 뽑아 들었다.

서둘러야 했다.

염라마신 앞의 동료들은 죽다 살다 하나같이 벼랑 끝처럼 싸우고 있었다.

효마가 공성탑으로 향했다. 밑에서는 거기대로 전투가 한창이었다. 뚫는 것도 일이겠다. 품에서 독병들을 꺼내면서 상처 입은 표범이 전장을 가로질렀다.

"흰색. 일곱."

궁무예가 손을 내밀었다.

해사하여 주름 하나 없는 손이 늙고 강인한 손에 일곱 개의 백색 화살을 넘겨주었다. 백색 화살은 재질이 백옥이라도 되는 듯, 날렵하여 매끄러웠다. 주(呪)가 화살대를 둘러 세밀

한 양각으로 빼곡하게 새겨져 있었다.

여섯 대 화살을 허리춤에 끼우고, 한 발을 시위에 올렸다.

궁무예가 내공을 일으켰다.

허연 머리카락이 곤두섰다.

전에 맞섰을 때는 불의의 사망안에 제 기량을 보여주지도 못했다. 신궁(神弓)의 진면목이다. 방만하여 흐릿했던 얼굴에 강호를 질타하던 한때가 깃들었다.

파! 파! 파! 파! 파! 파! 파아아앙!

천왕칠섬이라 했다.

대종사(大宗師)의 궁술(弓術)이 펼쳐졌다.

일곱 발 백색 화살이 거의 동시에 하늘을 뚫었다. 어떤 화살은 회전 없이 날았고, 어떤 화살은 회전이 너무 빨라 흔들리는 것처럼 보였다. 어떤 화살은 가벼웠고, 어떤 화살은 묵직했다. 강하게 날아가는 화살과 날렵하게 날아가는 화살이 있었다.

마지막 화살은 모든 변화를 다 품었다. 조여졌다 풀어지듯, 회전과 무회전을 거듭했다. 그리고 그 일곱 발 모두가 섬광 같았다.

쩡! 꽈앙!

막야흔과 엽단평은 서로 말하지 않아도 뜻이 통했다.

둘이 동시에 물러났다.

강설영도 판단이 빨랐다. 강대한 기운이 쇄도하는 것을 알았다. 하나도 아니고, 여러 개였다. 그녀가 뒤쪽으로 땅을 박찼다.

염라마신은 쫓지 않았다.

신마맹주도 전력으로 방어해야 할 때가 있다.

그게 지금이었다.

고속진언으로 지옥술을 펼치는가 싶더니, 그 강력한 주력을 다 뽑아 올려 염왕곤선승에 담았다. 흑기로 가득 차 두터워져 보였다. 곤선승이 엄청난 속도로 휘둘러졌다. 염라 앞에 반구(半球)형의 방패가 생겨났다. 지옥기(地獄氣)의 운용이 경이로웠다.

꽈아아앙!

철퇴가 작렬하는 것 같았다. 성문에 충차가 들이받는 것 같기도 했다.

꽈앙!

폭음도 그러했다.

꽝! 꽝! 꽈아앙!

폭발이 터질 때마다 염라마신의 전신이 흩어졌다 뭉치는 것처럼 일렁거렸다. 흑혈기가 피처럼 흩뿌려졌다.

꽈아아앙!

다섯 발째부터 곤선승 방패벽에 금이 갔다.

짙은 흑기(黑氣)가 폭연(爆煙)처럼 뿜어졌다.

꽝!

여섯 번째 화살이 곤선승을 깼다. 부러진 백색 화살이 염라마신의 가면 옆을 스쳤다.

꽈아아아아아앙! 푸화악!

칠섬의 마지막이 염라마신의 옆구리를 뚫었다.

실체 없는 망령이어야 할 염라마신의 몸이 덜컥 뒤쪽으로 튕겨 나갔다.

"이 위력……!"

염라마신이 곤선승을 고쳐 잡으며 몸을 세웠다.

골반 바로 위 좌측 측복부에 반원형의 결손이 생겨 있었다. 흑혈기가 끊임없이 새어 나왔다. 마치 내장과 선혈이 흘러내리는 듯했다.

"그것 또한 신병(神兵)인가."

염라마신의 시선은 공성탑에 꽂혀 있었다.

궁무예가 다시 시위에 화살을 걸었다.

먼 곳에서도 사자(死者)의 목소리를 들었다. 궁무예가 대답처럼 말했다.

"천하제일이다."

이 한 발에도 전력을 담았다.

파아앙!

백색 화살이 한 줄기 백선을 그렸다. 이 천왕시 일격은 천왕칠섬 일곱 발보다 훨씬 더 빨랐다. 염라마신은 그것을 정면으로 받아내지 않았다. 그러다가 수복 불가의 피해를 입었다. 염라마신이 곤선승을 휘두르며 측면으로 이동했다.

쇄액!

틀렸다.

천하제일궁사의 화살은 막을 수도 피할 수도 없다.

사일적천궁 그러쥔 궁무예가 손목을 틀었다.

콰아아아!

거친 파공음과 함께, 화살이 방향을 틀었다. 화살이 염라마
신을 쫓아갔다. 이기어(以氣御)다. 신궁의 신궁이었다.

쩌어어엉!

지옥기를 둘러친 곤선승이 백색 화살에 작렬했다. 튕겨나갔
던 화살이 다시 치솟아 올랐다. 염라마신의 몸이 흩어졌다 뭉
쳐지길 반복하며 위타천의 신법마냥 무서운 속도로 움직였다.
화살은 집요했다. 염라마신이 어느 위치까지 공간을 격하고
나타나도 목표를 놓치지 않았다. 염라마신이 고속진언으로 지
옥술을 끌어올렸다.

콰콰콰콰콰콰!

땅에서 검수지옥을 일으키고서야 화살을 막을 수 있었다.

명백히도 수세(守勢)에 몰렸다.

염라마신에겐 있을 수 없는 일이었다. 염라마신의 악기(惡
氣)가 흉포함을 넘어 죽음 그 자체에 이르렀다. 주위의 땅바닥
이 말라갔다.

"거기서 몇 발이고 쏴 보거라. 마지막에 죽여주마."

분노한 망령이 사람처럼 말했다.

화살을 피하며 움직이는 동안, 분루를 삼키고 피해 있던 이들과 가까워졌다.

염라마신 바로 뒤쪽에 오기륭과 왕호저가 있었다.

부상자라도 관계없다.

궁무예는 죽음의 화신을 지나치게 자극하고 말았다.

염라마신의 분노가 오기륭과 왕호저에게 쏟아졌다. 살려준 관승에겐 미안하다만 동생 죽는 건 더 못 보겠다. 오기륭이 덩치도 더 큰 왕호저를 가리며 앞서 나섰다.

번쩍!

그때.

빛이 공간을 찢었다.

단운룡이 당도했다. 뛰쳐나와 펼치는 광검결로 염왕곤선승을 물리쳤다.

쩌정!

"뒤로!!"

오기륭과 왕호저에게 소리치고, 전진했다.

단운룡은 거침없었다.

염라마신이 다시 곤선승을 휘둘러왔다.

이젠 곤선승 탄법이 익숙할 지경이었다. 휘어 치는 격타 범위 안으로 깊이 들어갔다. 그대로 나아가 광뢰포를 전개했다.

꽈아아아아아아앙!

염라마신의 몸이 뒤로 튕겨나갔다.

전신의 형태가 파도치는 수면처럼 출렁거렸다. 흑혈기가 계속 새어 나와 흩어졌다.

쐐애액!

그걸로 끝이 아니었다.

궁무예의 천왕시가 다시 공간을 뚫었다.

위잉! 우우우우우웅!

염라마신의 입에서 고속의 진언이 고함지르듯 강렬하게 터져 나왔다.

지옥난무(地獄亂舞)다.

철상, 거해, 도산, 검수, 단단한 괴력을 지닌 지옥술이 소규모로 동시에 구현되었다.

콰콰쾅! 퐈아아아아앙! 까가강! 콰드드득!

천왕시가 지옥술에 막혀 부러지고, 단운룡이 지옥들을 돌파했다.

단운룡의 돌진과 궁무예의 저격은 의협비룡회 최강의 조합이었다.

염라마신이 다급하게 물러났다. 진언은 계속되었다.

우웅! 촤좌좌좌촥! 화르르르르륵!

한빙지옥과 화탕지옥까지 나왔다.

단운룡은 두려울 것이 없었다.

광극의 보의는 거의 다 소모했으나, 그에겐 천잠비룡포가 있었다. 또한 그에겐 광력의 깨우침이 있었다.

손을 들어 손바닥을 아래로 했다.

'들어가라.'

빛에게 말했다.

그리고.

거부당했다.

지독한 한기(寒氣)에 이어, 맹렬한 열기(熱氣)가 보의를 옥죄며 밀려들었다.

*   *   *

심연(深淵)에 꽃비가 내렸다.

"대체 이게 무슨……"

옥황의 음성은 그답지 않았다.

딛고 선 어둠은 명경지수처럼 투명했다.

매끈한 표면에 파랑이 일었다. 흔들리는 마음이 그대로 드러냈다.

"모든 것이 당신 뜻대로 될 줄 알았소?"

묻는 이의 목소리는 사람을 홀릴 듯 그윽했다.

대적(大敵), 옥황의 영역 안에서 홀로 마주서고도 정중한 말투로 여유를 잃지 않았다.

옥황이 눈앞의 상대를 보았다.

꽃비가 그의 몸 앞에서 가루처럼 부서지고 있었다. 옥황의 신력(神力)을 완전히 상쇄시키고 있다는 뜻이었다.

"어떻게 가능한 거지?"

"무엇이 말이오?"

"장안 진입을 보고받았고, 시황릉의 귀군들이 전투에 들어간 것도 감지했다. 협제의 제자는 분명히 거기에 있다. 있어야 해. 헌데 어째서 지금 여기에 또 나타난 것이냐?"

"동시에 두 곳에 존재한다는 이야기로 들리오만."

"그러하다."

"그게 가능하오?"

그가, 천룡상회 상주, 유광명이 반문했다.

옥황의 두 눈에 녹청색 노기(怒氣)가 떠올랐다.

"능멸하려 들지 마라. 내가 묻는 말 아니었던가."

"어찌 된 연유인지는 전혀 아는 바가 없소. 그쪽 군사(軍師)가 워낙 음흉해서 말이외다."

유광명은 태연자약 그 자체였다.

심연 한가운데 서서도, 자신의 실체를 완벽하게 유지하고 있다. 상제력으로 짓눌러도 미동조차 하지 않았다.

"그 군사(軍師)는 일개 범부(凡夫)일 뿐! 희박도 아니고, 불가한 수(數)에 도박을 건 하수(下手)에 불과하다."

"그 하수가 이번엔 당신을 이긴 것 아니오? 그것도 지략으로."

쾅.

그렇게 일격이 들어간 것 같았다.

유광명은 온화한 목소리로 천룡 같은 파괴력을 냈다.

옥황의 얼굴이 창백하게 굳어졌다. 이제야 사람 같다. 상제의 위엄이 흐트러졌다.

"어불성설, 나는 지지 않았다."

"내가 보기엔 진 것 같소. 어쩐지 과하게 서두른다 했지. 이제야 알겠소. 그는 승리에 눈이 먼 것처럼 성급히 돌격하며 당신의 방심을 일으켰고, 그것을 통해 당신이 대응할 기회마저 빼앗은 거라오."

옥황이 눈썹을 치켜올렸다.

"그 언사(言事)는 전부터 거슬렸다. 내 너의 목숨을 빼앗고, 전장의 결과를 바로잡겠다."

언령의 힘이 담긴 일갈이었다.

옥황이 손을 들었다.

비취색 기운이 구름처럼 피어올랐다.

"가면 얻은 자들에게 낙원을 약속하며 얼마나 모순된 언행(言行)을 일삼았소? 인과를 분명히 하시오. 삿된 언어는 내가 아니라 당신의 업보요."

유광명은 입으로만 싸우지 않았다.

그가 물러나며 진각처럼 발을 찍었다. 집어삼킬 듯 닥쳐들던 옥빛의 구름이 보이지 않는 방패에 가로막힌 것처럼 밀려 올라갔다.

"고작 반쪽짜리 힘으로 버틸 수 있을 것 같은가."

"반쪽으로도 충분하오."

유광명이 다시 한번 어둠을 내리찍었다.

쩌정!

투명한 심연(深淵)에 금이 갔다.

옥황의 눈이 번쩍 빛났다.

신(神)이 아니라 명백히 인간으로 분노했다. 옥황이 오른손에 든 비취 홀(笏)을 유광명에게 겨누었다.

"천공(天空)."

언령이자 주문이었다.

유광명의 머리 위에서 하늘이 열렸다. 까만 공허(空虛)에 뚫린 구멍으로 푸른 창공과 하얀 운무가 보였다.

"이건 못 당하겠소."

유광명이 주먹을 쥐었다. 세게 두드려 문을 열듯, 바로 옆 아무것도 없는 어둠을 주먹으로 내려쳤다.

쩌어어어엉!

깨지는 소리가 났다.

심연(深淵)에 균열이 일어났다.

"도망치지 말라."

"결렬이오. 오늘 거래는 없었던 걸로 하겠소."

유광명은 언제나처럼 말했다. 엷게 미소까지 지었다.

그가 갈라진 어둠의 틈새로 몸을 날렸다.

그가 있던 곳으로 하늘이 쏟아졌다. 쏟아진 것이 아니라, 그 반대처럼 보이기도 했다.

유광명을 놓친 옥황이 이를 악물었다.

하얀 이가 드러날 정도로 평정심을 잃었다. 홀을 쥔 오른손이 부들부들 떨릴 정도였다.

옥황이 감정이 드러나 있는 인간에서 완벽한 상제의 용모로 돌아오기까지는, 짧지 않은 시간이 필요했다.

이미 늦었다.

순간순간을 면밀히 파악하고 전력 균형을 맞추고 있었건만, 반쪽이라 치부했던 유광명이 상제의 예지를 엇나가게 만들었다. 대응할 시점을, 공간을, 힘을 한꺼번에 망가뜨렸다.

더 늦을 수는 없었다.

협제의 제자가 이곳에 온 이상, 시황릉 염라의 생사를 장담할 수 없다. 여기서 염라를 완전히 잃게 된다면, 무림인들도 그만큼 죽어 없어져야 했다.

그렇다면 차라리 이게 낫다. 여기서 다 죽여야 했다.

옥황이 현실을 열었다.

북망산 한복판, 전장이 드러났다.

위타천, 제천대성, 모조리 불러 모았다. 유선묘에 집중하여 전멸시킨다. 응분의 대가를 치르게 해주리라. 상제의 의지가 신마의 가면을 타고 북망산천 전역에 퍼져 나갔다.

　　　　*　　　　　*　　　　　*

　응답하지 않는 광력에도 단운룡은 당황하지 않았다.

　원인이 있으면 결과가 따라온다.

　그럴 수 있다.

　광극의 깨달음은, 모든 술법의 궁극이라는 지옥술마저 의지만으로 지워버리는 것을 가능케 했다.

　과했음을 안다.

　단운룡은 섭리를 넘어선 싸움을 했다.

　공력을 있는 힘껏 일으켜, 냉기와 열기에 저항했다. 천잠비룡포가 그를 도왔다.

　이게 옳다. 지옥술은 역시 만만치 않았다. 오히려 그것이 이치에 맞다고 느꼈다.

　단운룡은 전신을 침투해오는 냉(冷), 열(熱)의 기운과 싸우며 염라마신을 향해 단호히 몸을 날렸다.

　꽈아앙!

　단운룡의 발치에서 폭음이 터졌다.

　곤선승 일격이었다.

　충격의 파동은 발끝만 틀어 완벽하게 해소했다.

　읽을 수 있다. 다음 일격은 어깨 쪽이다. 단운룡의 몸이 옆으로 기울어졌다.

　쇄액! 꽈아아앙!

끊어 친다. 허공이 폭발했다.

경력의 줄기를 한 올 한 올 느꼈다.

섭리에 기대지 않는다.

오직 그 자신의 무공를 믿었다. 촘촘한 그물을 피해내듯, 단운룡의 움직임이 더 유연하고 날카로워졌다. 타격 범위 안쪽으로 진입했다.

땅을 찍었다.

단운룡의 발끝이 신검(神劍)같은 예리함을 품고, 섬광처럼 마광각을 뿜어냈다.

꽈아아아아앙!

광극, 마광(魔光)의 일격이 둥실 떠올라 사라지는 발목을 스쳤다. 막강한 각법 경파에 정면의 봉분과 땅거죽이 터지듯 치솟아 올랐다.

후욱!

단운룡이 사라졌다.

꽈광!

염라마신의 반격이 단운룡이 밟았던 땅을 박살 냈다.

쩡! 콰콰콰콰! 콰앙!

단운룡과 염라마신 사이에서, 접근을 불허하는 충격파가 연쇄적으로 터져 나왔다.

아무도 끼어들지 못했다.

단운룡이 그러지 못하게 만들었다. 더 이상 그 누구도 위험에 처하도록 하지 않겠다는 의지였다.

단운룡은 싸움을 염라마신과의 일대일 접전으로 끌고 갔다.

화르르륵! 콰쾅!

극광추가 하늘을 뚫고, 마광각이 땅을 찢었다.

염라마신은 공중을 유영하듯 움직였다. 한쪽 발목 아래가 사라져 보이지 않았다. 마광각에 휩쓸린 발이었다. 흑혈기가 일렁이며 천천히 발의 형태를 갖추었다. 눈부신 공방 끝에 두 명 초고수의 신형이 양쪽으로 떨어져 나왔다.

쇄애애액! 퍼억!

직후라고 할 것도 없었다. 거의 동시에 짓쳐들었다.

파공음이 바람을 찢고, 화살이 염라마신의 어깨를 뚫었다.

실체도 아닌 염라마신의 신형이 덜컥 기울어졌다. 어깨 반절이 날아갔다. 재생되듯 흑혈기가 모여드는데, 사기(死氣)의 밀도가 확실히 옅어져 있었다.

염라마신의 악기(惡氣)도 무한(無限)이 아니다.

누적된 타격이 소모를 불렀다.

마신은 더 이상, 무적(無敵)이지 않았다.

염라가 이어지는 궁격(弓擊)를 경계하여 무서운 속도로 물러났다. 그러면서 고속으로 뭉쳐지지 않은 술법 진언을 읊었다.

"명선신령의 자격으로 명한다! 제 십 전, 오도전륜대왕은 명천에 흑암지옥을 드러내라."

의미가 직접 드러나는 주언(呪言)이었다.

단운룡이 즉각 따라 붙으며 광검결을 전개했지만, 염라는 단 한 음절의 흔들림도 없이 주문을 마무리했다.

흑기(黑氣)에 얽혀 있는 혈기(血氣)가 뽑혀 나와 공중에 기이한 술법 문양을 만들었다.

뜻하는 바가 작지 않았다.

무려 명부의 마신이 발하는 정식 진언이다. 그만큼 약화되었음을 의미하나, 소환되는 지옥은 그렇지 않았다.

땅바닥에 우물 같은 구멍이 뚫렸다.

어둠이 솟구쳐 올라왔다.

새까만 흑기(黑氣)가 공허(空虛)처럼 사방을 집어삼켰다. 확산이 한빙지옥이나 화탕지옥에 비할 바가 아니었다. 반경 십장이 넘는 대지가 순식간에 암흑에 잠식되었다. 그리고도 흑색 기운은 꿈틀거리며 계속 확장되었다.

우우우우웅!

어둠은 연막보다 액체 같았다.

천잠비룡포가 경고하듯, 빛 무리를 뿜어댔다. 단운룡은 진기가 어둠으로 빨려나가는 느낌을 받았다.

"모두 밖으로 나가!"

단운룡이 소리쳤다.

천잠보의를 입고 있음에도 흡기(吸氣)를 당하는 감각이 명백했다. 법구 없는 맨몸으로 이 안에 있으면 순식간에 생기(生氣)가 고갈될 것이다.

지옥술은 역시 어느 하나 위협적이지 않은 것이 없었다.

그뿐이 아니었다.

염라마신의 기척이 잡히지 않았다.

그저 시야만 방해하는 어둠이 아니었다. 염라라는 존재가 이 어둠에 녹아들기라도 한 것 같았다. 아무 데도 없으면서 또한 모든 곳에 있는 느낌이었다.

'이러면 노괴도 위치를 잡지 못한다.'

염라마신은 옳은 선택을 했다.

단운룡은 한 치 앞도 보지 못했다. 궁무예가 있는 공성탑에서도 까만 어둠만 보일 것이다.

콰아아!

앞, 아니, 뒤에서, 막강한 경력이 밀려들었다.

단운룡은 광극도, 예지도 아닌 생존본능으로 회피했다.

꽈광!

발밑에서 폭음이 터졌다. 소리의 진동마저 순식간에 사라지는 것이 음파(音波)마저 흡수하는 것 같았다.

땅을 한 번 더 박차고 상체를 세우는데 몸마저 무겁게 느껴졌다. 힘이 계속 빠져나간다. 흑암지옥이란 지옥의 끝, 명부시왕(冥府＋王) 마지막 십전의 대왕이 다스린다더니, 위력도 신화(神話)처럼 심상치 않았다.

쉬이익!

파공음이 들렸다.

이번엔 곤선승이다. 좌측이다. 아니다. 후방이다. 완전히 놓쳤다.

퍼억!

등줄기를 맞았다. 충격파가 흉부까지 헤집었다.

공력을 끌어올려 내기를 다스리고 몸을 날렸다. 이대로면 죽는다. 다른 동료들도 위험하다. 이 어둠의 넓이가 어느 정도인지는 모르지만, 빠져나가지 못했을 수도 있다. 그러니, 염라의 위치부터 잡아야 했다. 또한, 염라가 그만을 공격하게 만들어야 했다.

'나와라.'

단운룡은 다시 광검을 꺼냈다.

진기가 뭉텅 깎여 나갔다.

그래도 이 방법밖에 없다.

뽑자마자, 전개한다. 단운룡이 공력을 일으켜 이제 선명하게 떠오르는 구결을 완성했다.

'십검, 봉쇄.'

광검이 열 개로 갈라졌다.

어둠의 한가운데, 빛기둥이 치솟았다.

눈앞이 밝아졌다.

그러나 열 개의 빛줄기 주위뿐이다. 일장도 채 밝히지 못했다. 모든 술법을 봉인(封印)하는 십검도, 이 흑암지옥을 완전히 지울 수가 없었다. 펼친 위치가 문제였든, 지옥술이 십검보다 견고했든, 이유는 중요치 않았다. 순간순간의 해법을 찾을 뿐이다. 단운룡이 빛을 등지고 섰다. 적어도 뒤로는 오지 못한다. 전방을 주시했다.

"협제의 무공으로는 더 이상 나를 해하지 못할 것이다."

염라마신의 목소리가 사방에서 들려왔다. 몇 줄기 음성이 겹쳐 들리는 것 같았다.

단운룡은 광극의 깨달음을 되살리며 전신의 능력을 극점까지 끌어올렸다. 전방 이장, 어둠이 움직였다. 한 발 나아갔다. 교란이다. 단운룡은 뇌리를 스치는 광극의 경고에 몸을 틀며 땅을 박찼다.

퍼억!

늦고 말았다.

앞이 아니었다. 밑이었다.

예지하지 못했다.

천잠비룡포로 방어하지 못하는 다리가 꿰뚫렸다. 송곳처럼 솟아오른 곤선승이 허벅지에 커다란 구멍을 냈다. 선혈이 쏟아져 내렸다. 어둠이 그의 피를 게걸스럽게 집어삼켰다.

쇄애애액!

또 당하지는 않았다.

허리를 옆으로 젖히며 보도(寶刀)처럼 베어오는 곤선승을 아슬아슬하게 피해냈다.

단운룡은 한 발 뒤로 물러나며, 허벅지의 부상이 만만치 않다는 사실을 재차 인식했다. 기동성이 확실하게 깎였다. 붙어 싸우면 진다. 근접을 허용하지도 않을 것이다.

'마지막 하나.'

단운룡은 죽음을 각오했다.

항상 그랬지만, 진기 고갈은 그가 지닌 숙명적 약점이었다.

그가 광검을 들었다.

뽑아낼 수 있는 최후의 한 자루였다.

"쓸모없는 검을."

염라마신의 음성에서 오래된 원한을 감지할 수 있었다.

"틀렸어."

사부의 검은 쓸모없지 않다.

혼돈된 어둠 속에서, 그 검으로 원념(怨念)을 잡아냈다. 기(氣)는 흔들어 교란할 수 있어도, 영혼에 새겨진 념(念)은 속일 수 없다.

단운룡이 검을 던졌다.

'이기. 추종.'

광검이 암흑을 꿰뚫었다.

염라마신이 어둠 속을 움직였다.

망령은 이기어의 신검(神劍)을 두려워하지 않았다.

적무(赤霧)로 화(化)하는 것만으로도 직격을 면할 수 있다. 염라마신은 소연신의 무공을 익히 알았다.

염라마신은 능히 이 어검을 파훼할 수 있다.

단운룡은 예지에 앞서, 다음 수를 창조했다. 그 순간, 비로소 광극은 목적이 아니라 수단이 될 수 있었다.

광극으로 최대화된 상단전의 능(能)이 이기어의 광검에 닿았다.

만천화우의 장엄했던 개화(開花)를 떠올렸다.

지극히 복잡다난하여, 보는 것만으로 재구성할 수 없었던 화우(花雨)의 구결은 그 어딘가에, 천라(天羅)의 분검(分劍)과 분명한 접점이 존재했다.

번쩍!

맞춰서 뚫을 마음이 없다.

협제의 무공으로는 염라를 해하지 못한다.

아니다.

해하지 않는다.

찰나의 변화다.

염라마신의 목전에서, 광검이 화우(花雨)처럼 쪼개졌다.

살상을 위해서가 아니었다. 빛을 극대화하기 위해서다. 쪼개진 화우는 순간에 다시 뭉쳐, 천라가 일검이 되고, 백두가 되듯, 일점의 강렬한 빛이 되었다.

광화(光華)다.

그 빛이 흑암지옥에 중심에서, 어둠을 열었다.

'지금이다. 노괴.'

단운룡은 언젠가 궁무예에게 던졌던 마음의 한 마디를 똑같이 되뇌였다.

궁무예가 그 마음을 그때처럼 받았다.

홍룡의 창이 시위에 걸렸다. 천왕시가 전개되었다.

콰아아아!

파공음은 몹시 강렬했다.

콰직! 콰드득!

안개처럼 실체 없는 염라마신의 몸에서, 육체가 부서지는 파열음이 연속으로 터져 나왔다.

화르륵! 화르르르!

불타는 소리가 났다.

흑암지옥마저 한꺼번에 흔들렸다.

서로 한계까지 싸웠다.

장기전 끝에 끌어올린 최대의 지옥술은, 염라마신조차도 유지가 쉽지 않았던 모양이었다. 어둠이 심상치 않은 기세로 일렁거렸다.

우웅! 휘류류류류류류!

무언가 어딘가로 빨려 들어가는 듯한 소리가 들려왔다. 기어코 지옥술이 깨진 것이다. 어둠이 서서히 옅어졌다.

단운룡은 다친 다리에 힘을 더하며 진기가 급격히 바닥을 치는 것을 느꼈다.

천천히 앞으로 발을 옮겼다.

화르르르르르르!

흑혈기가 일렁이는 소리인 줄 알았다. 실제로 불길이 치솟고 있었다.

염라마신을 보았다.

양쪽 어깨에, 언월도와 사모가 박혀 있었다.

등과 양어깨에 치솟는 불길이 살벌했다. 사일적천궁에 걸어쏜 홍룡의 신창들이 잠재되어 있던 화정(火精)의 힘을 한껏 드러낸 것이다.

단운룡이 염라마신의 앞에 섰다.

염라마신은 움직이지 못했다.

언얼도와 사모.

화신(火神)이 된 관승과 장익이 양쪽에 서서 염라마신의 양어깨를 짓누르고 있는 것 같았다.

염라마신이 단운룡을 직시했다.

이번엔 사망안이다.

단운룡은 시선을 피하지 않았다.

광극이 없어도, 마신이 없어도, 사망안은 단운룡을 해하지 못했다.

염라마신이 말했다.

"무림은 이미 내 발밑에 무릎을 꿇었다. 이 세계는 결코 과거와 같지 않을 것이다."

"우린 무릎 꿇지 않았다. 그리고 인정한다. 천하는 과거와 다를 것이다."

단운룡이 손을 들었다.

광검 없이 검결로 충분했다.

"이만 죽어라."

목이 베어졌다.

염라마신의 머리가 하늘로 치솟았다. 굳이 말할 필요도 없었다. 궁무예가 단운룡의 마음을 읽었다.

후환을 두지 않았다.

천왕필멸.

멸살만요의 사일적천궁에서, 화살이 날았다.

퍼억.

염라마신의 가면이 머리와 함께 박살 났다. 신창(神槍)도 주술화살도 아니었다. 한 자루, 평범한 강철촉, 나무화살이었다.

그렇게.

의협비룡회가 신마맹주에게 최후를 선사했다.

*   *   *

옥황의 명에 따라 수많은 괴수(魁首)들이 몰려들었다. 신마맹 가면들뿐 아니라, 요괴와 시귀(屍鬼)들도 까마득했다.

가장 먼저 위타천이 왔다.

흑번쾌와 백금산을 땅에 처박고 하늘을 날아 최후의 전장으로 들이닥쳤다.

화르르륵! 꽈꽝!

거대한 화광이 공성차에 작렬했다.

우지끈! 콰드드드득!

궁무예가 현을 붙잡고 효마와 함께 몸을 날려 피했다. 위타천의 화염은 그야말로 화포와 같았다. 기둥이 박살 나고 바퀴가 그대로 주저앉았다. 불꽃과 파편이 튀어올라 시야를 한 가득 채웠다.

궁무예가 사일적천궁을 고쳐 잡았으나, 위타천에게 겨눠 쏠 겨를이 없었다. 공성차에서 땅에 떨어지자, 사방이 요괴 떼였다. 달려드는 가면들도 많았다. 현은 현대로 철궁을 들고 배운 대로 화살을 쐈다. 궁무예가 현을 보호하며 사일적천궁을 연사했다. 요괴들은 화살 없이 시위만 튕겨도 박살이 났다. 효마가 부상 입은 몸으로 거칠게 창을 휘두르며 적을 막았다. 그래도 너무 많았다. 끝이 없었다.

"염라가 당했다니 말이 돼?"

웃음 없이 버럭 소리를 지르며 나타난 것은, 다름 아닌 제천대성이었다.

하나도 아니었다.

금광(金光)을 둘러 친 제천대성이 셋이나 전장에 난입했다. 양무의와 의협비룡회 무인들은 저지선을 지키지 못하고, 유선묘까지 후퇴해야 했다.

"좌측 후방에, 요녀(妖女) 달기입니다!"

여의각 이복이 제 형인 이전을 들쳐 업고 보고했다. 이전은 한쪽 팔이 피투성이였고, 다리 한쪽이 보이지 않았다. 의식도 없어 기식이 엄엄했다. 이복도 안색이 창백했다.

달기는 구파의 장로급 인사들도 상대가 어려운 초고수로 판명이 나 있었다. 달기를 맞닥뜨린 것이라면 목숨을 건진 것이 행운이었다.

상황이 급박했다.

"싸울 수 있겠어요?"

단운룡은 강설영이 부축하고 있었다.

"아니."

그녀의 질문에 단운룡이 고개를 저었다.

한계를 넘은 지 오래였다. 전신 기혈이 들끓고 있었다. 강설영이 남아 있는 보의의 진기까지 동원해서 운기를 보조했다. 그래서 대답이라도 할 수 있었다. 의식이 깜빡깜빡 흐려질 정도였다.

모두가 엉망진창이었다.

염라마신과의 결전이라는 것은, 적측 고수 하나를 합공으로 쓰러뜨린 정도가 아니었다. 육체, 정신적 타격이 엄청났다.

그래도 살아나려면 어쩔 수 없다.

유선묘에서 나가, 저 셀 수 없는 적들을 돌파해야 했다.

도요화가 가장 앞으로 나섰다.

그녀는 그 와중에도 다시 투지를 끌어올리고 있었다. 참으로 든든했다. 저 적들의 대군을 뚫는 데 있어서는, 그 누구보다 필수적인 전력이었다.

막야흔이 터벅터벅 걸어가 그녀와 나란히 섰다. 그가 용도를 비껴들고 짐짓 가볍게 말을 건넸다.

"도 각주께서는 말이지, 보통 여자가 아냐."

"알아."

그와 그녀가 짝처럼 앞으로 나아갔다.

지친 엽단평도 다시 사보검을 들었다.

모두 이대로 죽어줄 생각이 없었다. 오기룡과 왕호저가 각각 관승과 장익의 시신을 들쳐 멨다. 제 몸 하나 건사하기에도 벅찼지만, 그래도 이곳에 두고 갈 수는 없었기 때문이었다.

콰광! 꽈아아앙!

도요화와 막야흔이 몰려드는 요괴들을 죽이고, 공성차 쪽으로 나아갔다.

궁무예 일행이 합류했다.

반가웠지만, 인사 나눌 여유가 없었다. 그들은 다시 싸워야 했다.

콰르르르륵!

저편에서, 기마 두 기에 매달린 소형 전차 한 대가 달려왔다. 도강, 흑망, 형욱을 비롯한 중진들이 전차를 호위했다.

안색이 창백하다 못해 새파랗게 질린 양무의가 전차 위에 앉아 있었다. 그는 기력을 많이 소진한 듯, 상체도 제대로 세우질 못했다. 백가화가 달려가 그를 살폈다. 그녀의 얼굴이 돌처럼 굳어졌다.

"그래도 우리 총군사에겐 책략이 있겠지."

오기룡은 긍정을 잃지 않았다.

양무의가 파리한 얼굴로 고개를 저었다. 그가 그답지 않게 힘없는 목소리로 답했다.

"준비는 했으나, 시간을 못 맞췄습니다. 다 뜻대로 되지는 않는군요."

이 규모의 전투에서는 어떤 신산(神算)조차도 모든 것을 완전히 통제할 수 없을 것이다. 소림과 파천이 저 바깥에서 싸워줘도, 이미 이곳에 적들이 너무 많이 몰렸다. 옥황이 한 발 빨랐다. 저 하늘 위에 위타천이 떠 있다. 좌우 양손에 화염과 뇌전을 들었다. 금빛 번쩍이는 여의봉도 위협적이다. 둘만으로도 벅차다. 좌측엔 달기가 요염하게 웃으며 무인들을 살해했고, 우측엔 철선녀 황풍괴의 폭풍주술이 몰아쳤다.

그리고 그 중심에서 마침내 옥황이 모습을 드러냈다.

새 신마맹주로의 등극을 알리기라도 하듯, 백옥 옥관에 황룡 용포를 휘날리며, 고귀하고 헌앙한 얼굴로 죽음의 대지를 걸었다.

너무나도 강력한 면면들이었다.

강적이 너무 많은 나머지, 우마군신 우마왕이나 팔선(八仙) 남채화처럼 유명한 가면들마저도 이름값이 가벼워 보였다.

"아무도 이곳을 빠져나가지 못한다."

염라의 죽음에 대한 복수가 아니었다.

모든 것은 정해진 대로.

의협비룡회는 무림에 신마대전(神魔大戰) 대결전의 역사를 남긴 채, 이곳에서 지워질 것이다. 절망적인 상황이었다. 퇴로가 없었다.

위타천이 무서운 속도로 날아들었다.

제천대성이 적들 한가운데서 솟구쳤다. 위타천에 뒤질세라 무지막지한 기세로 들이닥쳤다.

궁무예가 가장 먼저 반응했다. 천왕시가 날았다. 위타천이 화염과 뇌전을 동시에 내던졌다.

콰아아앙! 파지지지지직!

하늘이 화려하게 폭발했다. 그 밑으로 금광(金光)의 잔영을 남기며, 제천대성이 달려왔다.

쩌엉!

막야흔의 용도가 단숨에 튕겨나갔다. 사보검 일격에 짓누르고, 백가화 백룡신창을 땅에 찍었다. 도요화가 공진격을 전개했다.

"흡!"

퍼어엉!

제천대성은 맨몸으로 아무렇지 않게 도요화의 일격을 받아냈다. 금광만 한 번 크게 일렁였을 뿐이었다.

위타천과 제천대성의 목표는 명백했다.

단운룡이다.

위타천이 내리꽂혔다. 제천대성이 땅을 박차고 여의봉을 치켜 올렸다.

그때였다.

번쩍!

섬광이 일었다.

빛은 강렬하여 어둠을 찢었고, 휘황하여 눈이 부셨다.

하늘이 열렸다.

아무도 미리 알지 못했다.

불가능하다. 개입하지 못할 것이다.

옥황마저도 상제의 능(能)으로 예지하여 배제했던 일이었다.

꽈아아아아아아앙!

위타천과 제천대성이 동시에 양쪽으로 튕겨나갔다.

시대의 무인.

협제 소연신이 빛과 함께 북망에 강림한 것이다.

소연신은 긴 머리 휘날리며, 조각처럼 아름다운 얼굴로 신마(神魔)의 대군(大軍)을 바라보았다.

진한 눈썹에 믿을 수 없이 수려한 눈매다.

젊었다.

이십 대처럼 젊은 얼굴. 즉, 만전의 소연신이다.

그가 말했다.

"잘했다. 제자야. 네가 기어코 해냈구나."

드문 칭찬이었다.

진심이 담겼다.

"사부님."

단운룡은 말을 잇지 못했다.

소연신이 이곳에 왔다. 단운룡은 그 의미를 모르지 않았다.

사부는 여기에 와선 안 된다. 무공을 쓰면 안 된다. 섭리의 흐름을 목도해 온 단운룡은, 이 일이 초래할 결과를 이미 알았다.

콰아아아아!

튕겨나갔던 위타천이 격렬한 경파를 일으키며 다시금 날아들었다.

위타천의 일권은 천룡의 일권이라, 천룡경파에 뇌인(雷印)까지 실려 있었다.

텅.

소연신의 움직임은 우아했다.

부드럽고, 완전하였다.

단운룡은 소연신에게서 눈을 떼지 못했다. 광극이 거기 있었다.

소연신이 섬섬옥수와 같은 하얀 손으로 천룡의 거친 주먹을 잡아 버렸다.

파지지지직!

주먹을 감싸 쥔 손아귀에서, 뇌인(雷印)의 막강한 뇌전기가 그대로 소멸되었다.

광극의 소연신 앞에서 뇌기(雷氣)는 아무런 의미가 없었다. 소연신이 손을 들어 가볍게 밀어쳤다. 천룡의 대적절기, 극광추였다.

터어엉!

가슴에 정타로 들어갔다.

해법을 연구했을 위타천도, 소연신의 일격엔 속수무책이었다. 위타천의 몸이 공중으로 치솟아 올랐다. 가면 밑으로 핏물이 떨어졌다.

"협제께서 여기 끼시는 게 말이 되는 거요!"

제천대성이 벌떡 재주를 넘으며 여의봉을 휘둘러왔다.

적진에서 솟구친 둘까지 해서, 셋이다.

"이욥!"

"끼야아압!"

요란하게 제각각 기합성을 내지르며, 셋이 함께 소연신에게로 짓쳐들었다. 소연신이 검미(劍眉)를 치켜올리며 한 마디 했다.

"건방진 것들이."

따앙!

소연신이 발끝으로 여의봉 한 자루를 밀어냈다.

텁!

그러고는 휘어 쳐 오는 한 자루를 잡아챘다.

"엇?!"

소연신은 만능자(萬能者)라 하였다. 공수탈백, 찰나 간에 상대의 무장을 해제했다. 제천대성의 여의봉이 소연신의 손으로 넘어왔다.

쩡! 쩌정!

봉술 또한 완전하다.

소연신이 한 발로 땅을 찍고, 황금빛 여의봉을 휘둘러 두 자루 여의봉을 튕겨냈다.

터엉! 꽝!

광극진기가 여의봉에 실렸다.

강력한 진각에 이어, 무서운 기세로 후려친다. 마주 받는 여의봉이 뚝 부러졌다. 제천대성 날아가 땅에 꽂혔다. 일격에 금정(金精)까지 파괴되어 흩어졌다. 다시는 일어나지 못했다.

쾅!

소연신이 들고 있는 여의봉을 땅에 찍었다.

여의봉이 구부러져 망가졌다.

무기를 빼앗긴 제천대성은 꼼짝도 하지 못했다.

빠악! 빡!

각법 일격에 허리가 꺾이고, 내려오는 얼굴에 발끝이 작렬했다.

가면이 깨지고 금정이 쏟아져 내렸다.

가짜 둘이 쓰러지고 진짜 하나만 남았다.

진짜도 긴장했다.

"설마하니, 진심으로……."

제천대성의 목소리가 신음성처럼 흘러나왔다.

소연신이 답했다.

"그래. 진심이다. 이 협제 소연신이 제자를 구하고자 목숨을 걸었다. 막지 않고 길을 열면, 죽이지 않으리라."

나직이 말했다.

헌데 그 목소리가, 북망산천 전체에 울려 퍼졌다. 모두가 전율했다.

소연신이 앞으로 나섰다.

제천대성이 주춤 물러났다. 적 대군 전체가 함께 뒤로 물러났다.

그게 협제다.

그때 옥황이 나섰다.

"이렇게나 힘을 쓰시다니. 더 머무르지 않기로 마음먹으셨나 봅니다."

옥황은 희미하게 웃고 있었다.

공멸까지만 바랐건만, 성과가 기대 이상이다. 옥황은 그렇게 생각했다. 옥황이 가면의 힘으로 집결을 명했다. 아무리 소연신이라도 한 명이다. 틈이 생기면 총공세로 단운룡을 죽인다. 거기까지 달성하면 최상이다. 더할 나위 없는 결과였다.

소연신이 말했다.

"물러나라."

"그러지 않을 것을 잘 알고 계시지 않습니까?"

옥황이 도발적으로 되물었다.

사패에게 해서는 안 될 언사다.

소연신의 수려한 두 눈에 폭력적인 빛이 깃들었다.

"내가 표현을 잘못 선택했군."

소연신이 손을 들었다.

적 대군의 위에서 어둠이 열렸다.

빛이 회전한다. 밤하늘에 원반처럼, 세 개의 원이 생겨났다. 광극의 원이었다.

"힘껏 도망쳐라. 그리하여도 살아남기 힘들 것이다."

협제 소연신이 광극을 열고, 최대최악의 절기를 전개했다.

만천화우다.

삼원 만천의 광화가 깜깜한 밤을 밝혔다.

하늘에서 빛의 꽃이 피어났다.

퍼버버버버버벅! 콰과과과과과과과과과!

수백 가면, 수천 요괴가 휩쓸렸다.

광휘의 꽃잎들이 삿된 존재를 찢어발겼다. 가면들이 박살나 흩어지고, 요괴 육신이 터져나갔다.

콰과과과과광!

주위에 아무도 서 있지 못했다. 철선녀, 황풍괴의 주술은 흩어져 지워졌고, 우마군신, 남채화 모두 피투성이가 된 채 쓰러졌다.

옥빛 영마벽(靈魔壁)을 몇 겹이나 둘러쳐 최대로 발동한 옥황만 겨우 서 있다. 옥황의 얼굴은 사색이 되어 있었다.

애초에 상대할 수 없는 존재였다.

꽈앙! 꽈르르릉!

위타천과 제천대성만이 합공해서야 겨우 합이 된다. 옥황이 술법으로 거들어도 승리 예지는 회의적이었다. 소연신은 그 자신이 선언한 대로, 목숨을 건 것 같았다. 저 상태의 사패는 아무도 막을 수 없다. 옥황은 소연신에 대한 직접적인 저항을 포기했다. 대신, 죽일 수 있는 상대를 찾았다.

삼중첩 만천화우 대절기에 대군이 초토화가 되었다. 말이 안 되는 위력이었다. 피해 규모를 산출할 수조차 없었다.

그래도, 옥황에겐 남은 전력이 적지 않았다.

단운룡을 비롯한 의협비룡회가 크게 헐거워진 신마요괴의 진영을 돌파하고 있었다. 옥황이 십이지신상, 여섯 신(神)을 불러냈다.

옥황은 그것들을 소연신에게 붙였다.

그리고 남은 가면들을 불러 모았다.

소연신을 방해하여 개입을 저지하고, 의협비룡회 주력이라도 죽이겠다는 심산이었다.

서로가 서로의 수를 알았다.

소연신이 위타천과 제천대성을 밀어내고, 의협비룡회 쪽으로 몸을 날렸다. 소연신조차도 뿌리치기가 만만치 않았다. 위타천은 위타천 천룡의 승부욕을 드러내며 도전했고, 제천대성은 제천대성대로 제멋대로인 오기를 부렸다. 거기에 십이지신 신상들이 덤벼들었다.

경천동지의 격전이 이어졌다.

"나와라."

소연신이 협제검을 들었다.

십이지신상들의 머리를 날리고, 여의봉을 쳐냈다.

위타천의 등판이 베어졌다. 선혈이 뿌려졌다.

고아하여 유일무이한 소연신은, 천상천하 유아독존의 무용을 뽐냈다. 그의 무공은 하늘에 닿았고, 땅을 압도했다.

천하가 숨을 죽였다.

그러나 그 하나.

오직 한 명의 손으로는, 의협비룡회와 의협심 불타는 군웅들을 모두 다 구할 수는 없었다. 단운룡과 의협비룡회 무인들이 유선의 묘역를 이탈하여 대난전의 전장에 이르렀다. 그 전장엔 천룡도 있고, 파천도 있고, 소림도 있었다.

그 위에 만천화우를 뿌릴 수는 없었다.

적은 아직도 많았고, 시귀들은 북망의 무덤에서 끊임없이 깨어났다.

옥황이 병력을 재배치하여 단운룡을 노렸다. 가면과 요괴들 사이에 뚜렷한 흐름이 생겨났다. 모여들어 집중된다. 궁무예가 신궁(神弓)의 무위를 선보이지 않았다면 이미 버티지 못했다. 그럼에도 밀린다. 이색 가면의 병장기들이 요괴들의 이빨과 발톱이 의협비룡회 무인들에게로 닿기 시작했다. 부상 입은 자들이 늘어갔다.

그때, 소연신은 보았다.

"온다!"

"길 열어라!!"

"북쪽! 북쪽을 밀어라!"

엽단평이 마지막으로 사보검을 개진했다.

둑이 무너지듯, 길이 생겼다.

황하(黃河) 지류 낙수(洛水) 대강로를 따라 한 무리의 전선들이 정박했다. 큰 배에서 뛰쳐나온 대병력이 북망산천을 달려왔다. 그 수는 이천에 달했다. 그들은 얼굴색이 볕에 그을려 짙었고, 전사들의 칼을 들고 있었다.

"적을 섬멸하라!!"

장관이었다.

운남의 오원 전사들이 돌입하여 중원 신마대란의 마지막을 장식했다.

난전에서는 개개인의 무력만큼, 병력의 수도 중요했다. 개별적인 무용도 충분했다. 그들은 험지의 전쟁으로 단련된 이들이었다. 우목이 달려나가 허유와 합류하여 진격에 전술을 더했다.

"문주님이 이쪽에 계신다!"

"모두 진격!"

"막아라!"

"왕을 지켜라!!"

그들이 목숨을 아끼지 않고 돌격하여 단운룡을 에워쌌다. 아예 왕이란 호칭을 부르짖는 전사마저 있었다. 한 겹 두 겹, 수십은 순식간에 수백이 되었다. 그들이 단운룡 일행을 보호했다. 모두가 단운룡을 군왕(君王)처럼 모셨다.

입정의협살문은 소수정예, 살수 집단이었다.

소연신이 이루지 못했던 일이었다.

제자의 성취를 보았다.

참으로 잘 컸다.

의협비룡회는 크고 강한 문파였다.

그에게 배운 무공만이 아니라, 오원에서 중원까지 치열한 삶으로 이룬 성취였다.

단운룡의 안전이 확보된 순간, 싸움은 더 이상 의미가 없어졌다.

소연신도, 옥황도 그 사실을 알았다.

"퇴각. 퇴각하라."

소연신은 위타천과 제천대성의 퇴각을 쫓지 않았다.

최후의 최후에, 옥황은 결국 패배했다.

운남(雲南) 저 남쪽의 대군이 정화의 대선단을 따라 북상할 줄을 옥황조차도 예상하지 못했다.

공멸은, 이루지 못했다.

적어도 처음 계획했던 대로는.

하지만, 옥황은 바라던 한 가지가 뜻대로 되었음에 만족했다.

새 시대가 온다.

패배했지만, 완전한 패배는 아니었다. 옥황은 오랜 과거와의 작별을 직감했다. 그거면 된다. 지략에서 졌고, 운명에 이겼다. 옥황은 그렇게 생각했다.

*　　　　　*　　　　　*

"너는 많은 것을 어기겠지."

"그러면 어떻게 됩니까?"

"잘 살면 된다."

"네?"

"내가 다 지고 갈 것이다."

"그럴 수는 없습니다."

"왜 없어. 내가 하겠다는데."

"사부는 사부대로 하고 싶은 일이 있으시지 않습니까?"

"뭐?"

"철위강에게 이겨야 하는 것 아닙니까?"

"이제 와서 무슨."

"아쉬우신 거 압니다."

"물론, 그거야."

"제자 삶은 제자가 알아서 하겠습니다."

"그 말 후회 마라. 죽게 생겼어도 구해주러 안 갈 테니."

"오라고 부탁도 안 드립니다."

"네 군사라는 녀석은 엎어져 빌던데?"

"무시하십시오."

"문주 된 놈이 그게 할 말이냐."

"사부. 법도란 게 있습니다. 사부가 제자의 짐을 대신 지셔
선 안 되는 일입니다. 제가 사부 짐을 져야지요."

"네 놈이 웬일로 바른 말을 이리하는 게냐."

"올바르게 배웠으니까요. 의협비룡회를 대문파로 잘 일구
어 놓을 테니, 오셔서 융숭하게 대접이나 받고 사십시오. 철위
강은 정식으로 초청해 드릴 터이니 논검(論劍)이나 하시구요."

"그 놈과 논검을?"

"아니면 기방에라도 초대하시든가요. 정말 치고받고 싸우
시면, 세계에 못 머무르십니다."

"얼른 가길 바라는 것 아니었느냐?"

"가긴 어딜 가십니까. 오래오래 의협비룡회에서 술상 받으
며 노닥거리시라니까요."

"흠."

"백 년 된 검남춘도 구해놨습니다."

"것도 나쁘지는 않겠구나."

"논검이라도 이기시구요."

"아니, 치고받으면 질 것 같으냐?"

"지기야 하겠습니까? 이길지도 잘 모르겠지만요."

"이 놈 말하는 것 보게."

"받은 것이 많아, 드려야 할 것도 많습니다. 함부로 힘쓰지 말고, 부디, 오래 사십시오."

"시끄럽다."

"싫은 말도 아니실 터인데 왜 듣기 싫어하십니까."

"듣기 싫은 것은 아니다만."

"그럼 약조하십시오. 오래 사시는 겁니다."

"빨리 안 간다고 구박이나 하지 말거라."

"그럴 일 없습니다."

"그래. 제자의 바람이 정히 그러하다면, 내 얼른 하늘에 오르지 않고, 오랫동안 땅에 있어 보마."

사부는 제자의 성장이 못미덥고, 기꺼웠다.

지키지 못할 약속이라도 주고받는 순간이 즐거웠다.

그러면 된 것이다.

마음을 나눴으니, 훗날이 와도 달갑게 받아들인다. 그래서 사부와 제자다. 그들은 그걸로 족했다.

*   *   *

의협비룡회가 염라마신을 척살했다.

강호무림의 무인들은 충격으로 그 소식을 들었다.

결전지가 북망산이라고 하였다.

소림사와 구양세가가 지척이었다.

그럼에도 전투의 주역은 소림과 구양이 아니라고 하였다. 오직 염라마신만을 목표로 하여 적진을 돌파한 의협비룡회의 질주가 군웅들 사이에서 회자되고 또 회자되었다.

승리의 의미는 정파 기치의 존속만을 의미하지 않았다.

역으로 구파육가가 주도해 왔던 무림지배의 역학구조가 완전히 무너졌음을 뜻했다.

기존 질서가 숨겨왔던 많은 비밀들이 만천하에 드러났다.

사패 팔황의 잊힌 역사가 강호인들 사이에 서서히 스며들었다.

협제 소연신이라는 신위(神位)의 초월자가 신마대전 말미에 모습을 드러낸 이래, 허언(虛言)으로 치부되었던 옛 이야기들이 생명력을 얻게 되었다. 그리하여 오래된 전설들이 세상 풀려 나왔다. 무림대란(武林大亂)의 근원을 찾는 자들이 그 이야기에 살을 붙였다. 팔황의 존재를 알고도 방치하여 사태를 키웠다는 견해가 강력하게 대두되었다. 구파육가의 일선은 부인했고, 원로들도 이 정도 대란은 예상하지 못했다 주장했지만, 그들은 결코 난세의 책임론에서 자유로울 수가 없었다. 구파가 자부하던 고고함은 위선이라 비난받았고, 육가가 구가하던 지배력도 급격히 약화되었다.

신마맹주의 죽음 뒤에도, 난세는 끝나지 않았다.

오히려 더 심각해졌다. 차차 드러나는 진실들이 혼란을 가중시켰기 때문이었다.

많은 것이 변해갔다.

무력을 기반으로 한, 지배 영역의 재배치가 전국적으로 가속화되었다.

여전히 오랜 성세를 유지하는 문파, 순식간에 몰락한 문파, 그리고 엄청나게 성장하는 문파들이 있었다.

의협비룡회는 세 번째였다.

무너져 가는 정파 질서의 훌륭한 대안으로 여겨졌다.

뜻있는 젊은이들과 수많은 기인협사들이 의협비룡회를 찾아왔다.

의협비룡회는 신마대전에서 수많은 문도들을 잃었다. 북망 돌입에서 살아나온 문도가 절반이 채 안 된다는 소문이 있었다. 정식 문도가 되는 자, 항상 치열한 전투의 선봉에서 목숨을 걸어야 한다는 이야기도 돌았다.

그래도 무인들은 의협비룡회의 문을 두드리길 주저하지 않았다.

더 열광했다.

의협비룡회는 신세력의 상징이 되었다. 출신과 성분을 가리지 않는 것도 한몫했다. 뒷골목의 파락호라도, 촌구석의 농꾼이라도, 이민족의 사생아라도, 의협비룡회는 차별하지 않았다. 난세에 항거할 의협(義俠)만 있으면 되었다.

의협비룡회는 문호를 열고, 많은 문도들을 새로이 받아들였다.

발도각, 청천각, 비룡각 정식 문도로 인정받으면 강씨 금상에서 제작한 비단무복을 지급받았다. 그들은 곧 젊은 무인들이 우러러 바라보는 선망의 대상이 되었다.

비룡이 날개를 펴고, 구름을 일으키며 크게 비상했다.

의협비룡회는 난세의 한가운데에서, 그렇게 전성기를 맞이하고 있었다.

*　　　　*　　　　*

대문파의 초석을 다지며, 총단을 사천으로 이전했다.

대무후회전으로 한 차례 대란(大亂)을 겪었던 도강언 경관 좋은 물가에 큰 장원을 매입하여 의협비룡회 깃발을 올렸다.

아미, 청성, 당문은 우호적이었다.

강력하게 떠오르는 신흥무파의 지역진입이 부담스러울 만도 했지만, 의협비룡회는 예외였다. 삼대 문파는 구룡보와도 공존했던 역사가 있었다. 게다가 의협비룡회와 삼파는 전우(戰友)로 함께 싸우기까지 했다. 피로 맺은 의형제들과 같았다.

많은 사람들이 의아해했다.

군사도시로 완벽하게 기능하는 적벽을 두고, 총단을 사천으로 옮긴 이유에 대해서는 무림인들 사이에서도 의견이 분분하게 갈렸다. 회주의 뜻에 따른 것이라고만 알려졌다. 이의를 제기하는 사람은 없었다. 회주의 의지는 절대적이었다. 단운룡의 존재감은 일국의 왕(王)에 준했다. 비룡황제(飛龍皇帝)라는 과장된 칭호마저도 긍정할 정도였다.

"저들은 항상 티격태격이네요."

"그러게."

단운룡과 강설영은, 막야흔과 도요화를 보고 있었다.

도요화는 오직 막야흔에게만 언성을 높였다. 막야흔은 항상 졌다. 그러면서도 자꾸 도요화를 귀찮게 했다.

발도각은 막야흔이 방치해도 알아서 강해졌다. 막야흔 말고도 좋은 인재들이 많았다. 새로 들어오는 문도들부터가 패기 넘치는 녀석들이 대부분이었다. 발도각은 이제 전 중원에서도 유명한 전투부대가 되어 있었다.

"청천각주가 고생이라 들었어요."

"아무래도 문도들이 늘고 있으니까 사고치는 놈들도 많겠지."

엽단평은 항상 바빴다.

문도가 늘고 문파의 규모가 확장되면서 챙겨야 할 문규와 원칙도 다양해졌다. 양무의는 아예 관아에서 벼슬한 경험이 있는 문인(文人)들을 초빙하여 청천각에 붙여 주었다. 의협비룡회의 성장 속도를 감안하면, 관제(官制)에 준하는 강령들을 만드는 것이 옳다는 판단이었다. 엽단평은 제국의 도찰원사와 같은, 중책을 맡은 셈이었다.

"너도 좀 도와라."

우목은 문도이면서 단운룡에게 평대할 수 있는, 몇 안 되는 인물 중 하나였다. 물론 사석에서다. 우목도 공적인 자리에서는 말을 편히 하지 못했다.

"난 학업이 급해서."

"전혀 안 급해 보이는데."

우목이 눈썹을 치켜올렸다. 강설영이 옆에서 웃음 지으며 우목을 거들었다.

"좀 가 봐요."

"나 없어도 잘들 할 거야."

우목이 얼굴까지 찌푸렸다. 그가 빠르게 말을 이었다.

"오원에 관군들이 들어 왔어. 전사들 철수 건도 그렇고, 일원요새도 다시 정비해야 하고, 초림 동광(銅鑛) 채굴 은폐도 다시 검토해야 해. 처리할 게 산더미다."

"전사들은 철수시키고, 일원요새는 정비하고, 초림은 당분간 채굴 중지하면 되겠군."

단운룡은 자리에서 일어날 마음이 조금도 없어 보였다.

우목이 단운룡을 노려보았다.

"너……."

방편산 창대에 손이 갈 것 같다. 힘으로 어쩌지 못함이 아쉬울 뿐이다.

우목이 이를 갈며 말했다.

"얼른 급제해라. 관직 받아 와서 오원 정돈해. 그게 가장 깔끔하다."

"알겠다."

대답은 바로 해 놓고, 책은 뒷전이다. 더 말해봐야 화만 난다. 차라리 다른 이야기를 하는 게 낫겠다.

"아야크를 찾은 것은 보고 받았지?"

"물론. 효마가 간 게 보름 전이니, 지금쯤 잡았을 텐데."

"아직이야. 추가 전언 들어왔어. 특기할 만한 게 있다."

"어떤?"

"금괴(金塊) 추적 결과가 나왔어. 철기맹으로만 넘어간 게 아니야. 다른 문파가 있더군."

타가의 잔당, 아야크는 효마의 원수였다. 효마는 홍라의 죽음을 잊지 않았다. 평생 잊지 않을 것이다.

아야크는 나름의 고수였다고는 하나, 원나라 별동부대의 잔존 전력에 불과했다. 찾는 것도 어렵지 않을 것이라 예상했다. 하지만, 틀렸다. 그는 의외로 종적을 잡기가 대단히 힘들었다. 이 정도면 충분하겠지 했던 인력과 자원을 투입해도 찾을 수가 없었다. 진달이 나서고도 한참 걸렸다. 행방이 묘연하기가 어지간한 전대 은거기인들 이상이었다.

우목의 다음 말이 그 이유였다.

"전륜회(轉輪會)라 했다. 드러나지 않았던 미지의 문파로, 그들이 팔황의 마지막이다. 여의각에선 분석 결과를 구할 이상 확신한다는 보고다."

단운룡은 놀라지 않았다.

옆에 앉은 강설영과 한 번 눈빛을 주고받았을 뿐이다.

"아야크 건에 직접 개입은?"

"효마를 걱정하는 거라면, 아서라. 그 효마다. 게다가 용린 각이 나가 있어. 궁 태상까지 합류할 예정이다. 문제는 금괴(金塊) 회수야. 중부 전선 때문에 여기까지 못 옮겨 와. 강소 현지에서 현물화 작업을 진행해야 할 거다. 천룡상회와도 연계할 수 있으니 알아 둬라."

"그리하마."

우목이 자리를 떴다.

단운룡과 강설영은 평화로이 이야기를 들었으나, 강호는 결코 평화롭지 않았다.

일교 오황이란 명칭은 이제, 무림비사(武林秘事)의 점차적인 공개와 맞물려, 팔황이라는 이름으로 대체되는 중이었다.

신마맹은 상제옥황을 새 맹주로 추대하여, 서서히 준동을 시작했고, 성혈교, 숭무련, 단심맹, 비검맹, 흑림은 여전히 전 무림에 전란의 암운을 드리우고 있었다. 거기에 신마대전을 기점으로 산동 지역에서 모습을 드러낸 일월문과, 강호 각파의 정보조직들 사이에서 불안하게 주목하고 있는 전륜회(轉輪會)의 존재가 여덟이라는 숫자를 완성케 하였다.

"참 강호사(江湖事)는 알 수가 없어요."

"우리도 그래. 협제와 천룡의 제자가 평생을 함께하게 될 거라고는 그땐 그 누구도 상상하지 못했을 거야. 반대로, 기어코 함께하지 못하는 이들도 있었던 거겠지."

단운룡은 이미 사부에게 들었다.

팔황의 최정예가 구주맹(九州盟)에 모여, 사패와 격전을 벌였다. 구주맹은 팔황 중 가장 큰 피해를 입어 회생불가의 상태에 이르렀고, 사패의 세력들 또한 양패구상의 타격을 면치 못했다.

사패 중, 가장 큰 절망은 전륜회에 남겨졌다. 당시의 공선은 불자(佛子)가 아니라 파순(波旬)이라 불릴 정도로 마인(魔人)에 가까웠고, 전륜의 뜻 또한 세계의 질서를 뒤집어엎는 데 있었다. 다시 말해, 전륜(轉輪)은 팔황과 같은 가치를 공유한다 해도 과언이 아닌 조직이었다.

공선이 다시 불타(佛陀)에 귀의한 것은, 마(魔)가 법(法)으로 회귀한 것을 뜻했다. 하지만, 그것은 전륜이 추구한 세계전복의 의미에 반한 것이었기에, 결국 대 비극의 단초가 되고 말았다. 소림, 구양, 신마, 구주, 모두가 얽혀 들었다. 구주맹 잔존 세력과 한(恨) 많은 전륜회 죄인들의 만남은 최악의 비사(秘事)

로 치달았다. 사패의 이름을 이어받은 전륜회가 팔황의 일익이 되고 만 것이다.

밝혀야 할 일, 해결해야 할 일이 아직도 많았다.

염라마신을 죽이면서 신마맹의 기세를 꺾었음에도 전쟁은 현재 진행형이었다.

멀리서 막야흔이 다급하게 달리기 시작하는 것을 보았다. 도요화가 소리를 지르며 그를 쫓아 뛰었다.

뛰어봐야, 도요화에겐 공진격이 있다. 기어코 도요화가 북채를 들었다.

막야흔이 이내 땅바닥을 굴렀다.

강설영이 웃었다.

하하하하하.

수많은 문도들이 그 광경을 보며 함께 웃고 있었다.

그래, 강호가 어떻게 돌아가도, 오늘은 웃고, 오늘은 쉬자.

그리 마음먹었다.

그럼에도, 단운룡은 편히 웃지 못했다.

그럴 수 없었다.

푸르른 사천 하늘 올려다보면 가슴이 먹먹했다. 강설영이 웃다가 그의 손을 잡아 주었다. 그의 마음 읽어주는 이, 그녀 하나뿐이다.

그녀가 몸을 기대왔다. 그도 함께 기대어 문파를 바라본다.

다가오는 시간이 안타깝다.

영웅도, 제왕도 부질없었다.

푸른 하늘만 높디높았다.

                        *   *   *

해남도(海南島)에 닿은 소선 위에서 두 남자가 내려섰다.

오기룡과 왕호저였다.

해남도는 작은 섬이 아니었다.

일국(一國)이 자리 잡아도 충분한 넓이이며, 실제로도 소국(小國)과 다름없었다.

거대한 섬의 정점엔, 관(官)이 아니라 해남파 장문인이 있었다. 수백 척 전선(戰船)을 거느리고, 주도(主島)와 군도(群島)들을 두루 통치했다.

남위, 위원홍은 중원에서나 해남파 장문인이지, 이곳에서는 군왕(君王)의 지위를 지녔다. 다시 말해, 초청받지 못한 일개 무인이 함부로 볼 수 있는 이가 아니라는 뜻이었다.

문제는 그뿐이 아니었다.

말이 잘 통하지 않았다. 한족(漢族)은 한족인데, 언어가 너무 달랐다. 거리를 걷는 동안 제대로 알아듣는 말이 거의 없을 지경이었다.

"넌 싸우지 마."

"그럼 왜 데리고 온 겁니까?"

"죽으면 내 몸뚱이라도 챙겨 가라고."

"염라대왕 앞에서도 살아 온 사람이, 여기서 죽는다니 웬 말요?"

"그, 그런가?"

"갑자기 바보가 되셨소."

"그래. 내가 생각을 잘못했다. 그래도 넌 싸우지 마라."

"뭐요?"

"옆에서 잘 보고, 나의 해남도 불패신화(不敗神話)를 세상에 전하거라. 그게 동생 된 너의 역할이다."

"달변이 아니라서 그건 못 하겠소이다. 형님이 직접 자랑하시오."

"내 입으로 말하는 건, 모양이 안 살잖아."

"아니, 모양은 무슨 모양이오. 이 먼 곳까지 데려와 놓고 그게 할 말요? 게다가, 어쩔 거요? 말도 안 통하는데."

왕호저는 화를 내자 말을 잘했다. 언변이 아주 즉각적이었다. 오기룡은 아랑곳하지 않았다.

"어쩌긴 뭘 어째."

오기룡은 그렇게 대답했다.

그리고, 곧바로 가장 가까운 해남파 지부로 쳐들어갔다.

거기서부터 시작되었다.

불패신룡의 대해남파습격사건이라 하였다.

오기룡은 남해십육검(南海十六劍)으로 알려진 해남파 고수들을 하나하나 꺾어 나갔다.

일대일 비무로, 열한 명을 이겼을 때.

위원홍이 나섰다.

오지산(五指山) 꼭대기에서 양측 한 명씩만을 참관인으로 두고, 일대일 승부를 가렸다. 물론, 오기룡 측은 왕호저가 지켰다.

해남파 장문인 위원홍은, 염라마신도 분지르지 못한 오기룡의 철신각을 두 동강 냈다. 신기(神技)의 검예였다.

왕호저는 멀리도 데려왔다 역정을 냈지만, 함께 오지 않았으면 큰일을 치를 뻔했다.

오기룡은 깊은 검상(劍傷)을 입어, 피를 철철 흘렸다. 왕호저가 들쳐 업고, 도망치듯 해남도를 떴다.

"보았느냐. 아우들아."

오기룡은 왕호저에게 말하지 않았다.

그는 하늘을 보고 있었다.

"내가 이겼다."

왕호저는 오기룡이 누구에게 말하는지 알았다. 왕호저도 파도에 흔들리는 배 위에서 고개를 들고, 길게 늘어진 하얀 구름을 보았다.

왕호저는 그 구름이, 긴 수염 같다 생각했다. 저토록 흰 수염 될 때까지 함께 했으면 좋았을 텐데.

그 옆의 구름은 넓적하니 방편산 같다. 선찬은 괜한 짓을 벌였다며 핀잔을 주었을 것이다. 그래도 자랑스러워는 했겠지. 형님이 구파 장문을 꺾었다는데.

왕호저도 하늘을 향해 말했다.

"형님들. 나도 봤소. 거짓말이 아니오. 정말 대형이 이겼다오."

바닷바람이 시원했다.

눈을 내려 뒤를 돌아보았다. 선미(船尾)엔 따라붙은 배들이 없었다.

안도의 한숨을 절로 나왔다.

해남도 검사(劍士)들은 하나같이 독했다.

오지산 봉우리에서, 결국 홀로 선 이는 오기륭이었다. 쓰러진 위원홍을 부축해 감싸던 해남 검사(劍士)의 표독스런 눈빛을 기억했다.

잘 알아듣기 힘든 한어(漢語)로 남긴 말은, 승부를 함부로 떠벌리지 말라는 당부였다.

이해한다.

왕호저가 보기에도, 동수(同數) 내지는 오기륭의 열세로 보였다. 살인멸구(殺人滅口)하겠다며 해남과 무인들을 풀지 않은 것만으로도 충분히 감사하다. 해남파는 진정 남자의 문파였다. 오지산에서 배를 탈 때까지 아무도 앞길을 막지 않았다. 그러니, 굳이 자랑하지 않아도 괜찮다. 불패신화(不敗神話)는 그들만 간직하기로 했다.

옛 생각이 자꾸 났다. 소금기가 따갑다. 두 눈에 자꾸 뜨거운 것이 고였다. 남아(男兒)로 좋은 형제들을 만나, 참으로 장쾌한 일생(一生)을 산다. 형님들이 고맙다. 태어나길 잘했다. 왕호저는 뿌듯하게 바다 저편을 보았다. 천하는 아직도 넓기만 했다.

*   *   *

거울 같은 심연 위로 꽃비가 내렸다.

꽃잎이 흐드러졌다. 평소보다 훨씬 더 많았다.

연못물이 유난히도 맑았다. 수석(水石)들이 조화롭고, 초목이 아름다웠다. 십장(十長)의 금수(禽獸)들이 자유롭게 사방을 노닐었다.

색깔과 향기가 다채로운 날이었다.

심연은 본디 그에게 이와 같은 풍광을 좀처럼 보여주지 않았다. 처음 상제력을 얻었을 때 그의 내면은 무릉(武陵)의 도원(桃源) 같았다. 신선이 거하고 영수가 뛰놀 것 같은, 그런 곳이었다.

오랜 시간에 걸쳐, 어둠이 그를 잠식했다.

세계가 심연(深淵)으로 채워졌다. 그가 심연을 바라보면, 심연도 그를 응시했다. 신마의 전란이 잇따라 일어나 살업이 쌓이는 만큼, 그를 둘러싼 세상은 까맣고 음울하게 변해갔다.

오늘은 아니었다.

옥황은 조금이나마 밝아진 세계에 흡족함을 느끼며, 연못가 바위 위에 주저앉았다. 수년째 안락함을 느껴본 적이 없었다. 하루하루가 치열함의 연속이었다. 하늘을 헤아려 미래를 볼 수 있으면 모든 일이 쉬워질 것 같지만, 실상은 전혀 그렇지 않았다. 예지는 종종 저주와도 같았다. 무지(無知)야말로 축복이다. 소신 있는 선택이란 결국 앞을 모르는 자들만의 특권이었다.

그렇기에 미래시(未來視)가 어긋나고 있는 것도 비교적 초연하게 받아들일 수 있었다. 볼 수 있었던 것까지도 보지 못하는 일이 잦아졌다. 대제독 정화라는 역사적 인물이 개입했다 하더라도, 마지막 남방 전사들의 가세까지 놓친 것은 그야말로 그답지 않았다. 신산(神算)으로 도출한 전략에도 여러 군데 오류가 생겼다. 신(神)에서 인간으로 격하된 느낌이었다. 그리고 그 사실이 그에게 오히려 안도감을 주었다.

신을 넘보는 자는 섭리의 제약을 받게 되어 있었다. 반대로, 인간은 섭리에서 어느 정도 자유로웠다.

절대적인 마신(魔神)이 사라졌으니, 그 역시도 완벽한 상제일 필요가 없었다.

고즈넉한 고독감이 안온하게 다가왔다.

참으로 오랜만이었다.

심연(深淵)은 그를 둘러싼 공과격의 투영이라, 깜깜했던 어둠이 걷혀가는 것만으로도 만족할 수 있었다.

한순간, 꽃잎이 안개처럼 몰아쳤다.

과하다고 느꼈다.

주위를 둘러보니 초목이 우거져 있었다. 기화요초가 앞다투어 꽃을 피웠다. 시간이 빠르게 흘러가는 것 같았다. 꽃이 떨어져 흩날리고, 열매가 열렸다. 과실이 땅에 떨어져 과육향이 진하게 코끝을 찔렀다.

풍요롭던 향기가 사라지고, 악취가 그 자리를 채웠다. 초목이 시들었다. 땅에 떨어진 열매들이 썩어갔다.

옥황은 그만의 세계에 타인이 들어왔음을 알았다.

심연의 투영마저 간섭할 만큼 강력한 존재였다.

'누구냐.'

물으려 했다.

언어(言語)로 음화(音化)되지 않았다. 입을 열었다. 그러자 이와 입술 사이로 핏물이 쏟아져 내렸다.

'혀가……!'

있어야 할 것이 없었다.

뿌리부터 뽑혔다. 그러니 말할 수 없는 것이다.

발밑의 감각까지 이상했다. 눈을 내려 땅을 보았다.

선경(仙境)의 풀밭 대신 분홍빛의 육질(肉質)을 볼 수 있었다. 이곳저곳에서 핏물이 샘솟았다. 물컹거리는 고깃덩이처럼 보였다. 이를테면, 뽑아 펼친 혀와 같았다.

옥황이 고개를 들었다.

무엇을 의미하는지 알았다.

'발설지옥(拔舌地獄)!'

지옥의 서술과 일치했다.

말로 죄를 지은 자가 떨어지는 지옥이다.

흐드러지던 꽃비는 이미 멈춰 있었다. 어둠 저편에 그가 있었다. 말 못 하는 옥황에게 상대가 다가왔다.

"세 치 혀를 조심하라 하였지. 너의 설화(舌禍)는 세 치보다 훨씬 더 크고 두텁구나."

상대는 적룡포를 입고 있었다. 반신이 피투성이였다.

가면은 없었고, 음성은 맑았다.

얼굴과 목소리 둘 다 생경했다. 처음 보고 듣는 것이 아님에도, 처음 만나는 자 같았다.

옥황은 아무 말도 할 수 없었다. 전음(傳音)조차 불가능했다. 혀가 없어진 것은 상징과 같았다. 그는 어떤 의지도 상대에게 전달하지 못했다.

"침묵하니 한결 낫다. 언령(言靈)을 잃어버린 지금 이 순간을 잊지 말라. 언젠가 네가 직면하게 될 이른 현실이다."

상대가 웃었다.

옥황은 그가 웃는 것을 일찍이 본 적이 없었다.

심연으로, 그가 사라졌다.

"허억!"

옥황이 번쩍 눈을 떴다.

악몽 꾼 범부(凡夫)처럼 대경하여 상체를 일으켰다.

새벽 초옥(草屋)의 어스름한 어둠이 그의 눈앞에 펼쳐졌다.

꿈이 맞았다.

상제가 아니라 사람의 꿈을 꾸었다. 입안에 혀가 있었다. 몰아쉬는 숨이 혼탁했다.

얼굴을 감싸 쥐고, 몸을 세웠다. 미각(味覺)이 이상했다. 입을 열자, 핏물이 주르륵 흘러내렸다. 상처가 나 있었다. 제법 깊어 쓰라린 통증이 밀려들었다.

옥황은 상제의 예지가 완전히 흐트러지고 있음을 깨달았다.

세계는 바야흐로 격변의 시기에 접어들었다. 편안과 안도는 착각이었다. 옥황은 전에 없는 두려움을 느끼며, 새로운 새벽을 맞이해야 했다.

*   *   *

부고(訃告)가 전해졌다.

전 무림은, 장례 소식을 들었다.

청명절(淸明節) 단 하루에만 조문객을 받겠다는 서신이 무림 각파에 전달되었다. 기이한 것은 청명절이 한 달 넘게 남았다는 사실이었다.

일반적인 장례의식과 크게 달랐다.

시신의 보관과 매장 시기 때문이라도, 십일 장 이상은 좀처럼 지내지 않는 법이었다. 조문만 따로 받는 방식이라면 이해할 만도 했다. 상주(喪主)가 의협비룡회 회주 단운룡이다. 무려, 협제 소연신의 장례라 하였다. 지극히 이례적인 일이라도 허용 되는 이름이었다.

사천 도강언, 장례식을 수상화(水上花)라는 기루에서 진행한다는 것도, 이상하긴 매한가지였으나 한편으로는 협제답다 그러려니 하였다. 협제를 모르는 이들만 비례(非禮)라며, 비룡제의 파격을 못마땅해하였다.

봄의 도강언은 언제 대무후회전의 대전란이 있었냐는 듯, 산천이 아름다웠다. 색이 짙은 사천의 절경에, 밤에는 축제처럼 등불과 꽃장식이 내걸렸다.

의협비룡회 전원이 결집했다.

의협비룡회와 함께 싸웠던 전우들이 도강언의 밤을 누볐다. 청명절 보름 전부터 미주(美酒)가 풀렸다. 술자리와 웃음이 이어졌다. 슬픈 장례가 아니라 큰 잔치 같았다.

당가주, 천수마안 당천표는 일찍 왔다.

그는 곳곳에서 안면 있는 인사들과 독주(毒酒)를 나누며 건재를 과시했다. 그가 시작이었다. 거물들의 방문이 줄줄이 이어졌다.

아미에선 장문도 아니고 혜선신니가 직접 방문했다. 청성에서도 천사동(天使洞)에 칩거하고 있었다는 태릉진인이 하산했다. 금벽과 적하가 동행했다. 그들은 장익의 죽음을 애도하며 엽단평을 비롯, 함께 싸웠던 의협비룡회 문도들과 술잔을 기울였다. 신임 녹풍대주 당효기와 보광호승이 합류하고, 뒤이어 보국신승까지 가세했다. 막야혼이 끼어들어 보국신승과 술로 대적했다. 사천삼파와 의협비룡회가 전쟁처럼 술판을 벌였다.

"그런데, 당신은 누구요?"

술이 거나하게 들어간 막야혼이 한 구석 자리한 백의인에게 물었다. 머리를 뒤로 묶은 남자는 눈썹이 짙고 눈매가 날카로웠다.

"나는 구면인데."

도요화가 말했다. 그녀도 제법 술이 들어갔다. 잡아먹을 듯 싫어하는 것 같아도 술자리에서는 또 막야혼 옆에 붙어 있었다.

"한백이라고 합니다."

남자가 답했다.

"괜히 자연스럽게 앉아 있길래. 뭐, 누구면 어때? 많이 마시쇼. 어이! 근데 영감! 벌써 힘든 게야?"

막야혼은 금방 시선을 돌렸다.

"뭐, 뭐라? 누가 힘이 들어?"

보국신승이 퍼뜩 고개를 들었다. 내공 없이 마시기로 내기를 걸었다. 막야혼도 이미 만취다. 한백이 누군지 기억도 못할 것이다. 다들 거나하게 취해 있었다.

무림사(武林史)를 기술하는 이, 한백은 두 눈을 빛내며 의협

의 영웅들을 보았다. 도요화가 말했듯, 일전에 하남에서 우연
히 만난 적이 있었다. 저 앞에서 금벽진인과 주거니 받거니 하
는 엽단평도 함께였다. 염라마신전의 대영웅, 벽력사모 장익도
그때 만났다.

이제는 한백도 아는 이가 많았다.

저편에서 개방 후개 장현걸이 기웃기웃 다가와 인사했다.

"화산파는 아직이오?"

"개방에서 그걸 내게 물으시오?"

누굴 찾는지 알겠다. 만년 후개인 장현걸은 아직도 방주 취
임이 요원해 보였다.

비룡제를 만나보고 싶었으나 아직이었다.

단운룡은 술판에 참석하지 않았다. 상주(喪主) 신분이라면
서, 얼굴도 드러내지 않았다. 청명절까지 기다려야 할 모양이
었다.

시끌벅적하고 즐거운 나날들이 이어졌다.

청명절이 며칠 남지 않았을 때, 무당산으로부터 허공노사가
당도했다. 같은 날 북풍단주 명경이 도강언에 들어섰다. 서로
얼굴조차 자주 보지 못하는 사제가 그렇게 만났다.

마치 균형이라도 맞추는 것처럼 화산파에서 옥허진인이 왔
다. 군웅들이 술렁였다. 혜선신니나 태릉진인은 비슷한 배분이
라도 이름값이 달랐다. 게다가 옥허진인은 혼자 오지 않았다.
질풍검이 옥허진인을 모셨다. 그들의 출현만으로 도강언이 가

득 차버린 것 같았다. 무림인들은 그때서야, 협제라는 두 글자가 지닌 무게를 실감했다. 장례는 아직, 시작도 하지 않았다.

화산이 도착하여 여정을 푼 다음 날, 철운거에 탄 양무의가 찾아와 옥허진인께 예를 취했다. 그리고 정중히 질풍검 청풍을 청했다. 청풍은 수상화 기루로 불려가, 하룻밤을 지새우고 돌아왔다. 옥허진인은 청풍에게 아무것도 묻지 않았다. 청풍도 먼저 말하지 않았다. 표정은 평온했고, 기도는 정명했다. 아무것도 변한 것은 없었다. 그는 이미 대협이었다.

그 이후에도 찾아온 이들이 면면은 화려하기 그지없었다.

구파 각파에서, 장문인 또는 그 이상에 준하는 배분의 인사들이 연이어 방문했다. 육대세가도 마찬가지였다. 구양가에서는 전신대주 구양관해가 찾아왔다. 구양세가는 내홍과 소요로 큰 환영을 받지는 못했으나, 구양관해는 구양천 아래 전신부대의 부수장이자, 구양가 최고수 중 하나였다. 예(禮)를 표하기엔 부족함이 없는 신분이었다.

남궁세가에서는 검성(劍聖) 남궁연신이 왔다. 여지없이 큰 인물이었다. 그는 놀랍게도 무당의 마검과 합석하여 술 대신 식사를 같이 했다. 주고받는 대화가 거의 없었다고 알려졌지만, 호의적인 기류가 명백했기에 또한 화제가 되었다. 일거수일투족을 주목받는 고수들이 대거 한자리에 모여, 호사가들의 욕심을 한껏 채워 주었다.

하북팽가에서는 팽가사걸 중에서도 괴걸(怪傑)이라 일컬어지는 팽사야가 방문했다. 막야혼은 팽사야가 당도했다는 소식을 듣자마자 숙취를 핑계로 두문불출했다. 팽사야는 기어코 막야혼의 거처까지 쳐들어와 내공을 금제하고 그의 입에 술병을 물렸다. 일단은 장례식인지라, 서로 칼은 들지 못했다. 칼을 든 것처럼 마셨다.

절강이 멀어, 모용창운은 늦게 도착했다. 모용세가의 모용창운은 두루 인맥이 넓었다. 가장 먼저 허공노사와 인사한 후, 이어 수많은 문파들과 폭넓게 교류했다.

장례라고 모인 자리가 걸출한 정파 무인들이 교분을 나누는 대회합의 장이 되었다. 그것이야말로 협제의 진정한 의도이자 유산이라 말하는 이들이 생겨났다. 많은 이들이 공감하여 칭송했다. 꽤나 그럴듯한 이야기였다.

청명절 삼 일 전부터, 방명록(芳名錄)을 비치했다.

방만하던 분위기가 조금씩 달라졌다. 의협비룡회 무인들은 그때부터 술을 먹지 않았다.

겨우 자리에서 일어나 거동이 가능해진 오기륭은, 기다리던 이를 만날 수 있었다. 남자는 귀찮다는 듯한 얼굴로, 커다란 목갑 하나를 던져 주었다.

"그게 얼마짜리인 줄은 알고서 망가뜨린 거요?"

헌원력이었다.

목갑에는 당연히도 새 철신각이 들어 있었다. 오기륭은 고맙다 건성으로 말하며 의족부터 장착했다. 헌원력의 얼굴에

짜증이 묻어났다.

"그런데, 누구?"

오기룡은 철신각을 툭툭 땅에 찍으며, 헌원력과 동행한 남자를 바라보았다. 아무 생각 없이 그를 바라보던 오기룡이, 한순간 얼굴을 굳혔다.

남자는 평범한 무복을 입고 있었다. 화려하지 않은 옷에, 얼굴은 각이 져 남자다웠다. 헌원력과 닮았다. 다시 보니 혈육이라는 것을 한 눈에 알겠다.

오기룡은 말을 잊었다.

위원홍의 신검절학을 상대할 때도 이런 느낌을 받진 못했다. 남자가 미소 지으며 오기룡에게 가벼이 목례했다.

"부족한 녀석이오. 거둬주셔서 감사했소."

남자는 여유로웠다.

주위에 고수들이 즐비한데도, 홀로 편안해 보였다.

그가 발을 옮겨, 방명록 앞에 섰다. 오기룡은 그의 등을 보았다. 그의 등만 보였다.

붓을 들어 또박 또박 썼다.

숭무련주, 헌원무극.

방명록에 적힌 그의 이름이었다.

여의각은 당황하지 않았다.

이제 시작일 뿐이었다. 올 사람은 아직도 많았다.

헌원무극은 그날부터 느긋하게 자리를 지켰다. 정파 거인들 사이에서, 숭무련주는 태연하고 평온했다. 적진 한복판의 팔황 수장이었다. 무력을 전혀 뽐내지 않는데도, 고수들은 그를 의식했다. 독보적인 존재였다.

청명절 전야에 이르러, 올 것이 왔다.

막강한 기파가 도강언 전체를 찍어 눌렀다.

믿을 수 없이 강력한 힘이었다.

일신의 무력을 숨기지도 않고, 거침없이 걸어왔다. 신발을 질질 끌고, 넉넉한 무복을 방만하게 휘날리며, 수상화로 발을 옮겼다.

난입이라 해도 과언이 아니었다.

방명록은 적지도 않았다.

누구도 그의 앞길을 막지 않았다. 의협비룡회도 알아서 길을 텄다.

"사부."

강설영만 반갑게 그를 맞이했다.

철위강이었다.

다음 사패는 공선이었다.

그는 방명록에, 소림사의 이름을 함께 썼다.

소림사 공선.

그 다섯 글자로 그의 자격이 규정되었다. 그는 전대 전륜회주가 아니라 소림을 대표하여 그 자리에 왔다. 소림이라면 그

하나로 충분했다. 전륜회와 얽힌 비사(秘事)는 일단 잊고 왔다
는 의미도 함께 있었다.

공선도, 제지 없이 수상화에 들어갔다.

철위강과 공선은 소연신과 같은 자리에 설 수 있는 단 세
명뿐인 이들이었다.

아무도 그들과 같을 수 없었다.

수상화에는 사패를 위한 자리가 따로 있었다.

청명절 당일이 되었다.

도강언 물길 따라 한 척의 배가 올라왔다. 그 배는 노 젓는
이도 없이 물살을 거슬러 비사언에 닿았다.

한 남자가 배에서 내렸다.

남자는 챙이 넓은 죽립을 썼다.

옷깃의 문양이 화려했다. 허리춤엔 한 자루 검이 매달려 있
었다.

그가 성큼성큼 걸어 와 방명록의 붓을 들었다.

비검맹주, 동방무적.

일필휘지로 갈겨썼다.

무공이 극에 이르면, 범인(凡人)처럼 기도가 갈무리된다지만,
타고난 기세가 그렇지 않아 보였다.

그는 숱한 무인들의 시선을 한 몸에 받았다. 그리고 그 누
구도, 그와의 승부를 장담하지 못했다.

검신(劍神) 옥허와, 무신(武神) 허공이 있음에도, 그는 독존(獨

聲)에 가까웠다. 수많은 고수들이 큰 충격을 받았다. 비검맹주
의 명성이 허명이 아님을 알았다.

그리고, 봄 내음 진하여 햇살 가득한 그날.

소연신이 모두의 앞에 모습을 드러냈다.

"몹시 좋은 날이다. 내 떠나는 길 마중 나와 준 모두에게
감사를 표한다."

소연신은 백발이었다.

곱게 늙었다. 늙어도 출중했다.

그가 주름진 손으로 모두에게 포권을 취했다.

죽지 않고 살아 나타난 것만으로도 충격이었다.

소연신의 말이 이어졌다.

"제자 덕분에 이런 호사를 누린다. 한 번 사는 인생 모두
들 힘껏 살다 가길 바란다."

협제의 목소리엔 뿌듯함이 가득했다.

그가 천천히 자리에 앉았다.

"먼저 가마."

그의 양옆에 철위강과 공선이 있었다.

아무도 모르게 찾아온 진무혼이 그의 등에 섰다.

"고맙다. 모두 봐서 좋았다."

고맙다는 말은, 그들 세 명에게 하는 말이었다.

그의 목소리엔 이제 내공이 실려 있지 않았다. 군웅들에게

들리지 않는 음성이었다.

그들 모두에게 이기지 못했어도 괜찮았다. 호쾌하게 무(武)를 나눴다. 그들 모두가 소연신 인생의 빛이요 희망이었다.

"참 잘 살았구나."

축하받는 기분이었다.

입정의협살문 그의 동료들, 태양풍, 공야천성, 맹무선, 이지량도 그 곁에 있었다.

마지막으로 하나뿐인 제자, 단운룡을 보았다.

시대의 무인으로, 큰 영광을 누렸다.

수없이 많은 대종사들이 그의 죽음을 지켰다.

소연신이 눈을 감았다.

죽을 날을 미리 알았다. 제자가 그에게 행복한 날을 선물했다.

하늘이 맑고, 햇살이 눈부셨다.

종사들이 포권했다.

무림이, 팔황이, 온 세계가 협객 소연신의 죽음에 경하를 표했다.

입관하여, 받들어 모셨다.

관승과 장익의 동상이, 협제의 관 옆을 지켰다.

장지(葬地)까지 모시는 길에, 수천 명 무인들이 양옆으로 도열했다.

단운룡이 황금비룡번을 들었다.

협제의 마지막 길을 배웅하며.

무인들뿐 아니라, 수많은 예인묵객들이 그의 마지막을 함께
했다.

곡성(哭聲) 없이, 장중한 전고(戰鼓)를 깔고, 화려한 음률(音
律)을 연주했다.

'저도, 잘 살다 가겠습니다.'

단운룡이 한 발 나아갔다.

그렇게 하나의 이야기가 끝났다.

사부 없는 천하가 그를 기다린다.

새 시대가 그 앞에 열린다.

새로운 이야기가 시작되고 있었다.

『천잠비룡포』완결.